HENDRIK BERG

Schwarzes Watt

GOLDMANN
Lesen erleben

# Hendrik Berg

# Schwarzes Watt

Ein Nordsee-Krimi

**GOLDMANN**

 Dieses Buch ist auch als E-Book erhältlich.

MIX
Papier aus verantwor-
tungsvollen Quellen
FSC
www.fsc.org
FSC® C014496

Penguin Random House Verlagsgruppe FSC® N001967

4. Auflage
Originalausgabe März 2018
Copyright © 2018 by Wilhelm Goldmann Verlag, München,
in der Penguin Random House Verlagsgruppe GmbH,
Neumarkter Str. 28, 81673 München
Umschlaggestaltung: UNO Werbeagentur, München
Umschlagmotiv: Gettyimages/Tony Eveling
FinePic®, München
em · Herstellung: kw
Satz: Omnisatz GmbH, Berlin
Druck und Bindung: GGP Media GmbH, Pößneck
Printed in Germany
ISBN: 978-3-442-48728-8
www.goldmann-verlag.de

Besuchen Sie den Goldmann Verlag im Netz

# 1

Eiderstedt, 11. Oktober 1634

Der Abend, an dem die Welt unterging, begann mit einer frischen Brise aus dem Osten.

Sie war gerade dabei die Hühner zu füttern, als sie spürte, wie der Wind ihre langen schwarzen Haare erfasste, sie packte wie eine strenge Hand.

Nichts Ungewöhnliches.

Das sechzehnjährige Mädchen wohnte mit ihrer Familie, ihrem Bruder und ihren Eltern, auf Eiderstedt. Direkt hinter dem Deich. Sturm und Regen gehörten genauso zu ihrem Leben wie die harte Arbeit auf dem kleinen nordfriesischen Hof.

Sie schaute nach oben in den Himmel, atmete die frische, nach Salz duftende Luft. Ein klarer Herbsttag, der einen immer noch den vergangenen Sommer spüren ließ.

Und doch war heute etwas anders.

Ähnlich wie die Tiere hatten auch die Menschen, die seit Generationen in dieser einmaligen Landschaft lebten und arbeiteten, einen siebten Sinn für das Wetter entwickelt. Die Nordfriesen verstanden sich selbst als Teil der pulsierenden Natur, des Wechsels der Gezeiten von Ebbe und Flut. Früher als andere ahnten sie, wenn

Wind aufkam, wussten, wie lange die Sonne schien und wie hoch die Tide ausfiel.

Wieder glitt eine Brise über das Mädchen hinweg. Wieder aus Osten, was hier an der Nordsee schon ungewöhnlich genug war. Sie runzelte die Stirn, versuchte, ihre Sinne auf dieses Phänomen einzustellen. Endlich glaubte sie zu verstehen.

Eine Warnung.

Pass auf, etwas Schlimmes wird bald passieren!

Es war nicht nur der Wind, es war die Stille.

Keine Möwen kreischten am Himmel. Ihre Schafe drückten sich stumm aneinander. Die Hühner gackerten nicht, sondern scharrten unruhig auf der trockenen Erde. Selbst das Rauschen des Meeres hinter dem Deich war nur seltsam gedämpft zu vernehmen.

Als hielte die Welt den Atem an.

Das Mädchen schaute sich um. Im nahen Haus konnte sie sehen, wie ihre Mutter umherging und das Abendessen vorbereitete. Ihr Vater und ihr Bruder arbeiteten im Stall, schlugen Stahl auf dem Amboss. Das gleichmäßige Hämmern klang wie das Schlagen einer Totenglocke.

Wieder traf ein Windstoß das Mädchen. Dieses Mal nur ein zartes Stupsen. Die Aufforderung eines Unbekannten, ihm zu folgen.

Sie schüttete das restliche Korn vor die Hühner, legte den Beutel zur Seite und machte sich auf den Weg zum Deich. Sie trug keine Schuhe, spürte den weichen Sand und das festgetretene Gras unter ihren nackten Füßen. Sie ging durch ein kleines Gatter und stieg dann an mehreren Schafen vorbei die Anhöhe hinauf auf die Deichkrone.

Kaum konnte sie mit dem Kopf über die Spitze blicken, da erfasste sie eine weitere, viel heftigere Böe, wirbelte ihr Leinenkleid und ihre Haare durcheinander und schob sie wieder zurück. Die letzten Meter musste sie sich gegen den Wind stemmen, um auf den Deich zu kommen.

Was sie dort sah, nahm ihr augenblicklich den Atem. Durch den ablandigen Ostwind glänzte das nahe Meer fast wie ein Spiegel. Doch dahinter, noch am fernen Horizont, wälzte sich eine gewaltige dunkle Wolkenfront auf die Küste zu. Wie ein lebender Organismus wölbten sich einzelne Strudel und riesige schwarze Wirbel nach vorn, schoben Regen und Sturm vor sich her und brachten das Meer zum Kochen.

Noch war das Unwetter weit entfernt. Sie sah, wie Blitze aus den Wolken brachen, konnte aber noch keinen Laut hören. Doch auf der Haut spürte sie eine seltsame Spannung. Wie ein Nadelkissen, das sich auf ihre nackten Arme und Beine drückte.

Was hatte das zu bedeuten?

Das Mädchen hatte bereits einige Sturmfluten miterlebt. Orkane mit verheerenden Folgen für die gesamte Küste. Sie hatte abgedeckte Höfe gesehen, umgefallene Bäume und zerstörte Deiche.

Aber noch nie hatte sie ein Monster wie diesen Sturm erlebt. Überwältigt von dem Anblick fragte sie sich, ob sie dem Teufel gegenüberstand oder dem strafenden Gott, der seine Schöpfung von allen Sünden reinwaschen wollte.

Gebannt starrte sie zum Horizont, gleichzeitig fasziniert und verängstigt. Sie breitete die Arme aus, um die ungeheure, göttliche Kraft in sich aufzunehmen. Nicht mehr lange, und das Unwetter würde auf die Küste treffen. Sie war ein einfaches Mädchen, wusste fast nichts von der Welt und hatte Eiderstedt noch nie verlassen. Aber sie war sicher: Dieser Sturm würde alles verändern. Indem er alles zerstörte.

## 2

Es war magisch. Das rauschende Wasser. Der in der Nacht leuchtende weiße Strand. Die vielen jungen Leute, die im Sand lachten und das Leben feierten. Die bunten Lichter der Schiffe, die auf dem großen Fluss in den Hafen fuhren. Gerade glitt die graue Wand eines betagten Frachters vor ihren Augen vorbei. Blinkende Schlepper begleiteten ihn, schoben ihn vorsichtig durch die dunklen Fluten der Elbe Richtung Blankenese hinaus aus der Stadt. Langsam verschwand das graue Ungetüm und gab die Sicht frei auf das gegenüberliegende Ufer, wo sich der gewaltige, hell erleuchtete Containerhafen von Waltershof befand. Es war bereits fast Mitternacht. Trotzdem herrschte dort noch immer geschäftiges Treiben, der schrille Klang von Metall auf Metall wehte über die Elbe. Menschen waren auf der anderen Seite kaum zu sehen. Dafür zahllose Kräne, die ihre Lasten wie riesenhafte Insekten auf die Schiffe hoben, die vor ihnen im Hafenbecken lagen und geduldig auf ihre Fracht warteten. Im Vergleich zu den stählernen Kolossen sahen die LKWs auf dem Pier wie Spielzeug aus.

Nelly streckte die nackten Beine aus, drückte ihre Füße in den noch warmen Sand und seufzte zufrieden. Hamburg, ihre Heimatstadt, war voller wunderschöner Orte. Orte, an denen man sich fallen lassen, Zeit und

Raum vergessen konnte. Sie liebte es, mit einem Kanu durch die unzähligen Seitenarme der Alster zu gleiten. Durch die Obstgärten im Alten Land zu spazieren und Kirschkerne in die Luft zu spucken. Im Stadtpark zwischen den hochgewachsenen Rhododendronbüschen ein Buch auf einer einsamen Bank zu lesen. In einem Café am Jungfernstieg zu sitzen und zu beobachten, wie die Nacht die Straßen im Zentrum der pulsierenden Metropole zum Leuchten brachte.

Aber am meisten liebte sie es hier, mitten in der Stadt, in Övelgönne, zwischen dem ehemaligen Fischerdörfchen in Altona und der Elbe, im Sand zu sitzen. Und dabei hinaus auf den Fluss und hinüber auf den Hafen zu schauen. Dort, wo sich im Hintergrund die Köhlbrandbrücke elegant über die Schiffe erhob und der glitzernde Strom unzähliger Autos im Elbtunnel verschwand.

Nicht unbedingt ein Geheimtipp. An einem warmen Sommerabend drängten sich am Strand so viele Menschen, dass es kaum möglich war, noch einen freien Platz zu finden.

Auch zu so später Stunde saßen hier noch überall junge Leute im Sand. Nelly wollte ihre Ruhe. Sie hatte sich etwas abseits von der Menge eine Stelle unter einem Baum gesucht, auch wenn hier überall kantige Steine lagen. Mit einem seligen Lächeln ließ sie den Blick über das überwältigende Panorama schweifen und wartete auf ihre Schwester Ina. Die beiden hatten gelost. Ina hatte verloren und musste sich bei der *Strandperle*, einer kleinen, aber exklusiven Strandbar, für zwei Cocktails anstellen.

Nelly legte ihren Kopf nach hinten auf ihre verschränkten Hände und blickte in den Himmel. Die Sterne waren von dunklen Wolken verdeckt, und die Luft roch nach Regen. Wurde Zeit, dass Ina endlich zurückkam. Lange konnten sie nicht mehr bleiben.

Plötzlich ein Hüsteln, ganz in ihrer Nähe.

»Schöner Abend, was?«, hörte sie eine leicht heisere Stimme hinter sich. Überrascht drehte sie sich um und blickte in das verlegen lächelnde Gesicht eines jungen Mannes, kaum älter als sie. Der aufkommende Wind, der vom Wasser über den Strand strich, wirbelte seine Haare durcheinander. Auf der Stirn konnte sie eine kleine Narbe sehen.

»Darf ich mich zu dir setzen?«, fragte er Nelly und grinste.

Ina stand immer noch vor der *Strandperle*, obwohl sie die beiden Mojitos längst bekommen und bezahlt hatte. Der Grund war Marc aus Berlin. Er hatte sie an der Kasse angesprochen. Strubbelige blonde Surferhaare, ein Captain-America-T-Shirt, das eng auf seinem muskulösen Oberkörper anlag. Dazu kräftige braungebrannte Beine. Genau ihr Typ. Und witzig war er auch noch. Gerade hatte er sie mit einem Bericht über seinen chaotischen Shopping-Tag in der Hamburger Innenstadt zum Lachen gebracht. Marc war zusammen mit zwei Kumpels nach Övelgönne gekommen. Doch die beiden nippten nur an ihrem Astra und schauten sich stumm nach anderen Mädchen um. Tatsächlich hatte Ina nur Augen für Marc.

»Wollen wir uns nicht an die Bar stellen? Bevor auch das letzte Eis geschmolzen ist?« Er lächelte und zeigte auf die beiden Cocktails, die Ina immer noch in der Hand hielt. Irritiert blickte sie auf die Gläser und sah, dass er recht hatte. Himmel, wie lange standen sie jetzt schon hier?

»Nein, ich muss zurück zu meiner Schwester. Die ist sicher schon sauer, weil sie so lange allein da draußen warten muss.«

»Ach komm. Bleib doch noch einen Moment. Ich bestell dir auch zwei neue Mojitos.«

Ina sah in seine blauen Augen, die im Licht der Bar leuchteten. Sie grinste und wollte sich gerade zurück zum Tresen schieben lassen, als ihr ein Regentropfen auf die Stirn klatschte. Und noch einer. Drüben auf der anderen Seite der Elbe riss ein Blitz den Himmel über den Hafenanlagen auf. Urplötzlich ging ein heftiger Sturzregen auf den Strand nieder. Sofort kam Bewegung in die Menge. Überall erklangen überraschte Schreie und lautes Lachen. Einige Verwegene blieben sitzen, doch die meisten sprangen auf, liefen über den Sand, um einen Platz unter dem Dach der *Strandperle* zu ergattern.

Auch Marc griff nach ihrer Hand und versuchte, sie zur Bar zu ziehen.

»Los, komm, oder willst du klitschnass werden?«

Mit überforderter Miene sah Ina sich um, wurde von den hereinströmenden Menschen hin und her geschoben. Sie schüttelte den Kopf und drückte Marc die beiden Cocktailgläser in die Hand.

»Nein. Ich muss zu Nelly!«

Bevor Marc etwas erwidern konnte, rannte Ina los, drängelte sich den anderen jungen Leuten entgegen, zurück auf den Strand.

Der Regen wurde mit jedem Augenblick schlimmer. Schon nach ein paar Schritten klebte Inas Sommerkleid eng an ihrem Körper. Dicke Tropfen liefen ihr über die Stirn und brannten in ihren Augen.

»Nelly!« Immer wieder rief sie den Namen ihrer Schwester in das Unwetter, suchte in den erschrockenen Blicken der Mädchen, die versuchten, sich ins Trockene zu retten, die großen Augen ihrer kleinen Schwester. Aber überall nur fremde Gesichter. Kaum vorstellbar, dass Nelly da draußen auf sie wartete.

*Verdammt, ich hätte sie nicht allein lassen dürfen!*

Wieder zuckte ein Blitz über der Elbe, der Donner ließ die Luft erzittern. Ina hielt jetzt ihre Sandalen in der Hand, rannte barfuß durch den nassen Sand, zurück zu der abgelegenen Stelle, wo sie ihre Schwester vor viel zu langer Zeit allein gelassen hatte.

Eine unangenehme Hitze breitete sich langsam in ihrem Bauch aus. Das Gefühl, dass etwas nicht stimmte. Dass etwas Schlimmes passiert war.

Immer lauter rief sie Nellys Namen, stolperte, konnte erst im letzten Moment verhindern, der Länge nach in den Strand zu fallen.

*Verdammt, wo steckt sie nur?*

Endlich erkannte sie die langen Beine ihrer Schwester, der Oberkörper lag im Schatten der Weide.

Warum war sie nicht ins Trockene geflüchtet?

Und wer war der Mann, der neben ihr im Sand hockte?

»Nelly?!« Inas Stimme versagte, sie hustete, als sie weiterlief.

Der Mann hörte ihren gebrochenen Schrei. Er hob

den Kopf, aber sie konnte sein Gesicht nicht erkennen. Nelly dagegen rührte sich nicht. Mit ausgestreckten Armen lag sie regungslos auf dem nassen Boden.

Was um Himmels willen …?

Der Mann sprang auf, er trug eine Stoffhose, ein helles Hemd. Seine Haare klebten am Kopf. Aber das Gesicht konnte sie noch immer nicht erkennen. Mit langen Schritten lief er davon, verschwand im Dickicht vor dem Uferweg, der hinter dem Strand bis nach Blankenese führte.

Endlich hatte sie Nelly erreicht. Sie schaute auf ihre Schwester herab, hielt sich die Hand vor den Mund. Das grenzenlose Entsetzen ließ sie verstummen.

Nelly, ihre über alles geliebte kleine Schwester, lag vor ihr. Doch Ina konnte sie nur an ihrer Kleidung erkennen. An den frechen kurzen Bermudas, der Blümchenbluse, ihre liebste Bluse, die sie im Sommer praktisch nie auszog. Der Ring in Form einer blühenden Rose, den sie an der rechten Hand trug und den sie, Ina, ihr zum 16. Geburtstag geschenkt hatte.

All das erkannte sie wieder. Aber nicht ihr blutiges, zerschlagenes Gesicht.

Sie ging entsetzt in die Knie, starrte wie gelähmt auf den toten Körper, der vor ihr im Sand lag, spürte nicht, wie eine heftige Böe an ihr zog.

Wieder ein Aufleuchten. Donnergrollen. Das Gewitter war jetzt über ihr. Sie hob den Blick, langsam, wie an Fäden gezogen.

Da war er. Er stand auf dem Uferweg, hinter einem Busch und schaute zu ihr hinab. Und nun sah sie zum ersten Mal im Licht eines weiteren Blitzes die aufgerissenen Augen, die dunklen Haare, sein im Regen glänzendes Gesicht. Die seltsam abwesende, mitleidlose Miene. Das Blut an seinen Händen. Für einen kurzen klaren Moment trafen sich ihre Blicke. Ein junger Mann, kaum älter als sie.

Dann war es wieder dunkel. Ina schaute erneut zu ihrer Schwester. Auf einmal drehte sich alles. Ihre Knie gaben nach, sie verlor die Kontrolle über ihren Körper. Und verschwand in einem endlos schwarzen Nebel.

# 3

*Nein, nein, nein, ich darf nicht wieder zu spät kommen!*

Die Erkenntnis, dass er keine Zeit mehr hatte, fuhr wie eine spitze Nadel durch seinen tauben Körper.

Lauf schneller! Du kannst es noch schaffen. Dieses Mal wirst du sie retten können. Dann wird alles gut sein. Die vielen Tage voller Einsamkeit und Schmerz, die wird es niemals gegeben haben.

Er lief durch die Nacht, vorbei an kleinen Baracken und Gärten. Endlich sah er das Licht am Ende des Weges. Wie eine Kerze in der Dunkelheit. Doch obwohl eine Kerze Wärme und Geborgenheit versprach, wusste er, dass ihn dort nur ein Albtraum erwarten würde. Der Blick in seine persönliche Hölle.

*Aber nicht heute! Heute Nacht kann ich sie retten!*

Nur noch wenige Meter, und er war angekommen. Er verspürte Freude und Erleichterung. Und Wut. Wut auf den Kerl, der seiner Familie das angetan hatte. Jetzt würde er seinen Zorn zu spüren bekommen! Er ballte die Fäuste, schrie. Gleich wurde abgerechnet! Und wenn er das eigene Leben für das seiner Tochter opfern musste.

Doch was war das? Plötzlich lag ein gewaltiges Gewicht auf seinen Beinen. Er stemmte sich dagegen, mit aller Kraft, aber von einem Moment zum anderen kam er nicht mehr vorwärts. Die Luft wie dickflüssiger Sirup. Eiskaltes Wasser, das sich um die Beine legte, die Muskeln betäubte.

*Nein! Bitte nicht!*

Er wollte schreien, doch kein Laut kam über seine Lippen. Wie ein Ertrinkender strampelte er mit Armen und Beinen, unfähig, sich aus der Umklammerung zu lösen.

*Ich komme zu spät! Zu spät!*

Die Erkenntnis, dass er das Grauen nicht aufhalten konnte. Sein Herz krampfte, ein furchtbarer Schmerz jagte ihm durch den Kopf. Er schluckte Wasser, immer mehr von der fauligen Brühe füllte den Hals.

Nein, Schluss! Ein Traum, er wusste genau, das war nur eine Illusion. Und jetzt musste er endlich aufwachen, sofort!

Der Verstand führte das träge Bewusstsein aus der Tiefe an die helle Oberfläche. Mit einem heftigen Zucken erwachte er, schreckte stöhnend aus den Kissen.

*Wo bin ich?*

Nicht auf der Hallig Hooge, auch nicht in der Kleingartensiedlung in Berlin-Pankow, wo seine Tochter Hannah vor vielen Jahren von einem Unbekannten lebensgefährlich verletzt wurde. Nein, er lag im gemütlichen Bett seiner kleinen Wohnung in Husum. Durch das halboffene Fenster strömte frische Luft herein. Vor dem Haus rauschten leise die Eichen und Kastanienbäume. Benommen vor Müdigkeit drehte er den Kopf, starrte auf den Wecker. Erst vier Uhr morgens.

Doch etwas stimmte nicht. Er war wach, hatte aber immer noch kein Gefühl in den Beinen. Unterhalb der Knie spürte er nur ein gewaltiges Gewicht, das ihn auf das Laken drückte.

Ein Schlaganfall? Erschrocken richtete er sich auf, blickte an sich herunter – und schrie auf. Auf dem Bett, auf seinen Beinen, lag ein gewaltiges Untier mit einem riesigen Maul und großen pelzigen Tatzen.

»Oh mein Gott!« Sein Aufschrei dröhnte durch das Zimmer, als die Tür aufging und das Licht angeschaltet wurde.

»Was um Himmels willen ist …« Marianne, seine Vermieterin, stand vor dem Bett. In der Eile hatte sie nur einen Bademantel übergeworfen, die Haare vom Schlafen noch zerzaust. Ihre zuerst noch besorgte Miene entspannte sich, als sie den Grund für Krummes Angstattacke sah. Sie lächelte. »Schau mal an. Da seid ihr beide ja schnell Freunde geworden.«

Endlich kehrte Krummes Erinnerung vollständig zurück. Watson, der Hund ihrer Nachbarin Anette. Eine struppige Mischung aus Labrador, Hirtenhund und Bernhardiner. Marianne hatte Watson gestern Abend Asyl gewährt, weil sein Frauchen für ein paar Wochen nach Kiel musste. Natürlich war Krumme dagegen gewesen, aber er war ja nur der Untermieter.

»Was macht das Vieh hier?«, schimpfte er.

Marianne hielt den Finger an den Mund. »Nicht so laut, Theo. Du weckst ihn noch auf. Hast du denn die Tür nicht richtig zugemacht?«

Er überlegte. »Zugeschlossen jedenfalls nicht. Sollte ich vielleicht, wenn der Hund länger bei uns bleibt.«

»Keine Sorge. Anette hat gesagt, länger als ein, zwei Wochen ist sie nicht weg.«

Krumme betrachtete den großen Hund auf seinen Beinen. Kaum zu glauben: Trotz des hellen Lichts und der Unruhe um ihn herum schlief Watson immer noch, bleckte im Schlaf friedlich lächelnd sein Gebiss. Ein Wachhund schien er jedenfalls nicht zu sein.

»Nimm ihn mit. Bitte.« Krumme flüsterte, nicht aus Rücksicht auf Watsons Schlaf, sondern aus Angst, das Ungeheuer könnte aufwachen.

»Aber warum? Er ist doch ganz lieb.«

»Bitte!«, wiederholte Krumme. »Meine Beine sind völlig abgestorben.«

Marianne strich sich nachdenklich über den Arm. »Ich hatte ihm sein Schlafkissen eigentlich in den Flur gelegt. Aber offensichtlich will er lieber bei dir sein.«

»Ich aber nicht bei ihm. Und auch als Untermieter habe ich meine Rechte.«

Marianne grinste. »Schon gut, ich kümmere mich um ihn.« Sie begann den Hund am Hals zu kraulen. »Komm, Watson, du bist hier nicht erwünscht.« Tatsächlich gelang es ihr, Krummes Bettgenossen zu wecken. Watson sah sich verschlafen um, machte zunächst aber keine Anstalten, sich zu rühren. Erst als Marianne ihn mit sanfter Gewalt am Halsband zog, stand er auf, schüttelte sich und kletterte dann gemächlich aus dem Bett. Nicht ohne Krumme beim Verlassen noch einmal mit seinen großen Füßen schmerzhaft zwischen die Beine zu treten. Immerhin folgte er Marianne ohne Murren hinaus aus dem Zimmer. Sie wünschte Krumme noch eine gute Nacht und zog die Tür leise hinter sich zu. Erleichtert ließ er sich zurück auf sein verschwitztes Kissen fallen und starrte an die Decke.

Na toll, vier Uhr in der Früh, und er lag hellwach im Bett. Und das nicht nur wegen Watson, sondern auch weil diese düsteren Träume ihn immer noch verfolgten. Ja, die Sturmflutnacht auf der Hallig war schrecklich gewesen. Und die Nacht, in der er nicht verhindern konnte, dass seine Tochter Hannah schwer verletzt wurde, würde er nie vergessen. Aber nun war doch eigentlich alles gut. Jetzt lebte er glücklich in Nordfriesland. Hatte sein Leben neu geordnet, Freunde gefunden, und mit der Arbeit gab es auch keine Probleme mehr. Trotzdem holten ihn die Erinnerungen immer wieder ein.

Er fasste sich an die trockene Kehle. Er musste unbedingt etwas trinken. Mit einem leisen Ächzen schwang Krumme sich aus dem Bett. Er schlüpfte in seine Hausschlappen und schlich über die knarrenden Dielen vorbei am jetzt friedlich auf einem sofagroßen Kissen im Flur schnarchenden Watson in die dunkle Küche. Als er den Kühlschrank öffnete, war er für einen kurzen Moment geblendet. Zum Glück gab es noch etwas frische Milch. Krumme trank sie direkt aus der Milchtüte.

»Was ist nur los mit dir?«

Er zuckte erschrocken zusammen und drehte sich um. Marianne stand wieder in ihren Bademantel gehüllt hinter ihm. Sie hatten ihre eigenen Schlafzimmer, aber die Küche und ein kleines Wohnzimmer teilten sie sich.

»'tschuldigung«, stammelte Krumme und hielt das Tetra Pak hoch, »ich hätte wohl lieber ein Glas nehmen sollen, was?«

Marianne winkte ungeduldig ab. »Du kannst so viel trinken, wie du willst.«

»Ist es wegen Watson?«, fragte er verwirrt. »Hör zu, ich weiß, ich stelle mich ziemlich an. Aber ich habe eben keine Erfahrung mit Hunden und …«

Sie schüttelte den Kopf. »Du hast vorhin wieder schlecht geträumt, oder?«

Er sah sie überrascht an. »Woher ...?«

»Zwischen unseren Schlafzimmern befindet sich nur eine dünne Wand. Wenn du in der Nacht aufstöhnst, kann ich das genau hören.«

»Tut mir leid, ich wollte dich nicht wecken.«

»Wovon hast du denn geträumt?«

Er sah auf die Milchtüte. »Ach, ich kann mich gar nicht erinnern.«

Marianne musterte ihn. Seine Vermieterin war mit ihren 53 Jahren immer noch eine attraktive Frau. Krumme hatte sich im Laufe des einen Jahres, in dem er hier in Husum wohnte, dabei ertappt, dass er immer neue Details entdeckte, die ihm an ihr gefielen. Die frechen Fältchen um die Augen. Die Sommersprossen. Die dunklen, vollen Haare. Sie bemühte sich zu verbergen, dass es mittlerweile auch einige graue Härchen gab, was Krumme völlig überflüssig fand. Aus seiner Sicht stand ihr das Älterwerden sehr gut.

»Na schön, dann kann es ja nicht so schlimm gewesen sein«, erwiderte sie. Krumme spürte ihre Enttäuschung darüber, dass er mit ihr nicht über seine Gefühle und Ängste reden wollte. Sie wünschte ihm einen ruhigen Schlaf und verschwand in ihrem Zimmer.

*Du Idiot!*, ärgerte sich Krumme. *Wieso hast du ihr nicht die Wahrheit gesagt?*

Er sah nachdenklich aus dem Küchenfenster hinaus in den Himmel, wo ganz schwach schon das Morgenlicht zu glimmen begann.

So ganz klar war ihm nicht, was für eine Beziehung er

und Marianne hatten. Nur Freunde? Oder mehr? Holger Mannsen, sein Kollege und Freund von der Schutzpolizei in Bredstedt, hatte ihn mehrmals aufgefordert, nicht immer auf Abstand zu bleiben. Aber Krumme war unsicher, ob er nicht genau diese Distanz mochte. Es hatte lange gedauert, bis sie sich bei einem Essen mit den Mannsens darauf geeinigt hatten, sich zu duzen. Sie hatte ihm angeboten, ihn wie alle ihre Freunde nur Maria zu nennen. Aber das wollte Krumme nicht. Maria, das war der Name seiner Exfrau, die sich nach der Geschichte mit Hannah von ihm getrennt hatte und jetzt mit einem anderen Mann in Freiburg wohnte. Da wollte er nicht durcheinanderkommen.

Trotzdem, Marianne war eine tolle Frau. Sollte er nicht endlich nach vorn schauen? Nicht immer an die Vergangenheit denken?

Krumme gähnte. Zeit, zurück ins Bett zu gehen. Vorsichtig schlich er sich durch den Flur. Auf keinen Fall wollte er den Hund wecken. Doch zu seiner Überraschung war auf dem Kissen, das vor dem halboffenen Flurfenster lag, kein Watson zu sehen. Böses ahnend kehrte Krumme in sein Schlafzimmer zurück, und tatsächlich: Der gewaltige Hund hatte es sich wieder auf seinem Bett bequem gemacht. Nur lag er jetzt nicht nur im unteren Fußbereich, sondern streckte sich schnarchend über die komplette Decke aus.

»Das kann doch wohl nicht wahr sein«, grummelte Krumme.

Aber Watson war egal, was er dachte. Er wühlte sich im Schlaf zufrieden in die Decke – und grüßte Krumme mit einem leisen Furz.

# 4

Das sanfte, gleichmäßige Rauschen der Wellen. Der sandige Wind, der behutsam über ihren nackten Rücken strich. Die Sonne, die ihren Körper wärmte. Der salzige Duft der Nordsee. Das Kreischen der Möwen oben am Himmel. Das leise Knirschen im Sand, als sie sich zur Seite drehte. Mit geschlossenen Augen döste sie am Strand, den Kopf auf dem Handtuch, die Beine ausgestreckt, die Arme seitlich neben dem Körper. Ein perfekter Moment. Alle Probleme waren weit entfernt, nur das durch den Boden gedämpfte Murmeln und Lachen zeigte, dass es noch andere Menschen auf der Welt gab.

Ein leises Trampeln kam näher, dazu ein fröhliches Kichern, ausgelassenes Plappern. Ina lächelte. Mit einem entspannten Seufzer öffnete sie die Augen. Zum Glück trug sie eine Sonnenbrille, sonst hätte sie die strahlende Sonne geblendet.

Da kam sie, ihre Familie. Die zehnjährige Milena und der sieben Jahre alte Ben, beide mit Schaufeln in der Hand und Sonnenhüten auf dem Kopf. Dahinter Torsten, ihr Mann, braungebrannt. Das Meerwasser auf seiner Haut glänzte im hellen Mittagslicht. Auch wenn er nicht mehr die durchtrainierte Figur von früher hatte, konnte man doch sehen, dass er lange Zeit Fußballer gewesen war und noch immer regelmäßig Tennis spielte.

Nur die Haare waren über die Jahre dünner geworden. Torsten überlegte, sie sich nach dem Urlaub in St. Peter-Ording raspelkurz zu schneiden.

Sie lachte, als die Kinder sich jubelnd mit ihren nassen Körpern auf sie warfen.

»He, nicht. Ihr seid ja eiskalt!«

»Papa hat gesagt, wir sollen dich wecken«, sagte Milena, während sie ihre feuchte Hand auf ihren warmen Bauch legte.

Ina sah ihren Mann gespielt vorwurfsvoll an. »Ach ja? Ich habe aber gar nicht geschlafen.«

»Von wegen, wir haben dich doch gesehen«, erwiderte Torsten. Er kniete sich in den Sand, beugte sich zu ihr und drückte ihr einen Kuss auf die Wange.

»Ich habe nachgedacht.«

»Worüber genau?«, wollte Ben wissen und sah sie dabei forschend an. Ina war sicher, dass er später mal Lehrer werden würde. Oder Pastor.

»Ob wir schon Mittagessen gehen wollen.«

»Oh ja!« Milena hob jubelnd die Arme hoch. »Pizza! Pizza!«

»Nicht schon wieder«, seufzte Torsten. »In St. Peter-Ording gibt es doch so viele Restaurants. Warum immer nur zum Italiener?«

»Eigentlich wollte ich lieber etwas in der Ferienwohnung kochen«, sagte Ina, die daran dachte, dass ihre Urlaubskasse nach einer Woche bereits bedenklich zur Neige ging. Aber die Kinder sahen sie enttäuscht an.

Ina lächelte. »Wir haben auch noch einen großen Pott Erdbeereis als Nachtisch im Eisfach.«

Milenas und Bens Mienen hellten sich auf. Sie warf

den beiden zwei Handtücher entgegen. »Also los. Aber zuerst müsst ihr euch abtrocknen.«

Torsten setzte sich derweil neben Ina und legte den Arm um ihre Schultern. »Kaum zu glauben, dass unser Urlaub schon wieder zur Hälfte rum ist.«

Ina legte den Kopf an seine Schulter. »Aber denk mal, was wir schon alles gemacht haben. Unser Ausflug nach Büsum. Nach Hooge und Föhr. Unsere Radtour zum Leuchtturm. Und dann hast du auch noch Kitesurfen gelernt.«

»Na ja, so richtig kann ich es noch lange nicht.«

»Du hast ja auch noch ein paar Tage.«

Torsten nickte und ließ den Blick über den endlosen Strand von St. Peter-Ording schweifen, zu den Restaurants, die auf gewaltigen Holzstelzen in den makellos blauen Himmel ragten. Er beobachtete einen Strandsegler, der über eine der weiten Sandflächen knatterte.

»Willst du das auch mal probieren?«, fragte Ina.

»Nur wenn du mitmachst.«

»Denkst du, das lasse ich mir entgehen? Und anschließend ein Wettrennen. Damit du erkennst, wo deine Grenzen sind.« Sie lächelte. Auch wenn sie jetzt in Köln wohnte, war sie als geborene Hamburgerin eine ausgezeichnete Seglerin.

»Wir werden sehen. Was gibst du mir, wenn ich doch gewinne?«

»Einen Kuss?«

»Mehr nicht?« Torsten saugte sich mit seinen Lippen an ihrem heißen Nacken fest. Ina kicherte.

»Guck mal, Ben«, krähte Milena und grinste dabei, »Papa und Mama tun, als wenn sie verliebt sind.«

Torsten griff sie mit beiden Armen und begann seine Tochter zu kitzeln. »Du freche Maus, was soll das heißen, wir tun nur so?« Milena kicherte und zappelte wie verrückt. Währenddessen legte Ben sein Handtuch konzentriert und sehr sorgfältig zusammen.

Wie verschieden die beiden doch sind, dachte Ina.

Kurz darauf machten sie sich auf den Weg zurück in ihre Ferienwohnung. Sie befand sich nicht weit von Ordings neuem Zentrum entfernt. Die Familie entschied, am Strand entlangzuspazieren, dicht an der Brandung der immer weiter vorrückenden Nordsee. Es war Flut, nicht mehr lange, und ein großer Teil der endlos weißen Sandbänke würde unter dem graublauen Wasser verschwinden.

Ina und Torsten gingen Hand in Hand durch den nassen Sand, während die Kinder immer wieder ins Meer rannten und jubelnd versuchten, mit ihren Schaufeln einzelne Wellen zu erwischen. Mit ihrer freien Hand nahm Ina für einen Moment ihre Sonnenbrille ab, um ihren Augen etwas ungefiltertes Licht zu gönnen. Der Geruch von gegrillten Würstchen und Sonnencreme lag in der Luft. Neben den Möwen hörte sie das Lachen und Rufen der zahllosen Gäste, die überall auf dem Strand lagerten. Trotzdem von Gedränge keine Spur. Die Sandbank vor St. Peter-Ording war so unendlich groß, dass es genug Platz für jeden gab.

»Was für ein Paradies, nicht wahr?«, erriet Torsten ihre Gedanken.

»Oh ja, vielleicht sollten wir für immer hierherziehen«, erwiderte Ina.

»Das sagst du jedes Jahr.«

»Und jedes Mal meine ich es absolut ernst.«

Torsten lächelte. »Wer weiß, vielleicht ziehen wir ja wirklich irgendwann in den Norden. Aber vorher müssen die Kinder aus der Schule sein.«

»Dann also erst in zehn Jahren?« Ina gab sich enttäuscht. Sie wusste, dass das Schöne an diesem Traum war, dass er genau das blieb: Ein Traum, der das Herz füllte.

Sie hatten die Stelle erreicht, wo ein langer, auf hohen Stelzen gebauter Holzsteg über den Sand und die Salzwiesen in das touristische Zentrum des Ortes führte. Dort erwartete die Familie ein Gewimmel aus Restaurants, Fischbuden, Strandboutiquen, Souvenirgeschäften und Cafés. Um eine kleine Kreuzung herum gab es sogar einen richtigen Verkehrsstau. Autos drängelten sich, um über die Badstraße nach St. Peter zu fahren, den etwas älteren und kleineren Ortsteil, der weiter im Süden lag.

Die Kinder liebten dieses Durcheinander, schließlich gab es hier überall Eis, Pizza und Strandspielzeug. Aber Ina war froh, wenn sie den Trubel hinter sich lassen konnte. Aus Köln war sie noch viel mehr Verkehr gewohnt. Aber jetzt war Urlaub, und da wollte sie ihre Ruhe. Zum Glück lag ihre Ferienwohnung in einer Seitenstraße zwischen der Badstraße und der Strandpromenade und hatte einen wunderbaren Meerblick.

»Müssen wir noch was einkaufen?«, fragte Torsten.

»Eigentlich noch ein paar Tomaten für die Sauce.« Sie zeigte zweifelnd zu einem kleinen, völlig überfüllten Supermarkt.

»Okay, bleib du mit den Kindern hier, bin gleich wieder da«, sagte Torsten und verschwand in dem Laden. Ina lächelte, ihr Mann wusste genau, was sie überhaupt nicht mochte. Einkaufen in überfüllten Geschäften gehörte definitiv dazu. Gedankenverloren betrachtete sie den Verkehr und die vielen Menschen, die sich Richtung Strand drängten oder sich genau wie sie zur Mittagszeit zum Essen in die Hotels und Wohnungen zurückzogen.

Milena zupfte an ihrem Strandkleid. »Mama, kriegen wir ein Eis?«

»Nein, Schatz, nicht vor dem Mittagessen, vielleicht …« Sie stockte, schwankte auf einmal wie ein Boxer nach einem schweren Treffer. Benommen fasste sie sich an die Schläfe.

Das konnte unmöglich sein.

»Nur ein ganz kleines, Mama«, hörte sie ihre Tochter neben sich. Ina schwieg, schüttelte den Kopf.

»Was ist denn, Mama?«, fragte Ben, der sofort gemerkt hatte, dass etwas nicht stimmte. Ina strich ihm mit der Hand mechanisch über die Haare, ohne den Blick von der anderen Straßenseite zu lassen. Sie atmete schwer, schnappte nach Luft.

»Mama, bist du krank?« Auch Milena hatte jetzt bemerkt, dass ihre Mutter ein Problem hatte. In ihrer Stimme schwang Angst mit. Ina blickte zu ihrer Tochter.

Sollte sie ihr die Wahrheit sagen?

Nein. Natürlich nicht!

»Boah, was für ein Gedrängel«, meldete sich Torsten aus dem Supermarkt zurück, in der Hand ein paar Tomaten und eine Zeitung. »Das nächste Mal sollten wir später einkaufen gehen. Vielleicht am Abend, wenn alle …«

Er hielt inne, bemerkte Inas seltsamen Blick. »Schatz, was ist denn? Du bist ja bleich wie die Wand.«

Ina kämpfte gegen die Sperre in ihrem Kopf. Endlich fand sie ihre Sprache wieder. »Torsten«, stammelte sie und krallte ihre Hand in seinen Arm. »Da drüben …«

»Was?«

»Das ist er.«

»Wer?«

»Der Mann, der Nelly umgebracht hat.«

# 5

Torsten erstarrte, sah sie mit aufgerissenen Augen an.

»Da drüben, der Mann. Er steht vor dem Restaurant und schaut sich die Speisekarte an.« Ina flüsterte, obwohl der Unbekannte viel zu weit weg war, um sie zu hören.

Er hatte einen komplett kahlen Kopf und musste um die fünfzig Jahre alt sein. Er trug eine braune Cargohose, ein weißes Hemd und darüber eine leichte Outdoor-Weste. Er blinzelte lächelnd in die Sonne und sah dabei ganz friedlich aus.

Das dachte auch Torsten. »Bist du sicher, dass das …?«

»Hundert Prozent!«, unterbrach sie ihn. »Das ist der Kerl! Dasselbe Gesicht, derselbe schiefe Gang. Und dann die Narbe auf seiner Stirn. Torsten, ich habe das Schwein damals ganz deutlich gesehen. Er hat meine Schwester umgebracht«, zischte sie, als sie bemerkte, wie Torsten sie immer noch zweifelnd anschaute. Oder erschrocken? Mit einem dezenten Nicken forderte er sie auf, daran zu denken, dass die Kinder ihnen zuhörten. Mit verstörten Mienen schauten die beiden ebenfalls auf die andere Straßenseite.

»Ist das ein Mörder, Mama?«, fragte Milena mit bebender Stimme.

Ina strich ihr über die Wange, wusste aber nicht, was sie ihr sagen sollte.

»Soll ich mal rübergehen und mit ihm reden?«, bot Torsten an.

»Bist du verrückt? Der ist gefährlich!« Ina konnte nicht glauben, dass ihr Mann so naiv war. »Wir müssen die Polizei rufen.« Schon begann sie, in der Seitentasche ihrer Strandhose aufgeregt nach ihrem Handy zu suchen.

»Pass auf, dass er nicht wegläuft«, forderte sie Torsten auf. Sie blickte auf ihr Telefon und stöhnte. »Verdammt, mein Akku ist leer.«

»Ina, bitte …«

»Dann ruf du an. Los, mach schon!«, rief sie aufgebracht. Was war nur los mit ihm? Sie liebte ihren Mann, aber manchmal trieb sie seine lange Leitung in den Wahnsinn.

Oder war sie die Verrückte? Sie bemerkte, wie sich die Kinder an Torstens Beinen festhielten und sie mit ängstlichen Augen anblickten.

»He, alles in Ordnung«, flüsterte sie jetzt wieder und streichelte den beiden über die Haare. »Wir rufen nur kurz die Polizei an, damit sie den bösen Mann ins Gefängnis bringt.«

»Hat er wirklich Tante Nelly umgebracht?«, fragte Ben sie mit großem Ernst.

Ina seufzte. Wie konnte sie ihrem siebenjährigen Sohn das alles nur erklären? Sie schaute hilfesuchend zu ihrem Mann, der sein Handy immer noch nicht herausgeholt hatte. Stattdessen zeigte er auf die andere Straßenseite.

»Ina, sieh mal …«

Der Mann stieg in ein Taxi. Doch bevor er sich in den Wagen schwang, sah er kurz auf, zu ihr. Für den Bruchteil einer Sekunde trafen sich ihre Blicke. Ina zuckte zurück, fühlte sich ertappt. Hatte er sie ebenfalls wiedererkannt? Hatte er bemerkt, dass sie ihn beobachtet hatte?

»Oh scheiße, nein!«, ächzte sie. »Der haut ab.«

Der Wagen fuhr los, weiter durch die Badstraße Richtung St. Peter.

Was jetzt?

Ina sah sich voller Panik um.

Er durfte ihr nicht entkommen!

Ohne lange zu überlegen, sprang sie zu einem Teenager, der mit einer Freundin plauderte. »Entschuldigung, darf ich mir das kurz ausleihen?«, rief sie ihm zu und zog am Rennrad, das er mit einer Hand festhielt.

»He, sind Sie verrückt?«, schimpfte der Junge. Im letzten Moment gelang es ihm, sein Fahrrad am Rahmen festzuhalten. Aber Ina ließ nicht locker, zerrte es in die andere Richtung.

»Ein Notfall, sorry!« Sie riss das Rad mit einem heftigen Ruck los. Der Junge verlor das Gleichgewicht und stürzte fluchend auf das Pflaster.

»Tut mir leid, mein Mann erklärt dir alles!« Ina schwang sich auf den Sattel. Ein letzter Blick zu Torsten und den verschreckten Kindern, die nicht fassen konnten, was ihre Frau und Mutter gerade tat.

*Keine Zeit! Ich muss den Kerl kriegen!*

Ina nahm die Verfolgung auf. Wie eine Besessene trat sie in die Pedale, überholte andere Fahrradfahrer, Spaziergänger und sogar Autos. Die Badstraße war eine Tempo-30-Zone, wenn das Taxi nicht bereits abgebogen war, hatte sie eine Chance, es einzuholen. An beiden

Seiten rauschten feudale Ferienhäuser und Strandvillen an ihr vorbei, gepflegte Gärten mit hohen Eichen und Tannen, in deren Schatten teure Limousinen standen. Eine exklusive Welt, kein Vergleich zu dem einfachen Apartmenthaus, in dem sie ihre Ferienwohnung gemietet hatten.

Aber Inas Augen waren ausschließlich auf die Straße gerichtet. Endlich sah sie das Taxi. Der Mercedes stand vor der Auffahrt einer besonders prachtvollen Villa. Mit quietschenden Reifen stellte sie sich vor den Wagen.

»Halt, stehen geblieben! Wo …« Ina stockte. Der Fahrer war eine Frau, ihre Kundin eine Seniorin, die ihren Koffer die Auffahrt herunterzog. Erstaunt sahen die beiden die völlig verschwitzte Ina an.

Sie zwang sich zu einem Lächeln. Keine Zeit für lange Erklärungen. Sie musste das andere Taxi finden. Sie trat in die Pedale, raste die Badstraße entlang. Der Mann, der ihre Schwester ermordet hatte – ihr war, als würde sie seine Gegenwart in der Nähe spüren. Er durfte nicht entkommen! Ihre Gedanken flogen zurück in jene schreckliche Nacht in Hamburg. Das Gewitter. Nellys zerschlagenes Gesicht. Der Mörder, der sie im Licht des Blitzes anstarrte …

»Achtung!« Ein anderer Radfahrer schwenkte von rechts aus einem kleinen Weg in die Badstraße. Im letzten Augenblick gelang es ihr, ihm auszuweichen. Der Fahrer, ein älterer Mann, zeigte ihr drohend die Faust, zu Recht. Beinahe hätte sie ihn über den Haufen gefahren. Blödmann, dachte Ina trotzdem. Sie rauschte einfach weiter. Da sah sie wieder ein Taxi. Dieses Mal das Richtige – obwohl sie noch ein Stück entfernt war, erkannte sie einen HSV-Aufkleber auf der Heckscheibe.

Wo wollte der Kerl hin?

Ina war lange nicht mehr so schnell Rad gefahren. Ihre Beine schmerzten, sie schnaufte, war völlig aus der Puste. Statt sich an die Geschwindigkeitsvorgabe zu halten, gab das Taxi auf einmal Gas. Der Abstand zwischen ihr und dem Wagen wurde wieder größer. Ina fluchte.

Noch einmal versuchte sie, letzte Kräfte zu mobilisieren. Erneut musste sie Autos und Radfahrern ausweichen. Passanten blickten ihr verdutzt hinterher, schimpften, als sie dicht an ihnen vorbei über die Straße flog.

*Du Schwein! Du entkommst mir nicht. Du wirst für das bezahlen, was du meiner Schwester angetan hast.*

Nur noch zwanzig, nein, zehn Meter, und sie hatte den Wagen eingeholt. Und dann? Ina war fest entschlossen, dem Kerl die Augen auszukratzen.

Plötzlich ein Schlagloch. Nur eine kleine Spalte, doch für einen kurzen Moment kam Ina aus dem Tritt – und raste beinahe in einen Lieferwagen, der rückwärts auf die Badstraße fuhr. In letzter Sekunde konnte sie ihm ausweichen, rammte aber gegen den Kantstein, verlor das Gleichgewicht – und rutschte mit dem Rad scheppernd auf den Asphalt. Ein heftiger Stoß, als sie mit der Schulter auf den Boden krachte und mit dem Fuß in den Speichen hängen blieb.

Benommen lag sie auf der Straße. Schürfwunden an den Beinen, der Fuß gequetscht. Aber noch strömte Adrenalin durch ihren Körper und betäubte jeden Schmerz.

»Mein Gott, ist Ihnen was passiert?«, stammelte der Fahrer des Lieferwagens, ein Handwerker mit dreckigem Blaumann. Ina schüttelte den Kopf. Ächzend versuchte sie, sich aufzurichten. Er reichte ihr eine Hand. »Ich habe Sie überhaupt nicht gesehen.«

Ina ächzte. Der Mann half ihr, behutsam wieder auf die Beine zu kommen. Vorsichtig setzte sie den Fuß auf den Boden. Gebrochen war nichts. Nur die Schulter tat höllisch weh. Das würde einen riesigen blauen Fleck geben, mindestens.

Sofort ermahnte sie sich, auch nur einen Gedanken an ihre Blessuren zu verschwenden. Es gab Wichtigeres. Doch wie sollte sie ihre Verfolgung fortsetzen? Das Rennrad lag komplett verbogen auf dem Boden.

»Das Taxi ...«, flüsterte sie, benommen und immer noch außer Atem, »wo ist das Taxi?«

Der Handwerker sah sie verständnislos an. »Soll ich einen Krankenwagen rufen?«, fragte er und ließ zu, dass sie ihren Arm um seine Schulter legte, um sich abzustützen.

Ina hörte nicht zu. Sie schaute die Badstraße hinunter, die nach St. Peter hineinführte. Keine Spur von einem Taxi.

Tränen liefen über ihre Wangen.

»Tut es so schlimm weh?«, erkundigte sich der Handwerker besorgt.

Ja, es tat weh. Aber es war nicht ihr schmerzender Körper, der ihr Probleme machte. Sondern die Erkenntnis, dass sie Nellys Mörder aus den Augen verloren hatte.

Schon wieder hatte sie ihre kleine Schwester im Stich gelassen.

# 6

»Theo?«

Krumme schreckte hoch. Er erkannte, dass er im Büro des Präsidiums, mit dem Kopf auf dem Schreibtisch, eingeschlafen war.

Vor ihm stand Patrizia »Pat« Reichel, seine 25-jährige Kollegin. Fast zwei Köpfe größer als er. Ihr breiter Rücken verdeckte die Sonne, die hinter ihr durchs Fenster hereinschien.

»Hast du wirklich gepennt? Ich fass es nicht.« Sie ging zurück zu ihrem Platz, gegenüber von seinem.

»Nein, Quatsch, ich habe nur ... ein bisschen nachgedacht.«

»Ach so?« Pat musterte ihn. »Und dabei so getan, als würdest du laut schnarchen?« Sie grinste und schob ihm einen dampfenden Kaffee vor die Nase.

Krumme lächelte verlegen und nippte an dem Pott. *Ick bin een Bärlina!*, stand da drauf, ein Geschenk von seinem Kumpel Mannsen. »Tut mir leid, aber ich musste die halbe Nacht auf dem Sofa schlafen. Der Horror, viel zu weich. Ich habe kein Auge zugekriegt.«

»Und wer lag in deinem Bett?«

Ein haariges, furzendes Monster, dachte er, sagte aber: »Eine Art Hausfreund, der für ein paar Tage eine Unterkunft braucht.«

»Hätte der nicht auf dem Sofa übernachten können?«

Krumme wollte nicht länger über das Thema reden. Er winkte müde ab und trank noch einen Schluck Kaffee.

Pat sortierte ein paar Unterlagen. »Von mir aus hättest du ruhig weiterschlafen können. Aber wir, oder besser: ich bekomme gleich Besuch.«

»Die Jungs vom Parkdeck?«

Pat nickte. »Erst mal nur einer. Mal schauen, was er sagt.«

Es handelte sich um einen harmlosen Routinefall, um den sich seine junge Partnerin exklusiv kümmerte. Die Kollegen von der Schutzpolizei hatten neulich die Personalien von ein paar Jugendlichen aufgenommen, die im Hafenparkhaus abgehangen und Bier getrunken hatten. Jetzt waren dort auch die Spuren von harten Drogen gefunden worden. Bei dem Gespräch ging es darum, herauszufinden, ob die drei Burschen auch damit etwas zu tun hatten.

»Soll ich dich allein lassen?«, fragte Krumme höflich, obwohl er neugierig war, wie die sonst eher zurückhaltende Pat diese Sache geregelt bekam.

Pat zuckte mit den Schultern. »Kannst ruhig bleiben, wenn du mir nicht dazwischenquatschst.«

Kurz darauf betrat Matthias Marten, ein hochgewachsener Teenager, ihr Büro. Er wurde begleitet von seinen Eltern. Ihr misstrauischer Blick verriet Krumme, dass sie weniger ihrem Sohn als der Polizei die Verantwortung für diesen Besuch gaben.

»Guten Tag, Herr Kommissar, ich hoffe, wir können die Angelegenheit schnell regeln. Mein Sohn hat nichts …«

»Entschuldigung, Herr Marten«, unterbrach er den Vater. »Aber nicht ich, sondern meine Kollegin, Kriminalkommissarin Reichel, leitet diese Ermittlung.«

Die Eltern schauten überrascht zu Pat, die sich räusperte und den Rücken streckte. Zur Feier des Tages hatte sie heute nicht ihr verwaschenes schwarzes Lieblings-T-Shirt angezogen, sondern einen dunkelblauen Hoodie. Ob sie so die Familie beeindrucken konnte?

Es gab Fotos einer Überwachungskamera aus dem Parkhaus, die drei Jungs beim Konsum von harten Drogen zeigten – allerdings fast einen Monat vor dem ersten Fall. Ein Blick auf Matthias bestätigte, dass er nichts mit dieser Gruppe zu tun hatte. Der Junge atmete erleichtert auf. Falls er vorher nervös gewesen war, gab er sich betont cool, als könnte ihn nichts umwerfen. Lässig streckte er seine dünnen Beine unter den Tisch.

»Dann ist ja alles klar! Können wir wieder gehen?«

Der forsche Ton schien seinen Eltern nicht besonders zu gefallen, aber auch sie griffen nach ihren Jacken.

»Moment«, sagte Pat und hob die Hand. »Da wäre noch die Sachbeschädigung.«

»Die was …?« Frau Marten sah ihren überraschten Sohn nervös an.

»Als ihr damals in das geschlossene Parkhaus geklettert seid, habt ihr einen Zaun und eine Überwachungskamera beschädigt.«

»Aber so schlimm war das doch nicht. Haben Ihre Kollegen auch gesagt.«

»Davon weiß ich nichts«, sagte Pat und tippte mit dem Kugelschreiber auf ihre Unterlagen. »Ich weiß nur, dass du und deine Freunde euer Vergehen damals zugegeben habt. Der Betreiber hat inzwischen eine Anzeige gestellt.«

»Eine Anzeige?«, wiederholte Frau Marten erschrocken.

Ihr Mann sah böse zu Matthias: »Ein kaputter Zaun und eine beschädigte Kamera? Davon hast du uns nichts erzählt!«

»Aber, ich dachte nicht …« Matthias stockte, als er das zornige Gesicht seines Vaters sah.

Krumme blickte zu Pat, die Matthias jetzt ebenfalls ins Visier nahm.

»Ja, eine Anzeige. Aber ich habe mit der Behörde gesprochen. Ich werde ihr empfehlen, sie wegen Geringfügigkeit fallen zu lassen. Natürlich gibt es keine Garantie, dass sie auf mich hören werden. Aber der zuständige Staatsanwalt und ich arbeiten immer gut zusammen. Ich denke, er wird wie üblich meiner Empfehlung folgen.«

»Also keine Anzeige?« Frau Marten sah Pat hoffnungsvoll an.

Doch die wandte sich an Matthias: »Du müsstest das Protokoll unterschreiben und bestätigen, dass das mit dem Zaun und der Kamera nur ein Unfall war …«

»Natürlich, mache ich!«

»… aber auch, dass ihr, also du und deine beiden Freunde, die volle Verantwortung übernehmt.«

»Und dann?«, erkundigte sich jetzt Herr Marten. Er zupfte nervös an seiner Krawatte.

Pat zog ein Formular aus ihrer Mappe und reichte es Matthias. »Ich denke, zu 99 Prozent ist die Sache damit geregelt.«

Die Familie sah sich schweigend an. »Vielen Dank, Frau Kommissarin«, sagte dann Herr Marten.

Pat nickte gnädig und wandte sich noch einmal an Matthias: »Aber damit das klar ist – dieses Mal hast du noch Glück gehabt. Sauber bleiben! Beim nächsten Mal, auch wenn es nur ein kleines Vergehen ist, kann auch ich nichts mehr für dich machen. Ist das klar?«

»Jawohl«, sagte Matthias. Krumme konnte sehen, wie unangenehm ihm die Situation war.

Pat lehnte ihren großen Körper nach vorn: »Sag das auch deinen Freunden: Im Parkhaus habt ihr nichts zu suchen.«

Matthias nickte gehorsam. Sein Vater drückte ihm einen Stift in die Hand. »Los, unterschreib schon.«

Kurz darauf war alles vorbei. Pat hatte Matthias das Protokoll noch einmal offiziell vorgelesen. Dann hatte er es sofort unterschrieben. Schließlich verabschiedete sich die Familie, nachdem sich Frau und Herr Marten überschwänglich bei Pat für ihre Hilfe bedankt hatten.

»Ich bin beeindruckt«, sagte Krumme, als sie wieder allein im Büro waren.

Pat legte die Unterlagen zurück in einen Aktenordner. »Wieso?«, fragte sie.

»Ich wusste gar nicht, dass der Staatsanwalt so ein guter Freund von dir ist. Und von einer möglichen Anzeige wusste ich auch nichts.«

Pat schwieg und schaute mit einem feinen Lächeln aus dem Fenster.

»Der Kleine und seine Freunde werden sich in Zukunft gut überlegen, ob sie illegal über einen Zaun klettern«, stellte Krumme fest.

»Ein kleiner Schuss vor den Bug kann nicht schaden, damit sie auf Spur bleiben.« Nun konnte Pat sich ein Grinsen doch nicht verkneifen. »Jetzt müssen wir nur noch die anderen Kerle mit den Drogen schnappen.«

»Du hast geblufft«, stellte Krumme fest und ergänzte: »Gut gemacht.«

Pat lächelte: »Ich habe nur alles so gemacht wie du neulich bei dem Taschendieb.«

»Ach ja?« Krumme konnte sich kaum erinnern, fühlte sich aber geschmeichelt. Zufrieden goss er sich und Pat noch einen Kaffee ein und lehnte sich entspannt zurück.

»Du wirst noch mal eine richtig gute Kommissarin!«

Pat senkte bescheiden den Blick und tippte in ihr Smartphone. Krumme hatte sich daran gewöhnt, dass sie es in jeder freien Minute aus der Tasche kramte und ständig im Netz unterwegs war. Vor einem Jahr hatte sie ihm auf diese Weise sogar das Leben gerettet.

Er lehnte sich zurück und schaute aus dem Fenster, wo er den perfekten Blick auf den Bahnhof hatte. Gerade fuhr der ICE nach Westerland durch. Schon ein bisschen laut, aber auch daran hatte Krumme sich mittlerweile gewöhnt. Einer der wenigen Nachteile, seitdem er aus Berlin nach Husum gezogen war. Er atmete die nach Salz und Meer duftende Luft ein, die durch das Fenster hereinströmte. So konnte es weitergehen. Ein paar Jungs, die sich in ein Parkhaus schlichen, um dort ein Bierchen zu trinken. Dazu lagen eine Anzeige wegen Ruhestörung und ein Verfahren wegen Veruntreuung auf dem Tisch. Nordfriesland eben – hier war die Welt noch in Ordnung. Wenn er an die Arbeit bei der Sitte in Berlin-Neukölln zurückdachte, mit was für Alpträumen er da täglich zu tun hatte … Wieder einmal gratulierte er sich zu seiner Entscheidung, hier einen Neuanfang gewagt zu haben.

Ein Klopfen an der Tür.

»Ja?«

Eine schlanke Frau mit dunkelblonder Kurzhaarfrisur trat ein. Sie trug ein helles T-Shirt, Badelatschen und einen kurzen Sommerrock. Doch an der linken Hand entdeckte Krumme einen Verband, und auch ihr Gesicht sah nicht nach Urlaub aus. Dunkle Schatten unter den Augen. Und im Blick der Frau zeigte sich eine seltsame Mischung aus Wut, Wahn und Entschlossenheit. Sie stellte sich als Ina Maurer aus Köln vor, die zusammen mit ihrem Mann und ihren beiden kleinen Kindern Urlaub an der Nordsee machte.

»Was können wir für Sie tun, Frau Maurer?«, fragte Krumme, nachdem er ihr ein Glas Wasser angeboten hatte.

Ina Maurer trank einen großen Schluck, bevor sie antwortete: »Ich habe heute den Mörder meiner Schwester wiedergesehen.«

## 7

Krumme und Pat hörten schweigend zu, als Frau Maurer von ihrer Jagd auf den Unbekannten und ihrer Odyssee durch St. Peter-Ording erzählte.

»Eine Stunde bin ich durch St. Peter gelaufen. Überall habe ich geguckt, im Zentrum, dahinter bei den Ferienhäusern, sogar auf der anderen Seite des Deichs. Aber nirgends eine Spur von dem Kerl.«

»Und Ihre Familie?«

»Torsten und die Kinder sind später nachgekommen. Natürlich wollte mein Mann auch helfen. Aber er hatte den Mann ja kaum gesehen.« Krumme nickte. Ihm fiel auf, wie Frau Maurer sich nervös an den Händen kratzte.

»Und wo sind die drei jetzt?«, wollte Pat wissen.

»Die warten unten im Flur«, sagte sie. »Schlimm genug, dass die Kinder wissen, dass ich bei der Polizei bin. Die Details müssen sie nicht erfahren.«

»Können Sie sich an das Taxi erinnern?«

»Ein Mercedes. Ich glaube, die letzte Zahl auf der Autonummer war eine 4.« Sie schaute verlegen, anscheinend war es ihr unangenehm, dass sie nicht mehr wusste. »Und der Wagen hatte einen HSV-Aufkleber.«

»Immerhin, das ist doch schon mal was.« Krumme nickte Pat zu. Sie stand auf und verließ den Raum.

»Na schön, Frau Maurer, dann reden wir noch etwas

über die Details. Was genau ist damals in Hamburg passiert?«

Sie sah ihn nachdenklich an, holte tief Luft, bevor sie zu sprechen anfing. Sie erzählte ihm von der Nacht vor fast zwanzig Jahren, als sie mit ihrer Familie noch in Hamburg lebte. Wie sie gemeinsam mit ihrer Schwester Nelly an einem schwülen Sommerabend zum Elbstrand ging, um ein bisschen den Schiffen auf der Elbe zuzusehen und entspannt im Sand zu liegen. Dass sie kurz wegging, um an einer Bar etwas zu trinken zu holen. Und wie sie dann zurückkam und ihre Schwester erschlagen neben einem Baum fand.

Krumme hörte aufmerksam zu. Offensichtlich hatte Frau Maurer diese Geschichte schon oft erzählt. Sie stotterte und verhaspelte sich nicht, sprach in klaren, grammatikalisch einwandfreien Sätzen, bemühte sich, auch kleine Details präzise zu beschreiben und nichts auszulassen. Ein Vortrag. Aber Krumme konnte sie nichts vormachen. Er blickte auf ihre vom vielen Kratzen vernarbten Hände. Und als sie zum dramatischen Ende kam, wurde ihr Atem immer schneller, und auf ihrem Hals erschienen rote Flecken. Krumme war sicher, für sie war diese Geschichte praktisch gestern passiert. Niemals würde sie darüber hinwegkommen. Schließlich beschrieb sie auch den entscheidenden Moment, den Augenblick, in dem sie den Mörder ihrer Schwester im Licht des Blitzes gesehen hatte.

»Mein herzliches Beileid, Frau Maurer«, stellte Krumme betroffen fest. Er räusperte sich. »Aber zwanzig Jahre sind eine sehr lange Zeit. Sind Sie wirklich sicher, dass das heute derselbe Mann war?«

»Hundertprozentig! Das war Nellys Mörder, ich bin ganz sicher.«

»Er sieht jetzt völlig anders aus. Sie haben gesagt, der Mann, der ins Taxi gestiegen ist, hätte einen kahlen Kopf. Und damals ...«

»... hatte er natürlich noch mehr Haare«, unterbrach ihn Frau Maurer ungeduldig. »Ich bin nicht dumm, ich weiß, dass er sich verändert hat. Aber es ist derselbe Mann. Die Augen, der Mund und auch die kleine Narbe auf seiner Stirn ist dieselbe wie damals.«

»Haben Sie seinerzeit ein Phantombild anfertigen lassen?«

Sie nickte. »Wenn Sie es sehen, wissen Sie, dass ich recht habe.«

»Vorausgesetzt, wir finden den Mann.«

Krumme hatte sich während der Geschichte Notizen gemacht. Nun ließ er sich auch den Namen des Hamburger Kollegen geben, der damals den Fall geleitet hatte, um sich die entsprechenden Unterlagen schicken zu lassen.

Pat kam zurück. »Wir haben den Wagen. Das Ende der Autonummer war eine 77, keine vier. Aber es gibt in St. Peter-Ording lediglich einen Mercedes mit einem HSV-Aufkleber auf der Heckscheibe. Die Taxizentrale hat mich mit dem Fahrer verbunden.«

»Und?« Frau Maurer zitterte vor Aufregung. »Kann er sich erinnern? Wohin ...«

»Ja, er kann sich an den Mann erinnern«, unterbrach Pat sie. »Aber einen Namen konnte er mir nicht sagen. Überhaupt habe der Mann kaum gesprochen und nur aus dem Fenster geschaut.«

»Und wo ist er ausgestiegen? Haben wir eine Adresse?«, fragte Krumme.

»Nein. Er hat sich zum Bahnhof St. Peter Süd bringen lassen.«

Frau Maurer sah sie entsetzt an. »Er ist mit dem Zug weggefahren?« Sie blickte zu Krumme. »Und jetzt? Ist er weg? Haben wir noch eine Chance, ihn ...«

Krumme schloss sein Heft mit den Notizen.

»Mal schauen. Ich kann Ihnen nichts versprechen. Aber lassen Sie uns morgen früh doch noch mal sprechen.«

Gemeinsam brachten sie Frau Maurer zu ihrer Familie, die unten im Flur wartete. Als sie die Treppe herunterkamen, hörte Krumme lautes Lachen und verzücktes Jubeln und konnte kaum glauben, was er sah: Seine Kollegen, der kleine Karsten »Katsche« Ludwig und der schlaksige Hauke Friedrichs, beides erfahrene Kriminalkommissare, saßen zusammen mit zwei Kindern auf einer Bank und spielten mit ihnen Spiele auf einem Handy. Gerade hatte der kugeldicke Ludwig das Smartphone in der Hand. Mit aufgerissenem Mund fuhr er ein Rennen, während die Kinder, ein Junge und ein Mädchen, rechts und links von ihm saßen und ihm aufgeregt Kommandos zuriefen.

»Was ist denn hier los?«, erkundigte sich Krumme erstaunt.

»Das Rennen um die Welt«, klärte ihn der wie immer nach Zigarettenrauch stinkende Friedrichs mit glänzenden Wangen auf. »Ich bin als Nächster dran.«

»Du hast keine Chance«, stieß Katsche Ludwig hervor, ohne die Augen vom Handy zu nehmen.

Etwas abseits wartete ein gutaussehender, braungebrannter Mann in Badeshorts, offensichtlich Frau Maurers Ehemann. Krumme bemerkte, wie ein kleiner Ruck durch Pat ging, als sie den Mann zum ersten Mal erblickte. Genau ihr Typ, nicht nur, weil er sogar ein Stück größer als sie war. Sie lächelte. Doch Herr Maurer hatte nur Augen für seine Frau. Besorgt warf er ihr einen Blick zu. Sie nickte kurz und entschuldigte sich dann auf die Toilette. Krumme nutzte die Gelegenheit und stellte sich und Pat vor.

»Was haben Sie herausgefunden?«, wollte Herr Maurer wissen.

»Noch nicht viel. Wir haben eine Spur. Morgen früh wissen wir vielleicht mehr.«

Herr Maurer seufzte. Nachdenklich schaute er sich nach seiner Frau um, die gerade um die Ecke verschwunden war.

»Haben Sie den Mann auch gesehen?«, erkundigte sich Krumme, der sich zwischen Pat und Herrn Maurer wie ein Zwerg vorkam. Er trat einen Schritt zurück, damit er nicht zu steil nach oben schauen musste.

»Nur ganz kurz«, erwiderte er.

»Kam er Ihnen auch irgendwie verdächtig vor?«, wollte Pat wissen.

Er zögerte. »Was soll ich sagen? Der Mann ist ins Taxi gestiegen und weggefahren. Das war's.« Er zuckte mit den Schultern und schwieg.

Krumme hatte den Eindruck, dass er noch etwas sagen wollte, und sah ihn herausfordernd an. Tatsächlich schob Herr Maurer ihn und Pat etwas zur Seite, während seine Kinder weiter mit Friedrichs und Ludwig spielten.

»Was für einen Eindruck hat meine Frau auf Sie gemacht?«, fragte er.

»Wie meinen Sie das?«

»Na ja, können Sie was mit ihrer Aussage anfangen?«

»Ich hatte den Eindruck, dass Ihre Frau eine aufmerksame Beobachterin ist«, sagte Krumme. »Ich bin zuversichtlich, dass wir den Mann finden.«

Herr Maurer nickte langsam, schaute nachdenklich durch den leeren Flur. Dann gab er sich einen Ruck: »Es ist nicht das erste Mal, dass meine Frau glaubt, den Mörder ihrer Schwester gesehen zu haben.«

Krumme tauschte einen irritierten Blick mit Pat. Herr Maurer strich sich seufzend über die Stirn.

»Im Laufe der Jahre hat sie bestimmt fünf oder sechs Männer bei der Polizei angezeigt. Sie war sich immer ganz sicher. Später, wenn sich herausstellte, dass sie wieder falschlag, war die Enttäuschung natürlich riesengroß.«

»Schon verständlich, dass sie unbedingt den Mörder finden will«, meinte Krumme.

»Ja, das verstehe ich auch. Ich, die ganze Familie, wir standen immer an ihrer Seite. Wir sind zusammen zur Polizei gefahren, haben bei Gegenüberstellungen gemeinsam hinter dem Spiegel gestanden. Haben sie unterstützt, wenn die Beschuldigten sie wegen Verleumdung angeklagt haben. Mein Gott, ich glaube, es hätte nicht mehr lange gedauert, und wir hätten bei der Polizei Hausverbot bekommen, so oft waren wir im Präsidium. Aber diese ewige Suche hat Ina kaputtgemacht. Als wir noch in Hamburg gewohnt haben, war sie in Therapie. Überall hat sie Gespenster gesehen. Schließlich war das auch einer der Gründe, weshalb wir nach Köln gezogen sind. Ina musste endlich einen Schlussstrich ziehen, die Vergangenheit vergessen und nach vorn schauen.«

»Aber das hat nicht geklappt?«, fragte Krumme.

»Doch, eigentlich schon. Wir fühlen uns im Rheinland total wohl. Die Kinder sind beide kölsche Pänz. Ich glaube, seit die beiden geboren sind, hat Ina viel seltener an ihre tote Schwester gedacht.«

»Bis heute«, sagte Pat.

Herr Maurer nickte, vergrub sein Gesicht in den Händen. »Bitte, dieser Irrsinn darf nicht wieder von vorn losgehen. Irgendwann muss Schluss sein. Ich will nicht, dass Ina ...«

»... wieder verrückt wird?«, meldete sich auf einmal seine Frau, die hinter ihnen zurück von der Toilette gekommen war.

»Schatz, ich ...« Herr Maurer wurde knallrot.

»Nein, ich will nichts hören.«

Frau Maurer erwiderte sein verlegenes Lächeln mit finsterer Miene. Wenn Blicke töten könnten, hätte er jetzt einen neuen Fall gehabt, dachte Krumme.

## 8

Mit breiten Strahlen durchbrach die Sonne die Wolken, glitt über die grünen Felder und ließ die Kanäle und Priele funkeln. Sie sah Schafe und Kühe, die friedlich auf den Feldern standen. Ein Bauer lud mit seinen Söhnen Heu auf einen Anhänger. Ein kleiner Bursche in einer kurzen ausgebeulten Hose saß auf einem Hocker am Straßenrand und verkaufte Äpfel. Ein Storch suchte auf einem Acker nach Futter für seine Jungen, die in einem Nest auf dem Dach eines der vielen Bauernhöfe warteten. Sie blickte in den Himmel und beobachtete einen Greifvogel, der majestätisch seine Kreise über dieser verzauberten, in sich ruhenden Welt zog.

»Bist du immer noch böse auf Papi?«, holte sie eine Kinderstimme zurück in die Wirklichkeit. Natürlich Ben. Genau wie seine Schwester war er auf dem Parkplatz vor dem Präsidium Zeuge geworden, wie sie Torsten heftige Vorwürfe gemacht hatte.

»Alles gut, mein Schatz«, antwortete sie. »Erwachsene streiten manchmal ein bisschen, wenn sie verschiedene Meinungen haben.«

Keine besonders tolle Erklärung. Im Spiegel konnte Ina die skeptischen Mienen ihrer Kinder sehen.

Erneut herrschte eisiges Schweigen im Wagen. Ina blickte wieder aus dem Fenster.

Torsten seufzte, während er den Opel Astra über die B 202 zurück zu ihrer Ferienwohnung nach St. Peter-Ording fuhr. »Liebes, ich habe es nur gut gemeint.«

Sie verdrehte die Augen. »Ach ja? Und deshalb musstest du dem Kommissar sagen, ich wäre verrückt?«

»Mama ist verrückt?«, erkundigte sich Milena und schob ihren Kopf besorgt zwischen die beiden Sitze.

»Das habe ich nicht gesagt.« Torsten schüttelte energisch den Kopf. »Ich wollte ihn nur ermahnen, dass er besonders sorgfältig ermittelt. Nicht, dass du dir wieder falsche Hoffnungen machst.«

Zum ersten Mal, seit sie Husum verlassen hatten, blickte Ina ihm direkt ins Gesicht. »So ein Blödsinn. Ich kann die Wahrheit vertragen.«

»Ach ja? Das habe ich aber anders in Erinnerung«, erwiderte Torsten und ergänzte leise: »Du warst damals kurz vor der Einweisung in stationäre Behandlung.«

»Das waren andere Zeiten. Und damals habe ich falschgelegen, das weiß ich jetzt. Doch heute bin ich ganz sicher, das war der Mann, der …« Mit Rücksicht auf die Kinder beendete sie den Satz nicht.

»Das hast du früher auch gesagt. Aber am Ende hast du dich immer geirrt.«

Ina schwieg und drehte den Kopf wieder zum Fenster, um zu zeigen, dass sie nicht mehr über das Thema reden wollte.

Ja, es waren düstere Jahre gewesen. Es stimmte, sie hatte sich einige Male verrannt und die falschen Männer verdächtigt. Aber wenigstens hatte sie etwas getan! Wie oft hatte sie bei der Polizei vor der Tür gestanden und sich nach den Ermittlungen erkundigt? Immer wieder war sie vertröstet worden. Keine Spur, kein Verdächtiger, nichts – bis heute.

Fast zwanzig Jahre waren vergangen, seit sie ihre Schwester erschlagen am Strand gefunden hatte. Was wohl aus Nelly geworden wäre? Ob sie auch eine Familie gegründet hätte? Dann wäre Ina jetzt Tante, und sie könnten gemeinsam Urlaub an der Nordsee machen.

Sie fuhren durch Katharinenheerd, ein kleiner idyllischer Ort mitten auf Eiderstedt. Ina beobachtete ein junges Paar, das sein Baby in einem Kinderwagen vor sich herschob. Mein Gott, das könnte Nelly sein. Aber nein, auch ihre kleine Schwester wäre älter geworden. Nur zwei Jahre jünger als sie, hätte Nelly letzten März schon ihren sechsunddreißigsten Geburtstag gefeiert. Ina seufzte, in ihrer Erinnerung würde ihre Schwester immer ein süßer Teenager bleiben.

Genau wie dieses Mädchen, das mit gedankenverlorener Miene an einer Ampel wartete. Ihre Blicke trafen sich für den Bruchteil einer Sekunde. Ina, den Kopf traurig an die Scheibe gelehnt, schaute hinaus, und das Mädchen sah zu ihr zurück. Gut, sie hatte nicht blonde, sondern lange schwarze Haare, und auch sonst war sie ein ganz anderer Typ. Schon war sie wieder aus ihrem Blickfeld verschwunden.

»Bist du wirklich immer noch böse auf mich?«, holte Torsten sie aus ihren Gedanken.

»Nein«, log sie.

»Ich liebe dich. Nur deshalb mache ich mir Sorgen um dich.«

»Das musst du nicht. Wir fahren morgen wieder

zur Polizei. Wenn sie nichts gefunden haben, war's das eben.«

»Und wenn sie doch jemanden entdeckt haben?«

Ina sah ihn völlig verständnislos an. »Was ist das für eine Frage? Dann werden sie das Schwein hoffentlich verhaften und für immer wegsperren.«

Torsten atmete durch. »Natürlich, das will ich ja auch. Aber ...« Er schwieg und sah sie mit besorgter Miene an.

»Er ist der Richtige, ganz sicher«, sagte sie lauter, als sie wollte. »Wäre es dir lieber, ich hätte nichts gesagt? Soll Nellys Mörder etwa niemals gefasst werden?«

Torsten verdrehte die Augen. Ina wusste, dass ihr Vorwurf ungerecht war. In all den schwierigen Jahren hatte er immer an ihrer Seite gestanden.

»Ich möchte nicht, dass dich diese Geschichte wieder in ein dunkles Loch zieht«, sagte er. »Denk an dich und deine Gesundheit. Und denk an deine Familie. Die Kinder und ich, wir brauchen dich.«

Ina drehte sich um und sah zu Milena und Ben, die mit verstörten Mienen in ihren Kindersitzen saßen. Ina zwinkerte ihnen zu, und zumindest Milena lächelte zurück.

»Ich denke immer an meine Familie«, sagte Ina leise zu Torsten, »vielleicht sollten wir später weiterreden.«

Vielleicht auch nicht, dachte sie. Lust hatte sie nicht. Während Torsten verstummte und sich auf den Verkehr der stark befahrenen Bundesstraße konzentrierte, schaute Ina wieder hinaus in die Marsch.

Auch wenn sie diese Erinnerung eigentlich überhaupt nicht mehr zulassen wollte: Durch Torstens Gerede musste sie wieder an ihre Besuche bei der Psychotherapeutin in Hamburg denken. Die langen Stunden in der Praxis in Harvestehude. Der Blick auf die Alster war fantastisch gewesen, die damalige Erkenntnis, dass sie langsam immer verrückter wurde, nicht. Erst als sie einen kompletten Nervenzusammenbruch erlitten hatte, war ihr klar geworden, dass sie mit der Vergangenheit abschließen musste. Sie wie ein trauriges Buch zuklappen, um es dann weit weg in ein Regal zu stellen, hatte ihre Psychotherapeutin gesagt.

Doch nun hatte sie den Mann wiedererkannt. War es dieses Mal anders als bei den Kerlen, die sie vor vielen Jahren gesehen hatte?

Nein, auch damals hatte es nie Zweifel gegeben. Sie war immer überzeugt gewesen, den Richtigen entdeckt zu haben. Nur hatte sie das nie. Nervös fragte sich Ina, ob Torsten recht hatte und sie bei diesem Thema wirklich unzurechnungsfähig war.

Sie hielt die Stille nicht aus und schaltete das Radio an. »Wie wäre es mit ein bisschen Musik?« Gerade lief »Just can't get enough«, ein alter Titel von *Depeche Mode*. Torsten schaute sie fragend an. Sie nickte ihm freundlich zu. Schluss mit der schlechten Stimmung! Sie waren hier im wunderschönen Nordfriesland, um sich zu erholen und nicht um sich zu streiten.

Ina begann, das Lied mitzusummen. Torsten begleitete sie, kannte sogar den Text. Sie bemerkte, dass auch die Kinder mit den Köpfen wippten, erleichtert, dass sich ihre Eltern wieder vertragen hatten. Dieses Mal lächelte sogar Ben. Mittlerweile fuhren sie durch Tating, ein entzückendes, kleines Friesenstädtchen mit engen, malerischen Gassen. Nicht mehr lange und sie waren wieder in ihrer Ferienwohnung in St. Peter-Ording.

Plötzlich stutzte sie. Ihr Kopf ging ruckartig zur Seite.

*Das kann nicht sein!*

»Was ist denn?«, erkundigte sich Torsten.

Aber Ina antwortete nicht. Sie drehte sich um, schaute zurück zu einer Straßenecke. Sie spürte, wie ein unangenehmes Frösteln über ihre Nackenhaare strich. Während der Opel in der auf eine Spur begrenzten, engen Straße langsam durch den Ort glitt, sah sie zu einer jungen Frau, die immer noch an der Ecke stand. Dasselbe Mädchen mit den langen schwarzen Haaren, das ihr vor ein paar Minuten am Fußgängerüberweg in Katharinenheerd, zehn Kilometer entfernt von hier, direkt in die Augen gesehen hatte. Das gleiche Sommerkleid. Der gleiche gedankenverlorene Blick, mit dem sie dem Wagen hinterherschaute. Nein, nicht dem Wagen. Ina war sicher, dass der Blick des Mädchens nur ihr galt.

# 9

Löwe betrachtete ihn voller Verachtung. »Zum allerletzten Mal: Weg mit der Knarre! Du kommst jetzt mit.
Und solltest du Probleme machen, finde ich im Haus
bestimmt noch eine andere Geisel.«

Robert atmete tief durch, bevor er langsam in die
Knie ging, um die Pistole abzulegen.

»Okay.«

»Brav ...«

Die Schüsse fielen fast gleichzeitig, gingen im Unwetter jedoch fast unter. Sekunden, bevor Roberts Waffe
den Boden hätte berühren sollen, hatte er sie hochgeris-
sen, geschossen und sich gleichzeitig zur Seite geworfen.
Doch Löwe war aufmerksam geblieben und hatte ebenfalls abgedrückt.

Für einen Moment sahen sich die beiden Männer
schweigend in die Augen. Löwe stand am einen Ende
des Daches, Robert kniete auf der anderen Seite. Fast
schien es, als würde selbst der Regen den Atem an-
halten. Wieder grinste Löwe, dann stutzte er. Verständnislos fasste er sich an die Brust, wo ein kleiner
roter Fleck rasch immer größer wurde. Er musterte
sein entsetztes Gegenüber, schüttelte verwundert
den Kopf – und fiel stumm nach hinten über die
Brüstung.

Erschöpft schloss Robert die Augen. Es war vorbei. Endlich. Die lange Jagd nach Löwe hatte ein Ende.

Aber etwas stimmte nicht. Wie in Zeitlupe nahm Robert Piet wahr, der auf das Dach gelaufen kam, ihn entsetzt anschaute und seinem Partner etwas zurief. Robert lächelte, obwohl er nichts hören konnte. Es herrschte absolute Stille. Ungläubig schaute Robert an sich hinab. Sein Hemd war blutgetränkt, aber er spürte keinen Schmerz. Da war Frieden, grenzenloser Frieden. Dann wurde alles um ihn herum schwarz.

Er lächelte, als er nach vorn auf das Dach sackte und mit dem Gesicht in einer Pfütze landete. Noch immer fiel der Regen auf das Dach, auf Roberts Rücken und in die Pfütze, die sich langsam rot färbte.

Stille.

Alle hielten den Atem an. Nur der Wind war zu hören, der draußen um das Haus rauschte. Ein Fußscharren. Das Rascheln der Gardine am aufgeklappten Fenster.

Krumme atmete durch und sah in die Runde. Sieben Frauen und außer ihm noch ein Mann. Alle blickten versonnen ins Leere, ließen den letzten Satz des eben Gehörten durch den Kopf klingen.

Hannelore, ihre Gastgeberin, eine pralle Mittfünfzigerin mit kräftigen friesenblonden Haaren und dicken Hausschuhen, räusperte sich. Das Zeichen, dass jetzt der Diskussionsteil begann.

»Vielen Dank, Gaby«, sagte sie, »du hast wirklich toll gelesen.« Sie nickte einer schlanken Frau mit blonden Strähnchen und freundlichen Grübchen zu. Krumme wusste, dass sie in einem Antiquitätengeschäft am Husumer Markt arbeitete.

»Das war eine spannende Geschichte«, fuhr ihre Gastgeberin fort. »Ein Berliner Kommissar auf der Jagd nach einem Drogendealer. Ich bin immer noch ganz aus der Puste.« Allgemeines Schmunzeln bei den Damen.

»Kannst du uns sagen, warum du dieses Buch für den heutigen Abend ausgesucht hast?«

Gaby lächelte verlegen. »Na ja, die Geschichte ist sehr spannend. Später wird es noch richtig unheimlich und gruselig. Das war ja nur der Anfang. Aber der eigentliche Grund, warum ich gerade diesen Krimi mitgenommen habe, ist, dass Marianne uns letztes Mal einen echten Kommissar aus Berlin angekündigt hat.«

Alle Augen gingen zu ihm. Krumme spürte, wie sich ein flaues Gefühl in seinem Magen ausbreitete. *Sie hat mich reingelegt*, dachte er und blickte vorwurfsvoll zu Marianne. Die schenkte ihm ein hintergründiges Lächeln und zuckte mit den Schultern.

»Komm doch mal mit rein«, hatte Marianne vorhin an der Tür gesagt. »Das sind ganz nette Leute, gute Freunde. Du brauchst gar nichts zu sagen, bleib einfach im Hintergrund sitzen. Hör entspannt zu, während wir über Bücher plaudern, und genieß das Essen. Hannelore ist eine sensationelle Köchin.«

Das stimmte. Das Büfett, das für die Runde auf einem Tisch bereitstand, war lecker. Besonders die Krabbenhäppchen schmeckten himmlisch. Ohne jede Soße oder Dressing, genau so mochte er sie am liebsten, den Teller mit den kleinen Broten hatte er fast ganz allein aufgegessen. Obwohl jetzt, als er darüber nachdachte, fragte er sich, ob Hannelore die Leckereien sowieso alle für ihn gezaubert hatte. Weil sie gewusst hatte, dass Marianne es schaffen würde, ihn mit in ihre Wohnung zu ziehen. Was für eine Intrige! Krumme legte das letzte Brot wieder auf den Teller zurück. Er blickte zu Watson, der es sich auf dem Boden bequem gemacht hatte und ebenfalls ein paar Häppchen futterte.

Jetzt saß er in der Patsche. Er hätte es sich ja denken können. Eine Leserunde, ausgerechnet. Das letzte Buch, in das er reingeschaut hatte, war ein Wanderführer über Nordfriesland.

»Herr Krumme«, fing Hannelore jetzt gedehnt an, ein Netz um ihn zu spannen, »oder sollte ich Herr Kommissar zu Ihnen sagen?«

Er presste die Lippen zu einem gequälten Lächeln zusammen. »Krumme reicht. Gerne auch Theo.«

»Nun denn, Theo, wie hat Ihnen dieser Krimi gefallen?«

»Gut, sehr gut«, sagte er vorsichtig. »Sehr spannend. Aber die Realität sieht meistens anders aus.«

»Wie denn?«, wollte eine andere Dame wissen. Sie war um die vierzig Jahre alt und trug eine Bluse mit Leopardenmuster. Dicke Ringe unter den Augen wiesen auf ein beschwerliches Leben hin. Doch jetzt strahlte sie vor Neugier über das ganze Gesicht.

»Na ja, nicht so spektakulär. Schießereien und Verfolgungsjagden gehören eigentlich nicht zum Alltag.«

»Also …«, fing eine ältere Frau um die sechzig an, die mit aufrechtem Rücken direkt neben dem Heizkörper saß. Sie hatte für den Abend ein elegantes Kostüm ausgesucht und schien vorher extra zu einem Friseur gegangen zu sein. »Was da vor einem Jahr in dem Artikel stand«, sagte sie, »über diese wilde Schießerei in St. Peter-Ording, das hörte sich schon recht spektakulär an.«

Krumme verdrehte die Augen. Hatte Marianne etwa Pressemappen verteilt?

»Das war eine Ausnahme«, sagte er.

»Und was war das auf Hooge?«, wollte Gaby wissen.

»Oder vor ein paar Jahren auf dem Deich bei Kleebüll? Sie sind fast verblutet!«, sagte wieder die elegante Dame und zeigte dabei mit langen, rotlackierten Fingernägeln auf ihn.

Er räusperte sich. »Na schön, da sind ein paar Sachen zusammengekommen. Aber normalerweise ist Polizeiarbeit nur langweilige Büroarbeit.«

»Aber doch bestimmt nicht in Berlin?«, wollte die Dame mit der Leopardenbluse und den traurigen Augen wissen.

»Auch bei den Kollegen in Berlin sieht das nicht viel anders aus. Ermittlungsarbeit ist vor allem Recherche. Die meiste Zeit verlässt man sein Büro nicht.«

»Aber Marianne hat erzählt, dass Sie bei der Sitte gearbeitet haben. In Neukölln! Vergewaltigungen, Morde, das muss doch schrecklich gewesen sein?«, wollte Hannelore wissen. Allein die Vorstellung schien bei ihr einen wohligen Schauer auszulösen.

»Natürlich gab es da auch ganz … besondere Fälle.« Krumme musste an den »blauen Ripper« denken. Er hatte vier Prostituierte getötet und dann mit dem Kopf nach unten aufgeschlitzt, bei sich in der Wohnung in der Sonnenallee aufgehängt und dann ausgeweidet. Aber über diese schaurige Geschichte wollte er in dieser beschaulichen Runde nicht reden.

Die Damen und der Herr aber schon.

»Seien Sie nicht so bescheiden. Sie kommen aus der Hauptstadt. Da ist das Leben doch viel aufregender als bei uns in Husum. Eigentlich genau wie in diesem Buch, oder nicht?« Das war Gaby. Sie hielt das Buch, aus dem sie vorgelesen hatte, hoch. Es zeigte einen einsamen Mann, der sich allein durch einen unheimlichen Fluss kämpfte. Im Buch wurde erklärt, dass er auch aus Berlin kam und mit seiner Familie in den Spreewald gezogen war.

»Haben Sie auch schon mal jemanden erschossen?«, wollte Hannelore wissen.

Hatte er, aber darüber wollte er hier wahrlich nicht sprechen. Krumme schüttelte den Kopf.

»Das glaube ich Ihnen nicht«, insistierte Hannelore neckisch.

»Haben Sie eine eigene Waffe?«, fragte dieses Mal der Herr. Er hatte sich bei ihm mit Namen vorgestellt. Aber Krumme hatte ihn im selben Moment schon wieder vergessen.

»Jetzt reicht's aber langsam«, meldete sich auf einmal eine Dame, die bisher noch gar nichts gesagt hatte. Krumme war aufgefallen, dass die hochgewachsene Mittvierzigerin mit kurzen braunen Haaren und strenger Adlernase im Gegensatz zu den anderen Gästen etwas griesgrämig dreinschaute. Auch der Ausschnitt aus dem Spreewaldkrimi schien ihr überhaupt nicht gefallen zu haben. Jetzt rückte sie auf dem Polsterstuhl nahe dem Fenster herum und brachte sich in Angriffsposition. »Müssen wir wirklich so mit dem Herrn sprechen?

Ja, er ist bei der Polizei, aber das macht ihn nun wirklich nicht zu einem besseren Menschen.«

»Das hat ja auch keiner behauptet, Katrin«, erwiderte Hannelore, der diese atmosphärische Störung gar nicht passte. »Aber es ist doch schön, dass wir einen Gast mit einem so interessanten Beruf willkommen heißen dürfen.«

Allgemeines Kopfnicken, während Marianne Katrin einen vorwurfsvollen Blick zuwarf. Aber die war noch lange nicht fertig. »*Ich* heiße ihn nicht willkommen. Es gibt so viel Schlimmes auf der Welt, Katastrophen, Terroristen und Mörder. Das Böse, Hässliche gewinnt überall!«

»Da kann ich Ihnen nur recht geben«, wollte Krumme ihr zustimmen, aber Katrin ließ ihn nicht zu Wort kommen.

»Und überhaupt: Ich mag keine Geschichten, in denen Menschen andere auf brutalste Weise demütigen und töten.«

»Aber meine Liebe, darum geht es doch gar nicht«, versuchte es jetzt Gaby, »wir wollen nur ein bisschen über den Alltag des Kommissars erfahren.«

»Ich nicht!«, empörte sich Katrin und wandte sich vorwurfsvoll direkt an Krumme. »Ich sage Ihnen mal was: Abgesehen davon, dass ich keine Bücher mag, die von Männern geschrieben werden, mag ich auch keine Polizisten, die anderen bei jeder Gelegenheit ihre Waffe zeigen wollen. Ich mag eigentlich überhaupt keine Polizisten! Natürlich braucht die Welt euch, um Verbrecher und Mörder zu schnappen. Aber trotzdem seid ihr nur große Jungs, die Spaß an Randalen haben!«

»Es tut mir ja so leid«, sagte Marianne, als sie später zusammen mit Watson durch das fast menschenleere Husum nach Hause spazierten. »So haben wir uns den Abend nicht vorgestellt.«

»Wie denn?«, fragte Krumme.

Sie wich seinem forschenden Blick verlegen aus. »Na ja, alle wollten dich unbedingt kennenlernen. Einen echten Polizisten, einen richtigen Kommissar.«

»Der immer eine Pistole dabeihat und schon mal jemanden umgelegt hat?« Er rümpfte empört die Nase.

Sie seufzte. »Katrin ist eigentlich gar nicht so doof. Sie ist sonst ganz nett. Sie mag nur keine Krimis.«

»Ich ja auch nicht«, grummelte Krumme.

Marianne sah ihn überrascht von der Seite an.

Aber es stimmte, er konnte Krimis nicht ausstehen. Er musste sich jeden Tag bei der Arbeit mit den menschlichen Abgründen herumschlagen. Da wollte er sich nicht auch noch in seiner Freizeit mit Mord und Totschlag beschäftigen.

»Ich hatte eigentlich gehofft, du würdest ein bisschen Spaß haben. Sieben Frauen, die alles über dich wissen wollen. Hat dir das denn nicht gefallen?«

»Ich weiß schon, warum ich nicht jedem erzähle, dass ich bei der Polizei bin. Meistens sorgt das nur für Unruhe, für Streit und manchmal sogar Hass.«

Marianne schwieg. Er wusste, dass er recht hatte. Beide dachten daran, wie sich die Damen in der Bücherrunde am Ende fast an die Gurgel gegangen waren. Nur Horst, dem zweiten Mann, war es zu verdanken gewesen, dass sich die Gemüter beruhigt hatten. Heldenhaft hatte er sich zwischen die Fronten geworfen. Und dann war da natürlich auch noch Watson gewesen, der, verstört durch die plötzliche Unruhe, sehr laut zu bellen angefangen hatte. Schließlich war Hannelore nichts anderes übrig geblieben, als den Abend zu beenden.

»Es tut mir leid«, sagte Marianne zerknirscht.

»Schon gut«, brummte er.

»So ein fürchterlicher Abend.«

Das fand Krumme auch. Aber er hatte auch keine Lust, jetzt noch länger darüber zu reden. »Die Krabbenhäppchen waren lecker«, grummelte er nach einer Weile.

»Ich hätte dich nicht anflunkern dürfen. Aber meine Freundinnen haben mich ständig bearbeitet, dich endlich mal mitzubringen. Was sollte ich denn machen?«

»Mir die Wahrheit sagen? Dass ihr vorhabt, mich zu meinem Beruf auszufragen?«

»Wärst du dann mitgekommen? Du hast immer nur Witze über meine Leserunde gemacht. Und seien wir ehrlich, die große Leseratte bist du nicht.«

Er brummte nur leise und schwieg.

»Außerdem dachte ich, es wäre schön, wenn wir mal wieder was gemeinsam unternehmen.«

»Wir waren doch gerade neulich erst beim Chinesen?«

»Das ist zwei Monate her.«

»Und unser Tanzkurs?«

»Der ist schon seit einem halben Jahr zu Ende.«

Er schob die Unterlippe nach vorn. »Verrückt, wie die Zeit vergeht.«

»Ist schon gut. Ich will nicht, dass du dich zu irgendwas verpflichtet fühlst. Aber weil du immer so lange arbeitest, dachte ich, du würdest dich über ein bisschen Abwechslung freuen.«

Auf einmal spürte er einen heftigen Ruck in seinem rechten Arm. Watson hatte etwas gewittert. Eine Maus? Eine Katze? Einen anderen Hund? Ein Kind, das er mit einem Happen verschlingen wollte? Schon stürmte der gewaltige Hund davon. Krumme hatte Watsons Leine um sein Handgelenk gebunden. Mit aller Macht stemmte er die Füße auf den rutschigen Boden, versuchte, den Hund festzuhalten. Marianne sprang zu Hilfe, wollte ebenfalls nach der Leine fassen. Zu spät. Krumme verlor das Gleichgewicht, stolperte auf dem Asphalt und wurde von dem Tier über die Straße geschleift, durchs nasse Gras und Pfützen. Fluchend bemühte Krumme sich, wieder auf die Beine zu kommen. Aber Watson war einfach zu stark, rannte immer weiter. Schließlich löste sich die Leine. Krumme purzelte gegen eine Hausecke, während der Hund Richtung Schlosspark in der dunklen Nacht verschwand.

Stöhnend blieb er einen Moment auf dem Boden liegen, zog sich dann langsam an der Wand hoch. Endlich eilte Marianne hinzu.

»Mein Gott, du Armer! Hast du dir was getan?«, schnaufte sie völlig außer Atem und half ihm, wieder aufzustehen.

»Keine Ahnung«, ächzte er, »irgendwas ist gebrochen, glaube ich.« Er untersuchte seine Beine und Arme. Aber er hatte Glück gehabt. Nur der Anzug, der einzige, den er besaß, war an einigen Stellen aufgerissen.

»Dieser verdammte Köter«, zischte er und ließ sich

von Marianne mit einem Taschentuch den Dreck aus dem Gesicht wischen.

»Und ich dachte, schlimmer kann der Abend nicht werden«, erwiderte sie zerknirscht.

»Wir müssen Watson finden«, sagte er. »Was, wenn er jemandem etwas antut?«

»Quatsch, der will bestimmt nur spielen. Vielleicht hat er auch ein Kaninchen gewittert.«

»Hoffentlich nicht. Ich mag Kaninchen«, knurrte Krumme.

Schritte auf dem Asphalt.

Die beiden drehten sich um. Ein Schatten löste sich aus der Nacht und trottete auf sie zu. Dabei zog er eine lange Leine über das Kopfsteinpflaster.

»Watson, was machst du denn …«, rief Marianne, stockte dann. Genau wie Krumme sah sie entsetzt zu dem großen Hund.

Er trug etwas im Maul. Einen kleinen leblosen Körper. Die Arme und zwei Beine mit gebundenen Schühchen an den Enden hingen zwischen den Zähnen herunter.

# 10

Er saß auf dem harten Holzstuhl, direkt am angelehnten Fenster, und starrte hinaus in den vom halbvollen Mond erleuchteten Garten. Ein großer Garten, der sich hinten fast bis zum Deich erstreckte. Eine weite Rasenfläche, umringt von Weiden und Birken.

Und in der Mitte die gewaltige Buche.

Dieser Baum war wie ein Freund. Er begleitete ihn durchs Leben. Und manchmal, wenn er ins Gebet versunken auf dem Boden kniete, sprach er sogar zu ihm. Stundenlang konnte er hier am Fenster sitzen und ihn beobachten, wie er sich im Wandel der Tage, Monate und Jahreszeiten veränderte. Unzählige Male hatte er gesehen, wie erste Sonnenstrahlen die Äste erleuchteten, wie die Mittagssonne über die Blätter strich und wie die Buche unter der dunklen Decke der Nacht verschwand. Er hatte zugeschaut, wie der Baum im Frühling in einem roten Farbenrausch erblühte, wie im Sommer Spatzen, Meisen und zahllose andere Vögel unter seinen Zweigen Schutz suchten. Er war Zeuge geworden, wie sich der Baum den heftigen Herbststürmen entgegengestemmt hatte, standhaft geblieben war, selbst im schlimmsten Orkan. Nichts konnte ihm und seinen starken Wurzeln etwas anhaben, weder Wind noch Regen, noch der Frost oder Schnee der eisigen nordfriesischen Winter.

Und neben dem Stamm hatte er auch sie zum ersten Mal gesehen, die junge Frau mit dem seltsam durchdringenden Blick und den im Wind treibenden dunklen Haaren. Immer wieder hatte sie ihn besucht und ihn von der Buche aus im Haus beobachtet.

Aber nicht in dieser Nacht. Heute war er allein mit dem Baum.

Wie alt er wohl war? Soweit er sich erinnern konnte, war die Buche schon immer der größte Baum im Garten gewesen. Eine Königin in ihrem Reich. Ein Geschenk Gottes, der Beweis seiner unendlichen Macht und Größe. Diesen wunderbaren Baum täglich erleben zu dürfen bewies ihm, dass der Herr in seiner Gnade immer noch bei ihm war, trotz allem, was geschehen war. Trotz der Schatten, die ihn umgaben, und des Unvermögens, sie zu besiegen. Der Herr war sein Zeuge, wie er immer wieder versucht hatte, das Böse zurück in die Hölle zu drängen, aus der es gekommen war. Er hatte es nicht geschafft. Alles was ihm blieb, war Buße. Ewige Buße und ein gottgefälliges Leben.

Er schloss die Augen und atmete die kühle Luft ein. Sie schmeckte nach Salz und Meer. Nach frischem Gras und klarer Nacht.

Er hörte das Knistern der Blätter im trägen Wind. Das Rauschen der Nordsee auf der anderen Seite des Deichs. Sonst vernahm er nichts. Nur Gott wachte über der schlafenden Welt. Und er durfte in diesen Stunden Zeuge seiner Schöpfung sein.

Plötzlich ein Rascheln, ein Scharren. Nicht von draußen. Es kam von hier, aus dem Haus.

Kleine Füße, die über die Dielen liefen.

Eine Maus.

Seine entrückte Miene wich einer wütenden Fratze. Mit einem Ruck löste er sich aus der Betrachtung des nächtlichen Gartens. Jetzt gab es Wichtigeres. Dieser verfluchte Nager. Schon seit mehreren Tagen ging ihm die Maus auf die Nerven. Er hatte ihre Spuren entdeckt. Die Abdrücke ihrer Füße im Staub. Kotbällchen, ausgerechnet in der Speisekammer. Mit einem Spaten hatte er sich in der Ecke versteckt, bereit, blitzschnell zuzuschlagen. Ohne Erfolg. Nur einmal, für den Bruchteil einer Sekunde, hatte er die Maus gesehen. Brüllend war er ihr hinterhergesprungen. Aber das kleine Tier war wie der Wind über den Boden gehuscht und gleich wieder verschwunden.

Das musste aufhören. Und das würde es auch. »Du musst dieses Tier loswerden«, hatte Marga gesagt, »ich kann Mäuse nicht ausstehen.«

Heute hatte er eine Spalte in der Fußleiste entdeckt, der Eingang zum Unterschlupf des Nagers. Am Nachmittag hatte er einige Vorkehrungen getroffen, um die Maus zu erwischen.

Wieder wartete er. Fast eine halbe Stunde rührte er sich nicht vom Fleck, wie eine Statue stand er in der Ecke, wurde eins mit der Dunkelheit. Nur seine Augen und die Spitze des Spatens, den er wieder in der Hand hielt, blitzten ab und zu im Mondlicht auf. Er hoffte, betete, dass er endlich Glück haben möge.

Ein Klacken. Laut und deutlich, aus der Küche.

Er sprang um die Ecke, den Spaten über den Kopf erhoben. Und tatsächlich: Die Maus steckte in der Falle, die er vor der Tür zur Speisekammer aufgestellt hatte.

Sie piepste jämmerlich, versuchte, sich zu befreien. Aber die Klammer in ihrem Nacken war zu fest.

Langsam ging er in die Knie, um sich das Drama genauer anzuschauen. Auf den Spaten gestützt beobachtete er das Leiden der verletzten Kreatur. *Du dämliches Vieh*, dachte er und grinste zufrieden. *Hast du gedacht, du hättest eine Chance gegen mich?*

Die Maus kämpfte weiter. Trotz der Schmerzen zog und zerrte sie wie verrückt, um sich aus der tödlichen Umklammerung der Falle zu befreien. Er lächelte. Das Gefühl, die absolute Kontrolle über das Leben des Tieres zu haben, erfüllte ihn mit Befriedigung, auch wenn es sich nur um eine kleine Maus handelte. Und da war noch etwas: Die Gegenwart des Todes, er konnte ihn spüren. Ja, auf eine seltsame Art erregte ihn das.

Das kleine Tier wusste, dass es sich aus der Falle befreien musste, um zu überleben.

Und es war kaum zu glauben: Schwer verletzt gelang es ihm, sich unter dem Bügel herauszuschieben. Erstaunt wich er zurück.

*Nein, nein! Das darf nicht passieren!*

Mit einem lauten Schrei schlug er mit dem Spaten auf das benommene Tier. Einmal, noch einmal, immer wieder! Schließlich hielt er erschöpft inne und betrachtete sein Werk.

Von der Maus war praktisch nichts mehr da. Kaum zu erkennen, dass es sich bei dem winzigen blutigen Haufen bis vor ein paar Augenblicken um ein lebendiges Wesen gehandelt hatte.

Er lächelte, als er hinter sich Schritte hörte.

»Was hast du getan?«, wollte Marga wissen, die auf

einmal in der Küche stand. Sie trug die grauen Haare offen über ihrem Nachthemd.

Erschrocken sah er sie an. »Ich habe die Maus getötet. Für dich. Wo du doch solche Angst vor diesen Viechern hast.«

»Aber schau, was du getan hast!« Sie blickte entsetzt auf den Boden zu den Überresten des zerschmetterten Tieres. »Hätte es nicht gereicht, sie in den Garten zu treiben? Oder sie in der Falle ihrem Schicksal zu überlassen? Meine Güte, hast du denn gar keinen Respekt vor dem Leben? Auch dieses kleine Wesen ist ein Teil von Gottes Schöpfung.«

Verstört sah er zu der Maus und dann zu ihr. Plötzlich war ihm, als wenn er aus einem Traum erwachte.

*Du bist ein Mörder!*

Er hatte es wieder getan. Einmal mehr hatte er seine dunkle Seite nicht kontrollieren können.

»Es tut mir leid, ich …« Er wollte sich erklären, aber ihm fehlten die Worte. Die Schuld, die er auf sich geladen hatte, legte sich wie ein Stein auf seinen Körper. Tränen liefen ihm über die Wangen.

»Ich werde es nie wieder tun«, stammelte er.

Sie betrachtete ihn lange, streichelte ihm über das Gesicht. »Wir wissen, dass das nicht stimmt. Da steckt etwas in dir. Etwas, das du nicht besiegen kannst.«

»Ich bin verflucht«, ächzte er verzweifelt.

Sie lächelte gütig, schüttelte den Kopf. »Nein. Nicht solange du deinen Fehler erkennst. Ich bin sicher, Gott der Herr weiß, dass du im Grunde ein reines Herz hast. Solange du seinen Namen ehrst und Buße tust, wird er niemals von deiner Seite weichen.«

Er sah sie an, erkannte die Gnade, die Gott ihm gewährte. Er schluchzte, weinte. Und legte, von grenzenloser Erleichterung erfüllt, seinen Kopf an ihre Schulter.

# 11

»Eine Puppe? Was für eine Puppe?«

»Irgend so eine Puppe eben. Muss uralt sein. Mit schlabbrigen Armen und Beinen und kleinen Stoffschuhen an den Füßen.«

»Und die hat er ausgerechnet im Park gefunden?«

Krumme nickte, während er sich in der Büroküche des Präsidiums einen Kaffee ein- und Pat etwas Tee aufgoss. »Muss da irgendwo im Dreck oder einer Pfütze gelegen haben.«

»Ihh …«

»Ja, aber dieser Hund liebt sie heiß und innig. Was meinst du, wie lange wir gebraucht haben, bis wir ihm das Ding aus den Zähnen ziehen konnten, um es mal zu waschen?«

»Ob es jetzt irgendwo ein trauriges Mädchen gibt, das sein Lieblingsspielzeug verloren hat?«

Er zuckte mit den Schultern. »Dieses alte Ding? Kann ich mir nicht vorstellen. Und falls doch, müsste sie mit Watson darum kämpfen. Ich glaube nicht, dass der es jemals wieder hergibt.«

Sie gingen zurück zum Büro. Pat grinste. »Hört sich nach einem tollen Abend an.«

Krumme nickte. Ganz toll – und dabei hatte er ihr noch nichts von der Lesung erzählt. Und dass Watson ihn quer durch die Stadt geschleift hatte, hatte er seiner Kollegin auch verschwiegen.

Aber an diesem sonnigen Tag schien Pat sowieso woanders zu sein mit ihren Gedanken. Als sie ins Büro traten, öffnete sie erst einmal das Fenster, seufzte zufrieden und schaute mit glücklich-verklärter Miene hinaus.

»Gute Laune?«, erkundigte sich Krumme, während er sich setzte und seine Unterlagen für den Termin mit Ina Maurer sortierte.

»Warum denn nicht?«, erwiderte Pat, ohne sich umzudrehen. Er sah an ihr vorbei hinaus auf die viel befahrene Poggenburgstraße und die dahinter liegenden Gleise des Husumers Bahnhofs. Was war der Grund für Pats prima Stimmung? Der Ausblick bestimmt nicht.

Seit einem Jahr saßen sie nun in diesem Büro. Nach anfänglichen Schwierigkeiten arbeiteten sie mittlerweile gut zusammen, waren nicht nur Kollegen, sondern fast Freunde geworden. Aber von ihrem Privatleben wusste er nichts. Was trieb sie nach Feierabend? Wie sah ihre Familie aus? Was für Hobbys hatte sie? Sie hörte gerne Musik und war Mitglied in einem Tanzclub. Aber einen Freund hatte sie nicht, oder? Er hatte ein paar Mal gefragt, aber das Thema schien ihr unangenehm. Egal, dachte er. Bestimmt hatte sie ihre Gründe, um mit einem alten Bock wie ihm nicht über ihre privaten Dinge zu reden. Er erzählte umgekehrt ja auch nur wenig über sein Leben in Husum und schon gar nichts über sein früheres in Berlin.

Aber Freunde schien Pat mehr als genug zu haben, so oft, wie sie auf ihrem Smartphone Nachrichten verschickte. Auch jetzt tippte sie wieder etwas mit einem Lächeln in ihr Handy. Da klopfte es an der Tür.

Ina Maurer. Pünktlich auf die Minute.

Krumme begrüßte sie freundlich. Sie nickte nur und setzte sich gleich auf einen Stuhl. Sie hatte dunkle Ringe unter den Augen und wippte unruhig mit dem Fuß auf den Boden.

»Ist Ihr Mann nicht mitgekommen?«, erkundigte sich Pat.

Sie schüttelte den Kopf. »Er ist mit den Kindern in St. Peter-Ording geblieben.«

»Klar, sind ja schließlich Ferien«, bemerkte Krumme, um ein bisschen Small Talk bemüht. Aber Frau Maurer kam lieber gleich zur Sache.

»Haben Sie was herausgefunden?«, fragte sie.

Er räusperte sich. »Wir haben uns die Aufnahmen aus der Überwachungskamera des Zuges geben lassen. Gucken Sie mal, ob Sie den Mann, den Sie gestern verfolgt haben, hier wiedererkennen.«

Pat drehte den Bildschirm zu ihr und spielte die Aufnahme ab.

»Besonders gut ist die Qualität nicht …«, fing sie an, aber Frau Maurer unterbrach sie sofort. »Das ist der Kerl!«, rief sie. Krumme setzte seine Brille auf und folgte ihrem Zeigefinger, den sie zitternd vor Aufregung auf den Bildschirm gedrückt hatte.

»Sind Sie sicher?«

»Natürlich – die Glatze, die Weste, das ist der Mann!« Trotz der kühlen Luft, die durch das offene Fenster ins Büro strömte, glänzte Schweiß auf ihrer Stirn.

Krumme betrachtete den Bildschirm. Bereits vor

Frau Maurers Besuch hatte er sich mit Pat den grobkörnigen Film mehrmals angeschaut. Tatsächlich waren sie nach ihrer Beschreibung vom Vortag auch überzeugt, dass sie den richtigen Mann gefunden hatten. Er stieg zusammen mit anderen Fahrgästen in Bad St. Peter Süd in den Regionalzug und setzte sich dann an einen Fensterplatz, mit dem Rücken zur Kamera. Leider waren nur die Glatze und die Kleidung deutlich zu sehen.

»Spulen Sie vor, vielleicht kann man noch mehr erkennen!«, rief Frau Maurer.

»Ich muss Sie enttäuschen, besser wird die Aufnahme nicht.«

»Gibt's keine andere Kamera, von der gegenüberliegenden Seite? Damit man sein Gesicht sehen kann?«

Er schüttelte den Kopf und nickte dann Pat zu. Die drückte auf die Vorlauftaste. Nun sahen sie die komplette Fahrt durch Eiderstedt über Tarting, Garding, Katharinenheerd bis nach Tönning, konnten in verwackelten Bildern beobachten, wie Reisende aus- und einstiegen. Ihr Mann aber blieb immer sitzen und stieg erst an der Endhaltestelle in Husum aus. Leider wieder, ohne sein Gesicht zu zeigen. Dann war die Bahn leer und ihr Verdächtiger verschwunden.

Frau Maurer starrte auf den Bildschirm. »Und jetzt? Wo ist er hin?«

Krumme seufzte. »Wir haben keine Ahnung.«

»Was?!« Sie stieß vor Aufregung fast das Glas Wasser um, das Pat ihr eingegossen hatte. »Der Mann ist ein Mörder! Sie müssen doch wissen, wo er geblieben ist?«

Krumme hob beide Hände, um sie ein wenig zu beruhigen. »Wir müssen abwarten. Wir haben versucht, die Aufnahmen aus dem Bahnhof zu bekommen. Leider war die entsprechende Kamera defekt.«

Frau Maurer starrte ihn fassungslos an.

»Das heißt, es wird etwas schwieriger, ihn zu finden.«

»Aber … was, wenn er in eine andere Bahn gestiegen ist?«, fragte sie. »In den ICE? Er könnte überall hingefahren sein!«

»Wir werden auch die anderen Überwachungsbänder anfordern«, sagte Krumme vorsichtig. Er holte einen Umschlag aus der Schublade. »Das sind die Unterlagen, die mir die Kollegen aus Hamburg über den Fall geschickt haben. Dazu gehört auch das Phantombild, das damals nach Ihren Angaben angefertigt wurde.«

Besorgt beobachtete er Frau Maurer. Wie hypnotisiert starrte sie auf das Bild. Trotzdem war Krumme nicht sicher, ob sie ihm aktuell noch folgen konnte.

»Das ist doch der Mann, den Sie gestern gesehen haben, oder?«

»Natürlich. Denken Sie jetzt auch, ich bin bescheuert?«

»Nein, nein, auf keinen Fall. Aber die ganze Sache ist fast zwanzig Jahre her. Und hier hatte der Mann noch volles Haar …«

»Das ist derselbe!« Frau Maurer nahm den Ausdruck, hielt ihn wie ein Giftrezept mit spitzen Fingern vor ihr Gesicht. »Derselbe Blick. Dieselbe Narbe auf der Stirn!«

Krumme und Pat sahen sich nachdenklich an.

»Na schön, dann werden wir das Bild entsprechend bearbeiten und an das Personal der in Frage kommenden Züge verteilen. Natürlich auch im Bahnhof. Vielleicht ergibt sich ja was.«

»Vielleicht, ja …«, echote die schwer angeschlagene Frau und starrte auf ihr Wasserglas. Krumme klappte den Ordner zu, brachte sie zum Ausgang und verabschiedete sich von ihr. Er versicherte, sie sofort anzurufen, wenn sich etwas ergeben sollte. Betroffen schaute er ihr hinterher, als sie niedergeschlagen aus dem Präsidium wankte.

»Was meinst du?«, fragte er Pat, als er ins Büro zurückkehrte.

Pat zuckte mit den Schultern. »Ich kann verstehen, dass sie enttäuscht ist. Wir haben gar nichts. Natürlich können wir dieses Phantombild verteilen. Aber sie hat recht, der Kerl könnte überall in Deutschland sein. Vielleicht ist er auch nach Hamburg gefahren, zum Flughafen und hockt irgendwo in der Südsee.« Sie nippte an ihrem Tee, der inzwischen kalt sein musste.

Krumme sah auf das eingefrorene Standbild im Computer und überlegte. »Ich glaube, unser Freund kommt hier aus der Gegend. Das war kein Tourist.«

»Warum?«

»Zunächst einmal besaß er leichtes Gepäck, nur eine kleine Tasche. Und dann schau dir den Film doch noch mal genauer an.«

Er klickte erneut auf das Video und zeigte auf den Mann. Pat schob die Unterlippe vor, hatte keine Ahnung, was er meinte.

»Er liest ein Buch«, sagte Krumme.

»Na und?«

»Gestern war ein sonniger, heller Tag. Ich bin sicher, die grüne Marsch muss wundervoll ausgesehen haben. Nur ein Einheimischer, jemand, der die Strecke regelmäßig fährt, hätte nicht aus dem Fenster geschaut und stattdessen einfach stur ein Buch gelesen.«

Pat nickte langsam und dachte nach. »Na schön, angenommen, er kommt von hier. Wo wollen wir anfangen zu suchen?«

»Zunächst verteilen wir das Phantombild an alle Kollegen in Nordfriesland. Oder am besten in ganz Schleswig-Holstein.« Er hob die Schultern, als er ihr zweifelndes Gesicht sah. »Hab' nicht gesagt, dass es einfach wird.«

Pat stand auf und holte ihr Handy heraus. Inzwischen hatte er gelernt, dass seine junge Kollegin immer mit ihrem Smartphone herumspielte, wenn sie nachdachte. Tatsächlich schaute sie nicht auf das Display, sondern hinaus aus dem Fenster.

»Die Überwachungskamera im Bahnhof haben wir überprüft«, dachte sie laut.

»Ja. Und sie war defekt, habe ich doch vorhin gesagt ...«

»Was, wenn er hier in ein Auto umgestiegen ist?«

Er stellte sich neben sie und blickte ebenfalls hinaus. Auf der anderen Straßenseite lagen der Husumer Bahnhof und die Gleise. Und davor ein großer Parkplatz.

»Meinst du, da gibt es eine Überwachungskamera?«, fragte er.

»Nein, aber hier vor dem Präsidium gibt es eine.«

Krumme sah Pat überrascht an. Sie lächelte. »Komm mit.«

Kurz darauf saßen sie in der Zentrale und baten den diensthabenden Beamten, ihnen die Aufnahmen des Vortages zu zeigen.

»Nee, min Deern«, sagte Köster, ein Kommissar mit

schlohweißen Haaren und wulstigen Wangen, während er umständlich die entsprechenden Dateien suchte. »Da kannst du überhaupt nichts erkennen. Ist zu weit weg.«

Tatsächlich war der Parkplatz auf dem Bildschirm nur schwach am Rand zu sehen.

Und doch, als sie sich die Aufnahme der betreffenden Zeit ansahen, tauchte auf einmal ein Mann mit Glatze, weißem Hemd und Outdoor-Weste auf und marschierte über den Parkplatz.

»Ich werd verrückt, das ist der Kerl!«, rief Krumme.

»Mag sein«, brummte der Wachtmeister, leicht eingeschnappt, weil er mit seiner Einschätzung danebengelegen hatte. »Trotzdem kann man nichts Genaues sehen.«

Leider hatte er recht. Ihr Verdächtiger verschwand aus dem Bildausschnitt. Kurz darauf schob sich ein weißes Autodach auf dem Parkplatz Richtung Ausfahrt, die die Überwachungskamera des Polizeipräsidiums aber ebenfalls nicht im Blick hatte. Der Wagen verschwand aus dem Blickfeld.

»Mist, man konnte noch nicht mal die Automarke erkennen«, schimpfte Krumme. Enttäuscht sank er zurück auf seinen Stuhl.

»Einen Moment«, sagte Pat, die weiter konzentriert auf den Bildschirm starrte.

Und tatsächlich, auf einmal tauchte ein weißer Wagen auf und fuhr direkt am Präsidium und damit im Blickwinkel der entsprechenden Überwachungskamera vorbei.

»Stopp!«, rief Pat. Zu plötzlich für den überforderten Wachtmeister, der die Aufnahme umständlich zurückspulen musste.

Krumme beugte sich neugierig nach vorn, während Pat sich zurücklehnte.

»Na bitte«, verkündete sie mit breitem Grinsen. »Noch Fragen?«

Nein. Auf dem Bildschirm der Überwachungskamera sah er einen weißen Skoda Kombi mit nordfriesischem Autokennzeichen. Lächelnd wandte er sich zu seiner Kollegin und nickte ihr anerkennend zu. »Gut gemacht.«

# 12

Kurz darauf fuhren sie in einem Dienstpassat durch Husum Richtung Norden. Pat saß am Steuer, Krumme etwas nervös auf dem Beifahrersitz.

Während ihrer gemeinsamen Zeit im Präsidium hatte Pat sich in vielen Bereichen weiterentwickelt. Aus der schüchternen Absolventin der Kieler Polizeischule war eine gewissenhafte Kommissarin geworden. Mit ihrer riesenhaften Statur sorgte sie zwar immer noch für Aufsehen und blieb deshalb oft verlegen im Hintergrund. Harmlose Witze gehörten im Präsidium zum Alltag, aber Pat war inzwischen souverän genug, sich nicht mehr darüber aufzuregen – und manchmal sogar mitzulachen.

Aber etwas hatte sich auch nach einem Jahr nicht geändert: Pat war eine miserable Autofahrerin. Angespannt klammerte sie sich ans Steuer. Als hätte sie Angst, die Straße sei zu eng für zwei Wagen, zuckte sie bei jedem Auto, das an ihnen vorbeifuhr, erschrocken zusammen.

Meistens fuhr Krumme. Aber nach seinem nächtlichen Abenteuer mit Watson tat ihm die Schulter weh. Er hatte Schwierigkeiten, überhaupt ins Auto zu steigen. »Meine Bandscheibe«, hatte er mit schmerzverzerrtem Blick gelogen und sich auf den Beifahrersitz gezwängt. Dafür musste er mit Pats Fahrstil klarkommen.

Bemüht, sich entspannt zu geben, warf er ihr immer wieder unsichere Blicke zu. Für die Schönheit Nordfrieslands und das in der Sonne glitzernde Meer hatte er heute kein Auge.

Sie fuhren zunächst Richtung Nordstrand, bogen dann aber rechts ab nach Bredstedt.

Die Gegend kannte Krumme gut. Das kleine Dorf Kleebüll, wo seine Liebesbeziehung zu Nordfriesland begonnen hatte und wo sein bester Freund, Hauptkommissar Holger Mannsen, wohnte, befand sich ganz in der Nähe.

Ein Blick in das KFZ-Register hatte ihnen verraten, dass der weiße Skoda einer Frau Hartung gehörte. Sie wohnte in Monholm, einem idyllischen Örtchen, nicht weit von Ockersholm entfernt, mitten in der Marsch hinter dem Hauke-Haien-Koog.

Nach zwanzig Kilometern vorbei an einem gewaltigen Windpark und einer langen Seelandschaft mit unzähligen Wildgänsen und Enten, erreichten sie endlich ihr Ziel: ein entzückendes Friesenstädtchen, mit den typischen rotgeklinkerten Häusern, viele mit Reetdach. Gepflegte Gärten hinter kleinen Steinwällen und bunte Blumen, die im Licht der warmen Nachmittagssonne leuchteten. Wunderschön, dachte Krumme. Aber er erinnerte sich auch an die schrecklichen Fotos, die ihm die Hamburger Kollegen zu dem Fall von Nelly Maurer geschickt hatten. Kaum vorstellbar, dass sich der Mörder all die Jahre ausgerechnet hier versteckt hatte.

Ihre Reise führte sie in eine friedliche Straße am Ortsrand, ganz in der Nähe einer malerischen Kirche. Erleichtert, die Fahrt überlebt zu haben und endlich wieder den Rücken ausstrecken zu können, stieg Krumme aus dem Wagen. Er atmete tief durch. Was für eine wunderbare, nach frisch gemähtem Gras und praller Natur duftende Luft! Er sah sich um. Er hörte jemanden Klavier üben, Kinder lachen. Aber auf der Straße konnte er nirgends einen Menschen entdecken.

»Bist du hier schon mal gewesen?«, fragte er Pat, die sich gerade ihr nassgeschwitztes schwarzes T-Shirt glatt zog.

Sie schüttelte den Kopf. »Ein paar Mal durchgefahren, mehr nicht.«

»Na schön.« Krumme holte Luft und seufzte. »Dann schauen wir mal, ob Familie Hartung zu Hause ist.«

Sie klingelten an der Tür eines besonders gepflegten Hauses mit Reetdach, einem kleinen Springbrunnen und einem Blumenbeet, das erfüllt war vom geschäftigen Brummen der Bienen. Es dauerte ein bisschen, bis ihnen geöffnet wurde. Vor ihnen stand eine kleine Frau mit Hauskittel und schwarzen Haaren. Sie zuckte erschrocken zusammen, als sie ihn und Pat sah. Kein Wunder, dachte Krumme. Ein älterer Mann mit schiefem Rücken und eine Riesin mit einem schwarzen T-Shirt waren kein Anblick, der sofort Vertrauen vermittelte.

»Frau Hartung?«, fragte er.

Die Frau schwieg und schaute verwirrt zwischen ihnen beiden hin und her. Krumme zückte seinen Ausweis.

»Kriminalhauptkommissar Krumme. Das ist meine Kollegin Kriminalkommissarin Reichel. Können wir uns kurz mit Ihnen unterhalten, Frau Hartung?«

Die Frau starrte auf die beiden Karten. Auf einmal erkannte er helle Panik in ihrem Blick.

»Nein, ich nix Frau Hartung«, stammelte sie mit schwerem osteuropäischem Akzent und schüttelte den Kopf. »Name ist Ewa. Ich nur Putzfrau.«

»Die Putzfrau?«, wiederholte Krumme. Er bemerkte, dass die Frau sofort rot anlief.

»Nicht richtig Putzfrau«, stieß sie hastig hervor. »Gute Freundin von Frau Hartung. Ich helfe, nix bekomme Geld.«

*Alles klar*, dachte Krumme und sah kurz zu Pat, die ebenfalls sofort Bescheid wusste. Die Frau arbeitete schwarz. Aber deshalb waren sie nicht hier.

»Schon gut, Frau …«

»Nowak«, flüsterte Ewa ängstlich.

»Frau Nowak, wir kommen eigentlich wegen Herrn Hartung. Können Sie uns sagen, ob er zu Hause ist?«

Ewa sah ihn ungläubig an. »Herr Hartung?«, echote sie. Krumme nickte.

Sie schüttelte den Kopf, verstand, dass sie nichts zu befürchten hatte, und lächelte erleichtert. »Er nix da. Arbeit.«

»Können Sie uns verraten, wo?«

Ewa überlegte, suchte krampfhaft nach den richtigen Worten, fand sie aber nicht. Schließlich hatte sie eine Idee und packte Krumme am Arm. »Kommen mit.«

Dann zog und schob sie beide aus dem Garten hinaus und führte sie ein paar Meter weiter zu der alten Kirche, aus der der Klang einer Orgel zu hören war. Auf einem kleinen Parkplatz standen mehrere Wagen, offensichtlich fand hier gerade eine Veranstaltung statt.

Ewa, selig, dass sie nicht in Gefahr war und den Beamten helfen konnte, zog ihn und Pat weiter zum Eingang.

»Ich verstehe nicht, Frau Nowak, was …«, wollte er sie nach ihrem genauen Ziel fragen. Aber Ewa legte den Finger auf die Lippen und zog dann vorsichtig die große hölzerne Tür auf. Krumme und Pat tauschten einen besorgten Blick, aber Ewa forderte sie mit einer ungeduldigen Handbewegung auf, ihr zu folgen.

Sie betraten den Innenraum der kleinen Kirche. Nur die ersten drei Reihen waren besetzt mit einer festlich gekleideten Familie.

»Da ist Herr Hartung«, flüsterte Ewa, trotzdem war sie in dem hohen Raum gut zu hören. Einige Mitglieder der Familie drehten sich überrascht zu ihnen um.

Krumme und Pat konnten es kaum glauben. Vorn neben dem Altar stand tatsächlich der Mann aus dem Film der Überwachungskamera. Kein Zweifel, dieselbe Glatze, und auch auf die Entfernung konnten sie die Narbe auf seiner Stirn erkennen.

Aber der Moment für ein Gespräch hätte nicht unpassender sein können: Herr Hartung war der Pastor der Monholmer Gemeinde. Gerade stand er neben einem Ehepaar und wollte dessen Baby taufen.

# 13

In ihrem Kopf drehte sich alles. Das Gesicht des Mannes aus St. Peter-Ording. Sein kahler Schädel in der Bahn. Ina versuchte, an etwas anderes zu denken, aber es wollte ihr einfach nicht gelingen. Ob die beiden Kommissare den Kerl wirklich finden würden? Kaum vorstellbar. Die Vorstellung, dass der Mörder ihrer Schwester davonkommen würde, obwohl er gestern nur ein paar Meter von ihr entfernt gestanden hatte, machte sie wahnsinnig. Stöhnend wälzte Ina sich auf ihrem Bett herum, nur um am Ende wieder auf dem Rücken liegend an die Decke zu starren. Sie hatte gehofft, endlich ein bisschen Ruhe zu finden. Ohne Erfolg.

Schon die letzte Nacht war fürchterlich gewesen. Stundenlang hatte Ina sich unruhig hin- und hergedreht. Als sie schließlich in einen leichten Schlaf fiel, ging sie durch eine Art Geisterbahn. Nellys zerschmettertes Gesicht, dazu nun auch noch unheimliche und rätselhafte Bilder von einsamen Wegen durch die Marsch und das endlose Watt – am Ende war Ina schweißgebadet aufgewacht und hatte für den Rest der Nacht kein Auge mehr zubekommen.

Nachdem sie enttäuscht von ihrem Besuch im Polizeipräsidium zurückgekommen war, hatte Torsten ihr empfohlen, sich noch etwas auszuruhen.

»Du siehst schrecklich aus«, sagte er, als er ihr graues Gesicht sah. »Leg dich ein bisschen hin. Ich kümmere mich um die Kinder.«

Tatsächlich konnte sie hören, wie die drei im Wohnzimmer ihrer Ferienwohnung *Mensch, ärgere dich nicht* spielten. Ein Familienritual nach dem täglichen Mittagessen, bevor es zurück zum Strand oder zu einem Ausflug ging. Sie musste lächeln, als sie hörte, wie Ben seine jubelnde Schwester ernst darauf hinwies, dass sie nur gewonnen hatte, weil Papa sie hatte gewinnen lassen.

Ein Windhauch strich durch das offene Fenster und ließ die Gardine tanzen. Ina richtete sich auf. Sie konnte nicht schlafen, warum also nicht ein bisschen Sport machen, um auf andere Gedanken zu kommen?

»Bist du wieder gesund?«, erkundigte sich Milena besorgt, als sie in Sportklamotten aus dem Schlafzimmer kam.

Ina strich ihr zärtlich durch die Haare. »Ich bin doch gar nicht krank, meine Süße«, sagte sie und wandte sich dann an Torsten: »Ist es okay, wenn ich ein bisschen joggen gehe?«

Er lächelte. »Nur zu. Wir bleiben hier, vorausgesetzt, Milena gibt mir eine Revanche.«

Ina warf ihm und den Kindern ein Küsschen zu und machte sich auf den Weg.

Zu Hause in Köln lief sie mindestens zwei Mal die Woche durch den Stadtwald. Hier in St. Peter-Ording führte sie eine große Runde am Deich entlang und dann quer über die Salzwiesen.

Bereits nach den ersten Schritten außerhalb des Hauses war ihr klar, dass sie die richtige Entscheidung getroffen hatte. Heute war es nicht ganz so warm wie in den letzten Tagen, perfekt zum Laufen. Die salzige Luft und die frische Brise von der Nordsee würden ihr den Kopf freipusten. Schon bald hatte sie den asphaltierten Weg auf der Deichkrone erreicht und wandte sich nach Süden Richtung St. Peter-Dorf. Sie spürte, wie gut ihrem Körper die Bewegung tat. Nach der Anspannung der letzten Nacht und des heutigen Tages musste sie ihre Begeisterung einfach hinausschreien. Dass einige Spaziergänger ihr befremdet hinterhersahen, störte sie nicht.

Sie lief auf dem Deich entlang und ließ den Blick über den blauen Himmel, die Salzwiesen und die Schaumkronen des nahen Meeres schweifen.

Wie konnte sie es als Norddeutsche nur so lange in Köln aushalten? Bei allem, was das Rheinland zu bieten hatte – die Natur des Nordens und die Schönheit der immer neuen Horizonte über der Nordsee waren einfach unschlagbar.

Endlich hatte sie das Gefühl, wieder klar denken zu können. Sie erinnerte sich an das rätselhafte Mädchen, das sie gestern auf der Rückfahrt von Husum gesehen hatte. Zwei Mal an ganz verschiedenen Orten. Sie konnte ihre traurige, gleichzeitig auch herausfordernde Miene nicht vergessen. Selbst in ihren Träumen war ihr das Mädchen erschienen. Aber jetzt, im strahlend hellen Licht dieses neuen Tages, sah alles anders aus. Natürlich hatte sie sich das Mädchen nur eingebildet. Kein Wunder, so angespannt, wie sie gestern nach dem Besuch bei der Polizei und ihrem kurzen, aber heftigen Streit mit Torsten gewesen war. Wie gut, dass sie ihm nichts von ihrer Vision erzählt hatte. Er hätte sie bestimmt erneut für komplett durchgeknallt gehalten. Sie lächelte, als sie daran dachte, wie süß er gerade mit den Kindern gespielt hatte. Er hatte es verdient, dass sie sich zusammenriss und nach all den Jahren nicht wieder in ihren Alpträumen verlor.

Ein besonderer Anblick riss sie aus ihren Gedanken. Zwei Reiter, die auf ihren Schimmeln über die Salzwiesen galoppierten. Durften die überhaupt dort sein? Oder gab es einen Sandweg, den sie aus ihrer Perspektive nicht erkennen konnte? Auf jeden Fall sahen die beiden Reiter auf ihren weißen Pferden magisch aus. Aus der Entfernung wirkte es, als würden sie über die Wiesen und den endlos breiten Strand fliegen. Ina kamen fast die Tränen, so berührt war sie.

Doch was war das?

Hinter den Pferden, ebenfalls mitten in den Salzwiesen, stand jemand. Ein junges Mädchen mit schwarzen Haaren. Gegen die Sonne konnte Ina nichts Genaues erkennen, aber war es möglich, dass sie schon wieder ...

Ihre Schritte wurden kürzer. Dann blieb sie stehen. Ihr Brustkorb hob und senkte sich, sie war völlig außer Atem. Sie schob die Hand über die Augen, um besser sehen zu können.

Kein Zweifel, das war das Mädchen, das sie gestern in Katharinenheerd und Tarding angeschaut hatte. Einsam und verloren stand es mitten in der Natur und blickte zu ihr.

Ina spürte, wie eine kühle Brise sie erfasste, ihr sanft über den Kopf strich. Sie hörte Kinder, die mit ihren klappernden Fahrrädern über den Deich fuhren und dabei laut lachten.

Und sie sah immer noch das Mädchen. Keine Einbildung, kein Traum.

Trotzdem, sie musste sich täuschen. Das war nicht die gleiche junge Frau, das konnte einfach nicht sein.

Das Mädchen winkte ihr zu. Kein hektisches Handwedeln, sondern ein schüchterner, vertrauter Gruß. Dabei behielt sie die Augen starr auf Ina gerichtet, die zur Salzsäule erstarrt hundert Meter entfernt auf dem Deich stand.

Ein älteres Pärchen spazierte an ihr vorbei. Irritiert folgten sie ihrem Blick, sahen dann wieder zu Ina, die stocksteif auf dem Weg stand. Hastig marschierten sie weiter, dachten wohl, dass sie nicht alle Tassen im Schrank hatte.

Und hatte sie? War sie verrückt geworden?

*Frag sie! Frag die beiden, ob sie das Mädchen auch sehen!*, rief eine schrille Stimme in ihrem Kopf. Aber Ina war nicht fähig, sich zu rühren.

Plötzlich ein leises Surren, ein Vibrieren an ihrem Arm. Ina brauchte einen Moment, bis sie kapierte, dass es von ihrem Handy kam, das sie sich um den Arm gebunden hatte. Sie blickte auf das Display. Es war Torsten. Ina nahm das Gespräch an, während sie immer noch zu dem Mädchen in den Salzwiesen schaute. Es dauerte ewig, bis ihre taube Zunge ein Wort formulieren konnte.

»Ja?«, hauchte sie.

»Ina? Wo bist du?«

»Ich ...«

»Der Kommissar hat angerufen! Du sollst sofort nach Husum kommen!«

Ina stutzte ungläubig. »Sag bloß, sie haben den Kerl gefunden?«

»Es sieht so aus. Es geht um eine Gegenüberstellung.«

Auf einmal hatte sie Schwierigkeiten, das Handy zu halten. Fast wäre es ihr heruntergefallen, so sehr zitterte sie.

Sie beendete das Gespräch, sah wieder zu der jungen Frau. Doch obwohl sie nur einen kurzen Augenblick abgelenkt gewesen war, lagen die Salzwiesen jetzt völlig verlassen vor ihr. Das Mädchen war verschwunden.

# 14

»Schön, dass Sie so schnell kommen konnten«, begrüßte Krumme das Ehepaar Maurer. »Wo haben Sie denn Ihre Kinder gelassen?«

»Die sind bei der Vermieterin unserer Ferienwohnung. Wir dachten, es ist besser, wenn sie von dieser ganzen Sache so wenig wie möglich mitbekommen«, antwortete Herr Maurer, während seine Frau sich mit gehetzter Miene im Büro umschaute.

»Wahrscheinlich haben Sie recht«, erwiderte Krumme. »Obwohl sich ein paar Kollegen über einen erneuten Besuch der beiden bestimmt gefreut hätten.« Er grinste.

»Wo ist der Kerl?«, wollte Frau Maurer wissen.

Krumme holte Luft. Natürlich hatte sie keine Lust auf Small Talk. Er nickte Pat zu, die sich von Herrn Maurers Anblick losriss und an ihren Computer setzte.

»Wir sind gleich so weit. Möchten Sie was trinken?«, fragte Krumme und holte zwei Gläser aus dem Schrank.

»Sie haben ihn also erwischt?«, keuchte Frau Maurer. »Wo hat sich das Schwein all die Jahre versteckt?«

Krumme füllte die Gläser mit Mineralwasser und räusperte sich. »Wir schauen gleich mal, ob wir den richtigen Mann gefunden haben, also den, den Sie gestern in St. Peter-Ording gesehen haben. Tatsächlich wohnt er hier in Nordfriesland. Aber ob er auch etwas mit dem Tod Ihrer Schwester zu tun hat, ist dann eine andere Frage.«

Frau Maurer wollte etwas sagen, doch ihr Mann legte beruhigend seine Hand auf ihren Arm. Sie schwieg und verschränkte trotzig ihre Arme.

»Los geht's«, fuhr Krumme fort, »wir haben einen neuen Film für Sie vorbereitet.«

Pat drehte ihren Bildschirm zu dem Ehepaar.

»Frau Maurer, schauen Sie sich diese Herren genau an. Ist der Mann von gestern auch dabei?«

Pat drückte auf Start, und sie sahen einen langsamen Schwenk über vier Männer mit Glatze oder hoher Stirn, die in einem fensterlosen Raum nebeneinandersaßen. Krumme hatte drei Kollegen aus dem Präsidium für die Aufnahme zwangsverpflichtet. Mit geübtem Gangsterblick starrten sie in die Kamera. Nur der Pastor aus Monholm wirkte etwas unsicher, bemühte sich aber, freundlich zu gucken. Mittlerweile hatte er sich umgezogen und war als Geistlicher nicht mehr zu erkennen.

Krumme sah zu Frau Maurer, um ihre Reaktion genau zu beobachten. Tatsächlich schien sie ein elektrischer Schlag zu treffen, als die Kamera Hartung erfasste. Erschrocken zuckte sie zurück, stöhnte auf und hielt sich betroffen die Hand vor den Mund. Herr Maurer griff besorgt nach ihrer Hand.

Krumme und Pat tauschten einen Blick. Eindeutiger ging es nicht.

»Sie erkennen den Mann also wieder?«, fragte Krumme.

»Das ist er. Er hat Nelly erschlagen«, stammelte sie. Tränen liefen ihr über die Wangen.

»Bist du sicher?«, erkundigte sich ihr Mann, während er ihr mit einem Taschentuch das Gesicht abwischte.

Sie sah ihn vorwurfsvoll mit roten Augen an. »Ich bin sicher! Dieses Mal ist er es. Ganz bestimmt.«

Herr Maurer nickte, drückte sie liebevoll an seine Brust. Aber nach einem kurzen Moment riss sie sich los und wandte sich wieder an Krumme.

»Haben Sie ihn schon verhaftet?«, fragte sie.

Er schüttelte den Kopf. »So schnell geht das nicht. Erst mal müssen wir ihn verhören. Die Spuren überprüfen ...«

Sie unterbrach ihn: »Aber Sie halten ihn schon fest, hier im Gebäude?«

Krumme überlegte, worauf sie hinauswollte. »Er wartet darauf, dass wir mit ihm sprechen, ja.«

Frau Maurer seufzte. Mit starrer Miene schaute sie aus dem Fenster und ließ zu, dass ihr Mann wieder nach ihrer Hand griff.

»Wie lange wird die Ermittlung denn dauern?«, wollte er von Krumme wissen.

»Kann ich nicht sagen. Wir müssen sehen, ob er tatsächlich etwas mit dem Mord zu tun hat und ...«

»Wie oft soll ich das noch sagen? Er ist es!«, unterbrach ihn Frau Maurer aufgebracht.

»Es sind viele Jahre seit dieser Geschichte vergangen«, wich Krumme aus. »Da müssen wir schon genau nachschauen. Aber selbstverständlich halten wir Sie auf dem Laufenden.«

»Können wir denn trotzdem wieder nach Köln zurückfahren?«, wollte Herr Maurer wissen. »Unser Urlaub ist in ein paar Tagen zu Ende.«

»Natürlich können Sie nach Hause.« Krumme klopfte auf die Unterlagen aus Hamburg. »Für den Anfang haben wir alles, was wir brauchen. Wenn sich Fragen ergeben, melden wir uns sofort. Und falls Sie umgekehrt noch etwas wissen möchten, rufen Sie gerne an, wann immer Sie wollen.« Er reichte den beiden seine Karte. Herr Maurer nickte dankbar und steckte sie ein.

Seine Frau stand auf. »Könnte ich kurz auf Toilette?«

»Aber natürlich. In der unteren Etage, Sie kennen den Weg, oder?«, fragte Krumme.

Frau Maurer verließ mit düsterer Miene das Büro. Er nickte Pat zu, worauf diese ihr nach kurzem Zögern mit einem leisen Seufzer folgte.

Krumme hielt die Wasserflasche hoch. »Noch ein bisschen?«, fragte er Herrn Maurer.

Der räusperte sich. »Ob Sie es glauben oder nicht, bei den anderen Männern, die Ina damals wiedererkannt hat, hat sie sich genauso aufgeregt.«

»Sie denken, Sie liegt wieder daneben?«

»Keine Ahnung, vielleicht hat sie dieses Mal ja den Richtigen erwischt. Dann hat dieser Albtraum hoffentlich ein Ende.« Er schwieg einen langen Moment, schaute auf seine Finger und seufzte: »Was müssen Sie nur für eine Meinung von mir haben? Ständig stelle ich die Aussagen meiner Frau in Frage.«

»Sie machen sich eben Sorgen um sie.«

»Ganz genau. Wenn dieser Kerl etwas damit zu tun hat, dann schnappen Sie ihn sich und hängen ihn an den Eiern auf. Aber bitte halten Sie Ina so weit wie möglich dabei raus. Diese Geschichte hat sie völlig kaputtgemacht.«

»Verständlich.«

»Ina ist besessen davon, diesen Abschaum endlich zu finden. Sie versucht vor mir zu verbergen, dass sie immer noch ständig an diese Nacht denkt. Aber sie tut es. Und hört nicht auf, sich Vorwürfe zu machen.«

»Weil sie ihrer Schwester nicht helfen konnte?«

»Weil sie sie allein gelassen hat. Ina hat damals mit irgendwelchen Typen geflirtet, während der Bastard sich über Nelly hergemacht hat …«

Aus dem Flur drang auf einmal Geschrei zu ihnen. Krumme sprang auf, er wusste sofort, was passiert war.

»Schnell, kommen Sie!«, rief er Herrn Maurer zu. Gemeinsam rannten sie aus dem Büro, Krumme vorneweg. Und tatsächlich, der Lärm kam aus einem Zimmer am Ende des Gangs. Dort saß Herr Hartung, ihr Verdächtiger, und wartete auf sein Verhör. Eine Streifenpolizistin sollte auf ihn aufpassen. Doch nun hatte sie zusammen mit Pat alle Hände voll zu tun, die aufgewühlte Frau Maurer von dem Mann fernzuhalten.

»Tut mir leid«, rief Pat, als Krumme in das Zimmer kam. »Sie ist auf einmal losgerannt und hat alle Türen aufgerissen.«

Frau Maurer war völlig außer sich. An den Polizistinnen vorbei versuchte sie, mit der Hand nach Hartung zu greifen, der sich erschrocken in eine Zimmerecke drückte. »Du mieses Schwein! Du hast Nelly erschlagen, gib's zu!«

»Ina, hör auf!« Ihr Mann schob sich an den anderen vorbei, schnappte sich ihre Hände und drückte sie nach unten. Frau Maurer versuchte, sich aus dem Griff zu befreien, aber er ließ nicht los. Schließlich gab sie auf. Schluchzend fiel sie ihm in die Arme. Behutsam zog er sie zurück auf den Flur. Krumme und Pat folgten den beiden. Die uniformierte Polizistin schloss die Tür hinter ihnen, blieb mit Hartung allein im Verhörzimmer zurück.

»Tut mir leid, Herr Kommissar«, sagte Herr Maurer, »aber ich habe Ihnen ja gesagt, dass das alles ein bisschen viel für sie ist.«

Seine Frau wand sich ungeduldig aus der Umarmung ihres Mannes. »Was haben Sie jetzt mit ihm vor?«, wollte sie von Krumme wissen.

»Wie ich sagte, wir werden ihn verhören und den Fall noch einmal genau untersuchen.«

»Und wie lange dauert das?«

»So lange wie nötig, Frau Maurer«, erwiderte Krumme, dem ihre Ungeduld, bei allem Mitgefühl für ihre Geschichte, langsam auf die Nerven ging.

»Und wenn er alles abstreitet?«

Er stöhnte. »Wie Sie bestimmt von den anderen Untersuchungen wissen«, *die, in denen Sie unschuldige Männer falsch beschuldigt haben,* aber das sagte Krumme jetzt nicht, »gibt es DNA-Spuren des Mörders. Wir werden sie mit denen des Verdächtigen vergleichen. Dann können wir zweifelsfrei feststellen, ob er etwas mit dem Tod Ihrer Schwester zu tun hat oder nicht.«

»Aber das ist jetzt schon zwanzig Jahre her«, bemerkte Herr Maurer.

»Inzwischen ist eine Analyse auch nach so langer Zeit möglich«, erklärte ihm Pat. »Dauert nur ein bisschen.«

Frau Maurers Wut und Hass schienen noch nicht abgeklungen zu sein. Ihr Blick ging zu der geschlossenen Tür, hinter der Hartung auf sein Verhör wartete. Ihr Mann drückte sie an sich. »Komm, wir gehen. Lassen wir die Polizei ihre Arbeit machen.«

Sie überlegte und nickte dann. Nach Krummes erneuter Versicherung, sie über jede Veränderung zu informieren, ließ sie sich endlich von ihrem Mann davonführen.

Krumme und Pat schauten den beiden nachdenklich hinterher.

»Sorry noch mal«, wiederholte Pat zerknirscht, »ich hätte besser auf sie aufpassen müssen. Die Frau ist völlig irre.«

»Sie hat Schlimmes erlebt.«

»Vor zwanzig Jahren. Kein Grund hier so auszuflippen. Gut, dass ihr Mann auf sie aufpasst.«

Krumme sah sie an. »Der gefällt dir, der Herr Maurer, was?«

Pat sah ihn überrascht an. »Ist schon nett, aber …« Sie schwieg verlegen und senkte den Blick.

Krumme klopfte ihr freundlich auf die Schulter. »Na los, Zeit zu erfahren, was unser Herr Pastor für ein Mensch ist.«

# 15

»Würden Sie mir bitte endlich erklären, was hier los ist?«, fragte Hartung, dem der Schock immer noch anzumerken war.

»Hat Frau Maurer sich eben nicht deutlich ausgedrückt?«, erwiderte Krumme, der jetzt mit Pat auf der anderen Tischseite saß. »Sie beschuldigt Sie, vor fast zwanzig Jahren ihre Schwester umgebracht zu haben.«

Hartung sah Krumme verständnislos an. Sein nackter Schädel glänzte verschwitzt, sein Mund öffnete und schloss sich wie bei einem Fisch auf dem Trockenen.

»Aber ... um Himmels willen, wie kommt sie denn darauf?«

»Sie hat Sie dabei gesehen.«

»Was? Aber nein, das kann nicht sein. Sie muss sich täuschen. Ich bin kein Mörder! Meine Güte, ich könnte doch nie jemandem etwas zuleide tun.«

»Frau Maurer ist anderer Meinung. Und wie Sie gerade bemerkt haben, sehr sicher, sich nicht getäuscht zu haben.«

Hartung drückte die Hände gegeneinander und blickte ihn beschwörend an. »Ein Missverständnis, das ist alles ein großes Missverständnis!«

»Sind Sie nicht daran interessiert zu hören, was genau damals passiert ist?« Krumme musterte ihn aufmerksam. Der Mann war total verängstigt. Ein Indiz für seine Schuld? Oder ein Hinweis, dass er mit der Sache nichts zu tun hatte?

Hartung nickte. »Ja, natürlich«, sagte er mit zitternder Stimme.

Pat nahm einen Zettel aus einem Ordner. »Ich verrate Ihnen mal, was Frau Maurer damals in Hamburg zu Protokoll gegeben hat.«

Während Pat vorlas, beobachtete Krumme den Pastor genau. In dessen Augen spiegelte sich grenzenloses Entsetzen. Weil die Erinnerung ihn übermannte? Oder weil die Geschichte so furchtbar und nicht zu ertragen war? Tatsächlich liefen ihm Tränen übers Gesicht, als Pat am Ende angelangt war.

Krumme sah ihn schweigend an.

»Wie schrecklich«, stammelte Hartung mit belegter Stimme. »Das arme Mädchen.«

Krumme nickte. »Sie war nur sechzehn Jahre alt. Ein glücklicher Teenager. Sie hatte noch ihr ganzes Leben vor sich.«

Hartung hielt sich beide Hände vors Gesicht, schüttelte den Kopf. Dann sah er Krumme an: »Herr Kommissar, bitte, Sie müssen mir glauben – ich bin kein Mörder.«

»Sie haben Frau Maurer gehört.«

»Natürlich«, stöhnte der Pastor, »und ich kann gut verstehen, dass sie den Mörder ihrer Schwester finden will. Und wenn sie wirklich denkt, mich gesehen zu haben, ist auch klar, warum sie so wütend auf mich ist. Aber sie liegt falsch. Ich war es nicht!«

»Können Sie uns ein Foto von damals geben, eins auf dem …«

»… ich mehr Haare habe?« Hartung legte die Hand auf den kahlen Kopf. »Ich muss schauen. Bestimmt habe ich irgendwo noch eins.«

»Wir reden hier vom 16. Juni 1997. Haben Sie vielleicht eine Idee, was Sie da gemacht haben?«, meldete sich jetzt auch Pat zu Wort.

Der Pastor sah sie mit großen Augen an. »Wie soll ich das jetzt noch wissen? Das war vor zwanzig Jahren!«

»Haben Sie damals schon im Norden gelebt?«

Hartung richtete sich auf. »Ich bin hier im Norden geboren. Ich habe immer hier gelebt. Bis auf meine Studienzeit in Freiburg.«

»Und Pastor in Monholm sind Sie seit …?«

»Achtzehn Jahren.«

»Das heißt, 1997 haben Sie was gemacht?«

»Mein Vikariat. In der evangelischen Gemeinde in Niebüll.«

»Und in Hamburg …«

»… bin ich in meinem ganzen Leben vielleicht drei-, viermal gewesen, öfter nicht«, unterbrach er Pat. »Und während meines Vikariats bestimmt nicht.«

Krumme betrachtete ihn aufmerksam. Trotz der Glatze sah der Pastor eigentlich ganz friedlich aus. Er war fast einen Kopf größer als Krumme. Auch wenn er jetzt vom Schock gebeugt vor ihm saß – bei der Taufe hatte er ihn als einen eindrucksvollen Mann mit imposanter, innerer Würde wahrgenommen. Ein Pastor, der von seiner Gemeinde geachtet wurde. Neugierige Augen mit freundlichen Lachfalten. Eine warme Stimme. Krumme war sicher, dass Hartung ein guter Redner war. Die Haut auf dem kahlen Kopf war straff und von der Sonne

Nordfrieslands gezeichnet. Gepflegte Hände, die ihn als einen Freund der Bücher auswiesen. Kaum vorstellbar, dass er damit einen Stein gehalten und einem Mädchen das Gesicht zerschmettert hatte. Trotzdem: Wenn er ihn genauer anschaute, gab es schon eine gewisse Ähnlichkeit mit dem alten, etwas krakeligen Phantombild, das aufgrund von Inas Beschreibung hergestellt worden war. Und die kleine Narbe an der Stirn, nicht viel größer als ein Muttermal, befand sich ebenfalls genau an der von ihr genannten Stelle.

Türklopfen holte Krumme aus den Gedanken. Ein schlanker Mann mit komplett ergrauten Haaren betrat zusammen mit einer rund fünfzigjährigen Dame das Zimmer.

»Jonas!«, rief die Frau erleichtert aus und stürmte um den Tisch herum zu Hartung. »Was ist denn hier nur los? Ewa hat mir erzählt, dass die Polizei dich geholt hat. Ich habe mir solche Sorgen gemacht.« Nur mit Mühe konnte sie ein aufgeregtes Schluchzen unterdrücken.

»Mach dir keine Sorgen, das ist alles nur ein großes Missverständnis«, erwiderte ihr Mann.

Krumme wandte sich irritiert an seinen obersten Vorgesetzten in Husum, Kriminaldirektor Krüger. »Wir sind eigentlich mitten in einem Verhör.«

Der grauhaarige Mann mit der Krawatte und dem perfekt sitzenden weißen Hemd nickte. »Ich weiß, Krumme. Tut mir leid für die Störung. Aber können wir uns mal in Ruhe unterhalten? Ich hätte gerne gewusst, worum genau es hier geht.«

Ein paar Minuten später saßen die beiden in Krügers klimatisiertem und makellos aufgeräumtem Büro. Krumme hatte seinem Chef bereits eine Kurzfassung des Falls gegeben. Krüger hatte sich alles ruhig angehört.

»Kaffee?«, fragte er und goss sich und Krumme eine Tasse ein.

Krumme schwieg. Ob er jetzt endlich eine Erklärung für Krügers ungewöhnliches Verhalten bekam?

»Und diese Frau Maurer«, fing sein Chef an, »die ist sich wirklich sicher, dass Herr Hartung der Mörder ihrer Schwester ist?«

Krumme nickte. »Wir konnten sie nur mit Mühe davon abhalten, ihm an die Gurgel zu gehen.«

»Hab schon gehört, dass es da einen kleinen Zwischenfall gab.« Krüger stand mit einem leisen Seufzer auf und ging nachdenklich im Zimmer auf und ab. Dann schaute er aus dem Fenster. Anders als Krumme und Pat hatte er einen weiten Ausblick Richtung Zentrum zur Husumer Altstadt.

»Was ist das denn für eine Frau?«, fragte er schließlich, ohne sich umzudrehen.

»Bitte?«

»Wo kommt sie her?«, fragte Krüger mit leichter Ungeduld. »Wie alt ist sie? Ich meine, jemand, der hier wie eine Furie durch die Gänge läuft, ist unter Umständen nicht besonders vertrauenswürdig.«

»Es geht um den Mord an ihrer Schwester. Natürlich ist das für Frau Maurer eine schwierige Situation. Aber abgesehen von diesem Zwischenfall haben wir sie als recht kontrolliert kennengelernt.« Krumme erzählte seinem Chef, dass Frau Maurer hier mit ihrer Familie Urlaub machte. Er verschwieg nicht, dass sie nach Aussage ihres Mannes schon öfter überzeugt gewesen war, den Mörder ihrer Schwester gesehen zu haben.

»Es könnte also sein, dass sie sich diese Ähnlichkeit nur einbildet?«, wollte Krüger wissen.

Krumme räusperte sich. Die Richtung, die das Gespräch gerade nahm, gefiel ihm überhaupt nicht. »Vielleicht. Vielleicht auch nicht. Aber in so einem dramatischen Fall fühle ich mich verpflichtet, erst einmal jeder Spur nachzugehen.«

Krüger setzte sich. »Natürlich, Sie haben selbstverständlich recht. Hören Sie, Krumme, ich schätze Sie und Ihre Arbeit sehr. Tun Sie, was Sie tun müssen. Ich bin sicher, Sie werden diese Angelegenheit genauso sorgfältig wie alle anderen bearbeiten.«

»Sie können sich auf mich und Pat verlassen.« Krüger hatte ihm mal im Vertrauen erzählt, dass seine junge Kollegin seine Patentochter war.

»Ich bitte nur darum, dass Sie Herrn Hartung mit dem gebotenen Respekt behandeln«, sagte sein Vorgesetzter.

»Natürlich.«

»Egal, was diese Frau behauptet – ich kenne ihn sehr gut. Der Herr Pastor ist bei uns in Nordfriesland ein überaus respektierter Mann.«

»Sie kennen ihn persönlich?«

Krüger nickte. »Solange ich denken kann, ist er Pastor in Monholm. Er arbeitet für viele soziale Organisationen. Und vielleicht sollte ich nicht verschweigen, dass Herr Hartung sogar mich und meine Frau getraut hat.«

»Sie sind in Monholm aufgewachsen?«

»Nein, aber meine Frau. Als wir damals heiraten wollten, hat sie darauf bestanden, dass Pastor Hartung die Zeremonie durchführt.« Er verdrehte die Augen und schüttelte den Kopf. »Was sie wohl sagt, wenn sie hört, dass wir wegen Mordes gegen ihn ermitteln?«

Krumme seufzte. »Na schön, ich werde nett zu ihm sein. Trotzdem müssen wir sein Alibi überprüfen. Und dann gibt es da auch noch eine alte DNA-Probe, die wir vergleichen können.«

»Auch wenn ich absolut sicher bin, dass nichts dabei herauskommt, machen Sie's.« Krüger schlug einen Aktenordner auf, das Zeichen, dass das Gespräch für ihn beendet war. »Halten Sie mich auf dem Laufenden.«

Krumme nickte. Er stand auf und wollte gerade das Büro verlassen, als Krüger noch etwas einfiel.

»Dieser DNA-Test dauert ja eine Weile.«

»Wir werden Herrn Hartung gleich eine Probe entnehmen lassen und zum Labor in Hamburg schicken. Nach dem Wochenende sollten wir das Ergebnis haben.«

»Und was machen Sie solange mit Herrn Hartung?«

Krumme überlegte. Darüber hatte er bisher noch gar nicht nachgedacht. »Er ist der Hauptverdächtige in einem Mordfall.«

»Na ja, so dramatisch würde ich es noch nicht sehen.«

»Fragen Sie mal Frau Maurer, was die dazu sagt.«

Krüger verdrehte wieder die Augen. Offensichtlich hielt er nicht allzu viel von ihrer Glaubwürdigkeit.

»So oder so. Ich denke, wir sollten ihn über das Wochenende hierbehalten.«

»Auf keinen Fall. Seine Frau hat vorhin mit mir gesprochen. Pastor Hartung hat dieses Wochenende zwei Hochzeiten und eine Taufe.«

»Hat er keinen Kollegen, der das übernehmen kann?«

»Nein, Sie können ihn nicht wegsperren. Wenn die Gemeinde erfährt, dass ihr Pastor unter Mordverdacht im Knast sitzt, ist der Mann erledigt. Egal, was am Ende dabei herauskommt. Dann bleibt ihm nichts übrig, als Nordfriesland zu verlassen.«

Krumme sah seinen Vorgesetzten fragend an. »Aber es geht um Mord.«

»Verhören Sie ihn. Nehmen Sie Ihre DNA-Probe, machen Sie, was Sie für nötig halten. Aber wenn Sie fertig sind, schicken Sie Herrn Hartung nach Hause.»

»Aber …«

»Entlassen Sie ihn, Krumme. Ich verbürge mich für ihn und übernehme die volle Verantwortung!«

Er sah zu seinem Chef, wollte noch etwas sagen. Aber Krüger blätterte bereits konzentriert in seinen Unterlagen.

# 16

Eiderstedt, 1715

Es war eine sternklare Juninacht, als Keno vom Gasthof in Tönning zurück nach Hause ritt. Trotz der Jahreszeit fror der stämmige junge Mann mit den langen schwarzen Haaren erbärmlich. Tatsächlich schien es seit vielen Jahren kaum einen Unterschied zwischen Winter und Sommer in Nordfriesland zu geben. Entsprechend schlecht waren die letzten Ernten ausgefallen.

»Nur ein Bier, dann kommst du zurück«, hatte Weert, sein strenger Vater, ihn ermahnt.

Daran hatte Keno sich nicht gehalten. Aus einem Bier wurden vier, fünf, dann sechs. Schließlich hatte er aufgehört zu zählen. Aber hatte er nicht das Recht, ein bisschen zu feiern? Er hatte es geschafft, drei ihrer Ochsen zu einem hervorragenden Preis an die Viehhändler aus Barmstedt zu verkaufen. Der Alte, wie Keno und sein Bruder ihren Vater nannten, hätte das nie hinbekommen. Immer nur auf dem Feld schuften, ständig nur Befehle und Strafen. Keno hatte es satt, sich von ihm wie ein Idiot behandeln zu lassen. Ja, er wusste, der Alte würde vor Wut platzen, ihn vielleicht sogar mit der Reitgerte schlagen, wenn er so spät nach Hause kam. Aber das war es verdammt noch mal wert gewesen. Schon lange nicht mehr hatte Keno so einen lustigen Abend verbracht. Nun musste er nur noch den Weg nach Hause finden.

Von Tönning aus gab es praktisch nur einen langen Landweg, der zu ihrem Haubarg führte. Unter normalen Bedingungen hätte er seinem Pferd die Sporen gegeben und wäre in einer halben Stunde im Bett gewesen. Doch in dieser Nacht drehte sich alles in Kenos kleiner Welt. Er war so betrunken, dass er sich nur mit Mühe auf dem Pferd halten konnte.

Keno versuchte, einen Stern am schwarzen Himmel zu fixieren, um wieder Kontrolle über seinen schwankenden Kopf zu bekommen. Plötzlich musste er aufstoßen und übergab sich stöhnend vom Pferd herab auf den vom letzten Regen aufgeweichten Boden.

Er fluchte. Sonst vertrug er mehr. Vielleicht waren die vier Aquavit am Ende doch zu viel gewesen.

Doch wenn er schon mal nach Tönning kam, dann musste er es auch richtig krachen lassen. Die eine Hand vergraben in der Mähne seines Pferds Wotan, ein mächtiger Kaltblüter, schnappte er sich die Buddel Rum, die er Lüders, dem Wirt in Tönning, abgekauft hatte. »Damit ich auf dem Weg nicht verdurste«, hatte er ihm gesagt.

Keno trank einen tiefen Schluck, um den Geschmack nach Erbrochenem loszuwerden. Aber auch das Zeug musste gepanscht sein. Es schmeckte widerlich. Wütend warf er die noch halbvolle Flasche hinter einen Knick, hörte, wie sie mit einem lauten Klirren zerbrach. Er wischte sich den Mund mit dem Ärmel ab und schimpfte. Der alte Lüders konnte sich auf was gefasst machen, wenn er das nächste Mal nach Tönning kam.

Ein Käuzchen rief aus dem Dunklen, eine Fledermaus glitt nur wenige Zentimeter über seinen Kopf, aber Keno beachtete sie nicht. Stattdessen dachte er zurück an die letzten Stunden. An den Händler aus Barmstedt, der von nun an nur noch mit Keno Geschäfte machen wollte. An diese Kerle aus Schleswig. Was die für Geschichten vom Hof des dänischen Königs erzählen konnten! Von halbnackten Frauen, Tischen, die sich bogen unter Bergen von Fleisch. Und Schnaps so viel man wollte.

Aber er hockte hier im gottverlassenen Eiderstedt. Husum und einmal Schleswig, das war alles, was er bis jetzt gesehen hatte. Für seinen Vater war er nur ein Ochsenhirte und würde es immer bleiben. Keno konnte es kaum erwarten, dass der Mistkerl unter die Erde kam, damit er und sein Bruder Heiner den Hof übernahmen.

Keno atmete schwer. Sein Kopf fühlte sich wie ein Amboss an, auf den ein Riese ohne Unterlass mit einem Hammer einschlug. Er schloss die Augen, versuchte, den Schmerz wegzudrücken. Reg dich nicht auf. Vergiss den Alten. Denk an was anderes.

Ein schiefes, zufriedenes Lächeln umspielte seinen Mund. Das Mädchen aus der Schankstube. Die heiße, stickige Luft. Ihr Kleid eng an ihrem nassgeschwitzten Körper. Nur ein hageres Ding, die blonden Haare zu einem Knoten hochgebunden. Alle Männer hatten sie angestarrt, während sie bediente. Aber bei ihm, nur ihm, hatte sie zurückgelächelt.

Später hatte sie das bestritten. Später, als die Wirtsstube geschlossen wurde und er sie vor der Tür abgepasst hatte.

»Lass mich in Ruhe!«, hatte sie ihn angeschnauzt. »Ich habe dich nicht angelächelt. Ich habe gearbeitet.«

Er wusste es besser. Sie hatte mit ihm spielen, ihn reizen wollen.

Aber dann hatte er mit ihr gespielt. Er hatte sie in den dunklen Stall gezogen, zu Wotan. Keno hatte sie neben ihn auf das Heu geworfen, an den Armen festgehalten, als das kleine Biest ihn kratzen und schlagen wollte.

Er grinste. Temperament hatte die Kleine gehabt, eine wilde Katze war sie gewesen.

Dann wollte sie schreien, Hilfe rufen. Aber das ging natürlich nicht. Ein fester Schlag ins Gesicht, und Ruhe war. Wenn sie mitgemacht hätte, wäre alles einfacher gewesen, auch für sie. Aber so ging es auch.

Er hatte ihr das verdammte Kleid vom Körper gerissen, die Hose ausgezogen und sie genommen, während Wotan mit den Hufen am Boden scharrte. Wie gut sie gerochen hatte, er lächelte, als er sich an ihren Duft erinnerte.

Dann war sie plötzlich aufgewacht, hatte die Augen aufgerissen, kapiert, was mit ihr geschah. Aber er hatte dafür gesorgt, dass sie die Klappe hielt, oh ja, das hatte er.

Er schloss die Augen. Der Schnaps wirbelte immer noch in seinem Schädel. Er erinnerte sich an den Moment, als ihr Kopf zur Seite fiel und sie sich nicht mehr rührte. An den Augenblick, als er eine grenzenlose Macht über Leben und Tod gespürt hatte.

Hatte er ein schlechtes Gewissen? Nein. Sie hatte mit ihm gespielt, sie hatte mit allen Kerlen in diesem Wirtshaus gespielt. Das hatte sie jetzt davon. Sie hatte die Strafe für ihr unkeusches Herumtänzeln bekommen.

Er stöhnte, als ihm ein Stich durchs benebelte Hirn

fuhr. Durst, er hatte Durst. Hätte er den verdammten Rum mal nicht weggeworfen!

Er schaute sich in der finsteren Nacht um. Nirgends war ein Licht zu sehen. Die Marsch schlief. Aber in einiger Entfernung konnte er den dunklen Schatten eines einsamen Hauses erkennen. Der Hohlbeck-Hof, arme Tagelöhner, die für seinen Vater arbeiteten. Hier musste er die matschige Straße verlassen und über den Landweg am Ost-Priel weiter. Nur noch eine Viertelstunde, dann war er auf dem Hof. Dann konnte er endlich was trinken.

Ein Knacken. Zuerst dachte Keno, ein Rindvieh hätte sich über das Gras geschoben.

Dann sah er die junge Frau. Sie hatte lange schwarze Haare, trug ein einfaches graues Leinenkleid. Für einen kurzen Augenblick trafen sich ihre Blicke. Augen wie Kohlen, ein mitleidiges, verächtliches Lächeln. Keno zuckte erschrocken zusammen, blinzelte verwirrt.

Und schon war das Mädchen nicht mehr zu sehen. Keno schaute sich um, aber in der Dunkelheit konnte er nichts erkennen. Hockte sie etwa im Knick und beobachtete ihn aus einem Versteck?

Ihn fröstelte, ein Schauer schob sich den Nacken hinauf.

Er klopfte Wotan auf den Hals, der einfach stehen geblieben war, als das Mädchen wie aus dem Nichts auftauchte. Was für eine seltsame Nacht.

»Los, mach, Dicker, wird Zeit, dass wir nach Hause kommen«, raunte er seinem Pferd ins Ohr.

Kurz darauf erreichten sie den Tiemann-Hof. Der Haubarg ragte mächtig in den Sternenhimmel. Natürlich schliefen alle, nirgends Licht, nur vor dem Tor zu den Stallungen baumelte eine einsame Laterne. Keno sprang von dem Pferd herunter und sah sich um. Keine Spur von dem Mädchen. Er und Wotan waren allein in der Nacht. Morgen würde er darüber lachen, dass er sich vor Angst fast in die Hose gemacht hatte. Verdammter Schnaps, das nächste Mal würde er bei Bier bleiben.

Keno öffnete das Tor und führte Wotan in den Haubarg zu den Peerboos, den Stallungen für die Pferde. Er nahm ihm das Geschirr ab, klopfte ihm auf die verschwitzte Flanke. »Danke fürs Bringen, mein Großer«, flüsterte er.

Er wollte rüber in die Döns, die Wohnräume, gehen, als Wotan ihn mit der Nase in den Rücken stieß. Keno grinste. »He, du Bangbüx, sag bloß, du hast immer noch Angst? Musst du nicht, wir sind zu Hause.«

Keno warf ihm einen Heuballen in die Ecke und wollte sich aus dem Stall schieben.

Aber das große Tier ließ ihn nicht vorbei. Im Gegenteil, Wotan rückte seinen mächtigen Körper zur Seite, drückte ihn hart gegen die Wand. Keno ächzte. Er war ein kräftiger Mann, aber für einen Moment blieb ihm die Luft weg.

»He, bist du verrückt geworden?«, schnaufte er und hielt sich den schmerzenden Oberkörper. Es hatte nicht viel gefehlt, und das Pferd hätte ihm eine Rippe gebrochen.

*Na warte, dafür sollst du büßen!* Keno biss die Zähne zusammen, schnappte sich eine der Reitgerten, die an der Wand hingen, und versetzte Wotan einen harten Schlag auf die hintere Flanke.

»Hier, du verfluchtes Vieh, wie schmeckt dir das?«, schimpfte er. Doch Wotan schien völlig unbeeindruckt. Wieder schob er seinen schweren Körper zur Seite, versperrte Keno so den Weg.

Was war nur in den alten Gaul gefahren? Wieder wollte er dem Pferd eins mit der Gerte überziehen. Doch Wotan kam ihm zuvor und trat nach hinten aus. Keno wurde in den Bauch getroffen, flog im hohen Bogen rückwärts in den Stall und krachte auf den steinigen Boden.

Auf einmal bestand sein Körper aus nur einem einzigen, leuchtenden Schmerz. Keno stöhnte, versuchte, sich aufzurichten. Aber er schaffte es nicht. Er hustete, spuckte. Im schwachen Licht der Laterne sah er einen großen, dunklen Fleck auf dem Boden. Blut, sein Blut!

Erschrocken starrte er nach oben zu Wotan, der wie eine riesige Kreatur aus der Hölle direkt über ihm stand und mit den schweren haarigen Hufen scharrte.

Keno wollte Hilfe rufen, aber seine Stimme versagte. Nur ein Röcheln kam über die vom Blut verschmierten Lippen. Was passierte hier? Ausgerechnet Wotan! Ihr friedlichstes, gutmütigstes Pferd.

Doch das hatte sich geändert. Wotan trat schnaubend mit den schweren Hufen auf die Steine, wütend, wie von einem Dämon besessen. Nur mit Mühe gelang es Keno, ihm auszuweichen. Verzweifelt versuchte er, sich auf seinen zitternden Armen abzustützen, wollte sich aufrichten, aber sein Körper gehorchte ihm nicht. Er blinzelte, schaute benommen zu Wotan auf, der sich wieder auf ihn zubewegte. Er ahnte, was gleich passieren würde.

»Nein«, flüsterte Keno, hob die Hand, um sich zu schützen. Aber er hatte keine Chance. Das gewaltige Pferd hob das Bein und trat mit aller Macht zu. Sein schwerer Huf traf Keno direkt auf den Kopf. Und innerhalb eines Augenblicks verschwand Kenos Bewusstsein aus dieser Welt in ein schwarzes Nichts.

# 17

»Du hast Pastor Hartung verhaftet?«

Krumme räumte gerade die Spülmaschine aus, als Marianne mit Watson von einem Spaziergang nach Hause kam.

»Sag bloß, du kennst ihn auch?«, fragte Krumme.

»Aber natürlich, den kennt hier jeder. Ich habe ihn mal bei einer Kleidersammlungsaktion fürs Rote Kreuz getroffen. Ein sehr netter Mann, aufmerksam und höflich.«

»Ja, das sagen alle.« Krumme verdrehte die Augen.

»Und ob du's glaubst oder nicht«, fuhr Marianne fort, »seine Frau war bis vor einem Jahr Mitglied in unserem Lesekreis. Dann wurde ihr die Anfahrt zu viel. Schade eigentlich.«

»Hat sie dir das von ihrem Mann erzählt?«

Sie nickte. »Hat mich gerade angerufen.« Seine Vermieterin stemmte die Hände in die Hüfte und sah ihn vorwurfsvoll an. »Was hast du dir denn dabei gedacht?«

»Aber ich habe ihn doch gar nicht verhaftet. Hat dir das deine Freundin nicht erzählt? Er konnte wieder nach Hause fahren.« Krumme warf eine Handvoll Besteck in das Fach im Geschirrschrank. »Obwohl ich ihn eigentlich lieber übers Wochenende dabehalten hätte.«

»Aber warum um Himmels willen?«

Sollte er ihr alles erzählen? Nein, schließlich war das doch der Grund für Krügers Entscheidung. Diskretion, um Hartungs Ruf nicht zu beschmutzen. »Kann ich leider nichts zu sagen. Laufende Ermittlungen.«

»Quatsch. Raus damit.«

»Nein, so ist das eben, wenn man bei der Polizei ist. Da muss man auch mal die Klappe halten. Kannst du gerne deinen Freunden im Lesekreis erzählen.«

Marianne sah ihn verstimmt an. Trotzdem entschied sie, ihm beim Ausräumen der Spülmaschine zu helfen. Aus dem Flur hörten sie Watson, der auf seinem Kissen lag und schmatzend an der Puppe herumnagte.

»Es gibt ein Problem«, sagte Marianne. »Mit dem Hund.«

»Ach ja? Was hat er jetzt wieder angestellt?«

»Raoul muss zu seiner kranken Schwester fahren. Er kann am Wochenende nicht auf Watson aufpassen.«

Er sah sie überrascht an. »Und? Was heißt das? Dass du nicht nach Hamburg fahren willst?«

Sie verdrehte die Augen. »Natürlich will ich. Denkst du, ich möchte mir die Elbphilharmonie entgehen lassen? Seit einem halben Jahr freue ich mich darauf.«

Er setzte sich an den Tisch und überlegte. »Wir legen ihm ein halbes Schwein hin. Dann hat er für das Wochenende genug zu essen, und wir können trotzdem fahren.«

»Warum redest du immer so gemein über ihn? Watson mag dich so gerne.«

Er verzog das Gesicht und dachte an die letzte Nacht. An den Sturz am Husumer Schloss und wie er vor Schmerzen nicht gewusst hatte, wie er richtig liegen sollte. Derweil hatte der Hund stundenlang an der Tür gekratzt. Weil er ebenfalls in sein Bett wollte.

»Tut mir sehr leid, du hast das Monster angeschleppt, dann musst du auch eine Lösung für das Problem finden. Ich kenne mich mit Hunden überhaupt nicht aus.«

Marianne sah ihn missmutig an. Dann ging sie hinaus, um zu telefonieren. Offensichtlich hatte sie mehr Unterstützung von ihm erwartet. Aber Krumme war gerade nicht in Stimmung, nett zu sein. Der Fall ging ihm durch den Kopf. Und dass Krüger sich eingemischt hatte, gefiel ihm gar nicht.

Obwohl die Sache eigentlich einfach war. Am Montag kam das Ergebnis der DNA-Analyse. Stimmten die Spuren überein, konnte er Hartung verhaften, dann war er der Mörder.

Und wenn nicht, war die Sache für ihn ebenfalls erledigt. So leid es ihm für Frau Maurer tat, aber dann musste sie den Mörder ihrer Schwester woanders suchen.

Also den Fall übers Wochenende vergessen und in Hamburg zwei schöne Tage verbringen? Mannsen hatte über einen Hamburger Kollegen Karten für ein Konzert in der Elbphilharmonie organisiert. Geplant war ein gemeinsames Wochenende mit Hafenrundfahrt, Stadtbummel und essen gehen im Portugiesenviertel am Hafen. Anders als seine nordfriesischen Freunde kannte Krumme sich in Hamburg kaum aus. Vor allem sein Kumpel Mannsen freute sich schon darauf, ihm die Hansestadt zu zeigen.

Er überlegte. Dann holte er sein Notizbuch heraus. Pat notierte meist digital im Smartphone oder im Computer. Er wählte die altmodische Variante. Nur Dinge, die er per Hand aufschrieb, blieben für ihn verfügbar, in einem Zwischenspeicher, um sie später noch genauer zu überdenken.

Nach einigem Blättern hatte er gefunden, was er suchte: eine Telefonnummer. Er nahm sein Handy und rief an. Nur ein kurzes Gespräch, er war fertig, als Marianne zurückkam.

»Ich habe mit Petra und Holger gesprochen«, sagte sie. »Wir haben eine Lösung für Watson.«

Krumme sah sie erwartungsvoll an.

»Harke wird ihn für zwei Tage aufnehmen.«

»Harke? Ausgerechnet?« Der Betriebshelfer war ein Hausfreund der Mannsens. Ein gutmütiger Typ, riesengroß, allerdings ein bisschen seltsam. Aber vor ein paar Jahren hatte er Krumme in einer stürmischen Nacht das Leben gerettet, das würde er ihm nie vergessen. »Aber Harke hat doch schon einen Hund«, sagte er. »Einen Dobermann! Wie soll der mit zwei großen Hunden klarkommen?«

Watson hatte gehört, dass es um ihn ging, und stand auf einmal in der Küche. Mit der Puppe im Maul hörte er aufmerksam zu.

»Harke war gerade bei Mannsens. Er sagt, das wäre kein Problem.«

»Na schön, wenn er meint, dann soll er das machen«, erwiderte Krumme. *Und wir sind das Riesenkalb los*, dachte er und konnte sich ein zufriedenes Lächeln nicht verkneifen.

»Es gibt da noch ein anderes Problem.« Marianne schaute verlegen auf ihre Fingerkuppen. »Könntest du ihn zu Harke bringen? Ich habe heute Abend einen wichtigen Termin in der Bibliothek, da muss ich unbedingt hin.«

»Du und deine vielen Termine.«

»Bitte!«

»Aber wie soll das gehen? Der passt doch gar nicht in ein Auto.«

»Jetzt übertreib nicht immer.«

»Außerdem tut mein Rücken immer noch weh von gestern Abend. Ich kann unmöglich fahren.« Er wollte noch weiterjammern, als Watson zu ihm trottete, ihn mit großen braunen Augen ansah – und ihm seinen größten Schatz zu Füßen legte: die halbzernagte Puppe.

Marianne grinste. »Siehst du, wie er dich mag? Und da willst du ihm nicht den kleinen Gefallen tun und einen Ausflug mit ihm machen?«

Er sah zu Watson. Der Hund war so groß, dass Krumme ihm im Sitzen in die Augen schauen konnte. Plötzlich legte Watson den Kopf auf seine Knie und brummte wohlig. Marianne hatte recht. Aus Gründen, die er nicht verstand, mochte der Hund ihn. Er atmete tief durch und seufzte.

»Wo sind die Wagenschlüssel?«

Krumme hatte in Husum kein eigenes Auto mehr. Im Ort bewegte er sich zu Fuß oder fuhr mit dem Fahrrad. Bei der Arbeit benutzte er den Dienstwagen aus dem Präsidium. Und wenn doch irgendetwas Privates sein sollte – zum Beispiel ein Ausflug zu den Mannsens in Kleebüll –, nahm er Mariannes zehn Jahre alten Golf. Ein solides, zuverlässiges Auto, aber viel zu klein für den Hund. Krumme musste die Rückbank umklappen, damit der Hund hineinpasste.

Nur leider war Watson nicht nach Autofahren.

Trotzig legte er sich neben den Golf.

»Nun komm schon, mein Freund, lass mich nicht im Stich«, versuchte Krumme es erst im Guten. Keine Reaktion. Er entschied, ihn von hinten mit den Händen zu schieben, aber das kalbsgroße Tier bewegte sich nicht einen Millimeter. Als er probierte, ihn am Halsband in das Auto zu ziehen, knurrte Watson zum ersten Mal leise, aber umso bedrohlicher. Krumme fluchte. Er blickte nach oben, von wo ihm erste Regentropfen auf den Kopf platschten.

Na toll, was jetzt?

Auf der abendlichen Straße war kein Mensch zu sehen. Und Marianne war schon in der Bibliothek. Sie konnte ihm nicht helfen. Sowieso wollte er ihr gegenüber nicht zugeben, dass er, der erfahrene Kommissar, ein Mann, der Mörder und Verbrecher jagte, mit einem Hund nicht klarkam.

Im immer stärker werdenden Regen überlegte er für einen kurzen Moment, Pat anzurufen. Waren Kollegen nicht dafür da, um sich ab und zu unter die Arme zu greifen? Aber dann dachte er an ihr glückliches Lächeln, als sie heute das Büro verlassen hatte. Das Mädchen hatte am Abend was Besseres vor, als sich mit einem übergroßen Hund herumzuärgern.

Krumme sah nachdenklich zu Watson herunter. War das Vieh etwa eingeschlafen? Mit der Puppe im Maul und geschlossenen Augen lag er auf dem nassen Boden hinter dem Golf.

Er hatte eine Idee.

Er kniete neben dem Hund und begann, ihn an den Ohren zu kraulen. Sofort reckte Watson den Hals und brummte zufrieden.

»Das gefällt dir, mein Dicker, was?« Er lächelte. Dann riss er ihm die Puppe aus dem Maul, warf sie mit einem Schwung hinten in das offene Auto. Winselnd sprang Watson auf, schaute sich verwirrt um und machte dann einen Satz in den Golf. Krumme schlug die Klappe zu – und schon war der Hund in dem Auto gefangen.

Zufrieden betrachtete er sein Werk. Ein Kinderspiel. Jetzt musste er nur selbst noch in den Wagen. Von außen wirkte es, als wäre der Golf komplett von Watsons Körper ausgefüllt. Krumme konnte von innen sein verzweifeltes Bellen hören.

Wieder musste es schnell gehen. Krumme öffnete die Fahrertür und schwang sich hinter das Steuer. Der Rücken tat immer noch ein bisschen weh, aber egal. Problematischer war, dass Watson beim Öffnen der Tür über den Fahrersitz hinweg nach draußen kriechen wollte. Aber dafür war er viel zu groß. Endlich gelang es Krumme, die Wagentür zu schließen. Er hatte es geschafft, sie saßen beide im Golf. Er mochte gar nicht wissen, wie lächerlich das von außen aussah.

»Entspann dich, alter Freund, wir kriegen das schon hin«, versuchte er den jetzt leise winselnden Hund zu beruhigen. Und tatsächlich, als er den Wagen startete, verstummte der Hund und legte den schweren Kopf auf seine Schulter. Mit einem bangen Gefühl sah Krumme aus dem Augenwinkel Watsons riesige Schnauze. Was wenn er aus Furcht plötzlich durchdrehte?

Aber der Hund blieb friedlich, hechelte nur und sah dabei vorn durch die Windschutzscheibe auf die Straße.

*Also los*, dachte Krumme, zum Glück war es bis Kleebüll nicht weit.

# 18

Aber auch die kurze Fahrt konnte lang werden, wenn Watson ihm bei jedem Scheinwerfer eines entgegenkommenden Wagens direkt ins Ohr bellte.

Krumme versuchte, sich trotzdem auf den Verkehr zu konzentrieren. Watson hasste Autofahren. Leider besaß der Golf kein Schiebedach, durch das er seinen Kopf hätte hinausstecken können. Der Hund musste bis Kleebüll eingezwängt im Innenraum durchhalten.

Wie sich zeigte, litt Watson unter üblem Mundgeruch. Krumme verzog das Gesicht und fragte sich einmal mehr, was der riesige Hund den ganzen Tag so fraß. Es stank fürchterlich.

Schließlich öffnete Krumme das Fahrerfenster, hielt den Kopf in den Regen und sog, die Augen geschlossen, die frische Luft ein. Zum Glück waren in Hattstedt und später in Bredstedt keine Autos unterwegs.

Dachte er zumindest.

Plötzlich überholte ihn ein Streifenwagen mit eingeschaltetem Blaulicht, der Beifahrer gab ihm das Zeichen, rechts ranzufahren.

Er fluchte. Ausgerechnet jetzt!

»Watson, bitte, bleib ganz ruhig, ja? Ich regele das.« Krumme hielt hinter dem Polizeiwagen in einer Parkbucht vor einem Supermarkt. Er wischte sich das Gesicht mit dem Ärmel trocken und versuchte, Watsons Kopf zurück auf die Rückbank zu drücken. Vergeblich. Das Blaulicht machte den großen Hund nervös, immer wieder wollte er seinen Körper nach vorn schieben.

Die Polizisten schienen sich über die abendliche Abwechslung zu freuen. Beide, ein Mann und eine Frau, waren aus ihrem Wagen ausgestiegen. Krumme konnte im Licht der Scheinwerfer ihre Gesichter sehen. Sie arbeiteten auf der Wache seines Freundes Mannsen hier in Bredstedt. Krumme hatte beide schon mal gesehen, aber ihre Namen wollten ihm nicht einfallen.

»Moin der Herr, können Sie uns vielleicht verraten, was das hier werden soll?«, erkundigte sich der Mann, während seine Kollegin um den Golf spazierte.

»Was meinen Sie?«, fragte Krumme. »Geht's um den Hund?«

»Wow, was für ein Riesenvieh!«, rief seine Kollegin. Sie hielt die Taschenlampe in den Wagen, was den Hund noch nervöser machte. Leise winselnd drehte er den Kopf hin und her.

»Watson, ganz ruhig«, zischte Krumme, und tatsächlich legte der Hund den Kopf wieder auf seine Schulter.

»He«, sagte der männliche Polizist, der ihn im Licht der Taschenlampe erst jetzt erkannte. »Sie sind doch der Berliner, oder?«

Krumme quälte sich zu einem Lächeln. Er zeigte den beiden seinen Ausweis. »Kriminalhauptkommissar Krumme aus Husum, ja.«

»Was treiben Sie denn hier?«

»Wir dachten schon, der Hund sitzt allein am Steuer.

Sie haben wir bei dem ganzen Fell überhaupt nicht gesehen«, sagte die Wachtmeisterin und grinste.

»Der gehört nicht mir. Ich bringe Watson nur nach Kleebüll zu einem Freund.«

»Watson ist sein Name? Wie witzig!« Die beiden Polizisten sahen sich schmunzelnd an.

»Können Sie vielleicht mit der Lampe woandershin leuchten? Sie machen ihm Angst.«

»Echt?« Die Frau guckte wieder zu Watson. »Na, min Kleener. Wie ein Schietbüttel siehst du eigentlich nicht aus.« Trotzdem nahm sie die Taschenlampe herunter.

»Besonders vorschriftsmäßig ist das aber nicht«, sagte ihr Kollege. »So ein großer Hund sollte nur in einem Kombi fahren.«

»Sie haben ja recht. Zum Glück muss ich nur bis Kleebüll. Je eher ich den Hund abgeben kann, umso besser.«

»Schon klar, Herr Kollege. Trotzdem möchte ich Sie bitten, auf die Verkehrsregeln zu achten. Sie sind eben bei Rot über die Ampel gefahren.«

Krumme sah sich überrascht um. »Tatsächlich? Da war eine Ampel?«

Der Mann nickte. Er musterte den verschwitzten und vom Regen nassen Krumme. »Haben Sie was getrunken?«, fragte er und leuchtete ihm und damit auch Watson wieder ins Gesicht.

»Nein!« Langsam verlor er die Geduld. »Nicht einen Schluck. Aber vielleicht können wir das hier schnell zu Ende bringen. Ich bin morgen früh mit Ihrem Chef Polizeihauptkommissar Mannsen für eine gemeinsame Tour nach Hamburg verabredet.«

»Ach ja?«, erwiderte die Polizistin. »Na gut, dann

Schluss mit der Plauderei. Sicherlich haben Sie Verständnis, dass wir Ihnen für die rote Ampel ein Bußgeld von 90 Euro berechnen müssen.«

»Und einen Punkt gibt es natürlich auch, aber das wissen Sie bestimmt selbst«, ergänzte ihr Kollege.

Krumme hatte gehofft, sein Hinweis auf ihren Vorgesetzten würde mehr Eindruck machen. Was für sture Idioten! Das war ein Notfall, konnten sie das nicht sehen? Zähneknirschend nahm er die Strafe an, immerhin durfte er mit dem im Auto stehenden Watson weiterfahren.

Insgesamt war fast eine Stunde vergangen, als Krumme endlich bei Harke in Kleebüll ankam. Der riesenhafte Betriebshelfer wohnte am Ortsrand des Dorfes in einem kleinen Haus. Krumme parkte den Wagen auf der knirschenden Kiesauffahrt. Ihm fiel auf, dass er Harke noch nie zu Hause besucht hatte. Dabei gehörte er bei Besuchen der Familie Mannsen immer dazu. Alle im Ort wussten, dass Harke ein bisschen seltsam, aber völlig ungefährlich war. Seine besten Freunde waren sein Dobermann Reiko und sein Hauskobold Nis, den allerdings noch nie jemand außer ihm gesehen hatte.

Krumme stieg aus dem Golf und stand vor einem schiefen Stacheldrahtzaun. Endlich konnte Watson den engen Wagen verlassen. Er schüttelte sich, blieb aber direkt neben ihm stehen und schaute sich aufmerksam um. Dabei hielt er wieder seine Lieblingspuppe zwischen den Zähnen.

»Keine Sorge, hier wird es dir gefallen«, sagte Krumme, während er Watsons Kissen und einen großen Futtersack aus dem Kofferraum hob. Er flüsterte, um die

Stille nicht zu stören. Es hatte aufgehört zu regnen. Der Abend roch nach nassem Gras, nach der feuchten Luft und den Schafen, die auf den umliegenden Feldern überall als Schattenrisse vor dem fast schwarzen Himmel standen.

Gemeinsam betraten sie Harkes Grundstück. Mannsen hatte ihm erzählt, wie chaotisch es hier aussah. Aber so schlimm hatte Krumme es sich nicht vorgestellt. Wie auf dem Filmset eines Endzeitthrillers. Überall Schrott und Müll, halbverfaulte Kartons und Bauschutt. In einer Ecke versteckte sich im hohen Gras sogar ein uralter rostiger Trecker.

»Spannend, was?«, versuchte er, Watson ein bisschen Mut zu machen. »Ich bin sicher, hier kannst du überall Kaninchen jagen.« Er klopfte ihm auf den Rücken. Aber der Hund wirkte wie erstarrt und gab keinen Laut von sich. Ob er Angst hatte? Ein bisschen unheimlich war es hier ja schon.

Licht konnte Krumme nirgends sehen. War Harke überhaupt zu Hause? Hatte Marianne sie nicht angekündigt? Endlich hatte er die Haustür gefunden. Er räusperte sich und klingelte. Sofort hörte er auf der anderen Seite ein lautes Bellen und dann ein heftiges Scharren an der Holztür. Krumme zuckte erschrocken zurück. Reiko.

Harkes Hund war im Grunde genauso gutmütig wie sein Herrchen, aber vor allem die stürmischen Begrüßungen waren gewöhnungsbedürftig. Und er hatte ihn noch nie zusammen mit einem anderen Hund gesehen. Krumme schaute zur Seite, Watson hatte die Ohren angelegt. Was hatte das jetzt zu bedeuten? Schade, dass er kein Hundeexperte war. Er machte sich im Geiste eine Notiz und beschloss, bei nächster Gelegenheit ein entsprechendes Buch zu kaufen.

Endlich wurde die Tür geöffnet. Vor ihm im schwachen Lichtschein einer nackten Glühbirne stand Harke. Er war sogar noch größer als Pat, seine von der Nordseesonne gebleichten Haare hingen ihm zottelig bis auf die Schultern. Er erinnerte ihn irgendwie an Karlsson vom Dach. Ein bisschen seltsam, Alter unklar. Nur dass Harke dreimal so groß war wie der kleine Mann mit dem Propeller auf dem Rücken. Wie immer trug der Knecht eine blaue, schmutzige Trägerhose. Für einen kurzen Augenblick sah er Krumme verständnislos an, dann klarte seine Miene auf, und er erinnerte sich an ihre Verabredung.

»Moin!«

»Moin, Harke, ich habe schon gedacht, du bist nicht da.« Er reichte ihm die Hand, die komplett in dessen riesiger Pranke verschwand.

Der Knecht sah ihn verständnislos an. »Aber ich bin doch da. Ich habe Besuch.«

»Besuch? Wie nett. Wer denn?«

Harke zögerte. »Eine Freundin. Willst du sie kennenlernen?«

Krumme sah in die komplett dunkle Wohnung. Was war das für eine Freundin, mit der Harke da im schwarzen Nichts saß? Und überhaupt, er hatte ihn noch nie allein mit einer Frau gesehen.

Krumme schüttelte den Kopf. »Vielen Dank, aber ich muss gleich wieder zurück, Sachen packen für unseren Ausflug nach Hamburg. Ich wollte dir nur kurz unseren Hund vorbeibringen. Watson, das ist mein guter Freund Harke, er wird sich die nächsten zwei Tage um dich kümmern. Und das ist Reiko, er wohnt auch hier«, ergänzte er, aber die beiden Hunde hatten sich bereits vorgestellt. Reiko begrüßte seinen Gast und dessen Puppe schnüffelnd. Auch Watson schien sich zu entspannen. Er wedelte mit dem Schwanz heftig gegen Krummes Bein – ein gutes Zeichen, das wusste er auch ohne Lehrbuch.

Harke ging in die Knie und rubbelte mit den Händen über Watsons Hals. »Na, du. Willkommen. Wir werden bestimmt viel Spaß haben.«

Hoffentlich, dachte Krumme und blickte besorgt in die dunkle Wohnung, in der irgendwo auch Nis und Harkes Damenbesuch sitzen mussten. Konnte er Watson hier zurücklassen? Aber für eine neue Entscheidung war es zu spät. Sein Hund wackelte bereits mit Reiko Richtung Wohnzimmer.

»He, Watson, alter Freund, bis bald! Übermorgen hole ich dich wieder ab, versprochen!«, rief er ihm hinterher. Watson blieb noch einmal stehen, drehte sich zu ihm um, sah ihn mit seinen großen braunen Augen an. Dann folgte er Reiko in die Dunkelheit.

Harke klopfte ihm freundlich auf die Schulter. »Alles gut. Die beiden sind schon dicke Kumpels.«

Krumme gab ihm Watsons Sachen und verabschiedete sich. Als Harke schließlich die Tür hinter sich schloss, blieb er noch einen Moment vor dem Haus stehen. Nichts zu hören. Kein Bellen, Jaulen und sonstiges Hunde-Wehklagen. Dann gab er sich einen Ruck und stapfte zurück zum Wagen.

Er schaute noch mal zu dem Haus. Es lag in völliger Finsternis. In den Fenstern nirgends ein Lichtschimmer. Kaum zu glauben, dass sich da drinnen gerade zwei große Hunde herumtrieben. Dazu Harke und sein unbekannter Damenbesuch. Und dann noch Nis.

Hätte er die Chance nutzen und Harkes Welt kennenlernen sollen?

Eine kurze Bewegung an einem der Fenster. Die Gardine. Wurde er aus dem Haus heraus beobachtet? Krumme stieg in den Golf, startete den Motor und machte sich auf den Weg zurück nach Husum.

# 19

Ihr Lächeln im warmen Licht der Sonne. »Ich will unbedingt Kinder haben. Am besten vier. Oder fünf.«

Sie lachte. »Hör auf, du als Super-Mami, das kann ich mir überhaupt nicht vorstellen.«

»Aber natürlich! Ich will eine Familie, viele Kinder. Und später sitze ich als Großmutter mit langen Haaren im Garten, im Arm meines immer noch wundervoll aussehenden Mannes!«

»He, du bist ein junges Mädchen. Du musst dein Leben genießen! Denk doch nicht schon daran, was du als alte Frau tun wirst.«

Sie lachte. »Oh, ich werde mein Leben genießen. Wie Rose aus *Titanic*. Ich werde die Welt erobern, reiten, Pilotin werden. Und eine große Familie haben. Und am Ende über hundert Jahre alt werden und zusammen mit meiner Schwester am Strand spazieren.«

Und das taten sie. Hand in Hand, die Haare vom Wind zerzaust, lachend mit den nackten Füßen in der kühlen, rauschenden Brandung. Über ihnen der endlose Himmel, weiße Wolkenberge am Horizont. Ein einsamer Reiter galoppierte über den Strand, Sand und Wasser spritzten nach oben, ein Regenbogen funkelte vor den Dünen. Ein Mädchen mit einem rot leuchtenden Drachen, immer höher schraubte er sich Richtung Sonne.

Gemeinsam mit ihrer Schwester lief sie durch den Sand, die Dünen, über die Salzwiesen und das nasse Watt, das wie ein Diamantenteppich funkelte.

Dann saßen sie in einem kleinen Friesenhaus hinter dem Deich, schauten hinaus auf die Marsch, bis zum Leuchtturm reichten die saftig-grünen Felder.

Wie hübsch Nelly war. Gegen das helle Licht, das durch die Fenster in das Wohnzimmer schien, leuchteten ihre blonden Haare wie eine Krone aus purem Gold.

Sie tranken Tee und aßen Kekse. Ina wollte ihre Schwester erneut an die Hand nehmen und nie loslassen. Sie waren vereint, wieder zusammen. Für immer, bis in alle Ewigkeit.

Ein Klopfen an der Tür. Nelly sprang auf, wollte öffnen.

Nein!

Wie ein Blitz traf sie die Erkenntnis, dass ihre kleine Schwester in Gefahr war. In tödlicher Gefahr!

»Nein, bleib sitzen! Ich gehe.«

»Aber warum? Ich kann genauso gut …«

»Nein!«, unterbrach sie sie energisch und ging durch den langen Flur, der auf einmal ein dunkler Keller war. Erschrocken schaute sie sich um. Sie war eine Gefangene. Wie konnte das sein? Angst erfasste sie wie eine Welle. Angst, aber nicht um sich.

»Nelly! Nelly!« Immer lauter rief sie ihren Namen. Sie wusste, etwas war passiert.

Ein Scharren, Kratzen, an der Tür. Böses ahnend drehte sie sich um. Vor ihren entsetzten Augen schob sich der Riegel langsam nach oben, krächzend schwang die Metalltür auf. Ein Mann stand davor, nur ein Schatten im Dunklen. Ihr schwindelte. Sie wusste, er war es, der Teufel, der ihre Schwester bedrohte. Mit letzter Kraft löste sie sich aus ihrer Starre, besiegte ihre Angst, ließ sich vom grenzenlosen Hass treiben. Bereit, ihr Leben für das von Nelly zu geben.

Er machte einen Schritt nach vorn, zeigte sein Gesicht. Ein höhnisches Lächeln, der kahle Schädel glänzte im Schimmer einer kleinen Lampe.

»Was hast du mit Nelly gemacht?«, wollte sie schreien, aber kein Ton kam über ihre tauben Lippen. Er trat auf sie zu mit erhobenen Händen, in einer hielt er einen blutigen Stein. Es war zu spät, viel zu spät. Nelly war tot. Sie blickte in seine dunklen Augen, sah Flammen, die sich in ihnen spiegelten. Spürte die Hitze, beobachtete, wie die Haut auf ihren Armen Blasen schlug. Schmerzen, furchtbare Schmerzen. Feuer biss nach ihr wie eine tollwütige Bestie.

Endlich fiel sie ins erlösende Nichts. In ihren letzten Gedanken war sie bei ihrer Schwester. Sah die lächelnde Nelly, die erstaunte. Dann die Nelly mit dem blutig zerschlagenen Gesicht.

»Oh Gott, nein!«

Mit einem lauten Stöhnen schreckte Ina aus ihrem Schlaf. Sie schnappte nach Luft, hielt sich die Hände schützend vors Gesicht. Noch hallte ihr Ruf durch ihren Kopf. Sie schwitzte so heftig, als wenn sie gerade wirklich durch Flammen gelaufen wäre.

Aber sie war nicht in diesem Keller, musste nicht um ihr Leben kämpfen.

Sie war in der angenehm kühlen Ferienwohnung in

St. Peter-Ording. Aufrecht im Bett sitzend schaute sie zur Seite. Torsten lag mit dem Gesicht nach oben auf dem Kissen und atmete entspannt im tiefen Schlaf. Milena und Ben kuschelten sich ganz dicht an ihren Vater. Sie erinnerte sich. Die beiden hatten eigentlich ihr eigenes Zimmer. Aber als es am Abend zu regnen begonnen, das nahe Meer lauter und lauter gedröhnt hatte, da waren sie zu ihnen ins Bett geschlüpft. Immer noch außer Atem lächelte Ina erleichtert. Ihre Familie. Alles war nur ein Traum gewesen, das hier war das echte Leben.

Zum Glück hatte sie keinen mit ihrem Schrei geweckt.

Oder hatte sie nur in ihrem Traum laut gerufen?

Mit einem matten Seufzer sank sie zurück auf ihr durchgeschwitztes Kissen und starrte an die Decke.

Was für ein schrecklicher Albtraum. Mühsam versuchte sie, die einzelnen Bilder zu sortieren. Das Gefühl, Nelly wiedergesehen, sie berührt und mit ihr gesprochen zu haben, war so real wie das Ticken des Weckers auf dem Nachttisch.

In ihren Träumen war es immer das Gleiche. Erst die Freude, die große Erleichterung, ihre Schwester wiederzuhaben, lebendig und strahlend jung. Dann die Bedrohung und schließlich die Erkenntnis, dass sie die Vergangenheit nicht ändern konnte. Nelly war tot und würde es immer bleiben.

Doch dieser Traum war neu gewesen. Auf verwirrende Weise waren andere Eindrücke und Visionen dazugekommen.

Das einsame Haus hinter dem Deich, der düstere Keller, das Gefühl, lebendig begraben zu sein. Das Feuer, das ihr die Haut vom Körper brennen wollte. Die Bilder dröhnten noch immer in ihrem Kopf. Aber sie hatte keine Ahnung, was sie bedeuteten.

Aber den Mann, der zu ihr in den Keller gekommen war, den kannte sie. Es war der Kerl, den sie hier in Husum gesehen hatte. Der jetzt im Gefängnis saß.

Schon früher war er in ihren Träumen aufgetaucht. Aber er hatte andere Gesichter gehabt. Auch mit einer Narbe, auch dieses schiefe Lächeln. Fratzen der Männer, die sie wiedererkannt zu haben glaubte.

Doch jetzt *wusste* sie, dass es der richtige Mann war. Kein Zweifel, sie war sicher, dass der Test seine Schuld beweisen würde. Aber war die Qual damit zu Ende? Dass die Polizei ihn endlich gefasst hatte, war noch keine Erleichterung. Dieser schreckliche Mensch würde immer ihr Dämon bleiben. Die Erinnerung, wie er in ihrem Traum mit dem blutigen Stein auf sie zukam, ließ sie jetzt noch vor Panik erzittern.

Und da war noch etwas. Das Mädchen mit dem roten Drachen. Sie versuchte, sich zu konzentrieren, sich an ihr Gesicht zu erinnern. War es das gleiche wie das des geheimnisvollen Mädchens, das sie auf der Straße und auf den Salzwiesen gesehen hatte? Wenn ja, was hatte das zu bedeuten? Was hatte sie in ihrem Albtraum zu suchen? Was hatte sie mit Nellys Tod zu tun?

Die Bilder verblassten langsam, wurden unschärfer. Ina öffnete die Augen, ließ die kühle Luft in ihre Lunge strömen, wollte sich wieder auf das echte Leben konzentrieren. »Suchen Sie sich eine besonders angenehme Schlafposition. Dann bewusst atmen«, hatte ihre Therapeutin ihr damals empfohlen, als sie über die ständigen Schlafprobleme geklagt hatte. »Langsam und gleichmäßig atmen, während Sie an besonders schöne Momente mit Ihrer Schwester denken. Tauchen Sie ab in diese Bilder, versinken Sie in ihnen wie in einem warmen Kissen, lassen Sie zu, dass sie Teil Ihrer Träume werden, und gleiten Sie sanft in den Schlaf zurück.«

Aber was damals nur selten funktioniert hatte, klappte auch jetzt nicht. Wenn Ina die Augen schloss, sah sie sofort nur *sein* Gesicht. Und das von ihm zerschlagene Antlitz ihrer geliebten Schwester.

Leise ächzend wälzte sie sich im Bett herum, bemühte sich, besonders bequem zu liegen. Aber egal, wie sie es anstellte, sie fand einfach keine Position, in der sie entspannen konnte.

Schließlich drehte sie sich um auf die andere Seite, zu ihrer Familie, die eng aneinandergeschmiegt neben ihr auf dem Bett lag. Zwischen ihr und Torsten hatte sich Ben in die Decke gekuschelt. Sie beobachtete, wie sich sein kleiner Brustkorb gleichmäßig hob und senkte. Auf einmal wurde sie von einer Welle erfasst. Die Liebe zu ihrer Familie, zu Torsten und ihren beiden Kindern. Wieso nur diese Albträume und schlimmen Gedanken? Hier war ihr Leben, hier war ihr Platz. Sie schämte sich, dass sie das immer wieder vergaß und sich ständig in die Erinnerung an früher fallen ließ. Sie war sicher, auch Nelly hätte ihr geraten, nicht im Morast der Trauer zu versinken, sondern sich um ihre Familie zu kümmern.

»Mama, warum weinst du?«, fragte eine leise Kinderstimme. Ben war aufgewacht und sah sie mit seinen blauen Augen an. Besorgt und voller Ernst.

Überrascht bemerkte Ina, dass ihr schon wieder Tränen über die Wangen gelaufen waren. Sie lächelte verlegen, diese ständige Heulerei, das musste aufhören.

»Ich habe mich so gefreut«, flüsterte sie so leise, dass nur Ben sie verstehen konnte.

»Warum?«, wollte er wissen.

»Weil ich so einen tollen Jungen wie dich habe.«

Ben sah sie für einen Moment leicht irritiert an. Warum weinte sie, wenn sie sich doch freute? Aber dann schien er zu erkennen, dass es etwas Gutes sein musste. Er schob sich von Torsten weg und umarmte jetzt sie. Und war von einem Augenblick zum nächsten wieder eingeschlafen.

Ina spürte den kleinen, warmen Körper. Konnte den süßen Kinderduft riechen. Sie atmete aus, entspannte sich. Alles war gut.

Kurz darauf fiel auch sie wieder in einen tiefen, traumlosen Schlaf.

## 20

Marianne hatte ihren Koffer bereits vor Tagen fertig gepackt und sich eine genaue Kleiderfolge für die zwei Tage in Hamburg überlegt. Krumme dagegen hatte seine Sachen erst am Samstagmorgen in eine Tasche gestopft. Ein bisschen Unterwäsche, zwei Hemden, Socken, sein Kulturbeutel, dazu ein Anzug, den er nach dem Zwischenfall am Husumer Schloss glücklicherweise noch gefunden hatte. Nichts besonders Schickes, aber für die zwei Tage sollte es reichen.

Auch wenn sich sein Elan bei der Vorbereitung in Grenzen hielt, freute sich Krumme auf den Ausflug. Er kannte Hamburg nur flüchtig und wusste, dass es praktisch unmöglich war, Tickets für die Elbphilharmonie zu ergattern. Mannsen hatte vier Karten für »Die vier Jahreszeiten« von Vivaldi organisiert. Klassik war eigentlich nicht sein Fall. Aber auch Krumme leuchtete ein, dass Country-Musik nicht in diesen ganz besonderen Konzertsaal passte.

Besonders gefiel ihm, dass Mannsen mit seinem neuen, gebrauchten Audi A4 Kombi fahren wollte. Einfach sitzen und entspannt die Reise genießen, so hatte Krumme es am liebsten.

Die Morgensonne stand schon hell am blau-weißen Himmel, als sie in Husum losfuhren. Die Damen hinten, die Herren vorn. Krumme wusste, dass Mannsen ein forscher Fahrer war, und tatsächlich nutzte er jede Gelegenheit, um mit seinem neuen Wagen Gas zu geben. Als er Krummes besorgte Miene sah, lachte er nur. »Keine Sorge, ich weiß genau, ob und wo geblitzt wird. Und heute ist die Luft rein.«

Zum Glück schob seine Frau Petra ihren Kopf schon nach einigen Kilometern nach vorn und ermahnte Mannsen, nicht so zu rasen, schließlich wollten sie und Marianne sich hinten in Ruhe unterhalten.

»Ich habe schon von deiner roten Ampel in Hattstedt gehört«, teilte Mannsen ihm mit, als er auf der Bundesstraße mit Schwung einen Trecker überholte.

Krumme sah ihn überrascht an.

»Die Kollegen haben mich heute Morgen angerufen. So ein dicker Fisch wie du geht ihnen schließlich nicht jeden Tag ins Netz.« Er grinste, als er bemerkte, wie Krumme das Gesicht verzog. »Keine Sorge, ich regele das, wenn wir Montag wieder zurück sind. War schließlich meine Idee, dass du den Hund zu Harke bringst.«

Krumme schüttelte den Kopf. »Nein, das möchte ich nicht. Hätte eben besser aufpassen müssen.«

»Okay, wie du willst.« Mannsen zuckte gleichgültig die Schultern und konzentrierte sich aufs Fahren.

»Bist du sicher, dass Harke nett ist zu Watson?«, fragte er seinen Freund.

»Wieso denn nicht?« Mannsen sah ihn an.

»Na ja, gestern in seinem Haus, das war schon … komisch.«

»Komisch?«

Krumme bemerkte, dass auch Marianne ihm genau zuhörte. »Alles war dunkel, nirgends ein Licht«, sagte er. »Und dann diese Unordnung. Auch draußen. Mein Gott, auf dem Grundstück steht ein antiker Trecker.«

»Jaja, ich weiß schon.« Mannsen wedelte mit der Hand. »Harke ist ein Messie. Aber mit Tieren kennt er sich aus. Es ist verrückt – Katze, Hund, Kuh oder Schaf, alle fressen ihm aus der Hand. Er liebt alle, und alle lieben ihn. Ihr müsst euch wegen eurem Hund wirklich keine Sorgen machen.« Er warf jetzt auch Marianne einen kurzen Blick zu.

Krumme schwieg, nickte nur nachdenklich. Tatsächlich hatte er sich deshalb auch nicht wirklich Sorgen gemacht. Aber da gab es ja noch was anderes: »Gestern hatte Harke Besuch. Irgendein Mädchen.«

»Was?« Mannsens Kopf ging ruckartig nach rechts. Auch Petras Oberkörper schob sich nach vorn. »Harke hatte Damenbesuch? Wen denn?«

»Er hat es mir nur gesagt. Und ich hatte keine Zeit, um reinzugehen und sie kennenzulernen.«

»Keine Ahnung, was der Junge da draußen treibt.« Mannsen klopfte auf seinen gewaltigen Bauch. »Aber soll er seine kleinen Geheimnisse haben. Ist mir egal. Aber für euren Hund sehe ich überhaupt kein Problem. Sonst hätte ich auch nie gesagt, dass ihr ihn da hinbringen sollt.«

Damit war das Thema erledigt. Krumme schaute hinaus auf die Landschaft, die langsam von den grünen Marschfeldern auf die hügelige Geest überging.

Die Mannsens und Marianne begannen, über ihr Programm für die nächsten Tage zu reden. Die drei konnten es kaum erwarten, nach längerer Zeit wieder in das große Hamburg zu fahren, und überlegten, was sie ihm als Erstes zeigen wollten. Dabei hatte Krumme als ehemaliger Berliner für sein Leben genug Großstadt gehabt. Verkehrschaos, überfüllte Straßen und durchgeknallte Menschen in der U-Bahn brauchte er nicht mehr. Jetzt war Nordfriesland seine Heimat. Verrückt, bereits nach einer halben Stunde dachte er mit Wehmut an das Meer und die weiten Horizonte. Kaum zu glauben, er hatte schon Heimweh.

Da passte es gut, dass sich das Wetter hinter dem Nord-Ostsee-Kanal langsam verschlechterte. Es fing an zu nieseln, und als sie Itzehoe erreichten, regnete es in Strömen. Die Wetternachrichten im Radio meldeten, dass das auch das Wochenende über so bleiben sollte.

»Schiete«, brummte Mannsen. Zum Glück ließ seine Frau selbst gemachte Minibuletten und Tomaten aus dem eigenen Garten in Tupperdosen herumgehen.

»Nicht, dass wir verhungern«, sagte sie, obwohl die Fahrt nach Hamburg nur anderthalb Stunden dauerte und sie gleich nach dem Einchecken im Hotel zum mondänen Alsterpavillon am Jungfernstieg bummeln wollten, um dort Kuchen zu essen.

Krumme räusperte sich. »Übrigens, ich kann heute Nachmittag leider nicht mitkommen.«

»Was?« Mannsen drehte das Radio leise. »Wieso denn nicht?«

»Ich habe noch einen Termin.«

»Einen Termin? Am Samstagnachmittag? In Hamburg?«

Im Rückspiegel konnte Krumme sehen, dass auch Petra und Marianne ungläubig die Stirn in Falten zogen.

»Es dauert nicht lange. Aber ich wollte die Gelegenheit nutzen, um mal mit dem Kommissar zu sprechen, der sich damals um den Fall Nelly Maurer gekümmert hat. Er ist seit sieben Jahren in Rente.«

Mannsen stöhnte leise und schüttelte den Kopf. Petra beugte sich wieder zwischen den Sitzen nach vorn. »Nelly Maurer? Das Mädchen, das Pastor Hartung umgebracht haben soll?«, fragte sie, nicht neugierig, sondern vorwurfsvoll, als wenn nur ein Idiot auf so eine Idee kommen konnte.

Krumme sank etwas tiefer in den Sitz. Offensichtlich war ganz Nordfriesland über den Fall informiert. »Das ist noch nicht sicher. Es gibt eine Zeugin, die ihn wiedererkannt haben will. Am Montag, nach der DNA-Analyse, wissen wir mehr.«

»Dann ist doch alles klar. Warum musst du noch mit dem Mann reden? Hast du die Unterlagen aus Hamburg nicht bekommen?«, fragte Mannsen. Um das Thema in Ruhe zu klären, fuhr er jetzt langsamer und blieb mit dem Audi auf der rechten Spur.

»Schon«, erwiderte Krumme. »Aber in diesem Fall hätte ich gerne ein persönliches Gespräch.«

»Ein Anruf reicht nicht?«, fragte Petra.

Krumme seufzte. Nein, er wollte unter vier Augen mit dem Kommissar reden. Er mochte keine Telefongespräche, aber musste er sich jetzt dafür rechtfertigen? »Es dauert ja nicht so lange. Der Mann wohnt in der Nähe des Flughafens, in Fuhlsbüttel. Das sind zwanzig Minuten mit der U-Bahn.«

Für einen langen Moment herrschte Stille im Wagen. Nur das leise Quietschen der Scheibenwischer war zu hören.

»Ein, zwei Stunden, dann bin ich wieder bei euch, versprochen. Aber das ist mir wirklich wichtig«, ergänzte er.

Mannsen brummte. Krumme kannte seinen Freund gut genug, um zu wissen, dass er als Polizist noch als Erster Verständnis für ihn hatte. Aber im Rückspiegel sah er Mariannes Gesicht. Er konnte ihr die Enttäuschung deutlich anmerken, und für sie tat es ihm auch am meisten leid.

Den Rest der Fahrt wurde kaum noch gesprochen. Krumme versuchte, die Stimmung ein bisschen in Schwung zu bringen, indem er über das miese Hamburger Wetter philosophierte. Aber keiner ging darauf ein. Stattdessen stellte Mannsen das Radio lauter.

Wie immer verstopfte ein Stau das Autobahnkreuz Nordwest. Nach etwas mehr als zwei Stunden erreichten sie endlich ihr Hotel. Ein kleines, privat geführtes Haus in einer ruhigen Nebenstraße in Harvestehude, einem exklusiven und teuren Stadtteil im Zentrum, westlich der Alster. »Wenn wir schon mal nach Hamburg fahren, dann machen wir es uns auch richtig gemütlich«, hatte Mannsen bei der Planung gesagt. Und er hatte recht. Krumme schaute beeindruckt zu dem Haus im Gründerzeitstil hinauf. Die weiße, reich verzierte Fassade leuchtete in der Sonne, die für einen Moment einen Weg durch die grauen Wolken gefunden hatte. Schöner konnte man in dieser Stadt nicht wohnen.

Trotzdem galt es für ihn, kurz darauf noch ein Problem zu regeln: Beim Einchecken verriet ihnen eine elegant gekleidete ältere Dame an der Rezeption, dass wegen eines Missverständnisses zwei Doppelzimmer reserviert worden waren und nicht ein Doppel- und zwei Einzelzimmer. Für einen Moment schauten sich die vier Urlauber irritiert an. Krumme wurde rot. Sein ungeklärter Beziehungsstatus zu Marianne – er hatte sich schon gedacht, dass das während ihres gemeinsamen Ausflugs ein Thema werden könnte. Bei aller Vertrautheit, ein Paar waren sie nicht. Auch wenn das den Mannsens gut gefallen hätte.

»Dann teilen wir beide uns eben ein Zimmer«, sagte Petra und hakte sich bei ihrer Freundin ein. Krumme bemerkte, wie Mannsens Mundwinkel nach unten ging. Er schüttelte den Kopf. »Nein, kommt nicht in Frage.« Er sah Marianne an und lächelte ein wenig schief. »Wir teilen uns ein Zimmer, oder?« Marianne schaute ihn überrascht an und nickte.

Die Dame hinter der Rezeption hatte das Gespräch durch die dicken Gläser ihrer Brille interessiert verfolgt und verstanden, wo das Problem war. »Wir können das Bett auch teilen und die beiden Seiten auseinanderstellen.«

Krumme verdrehte die Augen. Ging es noch peinlicher? »Nein, ach was, machen Sie sich keine Umstände«, stammelte er um Haltung bemüht. »Wir sind erwachsene Menschen. Das kriegen wir schon hin.« Wieder sah er zu Marianne, die sein Dilemma verstand und sich ein Grinsen nicht verkneifen konnte.

»Aber natürlich, Theo«, sagte sie.

Kurz darauf hatten sie ihr Gepäck auf die mit frischen

Blumen ausgestatteten Zimmer im obersten Stock gebracht. Krumme stellte seine Tasche in eine Ecke neben das Bett, während Marianne ihre Kleider sorgfältig in den leeren Schrank hängte. Er guckte auf die Straße, staunte über die zahlreichen teuren Autos und die elegant gekleideten Passanten. Schon anders als in Husum. Von Neukölln gar nicht zu reden.

»Tut mir leid für die Umstände«, unterbrach Marianne seine Gedanken.

»Quatsch, ich muss mich entschuldigen. Dass ich mich einfach so absetze und euch allein lasse, ist nicht nett.«

Sie schwieg, packte weiter ihre Sachen aus. Dann drehte sie sich zu ihm: »Ich möchte mitkommen«, sagte sie.

»Wohin?«

»Na, zu deinem Freund, diesem Kommissar.«

»Das ist kein Freund, ich kenne den Mann überhaupt nicht.«

»Na, umso besser. Dann lernen wir ihn beide kennen.«

Krumme sah sie verwirrt an. »Marianne, das ist kein Kaffeeausflug. Ich will mehr über einen Mordfall erfahren.«

Sie schnappte sich ihre Jacke, setzte sich auf die Bettkante und schaute ihn mit ernster Miene an. »Das sollst du ja auch. Aber ich will endlich mehr über dich erfahren. Und deinen Beruf.«

Krumme fehlten die Worte. Mit offenem Mund starrte er sie an.

»Seit fast einem Jahr wohnen wir in einer Wohnung«,

fing sie an zu erklären. »Wir essen zusammen, haben einen Tanzkurs gemacht und waren zweimal chinesisch essen. Und manchmal werde ich nachts wach, weil du im Nebenzimmer Albträume hast und im Schlaf aufschreist. Warum, weiß ich nicht. Eigentlich weiß ich gar nichts über dich, außer, dass du früher in Berlin gewohnt hast, dass du geschieden bist und irgendwo eine erwachsene Tochter hast.«

»In Australien, habe ich dir das nicht erzählt?«

»Du hast mir nie etwas über deine Familie verraten.«

»Du mir auch nicht über deine.«

Sie überlegte, blickte einen Augenblick ins Leere. Dann strich sie ihr Kleid glatt. »Du hast recht«, nickte sie. »Vielleicht weil wir nie wirklich über Privates reden. Deshalb habe ich mich vor allem auf unseren Hamburg-Ausflug gefreut. Ich dachte, jetzt ergibt sich endlich mal die Gelegenheit, mehr über den Mann zu erfahren, mit dem ich seit einem Jahr meine Wohnung teile. Und in dieser Nacht sogar ein Bett.« Sie zwinkerte, um ihm zu zeigen, dass sie Spaß machte.

»Sag bloß, das hast du so geplant?«

Sie schüttelte den Kopf. »Aber ich bin mir nicht sicher, ob Holger da irgendwas bei der Reservierung gemauschelt hat.«

Er betrachtete sie nachdenklich, doch sie hielt seinem Blick stand. »Das wird bestimmt kein lustiges Treffen«, sagte er.

»Natürlich nicht. Du willst von ihm wissen, ob Pastor Hartung als Mörder in Frage kommt. Die Antwort würde ich auch gerne hören.«

Er überlegte. »Ich weiß nicht.«

»Du hast bei deiner Arbeit in Husum doch auch eine Kollegin dabei.«

»Nicht immer.«

»Bitte, ich bin sicher, ich kann dir helfen. In unserer Leserunde bin ich die Krimiexpertin.« Sie grinste. »Außerdem bin ich kein großer Kuchenesser.«

»Ach nein?«

Sie schüttelte den Kopf. »Siehst du? Wir wissen gar nichts voneinander. Zeit, das zu ändern.«

Krumme musterte sie immer noch zweifelnd. Dann lächelte auch er.

# 21

Die Schläge waren bis zum Deich zu hören. Die Schafe, die in der Nähe auf der sattgrünen Wiese standen, schienen sie nicht zu stören. Nur die Spatzen, die vor dem Haus nach etwas Essbarem suchten, flogen bei einem besonders lauten Krachen erschrocken auf. Wie eine Wolke hoben sie sich vor dem blauen Himmel in die Höhe, rasten über den Rasen, dann den Sandweg entlang bis zum Garten hinter dem Haus, wo sie sich im weit verzweigten Geäst der gewaltigen Rotbuche niederließen.

Von alledem bekam er nichts mit. Er befand sich im Innenhof eines kleinen Hofs, von der Außenwelt durch eine Wellblechwand verborgen, und hackte Holz. Breitbeinig stand er vor dem Block, holte mit der langstieligen Axt weit aus und schlug das Holz mit einem Schlag in zwei Teile. Das Gleiche noch einmal mit den beiden Hälften, fertig. Dann holte er sich den nächsten Block vom Stapel, den er letzte Woche von einem Förster geliefert bekommen hatte.

Holzhacken, das war ein Ritual für ihn, eine Art Meditation. Einmal in der Woche kam er hierher und arbeitete eine Stunde. Im Winter und Sommer, bei Wind, Regen, Hitze und Schnee. Konzentriert, ohne aufzuschauen, allein mit sich und seinen Gedanken.

Er brauchte diese regelmäßige körperliche Beschäftigung, um zu sich selbst zu finden, um einen klaren, von allen düsteren Gedanken befreiten Kopf zu bekommen. Stress- aber auch Gewaltabbau. Wenn nötig konnte er seine kompletten Aggressionen in einen Schlag fixieren. Er konzentrierte sich auf den Punkt, die perfekte Stelle und legte wie ein Zen-Meister die gesamte Kraft in den Schwung, um den richtigen Punkt im Holz zu treffen.

Eins mit sich und seiner Arbeit dachte er an den Psalm, den er vorhin nach dem Frühstück gelesen hatte.

Er lächelte. In der Bibel gab es unzählige Sätze und Sprüche, die ihm Kraft gaben. Die ihn durch den Tag führten und ihm halfen, ein gottgefälliges Leben zu führen. Die meisten kannte er auswendig. Aber diese Stelle aus den Psalmen 37, 23-24 mochte er besonders gerne:

*Der Herr freut sich an einem aufrichtigen Menschen und führt ihn sicher. Auch wenn er stolpert, wird er nicht fallen, denn der Herr hält ihn fest an der Hand.*

Er atmete die salzige Luft tief ein und wiederholte den Psalm in Gedanken immer wieder. Hier sprach Gott direkt zu ihm, keine Frage.

Ja, er war gestolpert, vom rechten Weg abgekommen. Weil er schwach gewesen war, ein kleiner Mensch, gefangen in unkeuschen Gefühlen und gottlosem Wahn.

Aber das war lange vorbei. Er hatte zurückgefunden, auf den richtigen Weg, seinen eigenen Weg, den der Herr ihm in seiner unendlichen Gnade und Weisheit gezeigt hatte. Durch ihn hatte er gelernt, Wut und Emotionen zu kontrollieren und ein friedliches Leben zu führen.

Warum hatte Gott ihm diese Chance gegeben? Weil er erkannt hatte, dass er sein aufrichtiger Diener war.

Ja, es gab andere, die auf dem direkten Weg ins Paradies kamen. Die nicht mit ihren inneren Dämonen kämpfen mussten, die ohne Selbstzweifel und Hindernisse durch ihr Leben marschierten. Sein Weg ans Licht war ein anderer, ein viel beschwerlicherer gewesen. Den ständigen Versuchungen zu widerstehen war ihm früher unendlich schwergefallen. Noch immer hatte er mit sich und seinen Abgründen zu kämpfen. Manchmal war er an dieser Aufgabe kläglich gescheitert, das gab er zu. Doch war seine Hingabe und Liebe zu Gott dadurch nicht umso wertvoller?

*Gott war mit den Mutigen.* Und gehörte nicht Mut dazu, sich täglich dem größten Feind überhaupt zu stellen – sich selbst? Wenn jemand den Weg zu Gottes Herrlichkeit verdient hatte, dann er.

Doch nun gab es einen Menschen, eine Frau, die ihn auf die Probe stellen, ihn auf die dunkle Seite ziehen wollte.

Was sollte er tun? Wie konnte er sich vor dieser Versuchung schützen?

*Indem du sie vernichtest. Sie wie Unkraut mit Stumpf und Stiel herausreißt und für alle Zeiten verbrennst.*

Er hielt kurz inne, wischte sich den Schweiß mit der Hand aus der Stirn und dachte leise schnaufend nach. War das nicht genau das, was er nicht mehr tun wollte?

»Sei stark und kämpfe«, sagte Marga immer zu ihm. Und nicht nur sie.

Er überlegte. Vom Himmel hörte er das ferne Schnattern eines Gänseschwarms, der hinaus aufs Meer flog. Er schloss die Augen, spürte, wie eine Brise ihm über den Kopf strich und streichelte, plötzlich aber stärker wurde und mit aller Macht an seinem dünnen Hemd zerrte. Nur kurz. Aber für ihn war es lang genug. Ein klares Zeichen.

Er musste sich wehren. Sich einmal mehr von diesem Spuk befreien. Sich von *ihr* befreien. Im richtigen Moment die Initiative ergreifen und zuschlagen.

*Endlich verstehst du, was deine Aufgabe ist.*

Ja, vielleicht war das seine Aufgabe. Ein Werkzeug sein, helfen, die Welt von dem Ungeist der Versuchung zu befreien.

Er fasste sich an die Stirn und stöhnte. Schon wieder diese Kopfschmerzen. Er musste unbedingt etwas trinken. Für die Prüfungen, die in den nächsten Tagen auf ihn warteten, brauchte er einen klaren Kopf.

Aber zuerst gab es eine Arbeit, die es zu vollenden galt. Er griff sich einen neuen Holzblock, stellte sich in Position und fixierte die Schnittkante.

Er blinzelte, Schweiß war ihm in die Augen gelaufen und brannte wie Feuer. Für einen Augenblick verschwanden die Konturen. Das Haus, der kleine Hof, die Tür zurück in die Küche, der Berg mit dem Holz, alles verschwamm zu einem undeutlichen Bild. Es gab nur noch ihn und diesen gewaltigen Holzblock, der vor ihm auf dem Boden stand. Der auf einmal wie *ihr* Kopf aussah. Mit einem wissenden Lächeln starrte sie ihn an, verzog die Lippen zu einem spöttischen Grinsen.

»Du bist verrückt«, flüsterte sie, zischend wie eine Schlange. »Du warst immer schon verrückt und wirst es dein ganzes Leben bleiben!«

Ein Schatten legte sich auf sein Gesicht. Die Wut brannte in ihm empor, stieg langsam auf wie Lava in einem Vulkan.

*Nein, bleib ruhig, lass dich nicht von ihr provozieren.*

Zu spät. Er holte mit der Axt aus, hob sie weit über die Schultern, spürte den harten Griff in den Händen und das Brennen der Anstrengung im Rücken. Wieder strich ein Windstoß über seinen Kopf. Ein wilder Schrei, dann schlug er mit einem gewaltigen Schwung zu. Ein Krachen, als die Axt den Klotz durchtrennte, dann fielen die beiden Hälften des riesigen Blocks zur Seite.

Schnaufend, aber voller Stolz, betrachtete er sein Werk. Er lächelte, als er einen Schatten hinter dem Küchenfenster bemerkte. Hatte er Marga durch sein Brüllen aufgeschreckt? Für einen kurzen Moment spürte er wieder das schlechte Gewissen, schmerzhaft und drückend.

Dann dachte er wieder an den Psalm, der wie warmer Honig durch seinen Verstand floss: *Auch wenn er stolpert, wird er nicht fallen, denn der Herr hält ihn fest an der Hand.*

Er war nicht allein. Und er würde es auch nie sein. Er hatte eine Aufgabe, für Gott. Und die musste er erfüllen.

Er griff sich einen neuen Holzblock, rückte ihn zurecht, als sein Blick hoch zum Himmel ging. Dort, hinter dem Deich bei den Salzwiesen, hatte jemand einen Drachen steigen lassen. Leuchtend rot knatterte er im Wind.

## 22

Bis zur nächsten U-Bahn-Station mussten sie nur fünf Minuten gehen. Sie stiegen in die Linie U1 Richtung Norden. Bereits nach drei Haltestellen verließ die Bahn den Untergrund, kehrte zurück ans Licht und fuhr überirdisch durch die Stadtteile Eppendorf, Winterhude und Alsterdorf.

Leider hatte es wieder angefangen zu nieseln. Aber auch bei grauem Himmel war der Anblick der alten hanseatischen Patrizierhäuser und der prächtigen Villen an den zahllosen Kanälen der Alster überwältigend. Marianne kannte diese Hamburger Viertel genauso wenig wie er. Schweigend saßen sie am Fenster und staunten über das bunte Stadtleben. Ab und zu riskierte Krumme auch einen Blick zu Marianne. Dass sie darauf bestanden hatte, mit ihm zu fahren, schmeichelte ihm. Gleichzeitig war ihm auch ein wenig unbehaglich. Ihre Spritztour fühlte sich wie ein Date an. Nur sie beide in einer fremden Stadt. Krumme war unsicher, ob er für interessante Konversation sorgen oder einfach schweigen sollte. Marianne wirkte völlig entspannt und genoss die Fahrt. Und wenn sich ihre Blicke trafen, lächelte sie freundlich und schaute dann wieder aus dem Fenster.

Kriminalhauptkommissar a.D. Sievers wohnte in Fuhlsbüttel. Von der Bahnstation gingen die beiden vorbei an wunderschönen Jugendstilvillen zu seiner Wohnung im Erdkampsweg. Ein Airbus glitt über sie hinweg und erinnerte sie daran, dass der Hamburger Flughafen sich in der Nähe und praktisch mitten in der Stadt befand.

Sievers wohnte in einem rotgeklinkerten, dreistöckigen Mietshaus aus den fünfziger Jahren. Oder war es noch älter? Krumme kannte sich mit Architektur nicht aus. Er blickte noch einmal zu Marianne: »Letzte Chance. Gegenüber habe ich ein paar nette Cafés gesehen. Wenn du magst, kannst du dort warten.«

Marianne schüttelte den Kopf und drückte auf die Klingel neben Sievers' Namen. »Keine Chance, ich bleibe.« Sie lächelte. Hinter ihren Fältchen und ergrauten Haaren meinte er auf einmal einen frechen Teenager zu erkennen, der sich auf ein Abenteuer freute.

Es dauerte eine Weile, bis es summte und sie das Haus betreten konnten. Sievers wohnte im zweiten Stock. Als sie das nach altem Bohnerwachs riechende Treppenhaus hinaufstiegen, wartete er schon an der offenen Tür. Ein kräftiger Mann mit breiten Schultern, der früher wohl viel Sport getrieben hatte. Jetzt wölbte sich unter seinem T-Shirt ein eindrucksvoller Bauch. Er trug eine Jeans und dunkelblaue, abgenutzte Sneaker. Sein Gesicht wirkte, als wäre es aus Wachs, das zu lange über eine Kerze gehalten wurde: schlaff herunterhängende Wangen, unter den Augen gewaltige Tränensäcke.

Überrascht sah Sievers, dass Krumme nicht allein gekommen war. Bei Mariannes Anblick streckte er sofort den Rücken.

Krumme begrüßte ihn und zeigte auf seine Begleiterin: »Frau Schröter, meine Vermieterin und …« Er zögerte. Schon auf der Fahrt hatte er überlegt, wie genau er Marianne vorstellen sollte, »eine gute Freundin. Außerdem kennt sie den Hauptverdächtigen. Wenn es Sie nicht stört, würde sie sehr gerne bei unserem Gespräch dabei sein.«

Sievers zuckte mit den Schultern und machte einen Schritt zur Seite. Krumme betrat mit Marianne die Wohnung. Sein erster Gedanke: Der ehemalige Polizist war Harkes Bruder. Überall stapelten sich Zeitungen, standen leere Flaschen herum. Im Flur lehnten Mülltüten an der Wand. Auf einer Anrichte ein randvoller Aschenbecher, entsprechend roch es in der Wohnung nach abgestandenem Rauch. Durch die nur angelehnte Tür konnte Krumme erkennen, dass es in der Küche nicht besser aussah. Nur das Wohnzimmer wirkte um den Fernseher und einen Sessel herum ein bisschen aufgeräumter, offensichtlich verbrachte Sievers hier die meiste Zeit. Für den Besuch hatte er einen Esstisch abgewischt, neben zwei leeren Kaffeetassen lagen eine Packung Butterkekse und eine noch geschlossene Aktentasche.

Sievers hatte Mariannes skeptische Blicke bemerkt. »Tut mir leid, Frau Schröter«, sagte er, als sie knirschend auf einen am Boden liegenden Kartoffelchip trat, »wenn ich geahnt hätte, dass heute Damenbesuch kommt, hätte ich noch mal gesaugt und ein bisschen aufgeräumt. Seit dem Tod meiner Frau vor zehn Jahren bin ich ein bisschen aus der Übung.«

»Kein Problem, Herr Sievers«, erwiderte sie mit einem strahlenden Lächeln. »Machen Sie sich wegen mir keine Umstände. Ich finde, Sie haben einen schöne Wohnung.«

Sievers schob die Unterlippe nach vorn. »Es geht. Der Vermieter sollte die ganze Bude endlich mal renovieren. Aber dafür sind die Nachbarn sehr nett.« Er zwinkerte ihr zu. »Hier wohnen sogar einige richtige Promis.«

»Ach ja? Wer denn?«, fragte Marianne.

»Na ja, irgendwelche Medienleute. Typisch Hamburg eben. Direkt unter mir wohnt ein Schriftsteller mit seiner Familie. Janne Mommsen, kennen Sie den?«

»Oh ja, und ob! Einer meiner Lieblingsautoren. Vor zwei Monaten hatten wir sein neuestes Buch in unserer Leserunde, ganz toll«, sagte sie mit glänzenden Augen zu Krumme. Der staunte, wie schnell die beiden einen Draht zueinander gefunden hatten. So müde der Kollege auch aussah, hinter der abgespannten Miene schien sich ein wacher Verstand zu verstecken.

»Auch Kaffee?«, fragte Sievers Marianne. Ohne eine Antwort abzuwarten, stellte er ihr eine Tasse hin – für sie sogar mit einer Untertasse.

Krumme schaute sich weiter in der Wohnung um. Es war fast genauso dunkel wie bei Harke. Nur eine Lampe brannte über dem Esstisch. Die meisten, vom Zigarettenrauch ergrauten Vorhänge waren zugezogen.

Sievers erkundigte sich höflich nach ihren Plänen für das Wochenende und sprach dabei die meiste Zeit mit Marianne. Krumme hielt sich zurück und beobachtete den Kollegen neugierig. Schließlich kam er selbst zu dem eigentlichen Grund ihres Besuchs.

»Sie glauben also, Sie haben den Mörder von Frau Maurer erwischt?«, fragte er Krumme.

»Wir haben einen Verdächtigen. Ob er wirklich etwas mit der Tat zu tun hat, wird eine DNA-Analyse zeigen.«

Sievers nickte. »Und was kann ich jetzt für Sie tun?«

Krumme räusperte sich. »Sie haben damals die Ermittlungen geleitet. Können Sie sich noch genauer an den Fall erinnern?«

Sievers sah ihn mit traurigen, rotunterlaufenen Augen an und seufzte. »Allerdings. Eine schlimme Geschichte.« Mit einer seiner großen Hände wischte er sich über die Stirn. Er blickte zum Fenster, zurück in die Vergangenheit. Dann holte er eine Zigarettenschachtel aus der Hosentasche. »Stört es Sie, wenn ich …?«

Krumme schüttelte den Kopf, obwohl die Frage wohl vor allem an Marianne gerichtet war. Aber auch sie schien nichts dagegen zu haben.

Sievers zündete sich eine Zigarette an und blies den Rauch nach oben Richtung Decke. »Das arme Mädchen. Ihr Tod hat damals für unglaublich viel Aufsehen gesorgt. Kaum zu glauben, dass sie mitten am Strand umgebracht wurde und keiner etwas mitbekommen hat.«

»Ich kenne mich da überhaupt nicht aus«, gab Krumme zu. »Ein Strand, mitten im Hafen?«

Sievers öffnete die Aktenmappe und holte eine kleinere Karte und mehrere Fotos vom Tatort heraus. »Ja, ein beliebter Treffpunkt der jungen Leute, gegenüber vom Containerterminal. Jedes Jahr treiben sich dort mehr Besucher herum. Nelly lag hier, etwas abseits von dem Trubel, im Sand und wartete auf ihre Schwester, die hier unterwegs war, um etwas zu trinken zu holen.« Er zeigte mit dem Finger auf die entsprechenden Stellen. Bei der Gelegenheit konnte Krumme sehen, dass er immer noch einen Ehering trug. Genau wie er selbst, obwohl er schon seit vielen Jahren von Maria geschieden war.

»Wir haben damals alle gefragt, ob ihnen irgendetwas aufgefallen ist. Ob sie jemanden gesehen haben. Das Abendblatt und die Morgenpost haben nach Zeugen gesucht.«

»Ohne Erfolg?«

»Nichts. Absolut nichts. Als sei das Mädchen von einem Gespenst umgebracht worden.«

»Hat sie nicht um Hilfe gerufen?«, fragte jetzt auch Marianne.

»Nein. Zumindest hat keiner etwas gehört. Wir müssen davon ausgehen, dass der Täter ohne Vorwarnung und blitzschnell mit brutaler Gewalt zugeschlagen hat.«

Für einen Moment schwiegen sie betroffen. Sievers drückte die nur halb aufgerauchte Zigarette aus.

»Und es gab keine konkrete Spur? Fußabdrücke, Kippen?«

Sein Kollege schüttelte den Kopf. »Nichts. Gar nichts. Obwohl wir jeden Quadratzentimeter abgesucht haben und jeden Einzelnen, der sich an diesem Abend am Strand herumgetrieben hat, in die Mangel genommen haben.«

»Keine Tatverdächtigen? Oder einfach nur Personen, die oberflächlich mit diesem Fall zu tun hatten?«

Sievers hielt sich die Hand vor den Mund und hustete heiser. Dann wischte er sich den Mund ab. Krumme meinte, für einen Augenblick blutigen Schleim gesehen zu haben.

»Nein«, er schüttelte den Kopf. »Ich war fast vierzig Jahre bei der Polizei, erst bei der Streife, dann bei der Kripo. Ich habe zahllose Gewalttäter hinter Schloss und Riegel gebracht. Mörder und Diebe, Vergewaltiger und Kinderschänder, früher oder später habe ich sie geschnappt. Aber dieses ... Tier, das diesem armen Mädchen das angetan hat, habe ich nie gefunden. Trotz aller Mühen, trotz einer dreißigköpfigen Sonderkommission. Am Ende musste ich der Familie mitteilen, dass wir mit unserem Latein am Ende sind. Dieser Fall ist die größte Niederlage meiner Karriere.«

Er starrte auf den Tisch, stieß die Luft stoßweise aus. Krumme schaute zu Marianne, die ihm einen betroffenen Blick zuwarf.

»Aber es gab doch einige Verdächtige? Ina Maurer, die Schwester des Opfers, ist sich doch mehrmals sicher gewesen, den Täter wiedererkannt zu haben?«

Sievers lachte bitter. »Ja, Ina Maurer. Die war ein Fall für sich. Sie ist fast verrückt geworden, so sehr hat sie der Tod ihrer kleinen Schwester fertiggemacht. Sie wollte unbedingt etwas tun, helfen, egal wie. Sie war sich ganz sicher, dass sie den Täter wiedererkennen würde. Aber das Phantombild, das wir mit ihrer Hilfe angefertigt haben, hat nichts gebracht. Wir haben es mit wirklich allen Dateien verglichen, sogar über Interpol und das FBI – nichts. Dafür hat uns Frau Maurer immer wieder neue Verdächtige präsentiert, die sie auf der Straße wiedererkannt haben wollte.«

»Aber immer falscher Alarm?«

Er nickte. »Dabei war sie sich jeweils hundertprozentig sicher gewesen. Die Arme war völlig am Boden. Soweit ich weiß, ist sie sogar in psychiatrische Behandlung gekommen.« Er seufzte. »Ich hätte ihr so gerne geholfen, ihr endlich den Mörder präsentiert, aber …« Er stöhnte, vergrub das Gesicht in den Händen. Krumme sah zu Marianne. Konnte es sein, dass in ihren Augen eine Träne schimmerte?

Sievers hatte sich wieder gefasst. Er nippte am Kaffee und nahm sich eine neue Zigarette. »Aber jetzt gibt es ja einen weiteren Verdächtigen.«

Krumme nickte. »Frau Maurer ist überzeugt, dass sie sich dieses Mal nicht irrt.«

»Ich hoffe es für sie.« Er blickte zu Marianne: »Sie haben vorhin gesagt, Sie kennen den Mann?«

Sie richtete sich auf. »Ja, und ich bin ganz sicher, dass er nichts mit dem Mord zu tun hat.«

»Warum?«

»Weil er …« Sie überlegte. »Weil er es einfach nicht gewesen sein kann. Er ist ein guter Mensch. Einer der ehrlichsten und gütigsten, die ich kenne.«

Dieses Mal tauschten Krumme und Sievers einen nachdenklichen Blick.

»Gut, dann gibt es zwei Möglichkeiten. Entweder Frau Maurer täuscht sich erneut. Oder Sie liegen falsch.«

»Das tue ich ganz bestimmt nicht. Auch wenn es nur ein Gefühl ist.«

Sievers spielte mit der Zigarette in der Hand, noch hatte er sie nicht angezündet. »Ein Gefühl? Was meinen Sie, Herr Krumme? Kann man seinen Gefühlen in dieser trostlosen Welt noch trauen? Gibt es noch ehrbare Menschen?«

Krumme zuckte mit den Schultern. »Ich habe mal in Berlin gegen einen Kinderarzt ermittelt. Ich war sicher, dass er ein guter und ehrbarer Mann ist. Bis sich herausstellte, dass er einen Kinderpornoring geleitet hat.«

Marianne schüttelte angewidert den Kopf.

Sievers lächelte bitter: »Ich habe mal im Mordfall an einem siebenjährigen Jungen ermittelt, der erschlagen hinter der Schule lag. Wir haben seine Lehrer und Mitschüler tagelang verhört, immer wieder, während die armen Eltern vor Trauer fast verrückt geworden sind. Ich weiß noch, wie die Mutter weinend in meinen Armen gelegen hat. Dann stellte sich heraus, dass der Vater der Mörder war. Und die Mutter hatte es die ganze Zeit gewusst.«

Krumme nickte. Sievers hatte recht, die Welt war ein grausamer Ort.

»Aber das ist widerlich.« Marianne sah vor allem ihn vorwurfsvoll an. »Wie könnt ihr solche Monster nur mit Pastor Hartung vergleichen?«

»Oh, ein Geistlicher?« Sievers horchte auf. »Vielleicht sind Sie doch an was dran. Bevor sie mit ihrer Schwester zum Strand gefahren ist, war Nelly Maurer auf einem Kirchenfest in Farmsen.«

»Ach ja?« Krumme runzelte interessiert die Stirn.

»Nein, haben Sie nicht gehört, was ich gesagt habe? Herr Hartung ist nicht der Mörder, niemals. Er ist Pastor, ein Mann Gottes!«, wiederholte Marianne trotzig.

Das schien Sievers nicht zu beeindrucken. Er musterte sie spöttisch und wandte sich dann wieder an Krumme: »Wie schön, dass es so etwas noch gibt, Herr Kollege. Frauen mit Prinzipien und einem klaren Weltbild. Ich kann Sie zu Ihrer Begleiterin nur beglückwünschen.«

Mariannes Miene verfinsterte sich noch mehr, aber sie

schwieg. Sievers blieb ganz ruhig. »Ich zeige Ihnen mal was.« Er kramte in seiner Mappe und zog ein großformatiges Foto heraus und legte es vor ihr auf den Tisch.

Marianne erbleichte und hielt sich erschrocken eine Hand vor den Mund. Das Foto zeigte die tote Nelly am Strand von Övelgönne, mit zerschlagenem Gesicht. Der Kiefer, die Nase und das rechte Auge waren kaum noch zu erkennen.

Sievers sah sie ungerührt an. »Das, meine Liebe, ist die Realität. Dieses junge Leben wurde auf brutale Weise beendet, und daran können Kommissar Krumme und ich nichts mehr ändern. Aber wir beide haben die Pflicht, den Mörder zu finden. Den Luxus, auf Gutmenschentum und irgendwelche Gefühle zu achten, können wir uns nicht leisten.«

Krumme nickte. Ganz seine Meinung. Doch dann schaute er zu Marianne. Sie presste die Lippen zusammen und konnte ihre Verachtung für Sievers kaum verbergen.

# 23

»Wer von euch kann sich erinnern, was ich euch vorhin über die *Small Five* erzählt habe?«, fragte Paul in die Runde und strich seine von Wind und Salz verklebten, langen blonden Haare nach hinten. Ben und noch ein Junge hoben die Hände.

»Ja, Jannik?«

»Das sind die fünf meistverbreiteten Tiere im Wattenmeer«, sagte der Elfjährige mit der Bayern-München-Mütze.

»Richtig«, erwiderte Paul. »Und wisst ihr noch eins der Tiere, die zu den *Small Five* gehören?«

Wieder meldeten sich nur Ben und Jannik. Die anderen vier Kinder, zu denen auch Milena gehörte, sahen nur gelangweilt drein und patschten lieber mit den nackten Füßen im grauen Watt.

»Ben, hast du eine Idee?«

»Der Wattwurm ...«, erwiderte Ben.

»Sehr gut! Und ...«

Aber Ben ließ sich nicht unterbrechen und fuhr mit ernster Miene fort: »Die Herzmuschel, die Strandkrabbe, die Wattschnecke. Und die Nordseegarnele.«

»Super! Du hast ja toll aufgepasst«, stellte Paul fest, überrascht, dass ausgerechnet der Kleinste am besten Bescheid wusste.

Ina tauschte ein Lächeln mit Torsten. Ja, ihr Ben war schon ein besonderer Junge. Paul begann nun mit den Kindern und ihren Eltern nach Strandkrabben zu suchen. Auch Torsten durchwühlte zusammen mit Milena und Ben den Schlick. Ina nutzte die Gelegenheit, um für einen Augenblick etwas zurückzutreten und das faszinierende Panorama des nordfriesischen Wattenmeers auf sich wirken zu lassen.

Vor fast zwei Stunden waren sie zusammen mit zwei anderen Familien am Westerhever Leuchtturm aufgebrochen. Der 21 Jahre alte Paul absolvierte in der dortigen Schutzstation ein freiwilliges ökologisches Jahr. Er hatte sie in einem großen Bogen, an Salzwiesen und Muschelfeldern vorbei, hinaus in die Wunderwelt des Wattenmeeres geführt. Die Nordsee hatte sich bis zum Horizont zurückgezogen und eine schier endlos wirkende Landschaft aus grauem, in der Sonne funkelndem Schlick zurückgelassen.

Ina schaute sich um. In der Ferne schob sich auf dem Heverstrom ein Frachter Richtung Husum. Sie suchte nach dem Festland und konnte nur eine dünne grüne Linie erkennen. Wie eine Fata Morgana flimmerte sie verschwommen am Horizont. Immerhin, der rot-weiße Leuchtturm von Westerhever, wo sie ihre Wanderung begonnen hatten, war als Fixpunkt für ihre Rückkehr gut zu erkennen. Sehr wichtig, denn bei schlechter Sicht konnte man in dieser grauen Unendlichkeit schnell die Orientierung verlieren und Schwierigkeiten bekommen, rechtzeitig vor der einlaufenden Flut das Festland zu erreichen.

Doch während die Kinder begeistert durch den warmen Schlick stapften, war Ina in Gedanken ganz woanders. Wie in Trance folgte sie der Gruppe, stand bei Pauls Erklärungen abseits und hörte kaum zu. In ihrem Kopf dröhnten noch immer die Bilder der letzten Nacht. Das Wiedersehen mit ihrer toten Schwester.

Eine Brise strich über das Watt und fuhr ihr in die kurzen Haare. Ina schloss die Augen und genoss die wohltuende Kühle im Nacken, nachdem es in der Mittagssonne warm geworden war. Zum Glück hatte Torsten daran gedacht, zwei Schirmmützen für die Kinder und ausreichend Wasser mitzunehmen. Dafür hatte sie selbst vergessen, sich zum Schutz vor der hier auf dem nackten Meeresgrund besonders aggressiven Sonne einzucremen. Ein Jucken auf der Stirn verriet ihr, dass sie heute Abend einen ordentlichen Sonnenbrand haben würde.

Ein Kind hatte eine Krabbe gefunden. Paul hatte sie mit Meereswasser abgespült, versteckte sie jetzt schnell hinter seinem Rücken. »Wer kann mir sagen, wie viele Beine die Krabbe hat?«

»Acht!« »Sechs!« oder auch »vier« riefen alle durcheinander.

Ina lächelte. Sie kannte die Antwort noch von ihren eigenen Ausflügen an die Nordsee. Damals, in einem anderen Leben, als ihre Eltern mit ihr und Nelly ebenfalls an die Nordseeküste, nach St. Peter-Ording, oft aber auch nach Büsum oder nach Sylt gefahren waren. Paul hielt das zappelnde Tier jetzt nach oben gegen das Licht: »Es sind zehn. Seht ihr, hier sind vier Beine auf jeder Seite. Dazu kommen die beiden Scheren, die streng genommen auch Beine sind. Wer ist mutig genug, den Kleinen mal auf die Hand zu nehmen?«

Dieses Mal meldete sich Milena als Erste, während Ben die Krabbe mit großem Respekt betrachtete.

»Alles in Ordnung?«, erkundigte sich Torsten bei ihr, während die anderen sich die Krabbe genauer anschauten und weitere Tiere aus dem Schlick ausgruben.

»Warum fragst du?«

»Du hast den ganzen Tag kaum ein Wort gesagt. Gefällt dir die Wanderung nicht?«

»Natürlich, es ist wunderschön hier draußen.«

Torsten betrachtete sie besorgt. Dann kramte er in seinem kleinen Tagesrucksack und holte eine Tube Sonnencreme hervor. »Komm mal her«, sagte er sanft und schmierte die Creme vorsichtig auf ihr Gesicht.

»Du musst dir keine Sorgen mehr wegen des Kerls machen«, sagte er. »Er sitzt in Husum im Gefängnis. Er kann dir nichts tun.«

Sie seufzte nur. Torsten meinte es gut, aber das war im Moment nicht ihre größte Sorge. »Was, wenn sich nach so vielen Jahren nicht mehr beweisen lässt, dass er der Mörder ist?«

Torsten packte die Creme wieder weg und reichte ihr eine Flasche Wasser. »Hast du nicht gehört, was der Kommissar gesagt hat? Montag haben sie das Ergebnis der DNA-Untersuchung. Dann wissen sie definitiv, ob er es war oder nicht.«

»Aber natürlich war er es. Genau diesen Mann habe ich damals gesehen, kein Zweifel.«

Torsten betrachtete sie nachdenklich. »Umso besser. Dann werden sie ihn auch verhaften.«

Sie nickte, wich seinem forschenden Blick aber aus und sah wieder hinaus in die Richtung, wo sich am Ende des Himmels die Nordsee versteckte. Davor das im Licht leuchtende Watt, mit seinem funkelnden Netz aus großen und kleinen Prielen. Das Wattenmeer – der Spiegel des Himmels, hatte sie irgendwo gelesen. Und tatsächlich spiegelten sich die vom Wind zerrissenen Wolken in der endlosen Landschaft aus Wasser und Schlick.

»Kommst du, Schatz?«

Ina schreckte aus ihren Gedanken auf. Verlegen bemerkte sie, dass die komplette Wandergruppe sie anstarrte.

»Wir wollen wieder zurück«, sagte Torsten und legte dabei den Kopf schief, wie immer, wenn er sich ihretwegen Sorgen machte.

»Schon?«

»Wir müssen.« Paul tippte auf seine Armbanduhr. »Wir haben Niedrigwasser. Ab jetzt läuft die Flut langsam wieder ein. Kein Stress. Aber wenn wir sicher sein wollen, unterwegs nicht vom Wasser überrascht zu werden, sollten wir jetzt los.«

Gemeinsam marschierten sie wieder zurück zum Festland, immer auf den Leuchtturm zu.

Ina dachte daran, wie sie den Mann am Freitag im Präsidium gesehen hatte, in dem Verhörraum, in Gegenwart dieser Polizistin. Sie hatte ihn sofort wiedererkannt, nicht nur wegen der Narbe auf der Stirn. Aber im Unterschied zu den anderen Männern, die sie angezeigt hatte, glaubte sie, dieses Mal auch bei ihm einen kurzen Moment des Erkennens bemerkt zu haben. Er wusste, wer sie war, auch wenn sie damals vor fast zwanzig Jahren noch anders ausgesehen und viel längere Haare gehabt hatte.

Nur ein kurzer Blickkontakt. Und doch reichte es, dass die Fratze dieses Kerls sie erneut bis in ihre Träume verfolgte.

Was hatte das alles nur zu bedeuten? Was war das für ein Keller, in dem sie diesen Mistkerl gesehen hatte? Was für ein Haus? Das Feuer! Noch leuchteten die Bilder aus ihrem Traum in hellen Farben.

Ob der Kerl in diesem Moment auch an sie dachte? Immerhin war sie die Hauptbelastungszeugin. Wenn er für den Rest seines Lebens in einem Gefängnis landete, dann nur aufgrund ihrer Beobachtung.

Endlich hatten sie den Leuchtturm erreicht. Die Wattwanderung war zu Ende. Sie verabschiedeten sich von Paul und machten sich auf den Weg zu ihren Fahrrädern, die sie auf der anderen Seite des Deichs abgeschlossen hatten. Als sie über die Deichkrone traten, öffnete sich vor ihnen das weite Panorama der sattgrünen Eiderstedter Marsch. Was für ein Gegensatz zum Grau des Watts!

Während die Kinder frisch geborene Lämmer entdeckten und sich begeistert an einen Zaun setzten, nahm Torsten sie in den Arm und drückte sie zärtlich an sich.

»Ist das nicht ein Traum?«, fragte er. Und als hätte er damit das Kommando gegeben, erhob sich hinter seinem Rücken ein Schwarm Stare in den Himmel, glitt als pulsierende Wolke über ein Feld, tanzte über einem einsamen Hof und landete schließlich wieder neben einem kleinen See.

»Wie sieht's mit einem kleinen Umweg nach Tating aus?«, fragte er Ina. »Zu deinem Lieblingsladen, ein großes Paket Pralinen kaufen.«

Milena und Ben hatten mitgehört und jubelten. *Maries Pralinerie* war auch ihr Lieblingsgeschäft auf Eiderstedt. Ina hatte nichts dagegen, dort auf dem Rückweg nach St. Peter-Ording vorbeizuschauen.

Kurz darauf fuhren sie mit ihren Fahrrädern über einen der vielen Landwirtschaftswege und mussten sich dabei gegen den auffrischenden Wind stemmen. Milena radelte vorneweg, dann kamen Torsten und Ben. Ina folgte ihnen, sah ihrer Familie lächelnd hinterher.

Aber erneut war sie abgelenkt, hatte kaum einen Blick für die Schönheit um sie herum. Immer wieder schaute sie sich in alle Richtungen um. Sie hatte es zum ersten Mal gespürt, als sie mit Torsten auf dem Deich stand. Von einem Moment auf den anderen hatte sich etwas geändert. Zuerst nur eine Ahnung, wie ein leichtes Beben. Doch mit jedem Meter, den sie auf dem Fahrrad durch die Marsch zurücklegte, wurde das Gefühl zu einer Gewissheit.

Jemand beobachtete sie und ihre Familie.

## 24

Als sie Sievers' Wohnung verließen und auf den Erdkampsweg traten, regnete es wieder. Typisches Hamburger Schietwetter. Krumme blickte nachdenklich auf
den Schirm, den er mitgenommen hatte. Nur ein kleiner
Reiseschirm, der, wenn überhaupt, nur für eine Person
reichte.

Er schaute zu Marianne. Sie hatte nach ihrem Disput
mit Sievers kaum ein Wort gesagt und war seinen besorgten Blicken hartnäckig ausgewichen.

»Ich habe dich gewarnt, das wird kein nettes Kaffee-
treffen.«

»Dein Freund ist ein Arschloch«, stieß sie aufgebracht
hervor.

»Er ist *nicht* mein Freund. Aber ich denke schon, dass
er ein ausgezeichneter Polizist war.«

»Und ein Zyniker dazu.«

»Du solltest ein bisschen Respekt vor ihm haben. Du
hast keine Ahnung, was er als Polizist durchgemacht hat.«

Eine Regenbö traf Marianne. Fröstelnd zog sie ihren
Mantel enger. »Ja, habe ich nicht. Aber wenn das aus
einem Menschen so ein emotionales Wrack macht, will
ich das auch nicht wissen.«

»Er ist kein Wrack. Er ist nur nicht so naiv, Verbrecher zu unterschätzen.«

»Schön, dann bin ich eben naiv. Ich glaube an das Gute in der Welt. Und an Pastor Hartungs Unschuld. Bin ich deshalb ein Idiot?«

»Nein, bist du nicht«, sagte Krumme matt. Er wusste, warum er am liebsten allein ermittelte. Für einen Moment standen sie schweigend vor der Tür, während vor ihnen Regentropfen in eine Pfütze platschten.

»Was ist? Wollen wir hier ewig warten?«, fragte Marianne. »Ich glaube nicht, dass der Regen bald aufhört.«

Sie entschieden sich, für die Rückfahrt ein Taxi zu nehmen. »Richtung Innenstadt«, sagte Krumme dem Fahrer.

Die Stimmung blieb genauso trübe wie das Wetter. Marianne schaute nur aus dem Fenster. Krumme warf lieber einen Blick in die Aktenmappe mit sämtlichen Informationen zum Fall Nelly Maurer, die Sievers ihm mitgegeben hatte. Dazu gehörten auch seine persönlichen Notizen, die er damals zu dem Fall gesammelt hatte.

»Wo genau wollen Sie denn jetzt hin?«, fragte der Taxifahrer, als er sich auf eine vierspurige Straße in den zähen Verkehr Richtung Zentrum einordnete. Krumme sah von den Unterlagen auf. »Was meinst du, wo Holger und Petra jetzt sind?«, fragte er Marianne.

Die zuckte mit den Schultern. »Vielleicht im Hotel. Ich glaube nicht, dass sie bei dem Wetter Lust auf einen Spaziergang um die Alster haben.«

Er sah sie an. »Wäre es für dich okay, wenn ich dich da absetze und noch etwas anderes erledige?«

Zuerst schien Marianne verärgert, doch dann verstand sie. »Du willst zur Elbe und dir den Strand selbst anschauen?«, fragte sie und zeigte dabei auf Sievers' Mappe.

Krumme nickte. »Dauert nicht lange.«

Ihr Blick verharrte auf seinem Gesicht. »Ich komme mit.«

»Quatsch. Ich will nicht, dass du dir den ganzen Nachmittag versaust. Deshalb bist du nicht nach Hamburg gekommen.«

Sie verzog keine Miene und wandte sich an den Taxifahrer: »Bitte nach Övelgönne. Zum Strand.«

Krumme sah überrascht zu Marianne. »Was ist mit der Hafenrundfahrt? Darauf hattest du dich doch schon seit Wochen gefreut?«

»Aber wir fahren doch zum Hafen, oder nicht?«, fragte sie den Fahrer.

»Oh ja. Quer durch Altona. Övelgönne liegt direkt an der Elbe. Auf der anderen Seite können Sie den Containerterminal in Waltershof sehen.«

Krumme schüttelte den Kopf, was hatte sie nur für einen Sturkopf. Aber gut, dann fuhren sie eben zusammen, sie würde schon sehen, was sie davon hatte. Polizeiarbeit war kein Zuckerschlecken.

Sicherheitshalber rief er die Mannsens an und erzählte ihnen, was sie vorhatten. Für die beiden kein Problem, sie waren tatsächlich im Hotel und hatten statt der Hafenrundfahrt eine Shoppingtour am Jungfernstieg geplant. Es dauerte eine halbe Ewigkeit, bis sie die Innenstadt komplett durchquert und Övelgönne erreicht hatten. Dafür wurden sie mit einem einmaligen Ausblick belohnt: Als sie aus dem Taxi stiegen, fuhr gerade ein gewaltiges Kreuzfahrtschiff in den Hafen ein, begleitet von Schleppern, Barkassen und zwei Raddampfern. Auf der anderen Seite an den Frachtterminals lagen zwei riesige Containerschiffe und wurden gerade beladen. Es roch nach Meer, Diesel und Stahl.

Der Hamburger Hafen war einer der größten der Welt. Eine Weile lang ließen Krumme und Marianne die vielen Eindrücke auf sich wirken. Erst als ihnen der Regen von der Nase tropfte, erinnerten sie sich, dass sie einen Schirm dabeihatten. Marianne hakte sich bei Krumme ein, dann schlenderten sie über einen kleinen Weg durch Övelgönne, ein ehemaliges Fischerdörfchen. Mittlerweile gehörte es zu den besten Adressen der Stadt. Krumme war sicher, dass die liebevoll renovierten Häuser neben der engen Promenade unbezahlbar waren. Marianne schaute neugierig in die Fenster und bewunderte die geschmackvolle Einrichtung. Krumme freute sich, dass sich ihre Stimmung im Gegensatz zum Wetter aufgehellt hatte.

Schließlich erreichten sie den Strand. Trotz des Regens spazierten einige Pärchen durch den Sand. Ein Jogger lief direkt am Ufer entlang.

»Kannst du mal kurz halten?«, bat Krumme und reichte ihr den Regenschirm. Während die Tropfen auf das Plastik prasselten, öffnete Krumme Sievers' Mappe und holte einen alten Lageplan heraus. Er betrachtete ihn nachdenklich und zeigte dann mit der Hand flussabwärts. »Da lang.«

Nebeneinander stapften sie durch den nassen Sand. Schwere Schritte, Krumme spürte seinen angeschlagenen, von Watson malträtierten Rücken. Außerdem musste er daran denken, was hier vor vielen Jahren passiert war. Marianne schien ähnlich zu fühlen. Es war, als würden sie gemeinsam über einen Friedhof gehen.

Endlich hatten sie die Ecke gefunden, wo Nelly Maurer ermordet worden war. Sie befand sich neben einem Stein, fast dreihundert Meter von der *Strandperle* entfernt. Krumme atmete tief durch, und auch Marianne schaute betroffen. Für einen Augenblick schien die Zeit stillzustehen, während hinter ihnen die Wellen der Elbe träge an den Strand schwappten.

»Schau mal«, sagte Marianne und zeigte auf ein kleines Kreuz, das neben dem Stein tief im Boden steckte. Krumme ging in die Knie und befreite es vom Sand, der es fast komplett bedeckte. Das Kreuz bestand aus Metall, im Laufe der Jahre hatte es Rost angesetzt. Trotzdem konnten sie noch immer deutlich Nellys Namen und das Datum ihres Todestages lesen. Krumme bemerkte, dass Marianne sich eine Träne aus den Augen wischte.

Was für ein trauriger Ort.

Seine Knie und sein Rücken begannen zu schmerzen. Ächzend richtete sich Krumme auf. Er nahm wieder die Karte mit Sievers' Anmerkungen in die Hand, schaute sich um und versuchte, die Atmosphäre dieses Ortes in sich aufzunehmen.

Was genau war hier passiert? In seiner Vorstellung wurden die damaligen Ereignisse erneut lebendig. Er sah Nelly, die hier weitab vom Trubel wartete und genau wie sie beide jetzt auf den Hafen schaute. Verdeckt von einem Baum, der nach Sievers' Skizze schon damals hier gestanden hatte, war sie vom restlichen Strand und von der weit entfernten Bar nicht zu sehen. Ihre

Schwester Ina ließ sich viel Zeit, bestimmt hatte sich Nelly ungeduldig nach ihr umgesehen. Eventuell hatte sie aber auch nur die Aussicht genossen. Er war sicher, nachts musste der Blick auf die vielen Lichter des Hafens spektakulär sein. Ob Nelly gemerkt hatte, wie ihr Mörder von hinten an sie herangetreten war? Das hatten die Spuren ergeben, die die Polizei später im Sand gefunden hatte. Auch wenn sich kein Zeuge gemeldet hatte, der die beiden zusammen gesehen hatte, war Sievers sicher, dass Nelly und der Unbekannte ein paar Worte miteinander geredet hatten.

Krumme nahm noch einmal das Foto aus der Mappe, das die erschlagene Nelly zeigte. Marianne, die Krumme schweigend beobachtete, hielt die Luft an, als sie das Bild wieder sah, und schloss schmerzerfüllt die Augen.

Auch Krumme kostete es viel Kraft, sich das Foto anzusehen. Nellys hübsches Gesicht war völlig zerstört. Die Untersuchung hatte ergeben, dass schon der erste Schlag tödlich gewesen war. Sie hatte nicht die Gelegenheit gehabt, um Hilfe zu rufen und auf sich aufmerksam zu machen.

Aber was hatte den Mörder angetrieben, plötzlich mit solcher Wucht auf das Mädchen einzuschlagen? War es irgendein Wahn? Ein kurzer, aber sehr heftiger Streit? Oder die Angst des Mörders davor, entdeckt zu werden, falls Nelly nicht sofort verstummte?

Kannten die beiden sich? War der Mann schon mit aufgestauter Wut hierhergekommen? Schwer vorstellbar, dass sein Hass sich in so kurzer Zeit in einen solchen Wahn steigerte, dass er das Mädchen auf diese brutale Weise erschlug.

Nicht auf den Regen achtend entfernte sich Krumme von dem Stein. Marianne wollte ihm folgen, aber er bat sie, am Tatort zu bleiben. Dann ging er weiter bis zu der Stelle, wo Ina laut Sievers' Karte gestanden hatte, als sie den Mörder ihrer Schwester gesehen hatte. Er stellte sich vor, wie Ina sich durch die vor dem Unwetter flüchtende Menschenmenge schob, zurück zu Nelly. Wie sie dann hier stehen blieb. Und den Mann mit den blutigen Händen über ihrer Schwester sah. Nun stand dort die aufgewühlte Marianne. Aber jetzt war heller Tag. Wie wohl die Sicht in der Nacht war? Hinter dem Baum gab es eine schiefe Laterne. Krumme konnte sehen, dass die Birne kaputt war. Ob es die Lampe vor zwanzig Jahren schon gegeben hatte? Überhaupt: Hätte das Licht für eine Identifizierung ausgereicht?

Er blätterte in den Unterlagen und stellte fest, dass Sievers sich dasselbe gefragt und die Situation noch einmal nachgestellt hatte. Ergebnis: unklar. Ina hatte behauptet, dass sie das Gesicht im Licht eines Blitzes eindeutig erkannt hatte. Da hatte er sich aber bereits weiter entfernt und auf dem Weg hinter der Böschung gestanden.

Er ging wieder zurück zu dem Stein, blickte mit starrer Miene hinunter auf den Sand. Jetzt gab es dort außer ein paar Stöckchen nichts. Damals hatte Ina Maurer in das zerstörte Gesicht ihrer toten Schwester geschaut. Er konnte nur ahnen, welche Spuren dieser Anblick in ihrer Psyche hinterlassen hatte.

Wie eine Statue stand Krumme vor dem ehemaligen Tatort, konnte den Blick nicht abwenden. Dass seine Haare klitschnass waren und ihm sein Mantel tropfend am Körper klebte, bemerkte er nicht.

»Sie erinnert dich an deine Tochter, oder?«

»Was?« Krumme sah verwirrt nach oben. Er hatte Mariannes Gegenwart für einen Moment komplett vergessen.

»Diese Nelly, sie erinnert dich an deine Tochter Hannah«, wiederholte sie.

Krumme hatte auf einmal das Gefühl, als legte sich eine Hand um seine Eingeweide. Was sollte er sagen?

Marianne sah ihn voller Mitgefühl an. »Ich weiß, du willst mit mir nicht darüber reden. Aber ich habe schon einige Male gehört, wie du ihren Namen im Schlaf gerufen hast. Da habe ich Holger gefragt, ob er mir mehr sagen kann. Er hat mir verraten, was damals in dieser Kleingartensiedlung in Berlin passiert ist.« Sie klammerte sich mit beiden Händen an den kleinen Regenschirm. »Ich hoffe, du bist jetzt nicht böse auf ihn«, sagte sie. »Oder auf mich. Ich musste einfach erfahren, was dich so bedrückt, und …« Sie schwieg.

»Schon gut«, murmelte er und wischte sich über die nasse Stirn. Die Anspannung löste sich. Er sah hinaus über die Elbe, wo auf der anderen Seite blinkende Kräne Container auf die Schiffe hoben.

»Soweit ich das beurteilen kann, war Nelly ein ganz anderer Typ als Hannah. Aber als ich meine Tochter damals gefunden habe, da … da sah sie genauso schrecklich aus wie Nelly«, sagte er leise. »Hannah, sie lag da, überall Blut und ihr Kopf …« Er stockte.

Marianne legte ihm die Hand auf den Arm. Krumme gab sich einen Ruck. »Aber wir hatten großes Glück, im Gegensatz zu Nelly hat Hannah überlebt. Sie war lange im Krankenhaus, aber sie hat überlebt.«

»Hast du den Kerl erwischt, der ihr das angetan hat?«

Krumme schloss in schmerzhafter Erinnerung die Augen. »Nein. Ich habe wirklich alles versucht, wochenlang, monatelang. Hab die Kollegen durch die Straßen getrieben, habe immer wieder geglaubt, ich hätte den Richtigen erwischt ...«

»Genau wie Nellys Schwester.«

Krumme nickte. »Aber ich lag immer falsch. Erst viel später kam durch einen Zufall heraus, wer der Täter war. Nach einem Autounfall ergab ein DNA-Test des Opfers, dass er meine Tochter vergewaltigt und fast erschlagen hatte.«

»Immerhin hat der liebe Gott dafür gesorgt, dass er die Strafe bekommen hat, die er verdient hat.«

Er lächelte müde. »Der liebe Gott, ja. Aber ich hatte gar nichts damit zu tun. Ich habe versagt.«

»Du hast alles getan, was in deiner Macht stand.«

»Aber das hat nicht ausgereicht, um meine Familie zu schützen.« Krumme atmete tief durch und steckte die Papiere wieder in die Mappe. »Schluss mit den trüben Gedanken. Schau, die Sonne kommt wieder raus. Wir müssen zurück ins Hotel. Uns umziehen für das Konzert.«

Tatsächlich hatte es aufgehört zu regnen. Ein paar Sonnenstrahlen hatten es geschafft, ein Loch in den Wolken zu finden, und ließen die Kräne des Terminals und die den Hafen überspannende Köhlbrandbrücke im goldenen Licht erstrahlen.

Gemeinsam gingen sie durch den Sand zurück Richtung Övelgönne.

»Fühlst du dich jetzt schlauer?«, fragte Marianne,

die sich an seinem Arm festhielt, um im Sand nicht das Gleichgewicht zu verlieren.

Krumme zuckte mit den Schultern. »Was ist mit dir? Wäre es nicht doch schöner gewesen, im warmen Hotel zu warten?«

Sie schüttelte den Kopf. »Nein, ich habe heute viel erfahren.«

»Ach ja? Und was?«

»Endlich habe ich mal gesehen, wie du arbeitest.«

»Beeindruckend, oder?« Er lächelte ironisch.

Sie nickte. »Schon. Aber trotzdem hättest du dir die Mühe sparen können. Jetzt da ich weiß, was hier passiert ist, und das Foto des toten Mädchens gesehen habe, glaube ich noch weniger, dass Pastor Hartung etwas damit zu tun hat.«

Krumme betrachtete sie nachdenklich. Dann strich er sich die nassen Haare nach hinten. »Das werden wir ja bald erfahren.«

# 25

Am Abend wuchsen immer höhere Wolkenberge in den Himmel. Ina saß zusammen mit Torsten auf dem Balkon. Mit einem Glas Hugo in der Hand sahen sie zu, wie die Sonne langsam unterging. Aus dem Wohnzimmer konnten sie hören, wie die Kinder kreischend vor Begeisterung *Bibi und Tina* guckten. Diese Stunden am Abend, wenn sie zusammen mit Torsten ein bisschen Zeit für sich selbst hatten und sie einfach nur die Ruhe, den Ausblick und die frische Meeresluft genossen, waren die Höhepunkte ihres Urlaubs.

»Das war ein toller Tag, oder?«, fragte Torsten und nahm eine der letzten Pralinen, die sie heute auf dem Rückweg gekauft hatten.

Ina nickte, nippte an ihrem Glas und verfolgte eine Silbermöwe, die sich über ihnen gegen den Wind stemmte und dabei fast in der Luft stehen zu bleiben schien.

»Alles in Ordnung?«, erkundigte sich Torsten sanft.

»Wieso fragst du immer? Mir geht's gut, wirklich.« Ina bemerkte, dass er sie genau beobachtete und dabei wie so oft den Kopf leicht nach rechts legte.

»Du warst heute so schweigsam.«

Sie zuckte mit den Schultern und wich seinem Blick aus. Stattdessen sah sie wieder hinaus auf das Meer. Das drängende Gefühl, beobachtet zu werden, das sie auf ihrer Rückfahrt gespürt hatte, hatte sich mittlerweile gelegt. Trotzdem fühlte sich allein die Erinnerung daran unangenehm an. Noch hatte sie nicht entschieden, was davon zu halten war.

»Willst du auch noch einen?«, fragte sie und hielt ihr leeres Glas hoch.

»Wasser würde mir reichen.«

Ina erhob sich, schnappte sich die letzte Praline für den Weg und ging in die Küche. Sie holte Eiswürfel, Prosecco und eine Mineralwasserflasche aus dem Kühlschrank, dazu eine Flasche mit Holunderblütensirup und mischte sich einen neuen Hugo. Als Letztes nahm sie ein paar Blätter Minze und legte sie oben in das Glas. Dabei sah sie gedankenverloren aus dem Küchenfenster. Der Ausblick war hier nicht ganz so spektakulär wie vom Balkon, kein Meer, sondern ein kleiner Mischwald, durch den sich ein Weg hinaus zum Deich schlängelte.

Es tat ihr weh, dass sie Geheimnisse vor Torsten hatte, nicht ehrlich mit ihm über das reden konnte, was sie bedrückte. Am Montag würde der Beweis hoffentlich auf dem Tisch liegen, dann konnte sie endlich mit diesem Thema abschließen und die Kiste mit ihrem Lebenstrauma nach hinten ins Regal schieben, wie es ihre Therapeutin vorgeschlagen hatte.

Dass sie jetzt auch noch Gespenster sah, sich verfolgt fühlte, war der Beweis, dass ihre Psyche angeschlagener war, als sie bisher gedacht hatte. Torsten durfte davon nie erfahren. Er würde sie wieder zum Arzt schicken, und sie könnte es ihm nicht einmal übel nehmen …

Sie hielt inne, merkte, dass sie bereits eine Ewigkeit ihren Hugo umrührte. Sie schüttelte den Kopf, vielleicht sollte sie genau wie Torsten auf Mineralwasser umsteigen. Sie schnappte sich das Glas und die Flasche und wollte gerade die Küche verlassen, als ihr Blick noch einmal aus dem Fenster schweifte.

Nein, das konnte nicht sein.

Sie spürte, wie sich ihre Nackenhaare aufstellten.

Nicht aus Angst über das, was sie sah. Sondern weil sie befürchtete, verrückt geworden zu sein. Sie wischte sich mit der Hand über die Augen, blinzelte, um eventuelle Schleier zu vertreiben. Als sie vorsichtig erneut aus dem Fenster sah, schwindelte ihr. Sie schwankte, genau wie heute Mittag im Wattenmeer.

Das Mädchen, das sie an der Straße gesehen hatte. In den Salzwiesen. Es stand unten auf dem Weg im Wald.

Und es schaute zu ihr herauf.

Seine langen schwarzen Haare bewegten sich langsam in einer Brise, die vom Meer über den Deich kam. Sie lächelte, nicht freundlich, sondern bekümmert, mitleidig.

Das Mädchen, eher eine junge Frau mit dem zarten Körper eines Kindes, sah direkt in ihr Gesicht. Aber konnte sie von da unten überhaupt bis in ihre Küche sehen?

Wie ein Roboter hob Ina langsam ihre Hand zum Gruß.

Das Mädchen nickte, kaum merklich, aber doch deutlich genug, um zu zeigen, dass sie zu ihr schaute.

»Was ist denn los? Bist du eingeschlafen?«, erkundigte sich Torsten freundlich, der auf einmal in der Küche stand.

Ina drehte sich zu ihm um. Seinem erschrockenen

Blick nach musste sie völlig verstört aussehen. Aber jetzt war keine Zeit für Erklärungen.

»Hier, dein Wasser«, stieß sie hervor und drückte ihm die Flasche in die Hand.

»Um Himmels willen, Ina, was ist jetzt wieder?«, wollte Torsten wissen. Aber sie war bereits aus der Tür, lief durch das Wohnzimmer, vorbei an den überraschten Kindern, hinaus aus der Wohnung. Mit langen Schritten nahm sie gleich zwei, drei Stufen auf einmal nach unten. Sie stolperte, erst im letzten Moment gelang es ihr, sich am Geländer festzuhalten.

Raus aus dem Haus, schnell. Sie riss die Tür auf, sprang hinaus in den Vorgarten. Die angenehm frische Luft wehte in ihr Gesicht. Nein, kein Traum. Und verrückt war sie auch nicht. Im Gegenteil, selten hatte sie sich so klar im Kopf gefühlt wie jetzt. Sie lief zu dem Weg. Wo …

Keine Spur von dem Mädchen.

Ina sah sich hektisch um. Nein, sie hatte sich das nicht eingebildet. Sie war nicht durchgeknallt, die junge Frau war real. Irgendwo in der Nähe musste sie sein!

Und tatsächlich, als sie in das Wäldchen blickte, entdeckte Ina sie. Sie ging Richtung Deich, gerade konnte sie noch ihren Rücken im abendlichen Dämmerlicht sehen.

»Halt, warte!«, rief Ina und lief ihr hinterher. Ihre Beine waren nach der langen Wanderung und der Radtour müde, aber darauf nahm sie jetzt keine Rücksicht. Sie rannte, so schnell sie konnte, in den Wald hinein.

Wieder keine Spur von dem Mädchen. War sie in einen anderen Weg abgebogen? Sie schaute sich um. Nein, hier gab es nur einen Pfad, und der führte Richtung Deich. Ein älteres Ehepaar in beigen Windjacken kam ihr vom Strandbummel entgegen und sah sie verständnislos an. Kein Wunder. Ina bemerkte, dass sie keine Schuhe trug und die Kiesel in ihre nackten Füße drückten.

»Haben Sie das Mädchen gesehen?«, rief sie dem Paar im Vorbeilaufen zu, aber die starrten sie nur wie eine gefährliche Irre an – was sie vielleicht auch war.

Da ging sie! In ihrem grauen Kleid stieg sie die Treppe am Deich hinauf, erreichte die Deichkrone und verschwand aus ihrem Blickfeld.

Autsch, Ina war mit dem großen Zeh gegen eine Wurzel getreten. Aber auch das konnte sie nicht aufhalten. Weiter, schnell, endlich die Chance, Antworten zu bekommen!

Mit schmerzverzerrter Miene stolperte sie die schiefe Treppe hinauf, erreichte den asphaltierten Weg auf der Spitze. Ihr Herz pochte bis in den Hals, als sie den Blick nach rechts und links über den Weg drehte. Eine Joggerin, ein junges Pärchen, das das Abendlicht für einen romantischen Spaziergang nutzte. Ein Radfahrer, der mit seinem Mountainbike an ihr vorbeirauschte.

Wo war das Mädchen?

Da, fast hundert Meter entfernt, spazierte es mit gleichmäßigen, fast gemächlich wirkenden Schritten auf St. Peter-Ordings Zentrum zu. Wie hatte sie es nur geschafft, bei diesem Tempo eine so große Entfernung zurückzulegen? Ina strich sich mit der Hand die verschwitzten Haare aus der Stirn und nahm wieder die Verfolgung auf. An dem jungen Pärchen vorbei lief sie dem Mädchen hinterher. Mit ein paar Schritten überholte sie sogar die Joggerin, eine ältere Dame, die ungläubig hinter ihr zurückblieb.

Ina war eine trainierte Läuferin, drehte zu Hause in Köln regelmäßig ihre Runden im Stadtwald. Sie rannte, so schnell sie konnte. Trotzdem, auf unerklärliche, ja surreale Weise wurde die Distanz zwischen ihr und dem Mädchen nicht kleiner. Schon erreichte sie den breiten Steg, der vom Ort hinaus zu der vorgelagerten Sandbank führte. Hier waren sehr viel mehr Menschen unterwegs.

Das Mädchen war in der Menge verschwunden. Aber wohin? Inas Kopf ruckte hin und her, sie hatte sie doch eben noch gesehen?

Da, ihr graues Kleid verschwand gerade hinter einer Gruppe Jugendlicher, die laut lachend vom Strand zurückkehrten. Ina schob sich an ihnen vorbei, drückte die jungen Leute ungestüm zur Seite. Ihre Proteste kümmerten sie nicht. Fremde Gesichter rauschten an ihr vorbei, Frauen, Männer, Kinder. Einige bemerkten ihre Hektik, doch die meisten beachteten sie nicht. Dabei stolperte sie wie ein Junkie durch die Menge. War es das Adrenalin, das ihr durch den Körper rauschte? Oder Folgen des Alkohols, der ihr in den Kopf stieg?

Ina lief die lange Seebrücke hinunter, über die Salzwiesen und Priele hinweg, auf das Restaurant zu, das am Ende auf Holzstelzen über dem Strand thronte. Die Sonne war dahinter fast untergegangen, Ina hatte das Gefühl, als würde sie in das letzte rote Licht des Tages hineinlaufen.

Schließlich, nach über einem Kilometer, hatte Ina das Ende der Seebrücke erreicht. Die Füße schmerzten, nicht nur von den Steinen und dem Asphalt, sie hatte das Gefühl, als hätte sie sich jetzt auch noch einen Holzsplitter eingelaufen. Aber das Mädchen hatte sie verloren. So ein Mist, sie war doch nur ein paar Meter hinter ihr gewesen. Hatte es sich etwa in Luft aufgelöst?

Erschöpft lehnte Ina sich gegen das Geländer und versuchte, wieder zu Atem zu kommen. Was Torsten wohl zu ihrem plötzlichen Ausflug sagen würde? Sie musste sich schon eine sehr gute Ausrede einfallen lassen, wenn sie seinen Fragen entkommen wollte. Verrückt, andere reisten an die Nordsee, um sich zu erholen und zu entspannen. Sie dagegen war am Ende ihrer Ferien so mit den Nerven am Ende, dass sie gleich wieder urlaubsreif war.

Sie bemerkte ein kleines Mädchen, kaum älter als sechs, das ihr gegenüber am Geländer der Seebrücke lehnte, ein Eis aß und sie dabei aufmerksam beobachtete.

»Na«, fragte Ina, »wo sind denn deine Eltern?«

Das Mädchen zeigte nur mit dem Daumen über die Schulter und leckte weiter an seinem Eis. »Bist du kaputt?«, fragte es.

»Ja, ein bisschen«, ächzte Ina und stemmte die Hände in die Hüften.

»Warum?«

»Ich suche eine junge Frau mit langen schwarzen Haaren. Hast du sie gesehen?«

Die Kleine schüttelte den Kopf, ließ Ina aber nicht aus den Augen. »Was willst du von ihr?«, wollte sie wissen.

Ja, was eigentlich? Antworten? Die Bestätigung, dass hier noch etwas anderes am Wirken war?

»Ich wollte nur ein bisschen mit ihr plaudern«, sagte sie. Die Kleine nickte und wirkte dabei mindestens zehn Jahre älter. Gedankenverloren widmete sie sich ihrem Eis.

»Bist du ganz allein hier draußen?«, erkundigte sich Ina.

Die Kleine machte einen Schmollmund. »Ich suche meine Puppe. Ich habe sie verloren.«

»Oh wie schade. Wie sah sie denn aus?«

»So ähnlich wie ich.«

»Tut mir leid, die habe ich nicht gesehen.«

Die Kleine zuckte gleichgültig mit den Schultern und schaute mit ihren wasserblauen Augen zur Nordsee. Der Wind frischte immer mehr auf, auf den Wellen schimmerten bereits weiße Schaumkronen.

»Wo hast du deine Puppe denn verloren?«, fragte Ina.

Das Mädchen zeigte mit dem Daumen Richtung Festland. Dann nickte sie ihr freundlich zu. »Tschüss«, rief sie und hüpfte über die lange Seebrücke anmutig zurück nach St. Peter-Ording. Ina sah ihr nachdenklich hinterher. Was für ein seltsames Mädchen. Genau wie sie trug auch die Kleine keine Schuhe.

Wo wohl ihre Eltern waren? Sollte sie ihr hinterherlaufen und sich vergewissern, dass sie sicher zu ihrer Familie kam? Sie überlegte einen Moment. Besonders einsam und hilflos hatte die Kleine nicht gewirkt. Hoffentlich fand sie ihre Puppe wieder.

Ina seufzte. Zeit, zu ihrer Familie zurückzukehren.

# 26

Krumme und Marianne fuhren schweigend von Övelgönne zurück zum Hotel. Nach dem Besuch des Tatorts
hingen sie ihren Gedanken nach. Krumme war Marianne dankbar für diesen Moment der Ruhe. Zu viel ging
ihm durch den Kopf. Nicht nur Nellys Tod, sondern
auch der Anschlag auf seine Tochter. Marianne hatte
recht, Hannahs Schicksal war für ihn Antrieb, als Kommissar niemals aufzugeben, bis er jeden Fall gelöst hatte.
Und natürlich konnte er deshalb auch das Bemühen von
Nellys Schwester Ina verstehen, unbedingt den Mörder
zu finden. Sie machte sich Vorwürfe, weil sie Nelly allein gelassen hatte. Und er würde sich bis ans Ende der
Tage fragen, warum er seine Tochter damals nicht selbst
von der Kleingartensiedlung abgeholt hatte.

Er blickte zu Marianne, die durch das Taxifenster
den Berufsverkehr der Großstadt betrachtete. Und
als würde sie seine Aufmerksamkeit in ihrem Rücken
spüren, drehte sie sich um und schenkte ihm ein kurzes
Lächeln.

Ertappt grinste Krumme schief und wandte schnell
den Kopf ab, ärgerte sich aber gleich darauf über seine Unbeholfenheit. Er fühlte sich wie ein Teenager vor
dem ersten Rendezvous. Heute würden sie zusammen
ein schönes Konzert erleben, gemeinsam mit ihren

Freunden in ein edles Restaurant gehen. Und anschließend die Nacht in einem Zimmer verbringen.

Wo führte all das hin? Krumme war nie ein Casanova gewesen. Maria, seine Exfrau, war seine erste und einzige Liebe. Er hatte schrecklich gelitten, als sie sich von ihm getrennt hatte und zu einem anderen Mann gezogen war. Die Gründe hatte er bis heute nicht richtig verstanden. Natürlich hatte es mit Hannah zu tun. Seine Tochter hatte die schlimme Nacht überlebt, sich lange mit den Folgen gequält, letztlich aber zurück ins Leben gefunden. Doch in dem Neuanfang, den sowohl Hannah wie auch Maria gewagt hatten, war für ihn kein Platz mehr gewesen. Am Ende gab es keinen Streit, sondern nur ein sanftes Erlöschen. Er war Teil des Schattens, aus dem sich die beiden Menschen, die er mehr als alles andere liebte, befreien wollten.

Seine Kollegen in Berlin hatten versucht, ihn mit anderen Frauen zu verkuppeln. Es hatte nie geklappt. Immer wieder hatte er sie in Gedanken mit Maria verglichen. Kein guter Start in eine neue Beziehung. Am Ende war er froh, als Dauersingle seine Ruhe zu haben.

Doch nun gab es Marianne. Sie waren Freunde, trotzdem hatte er bisher nicht mit ihr über seine Träume und Probleme reden wollen. Sie hatte ihn bei den Ermittlungen begleitet, aber seine Kollegin war sie natürlich nicht. Das war Pat, und mit ihr war es manchmal schon schwierig genug.

Es gefiel ihm aber, mit Marianne Zeit zu verbringen. Es gefiel ihm sogar sehr. Er seufzte. Warum war das Leben manchmal so kompliziert?

Zurück im Hotel in Harvestehude galt es, eine weitere

Klippe zu umschiffen. Für ihren Besuch in der Elbphilharmonie mussten sie die nassen Klamotten aus- und ihre Sonntagskleidung anziehen. Einfach Hose runter und eine neue an ging nicht, dafür war er zu schüchtern. Die Frage der Diskretion direkt anzusprechen erschien ihm auch peinlich.

Als Marianne kurz ihr Rouge im Badezimmer auflegte, nutzte Krumme die Gelegenheit, um sich blitzschnell eine neue Hose und ein weißes Hemd anzuziehen.

»Du bist aber fix«, stellte Marianne überrascht fest, als sie früher als gedacht zurück ins Zimmer kam, konnte sich aber ein Grinsen angesichts seiner schief hängenden Buxe und dem falsch zugeknöpften Hemd nicht verkneifen. Sein knittriger Ausgehanzug, den er sich vor zehn Jahren in einem staubigen Kaufhaus in Berlin-Neukölln zugelegt hatte. Krumme wurde rot. Als charmanter Lebemann war er ein totaler Versager. Wie sollte das nur später am Abend werden, wenn sie beide zurück ins Hotel kamen? Er war sicher, andere Männer würden sich nicht so anstellen, sondern die Gelegenheit nutzen.

Um halb sieben machten sie sich zusammen mit den Mannsens auf den Weg zur Elbphilharmonie. Das Konzert begann zwar erst um acht Uhr, aber sie wollten die Gelegenheit nutzen, um sich Hamburgs Prachtbau genauer anzuschauen.

Im Taxi fragte Mannsen nach seinen neuen Erkenntnissen im Fall Maurer. »Konnte dir Marianne bei den Ermittlungen helfen?«, erkundigte er sich zwinkernd nach dem Thema, das ihn vor allem interessierte. Krumme entschied, das Gespräch lieber auf den bevorstehenden Abend zu lenken.

Als sie sich über die Landungsbrücken dem Konzerthaus näherten, verschlug es allen die Sprache. Krumme kannte die »Elphi«, wie sie von den Hamburgern liebevoll genannt wurde, von Fotos und Filmen. Auch aus Övelgönne hatten Marianne und er sie in der Ferne gesehen. Doch als sie sich nun hell erleuchtet gegen den abendlichen Himmel erhob, sah sie aus wie ein Märchenpalast. Die gigantische gläserne Welle, die die Architekten auf einen alten Hafenspeicher gesetzt hatten, strahlte wie eine Krone über den gesamten, an funkelnden Lichtern nicht armen Hafen.

»Wunderschön«, stammelte Petra, und keiner widersprach.

Es dauerte ein bisschen, bis ihr Taxi im hektischen Verkehr vor der Konzerthalle den Eingang erreichte und sie aussteigen konnten. Krumme fühlte sich etwas unwohl, hatte bei diesem Glanz und Glamour um ihn herum Angst, sich ungeschickt zu verhalten. Zum Glück vergaß er nicht, den Damen die Tür aufzuhalten. Als Marianne aus dem Wagen stieg, senkte er verlegen den Blick, dabei sah sie in ihrem blau-weißen Kostüm, das sie sich extra für diesen Abend in einer Husumer Boutique gekauft hatte, hinreißend aus. Elegant, aber auch nicht zu steif, sondern auf erfrischende Weise normal. Im Gegensatz zu Mannsen hatte er ihre Garderobe nicht extra gelobt. Aber auch ohne viele Worte schien Marianne zu wissen, was er dachte, und lächelte ihm kokett zu.

In die Zauberwelt der Elbphilharmonie fuhren sie über eine lange, geschwungene Rolltreppe. Oben gelangten sie in die unter dem Konzertsaal liegende Panoramaebene mit diversen Restaurants, Bars und Souvenirläden. Aber am schönsten war der Rundgang, der draußen um die Philharmonie herumführte. Von hier konnten sie auf das nächtliche Hamburg, die funkelnde Hafencity, die Promenade mit dem Musicaltheater auf der anderen Elbseite und die unzähligen großen und kleinen Schiffe im Hafen blicken. Andächtig schweigend standen sie im frischen, nach Meer, Fernweh und Veränderung riechenden Wind und ließen den prachtvollen Blick auf sich wirken. Mannsen hatte seine Petra zärtlich in den Arm genommen. Sollte Krumme das Gleiche mit Marianne tun? Er traute sich nicht. Unsicher blickte er zu ihr, sah ihre vor Begeisterung glänzenden Augen, als sie hinab in den Hafen sah. Einmal mehr hatte er nicht das Gefühl, eine über fünfzig Jahre alte Dame vor sich zu haben, sondern ein unbeschwertes junges Mädchen. Was gut passte, da er selbst sich gerade wie ein pubertierender Teenager fühlte.

»Kommt, es geht los!«, ermahnte sie Mannsen. Tatsächlich begann das festlich gekleidete Publikum erwartungsvoll in den großen Konzertsaal zu strömen. In dem Moment, als sie den gewaltigen Raum betraten, verstummten die meisten und konnten kaum glauben, was sie sahen. Auch Krumme und seine Freunde hatten das Gefühl, als würden sie das Innere einer Kathedrale betreten. Der Raum für das Publikum und für das Orchester bildete eine harmonische Einheit. Die Musiker saßen in der Mitte des Saals, während die Gäste auf terrassenförmigen Rängen Platz nahmen, die bis nach oben in den Himmel zu reichen schienen. Keine Ecken und Kanten, alles folgte sanften geschwungenen Linien, war pure Harmonie. Krumme wusste nicht, wohin er zuerst sehen sollte. Marianne ging es nicht anders. Als sie in diesem besonderen Moment Halt suchte und nach seinem Arm griff, ließ Krumme es lächelnd geschehen und führte sie mit so viel Würde, wie es ihm in seinem zerknitterten Anzug möglich war, an ihren Platz.

Es dauerte nicht lange, und das Orchester betrat den Saal und wurde vom Publikum mit großem Applaus begrüßt. Krumme, Marianne und die Mannsens tauschten einen aufgeregten Blick. Wie es hieß, gehörte die Elbphilharmonie zu den besten Konzertsälen der Welt. Krumme rutschte gespannt auf dem Sitz herum, er spürte, wie sich sein Puls beschleunigte. Country war seine Musik, ein Konzert mit einem großen klassischen Orchester hatte er noch nie live gehört.

Dann klopfte der weißhaarige Dirigent mit dem Taktstock auf sein Pult, und die Musik begann. Vivaldi. Schon mit den ersten Takten ging ein Ruck durch das Publikum, als würden die Damen und Herren unter Strom gesetzt. Ein Raunen ging durch den Saal, ein verzücktes Stöhnen. Was für ein Klang, noch nie hatte Krumme etwas so Reines und Perfektes gehört.

Er hatte sich vorgenommen, vor ihrer Fahrt nach Hamburg noch einmal »Die vier Jahreszeiten« anzuhören. Marianne hatte die CD extra gekauft. Aber irgendwie hatte er es nicht geschafft.

Doch nichts hätte ihn auf dieses Erlebnis vorbereiten können. Er nahm die Musik mit allen Sinnen auf. Die Schwingungen der Violinen lösten bei ihm eine wohlige Gänsehaut aus. Er meinte, einen Kuckuck und andere Vögel zu hören. Erlebte, wie der Frühling erwachte, wie sich die Spannung langsam aufbaute und in einem donnernden Gewitter entlud.

Er war froh, dass er in diesem Moment nicht allein war. Er blickte neben sich zu Marianne. Sie war von der Musik so ergriffen, dass ihr eine Träne über die Wange lief. Er lächelte, und sie lächelte mit verklärter Miene zurück. Endlich griff er nach ihrer warmen Hand, drückte sie zärtlich und ließ sie während des gesamten Konzerts nicht mehr los.

# 27

Das Konzert war zu Ende. Der Jubel von den Rängen wollte und wollte nicht aufhören, immer wieder erhob sich der Applaus von neuem durch den prächtigen Konzertsaal. Doch Krumme war nicht nur wegen der wundervollen Musik zutiefst aufgewühlt.

Etwas hatte sich verändert, und er hatte keine Ahnung, wie er damit umgehen sollte. Verlegen tauschte er einen kurzen Blick mit Marianne, die ihm lächelnd zunickte. Ihre glänzenden Augen verrieten, dass ihr ebenfalls nicht nur Vivaldi das Herz berührt hatte.

*Was nun?*, dachte Krumme, als der Applaus endlich abebbte und sie sich aufmachten, den Saal zu verlassen. Unsicher versuchte er, sie nicht anzuschauen, wusste nicht, was sie von ihm erwartete.

Aber er musste sich nicht so viele Gedanken machen. Marianne ergriff einfach die Initiative und schnappte sich beim Hinausgehen seine Hand. Sie fühlte sich warm und wunderbar an. Das Gefühl ihrer Nähe kannte er schon von ihrem Tanzkurs. Aber da hatte er die Sache meistens eher sportlich gesehen, als großen Spaß, den sie sich gemeinsam mit den Mannsens teilten. Doch jetzt hatte ihre Zweisamkeit eine ganz andere Qualität. Der Nachmittag, ihr Ausflug an den Elbstrand und nun das Konzert – noch nie hatte er sich ihr so nah gefühlt. Ihm wurde klar, dass er nicht allein hier war, in Mariannes Begleitung. Nein, als sie die Treppe zurück zum Panoramadeck schritten, Hand in Hand, waren sie ein Paar! Von allem schien auf einmal ein Leuchten auszugehen. Krumme war, als würde er eine neue Welt betreten und eine alte, dunklere zurücklassen.

Er bemerkte, dass die Mannsens ihnen begeistert zunickten. Klar, das war immer ihr Plan gewesen, schon seit sie ihn Marianne damals als Untermieter vermittelt hatten.

Die beiden plauderten jetzt mit ihnen über das Konzert, hörten nicht auf, über die Elbphilharmonie und den wundervollen Panoramablick über den Hafen zu schwärmen. Kein Wort darüber, dass Marianne und er sich die ganze Zeit an der Hand hielten. Aber natürlich wusste Krumme, dass es für seinen guten Freund und dessen Frau das Thema des Abends war.

Wie sollte es jetzt weitergehen? Krumme war völlig verunsichert. Er erinnerte sich, dass auch seine Exfrau damals die Initiative ergriffen und ihn einfach frech geküsst hatte. Was war er nur für ein Feigling! Vor Mördern hatte er keine Angst, wohl aber davor, einer Frau seine wahren Gefühle zu zeigen. Er beschloss, es dieses Mal besser zu machen. Am besten, er ließ Mariannes Hand vorläufig gar nicht mehr los.

Schon vor ihrem Hamburg-Ausflug hatten sie einen Tisch in einem Restaurant reserviert, in das sie nach dem Konzert gehen wollten. Ein im Internet hochgelobter Spanier in der Bernhard-Nocht-Straße, in einem quirligen Kneipenviertel direkt hinter den Landungsbrücken. Schon der Bummel von der Elbphilharmonie war ein Abenteuer. In Husum wurden um die Zeit langsam die Bürgersteige hochgeklappt, hier waren die Straßen voll mit Menschen, die feiern oder wie sie nach einem Konzert oder einem Musicalbesuch noch etwas essen wollten. Das Restaurant war so gut wie versprochen. Aber Krumme bekam trotzdem kaum einen Bissen herunter. Immer wieder suchten seine Augen Kontakt mit Marianne. Wie ging sie mit der Situation um? War sie ähnlich überfordert wie er?

War sie nicht.

Marianne plauderte wie immer angeregt mit Petra, lachte über Mannsens Scherze und genoss die entspannte Atmosphäre in dem kleinen Restaurant. War sie anders als sonst? Eigentlich nicht. Hatte er die plötzliche Nähe zu ihr völlig falsch eingeschätzt? Hatte sie doch kein Interesse an ihm? Krumme zermürbte sich für einen Moment mit Selbstzweifeln. Bis sie wieder nach seiner Hand griff und sie zärtlich drückte. Krumme erzitterte wie bei einem Stromstoß. Mehr passierte nicht. Er beobachtete ein junges Pärchen, das eng umschlungen und heftig knutschend an der Bar saß. War er früher, als junger Mann, auch so leidenschaftlich und unbefangen gewesen? Er konnte sich nicht erinnern. Nervös überlegte er, was bei der Rückkehr in das Hotel auf ihn zukommen würde. Er und Marianne in einem Zimmer, in einem Bett. Die Vorstellung erregte ihn, machte ihm aber auch Angst. Was, wenn er auch da so ungelenk reagierte?

Doch so weit war es noch nicht.

»Wie sieht's aus?«, fragte Mannsen, nachdem sie einen Grappa getrunken hatten. »Wollen wir noch auf die

Reeperbahn? Ein kleiner Bummel, ist nur ein paar Meter entfernt und gucken kostet nichts«, sagte er.

»Ich weiß nicht«, erwiderte seine Frau zweifelnd, »ist das nicht zu gefährlich? All die leichten Mädchen? Und dann die vielen Drogensüchtigen.«

»Ach was, hier sind zwei Kommissare, die auf euch aufpassen, was soll da schon passieren?«, wischte Mannsen ihre Bedenken zur Seite. Schnell war klar, dass Petra es trotz ihrer Vorbehalte kaum abwarten konnte, einen Blick auf Hamburgs berühmtes Rotlichtviertel zu werfen. Auch Marianne hatte Lust. Wieder eine neue Facette, die Krumme an seiner Vermieterin entdeckte.

»Was ist mit dir, mein Freund?«, fragte Mannsen. »Noch ein Absacker auf St. Pauli, bevor wir zurück ins Hotel fahren?«

Krumme überlegte. Absacker war gut, aber für ihn als langjährigen Mitarbeiter der Abteilung Sitte in der Berliner Kriminalpolizei besaß ein Viertel mit Prostitution und Drogenhandel wenig Romantisches. Aber dann nahm Marianne ihn wieder auffordernd an die Hand, und seine Zweifel spielten keine Rolle mehr.

Sie entschieden sich, zu Fuß vom Portugiesenviertel zum Beginn der Reeperbahn am Millerntor zu gehen. Mannsen hatte recht, es dauerte nur ein paar Minuten. Und es war verrückt. Obwohl es mittlerweile schon weit nach Mitternacht war, drängelten sich die Leute immer noch in Massen an den Bars, Diskotheken, Kneipen und Nachtclubs vorbei. Inzwischen hatte es wieder geregnet. Das grell-bunte Lichtergewirr spiegelte sich in den Scheiben und dem nassen Asphalt. Ganze Horden von jungen Burschen schoben sich mit glänzenden

Augen an Nacktbars vorbei, ließen sich von leicht bekleideten Frauen an die Hand nehmen oder bestaunten das verwirrende Angebot der Erotikläden. Türsteher versuchten, unbedarfte Touristen mit frechen Sprüchen in ihre Etablissements zu locken. An jeder Ecke gab es Straßenmusiker und Kleinkünstler. Einsame Männer, die mit verkniffenen Mienen aus den Peepshows zurück auf die Straße gingen. Elegant gekleidete Pärchen, die nach dem Besuch in einem der vielen Theater noch ein bisschen bummeln wollten. Verschwitzte und erschöpfte Jugendliche, die vor Clubs frische Luft schnappten oder eine Zigarette rauchten.

Überwältigt von den vielen Eindrücken spazierten auch die Mannsens, Marianne und Krumme durch die Menge. Beide Damen hatten sich bei ihren männlichen Begleitern eingehakt. Immer wieder blieben sie stehen, um sich Geschäfte genauer anzuschauen, Leute zu beobachten oder einen Blick auf besonders aufreizend gekleidete Prostituierte zu werfen. Die beiden hatten Spaß, und Mannsen genoss es, sie als Mann von Welt über die Reeperbahn und die Große Freiheit zu führen.

Nur Krumme litt.

Vom ersten Moment an fühlte er sich auf der Reeperbahn unwohl. Als Einziger in ihrer Gruppe kannte er sich im Rotlichtmilieu aus und sah mit geschultem Blick überall nur die Gefahren, die sich aus der jeweiligen Szene ergeben konnten. Wieso blieb Marianne zusammen mit Petra ausgerechnet vor einem Schaufenster stehen, neben dem gerade ein Dealer seine Kundschaft mit Drogen versorgte? Sah sie denn nicht die Gefahr, die von einer Gruppe Jugendlicher ausging, die total betrunken vor einer Disco an der Reeperbahn in Streit geraten war? Krumme hatte in Berlin oft erlebt, wie auf den ersten Blick völlig harmlose Situationen in diesem Milieu in pure Gewalt eskalierten. Auch jetzt meinte er, Taschendiebe zu erkennen, die auf der Suche nach einem guten Fang waren. Psychopathen, die in diesem funkelnden Overkill aus Licht, lauter Musik und Drogen jeden Moment durchzudrehen drohten. Teenager, die breitbeinig durch die Menge pflügten, bereit, beim kleinsten Körperkontakt mit Fremden zu explodieren.

Natürlich wollte er Marianne und den anderen keine Angst machen. Aber er fühlte sich genötigt, dezent immer wieder seinen Körper dazwischenzuschieben, wenn eine gefährliche Situation drohte. Nervös schnappte er sich Marianne am Arm und zog sie mit sanftem Druck zur Seite, wenn sie Halbweltgrößen zu nahe kam. Oder denen, die er dafür hielt.

»Alles in Ordnung mit dir?«, erkundigte sie sich. »Du wirkst so verspannt.«

»Nein, alles gut«, erwiderte er schnell. »Aber so viele Menschen machen mich immer nervös.«

»Im Ernst? Du bist doch Berliner?«, fragte Petra erstaunt. »Bist du das denn nicht gewohnt?«

»Daran habe ich mich nie gewöhnt. Deshalb wollte ich ja unbedingt nach Nordfriesland ziehen.«

Mannsen klopfte ihm freundlich auf die Schulter. »Schon gut, mein Lieber. Komm, wir trinken noch einen Absacker, und dann geht's ab ins Hotel und in die Koje.«

Damit marschierte er voraus in eine kleine Kneipe am Hans-Albers-Platz. Während die Damen ihm erwartungsvoll folgten, sondierte Krumme erst einmal das

Publikum. Trotz der eher volkstümlichen Einrichtung mit Leuchttürmen, Hamburgfahnen und Windjammern waren die Gäste bunt gemischt. Touristen neben Hamburgern, Studenten neben Großstadthipstern und schwarz gekleideten Autonomen. Die Stimmung in der proppenvollen Kneipe war hervorragend, alle grölten Shanties und Schlager mit. Wildfremde prosteten sich mit ihren Bierflaschen zu. Gläser gab es hier nicht – und wenn, dann nur für Schnäpse.

Mannsen, Marianne und Petra schienen ihren Augen und Ohren zuerst nicht zu glauben. Doch dann feierten sie lautstark mit, was wohl auch daran lag, dass Mannsen eine Runde nach der anderen ausgab. Krumme war das alles zu viel. Misstrauisch sah er sich um, erkannte einige betrunkene Kandidaten, die eventuell Ärger versprachen und von denen sie sich besser fernhalten sollten.

Aber er beobachtete auch Marianne. An diesem Tag hatte er sie von ganz neuen Seiten kennengelernt. Als aufmerksame, aber kritische Partnerin bei seinen Ermittlungen in Fuhlsbüttel und an der Elbe. Als verzauberte Zuhörerin bei dem Konzert in der Elbphilharmonie. Und jetzt sah er fasziniert zu, wie sie sich auch in diesem Getümmel wohlfühlte, ja beim Singen und Trinken vorneweg ging. Gleichzeitig aber immer wieder Gelegenheit fand, um ihm verliebte Blicke zuzuwerfen. Kaum zu glauben, ausgerechnet ihm, der sich hier stocksteif an der Bar herumdrückte! Angeschickert vom vielen Alkohol versank Krumme in einem Strudel aus Sorge und Euphorie.

Und er merkte, dass er aufs Klo musste. So viel Bier hatte er schon lange nicht mehr getrunken.

»Ich bin kurz um die Ecke«, rief er Mannsen zu, der trotz seines dicken Bauchs gerade überraschend stürmisch zu Hans Albers' *Auf der Reeperbahn, nachts um halb eins* tanzte. Krumme nickte in Richtung Marianne und Petra. »Passt du auf die beiden auf?«

Sein Freund hob den Daumen und warf sich dann mit der kompletten Körperfülle in die nächste Strophe. Krumme schob sich derweil zu den Toiletten, was in der vollbesetzten Kneipe nicht einfach war. Keine Sekunde zu spät erreichte er das Klo. In seinem Kopf rauschte es. Der gedämpfte Lärm aus der Kneipe, der viele Alkohol und natürlich Marianne. Was für eine Nacht. Er schloss die Augen und versuchte, Gedanken und Eindrücke zu sortieren.

Da ging die Tür auf, und Mannsen quetschte seinen dicken Bauch in die Toilette.

»Moin!«, rief er Krumme grinsend zu und stellte sich neben ihn an das Pissoir.

»Was machst du denn hier?«

Mannsen seufzte entspannt. »Wonach sieht es denn aus?«

»Du hast gesagt, du passt auf die beiden auf!«

»He, mach dir keine Sorgen, die kommen schon klar. Ist doch total lustig hier, oder nicht?«

Krumme zwang sich zu einem gequälten Lächeln und nickte.

Mannsen stupste ihn mit dem Ellenbogen in die Seite. »Glückwunsch. Läuft ja super mit euch beiden.«

»Schon«, brummte Krumme, der ausgerechnet beim Pinkeln nicht über Marianne reden wollte.

»Ich dachte ja, mit euch beiden wird das nie was. Aber

so ein kleiner Ausflug kann Wunder wirken.« Mannsen grinste und zwinkerte ihm dabei freundlich zu.

Krumme zog den Hosenstall zu. »Ich geh mal gucken, was die beiden treiben.« Bevor Mannsen noch was erwidern konnte, hatte er die Hände gewaschen und das Klo verlassen. Als er den Schankraum der Kneipe wieder betrat, stand er vor einer Mauer aus Lärm und Biergestank. Nervös schaute er sich um. Wo steckten die beiden Frauen? An dem Platz, an dem er sie zurückgelassen hatte, war nichts mehr zu entdecken. Er stöhnte. Das musste ja passieren! Energisch drückte er sich durch die laut singende Menge. Verdammt noch mal, warum war Mannsen nicht bei den Frauen geblieben?

Endlich entdeckte er Petra. Mit einer Bierflasche in der Hand stand sie neben der Bar und schunkelte gutgelaunt zu einem alten Schlager von Marianne Rosenberg. Ächzend presste er sich vor zu ihr. Petra entdeckte ihn und sang ihn fröhlich an. Aber Krumme wollte nur eins wissen: »Wo ist Marianne?«, rief er ihr ins Ohr.

»Was?«

»Marianne! Wo ist sie?«

»Die ist mit so einem jungen Typen raus.«

Krumme spürte, wie sich seine Nackenhaare aufstellten. »Was für ein Typ denn?«

»Keine Ahnung, hatte so schwarze Klamotten an. Sah aber ganz harmlos aus.« Sie lächelte fröhlich, strahlte aus ihrem beschwipsten Gesicht.

Bei Krumme schrillten alle Alarmglocken. Raus, er musste sofort raus hier! Ohne Rücksicht auf die anderen Gäste schob er sich durch die Menge zum Ausgang. Er hörte Proteste, aber das war ihm jetzt egal.

Endlich draußen schlug ihm die frische Nachtluft wie ein nasser Lappen ins Gesicht. Der Kopf dröhnte, aber von einem Moment zum anderen fühlte er sich stocknüchtern.

Zitternd vor Kälte und Angst sah er sich auf dem Platz um. Überall standen Nachtschwärmer herum, rauchten und tranken Flaschenbier.

Endlich entdeckte er Marianne. Sie stand mit einem Mann in einer dunklen Ecke. Ein Autonomer, komplett in schwarz gekleidet. Gerade legte er seinen Arm um sie, drückte sie nach unten gegen die Mauer. Ein Blitzen in der Hand. *Ein Messer*, schoss es Krumme durch den Kopf.

Mit einem lauten Aufschrei sprang er nach vorn. Er riss den Kerl nach hinten, weg von Marianne. Krumme war 55 Jahre alt und hatte in seiner Karriere nur selten körperliche Gewalt anwenden müssen. Trotzdem hatte er die entsprechenden Abläufe natürlich immer wieder trainiert. Marianne war in tödlicher Gefahr. Keine Zeit für Taktieren, dachte er und warf den Mann mit aller Macht auf den Boden, drehte ihm brutal den Arm auf den Rücken. Zwei Schreie hallten durch die Nacht. Der des verzweifelten Jungen – und der der entsetzten Marianne.

# 28

Nordfriesland, 1795

Der Himmel hatte sich in nur zwei Stunden komplett
zugezogen. Der Sturm aus dem Westen war immer heftiger geworden. Nun drückte die Flut mit aller Kraft
auf die nordfriesische Küste. Die Wellen leckten an die
Deichkronen, der Wind wehte Schaumfetzen hinüber
auf die grüne Marsch, wo die Bauern hastig das Vieh
in ihre höher auf Warften gelegenen Höfe in Sicherheit
brachten.

Während erste Blitze über das Firmament zuckten und
es mitten am Tag fast dunkel wurde, spazierte ein einsamer Mann über den Deich. Er trug einen langen Mantel, hatte einen kahlen Schädel. Um sein kantiges Gesicht wuchs ein vom Salzwasser verklebter roter Voll-
bart. Sein Name war Piet van Vliet. Er kam aus Workum,
einem kleinen westfriesischen Ort in den Niederlanden.
Im Auftrag des Landvogts von Bredstedt war der erfahrene Deichbaumeister für den Aufbau und den Erhalt
der Deiche der Nordergoesharde an der nordfriesischen
Küste verantwortlich.

In der einen Hand hielt er einen langen Stab, mit dem er
immer wieder in den Boden stach, um zu kontrollieren,
ob der Deich noch fest war. Die andere Hand steckte tief

in der Seitentasche des Mantels. Er schaute hoch zum Himmel. Was für ein Sturm! Aber nichts, womit er und seine Deiche nicht fertigwurden. Er lächelte spöttisch und wischte sich mit der Hand über den nassen Kopf.

Seit vier Jahren lebte Piet jetzt in Nordfriesland. Vier lange Jahre in diesem rauen, barbarischen Land, weit weg von der niederländischen Heimat. Richtig eingewöhnt hatte er sich nicht. Die Nordfriesen schätzten seine Arbeit, bewunderten ihn dafür, dass die Deiche sogar in der schlimmen Flut vor zwei Jahren gehalten hatten. Aber das hieß noch lange nicht, dass sie ihn auch mochten. Der feine Herr aus Holland, nannten sie ihn. Oder spöttisch den Grafen, obwohl er gar kein Adeliger war. Oder einfach den Klookschieter.

Aber egal, er mochte die Menschen hier auch nicht. Und wenn sie dachten, er würde sich für etwas Besseres halten, hatten sie recht. Er war besser und schlauer als dieses Bauernpack. Alles musste er erklären, alles musste er selber machen. Sein Vertrag lief noch ein Jahr. Für ihn stand fest, dass er danach sofort wieder zurück in sein geliebtes Workum gehen würde. Vielleicht reichte sein hart verdientes Geld ja auch, um sich ein Haus an einer Amsterdamer Gracht zu kaufen.

Nur ein Mensch war ihm in den vergangenen Jahren etwas nähergekommen: Heike. Sie war die Tochter des reichsten Bauern weit und breit gewesen. Natürlich hatte er sie sofort geheiratet. Dann war er mit ihr in ein großes Haus in Bredstedt gezogen. Bezahlt hatte das ihr Vater. Piet selbst hätte auch genug Geld gehabt, wollte es aber lieber für seine Rückkehr nach Holland aufsparen. Piet holte tief Luft und zündete sich eine Pfeife an, was bei dem Wind nicht einfach war. Dann marschierte er langsam weiter auf der Deichkrone entlang. Zwei Kilometer noch, dann hatte er genug für heute getan.

Während der Sturm immer heftiger an seinem Mantel und an der Hose zerrte, kehrte er in Gedanken zu Heike zurück. Potthässlich war sie gewesen, aber nicht dumm. Sogar ziemlich schlau. Sie hatte alles über seine Arbeit wissen wollen. Und wenn er ihr dann etwas über den Deichbau erzählte, hatte sie das im Gegensatz zu den meisten nordfriesischen Holzköpfen sogar verstanden. Nein, dumm war sie nicht gewesen. Nur leider hatte sie nicht gewusst, wo ihr Platz war.

Die Nacht vor einem Jahr. Es war ähnlich stürmisch wie heute gewesen. Und er hatte sich Trine, eine hübsche Magd mit riesigen Brüsten ins Bett geholt. Auf einmal hatte Heike im Zimmer gestanden, dabei wollte sie doch das Wochenende bei ihren Eltern sein.

Trine hatte sofort ihr Zeug geschnappt und war davongelaufen. Heike dagegen hatte geweint und geschrien, mit den Fäusten auf ihn eingeschlagen und angekündigt, ihrem Vater von seinem ehebrecherischen Schwiegersohn zu erzählen. Da war er natürlich wütend geworden. Ein Wort hatte das andere gegeben, am Ende hatte er ihr eine Ohrfeige verpasst, so heftig, dass sie durch das halbe Zimmer gegen einen Tisch geflogen war. Mit dem Kopf an die verdammte Kante, und schon war sie hin. Ein Unfall, natürlich. Es hatte dennoch Riesenärger gegeben. Heikes Vater war vor Wut und Verzweiflung völlig durchgedreht. Niemals wollte er glauben, dass es nur ein Unfall gewesen war. Seine einzige Tochter, ermordet von einem Niederländer. Piet hatte alles bestritten, behauptet, Heike wäre betrunken gewesen und über einen Teppich gestolpert.

Der Richter in Husum hatte ihm von Anfang an geglaubt. Aber unter Umständen hatte der Landvogt ihn auch nur überzeugt, dass sie ihn, den teuren Deichexperten, unbedingt in Freiheit und nicht im Kerker brauchten. Also war er vom Richter, trotz heftiger Proteste von Heikes Vater, freigesprochen worden.

Ein Blitz warf ein kurzes Licht auf Piets verächtliche Miene. Ein nächstes Mal würde es nicht geben. Bald kehrte er in die Niederlande zurück. Und heiraten würde er hier in Nordfriesland bestimmt nicht wieder.

Mit dem Stiefel versank er bis zum Knöchel im Boden. Gar nicht gut, dachte er und machte sich mit einem Bleistift eine kleine Notiz in sein Heft. Er beschloss, später Männer hierherzuschicken. Das Absichern und Ausbessern war eine elende Plackerei. Aber anders ging es nicht. Der Boden musste unbedingt verdichtet werden, am besten noch in dieser Nacht.

Er dagegen wollte sich hinlegen. Letzten Abend beim Landvogt war es wieder viel später geworden. Mochte sein, dass die Nordfriesen Barbaren waren, aber saufen konnten sie. Er hatte noch immer einen gewaltigen Brummschädel, der Spaziergang an der frischen Luft entlang der stürmischen See war da für ihn wie Medizin. Wieder durchschnitt ein Blitz den dunklen Himmel, kurz darauf ließ ein heftiger Donner die Erde erzittern. Das Gewitter kam näher, nicht mehr lange, und es war direkt über ihm. Er musste sich beeilen, hier wurde es langsam gefährlich.

Er kam an eine Stelle, wo der Deich noch nicht nach

seinen Angaben umgebaut worden war. Vom Landvogt hatte er erfahren, dass es Probleme mit den Bauern gab, die ihren Teil für die Deicherhaltung geben mussten. Wahrscheinlich hatten sie nach den schlechten Ernten der letzten Jahre einfach kein Geld übrig. Piet schüttelte verächtlich den Kopf. Die Gründe interessierten ihn nicht. Wer seine Pflichten bei der Deicherhaltung vernachlässigte, beging ein schweres Verbrechen. Früher hätte man den Schuldigen die Hand abgeschlagen oder sie zusammen mit ihrem Haus lebendig im Deich vergraben. Wenn es nach Piet gegangen wäre, hätten diese Gesetze immer noch ihre Gültigkeit.

Während der heftige Regen auf seinen kahlen Kopf prasselte, begutachtete er den vor ihm liegenden Abschnitt. Statt des modernen, flacheren Profils, besaß der Deich an dieser Stelle noch Stackteile aus Holz. Sie hatten zur Folge, dass die ankommenden Wellen gegen senkrecht stehende Wände klatschten, hoch aufspritzten und das Wasser auf den gesamten Deich herunterprasselte. Die alten Deiche wurden so viel schneller unterspült und konnten in kurzer Zeit brechen. Ein Albtraum für die Bewohner Nordfrieslands. Ein Bruch konnte das gesamte Hinterland bedrohen.

Als er seinen Stab in den Boden drückte, stellte er fest, dass die Erde hier bereits völlig aufgeweicht war. Ob der Deich die Nacht noch überstand? Piet hoffte, dass der Sturm im Laufe des Abends nachließ. So oder so, die Männer mussten auch diese Stelle schnellstens ausbessern.

Bisher hatte er noch keine Menschenseele auf seinem Kontrollgang getroffen oder auch nur in der Ferne gesehen. Doch nun tauchte eine junge Frau auf. Praktisch aus dem Nichts löste sie sich aus der Dunkelheit über dem Deich und kam langsam auf ihn zu.

Sie hatte lange schwarze Haare und trug trotz des schrecklichen Wetters nur ein einfaches Leinenkleid. Piet konnte ihr Gesicht im immer heftigeren Regen kaum erkennen. Erst im Licht eines Blitzes sah er, dass er sie schon mal auf einem Dorffest in Bredstedt getroffen hatte. Sie war ihm aufgefallen, weil sie etwas abseits gestanden und ihn aus der Ferne mit einem seltsam melancholischen Blick beobachtet hatte. Er hatte mit ihr sprechen wollen, als irgendein besoffener Bauer ihn angerempelt hatte, um sich bei ihm über den Landvogt zu beschweren. Später war sie verschwunden, keiner konnte sich daran erinnern, das Mädchen gesehen zu haben. Jetzt stand sie vor ihm auf dem Deich, noch ein Stück entfernt und wieder mit diesem traurig-mitleidigen Blick.

»Kleine, was treibst du dich herum?«, rief er ihr gegen den tosenden Sturm zu. »Geh nach Hause, hier ist es heute zu gefährlich!«

Doch das Mädchen rührte sich nicht. Ihre nassen Haare glänzten wie Pech. Und als er genauer hinsah, bemerkte er, dass sie mit nackten Füßen auf der Deichkrone stand. Sie musste sich zu Tode frieren. Aber sie verzog keine Miene, sondern musterte ihn ohne jede Gefühlsregung. Als er einen Schritt auf sie zuging, trat sie langsam einen zurück.

»Du warst auf dem Fest in Bredstedt, habe ich recht?« Keine Reaktion. Piet verzog verächtlich den Mund. Waren hier denn alle verrückt? Wieder machte er einen

Schritt auf sie zu. Dabei blieb er mit dem Fuß im nassen Boden hängen, verlor das Gleichgewicht und sackte mit dem Knie in den Schlamm. Zum Glück hatte er seinen langen Stab, mit dem er sich im letzten Moment abstützen konnte.

»Du dumme Kuh!«, fluchte er. »Was ist los mit dir? Bist du taub? Weißt du eigentlich, wer ich bin?«

Aber das Mädchen schwieg. Wieder trat sie einen Schritt zurück, langsam, vorsichtig, als wenn sie darauf bedacht war, keine Spuren auf dem Boden zu hinterlassen.

Piet versuchte, ihr zu folgen. Aber die Füße steckten viel zu tief im Schlamm. Sobald es ihm mit viel Mühe gelang, einen Fuß herauszuziehen, hing er mit dem anderen umso fester im Morast.

Er fluchte, schaffte es aber nicht, sich zu befreien.

»He, du Miststück, hilf mir mal!«, rief er dem Mädchen zu und hielt ihr seinen Stab entgegen, damit sie ihn herauszog.

Aber dazu kam es nicht.

Das Gewitter war jetzt über ihnen. Plötzlich schoss ein greller Blitz herab, ließ den Himmel mit einem gewaltigen Krachen explodieren. Eine silberne Flamme fuhr direkt in Piets langen Stab, raste in seinen Körper. Für einen Augenblick stand er inmitten eines leuchtenden Infernos, die Füße immer noch im kochenden, knisternden Boden, die Arme weit auseinandergerissen, als würde er ans Kreuz genagelt. Und während sein Hirn und Körper innerhalb eines schrecklichen Augenblicks verdampften, nahm er mit dem letzten Zucken seines Bewusstseins wahr, wie das Mädchen sein Ende mit ihren schwarzen Glasaugen ohne jede Regung betrachtete.

## 29

Das Schifffahrtsmuseum lag mitten in der Husumer Altstadt. Es erstreckte sich über vier Etagen, einen Innenhof und einen Außenbereich direkt am Binnenhafen. Milena und Ben rannten voller Begeisterung die Treppen rauf und runter, um sich die unzähligen Modelle und Buddelschiffe anzuschauen. Ben hatten es vor allem die vielen Gemälde mit Windjammern, Dampfern und Walfängern angetan. Jedes einzelne musste Torsten ihm genau erklären. Und natürlich wollten die Kinder auch die Hauptattraktion im Untergeschoss sehen: Ein echtes, über vierhundert Jahre altes Wrack eines Frachtseglers, das, gefunden im Wattenmeer, aufwendig mit einer speziellen Zuckerlösung konserviert worden war und deshalb das »Zuckerschiff« genannt wurde.

Ina beobachtete das Treiben ihrer Familie mit einem Lächeln. Sie hatten Milena und Ben den Ausflug in das Museum schon lange versprochen. Die beiden wollten auf keinen Fall zurück nach Köln, ohne noch einmal nach Husum zu fahren. Am Sonntag hatte sich das Wetter etwas eingetrübt – die perfekte Gelegenheit für einen kleinen Ausflug in die Kreisstadt Nordfrieslands.

Nur bei Ina hielt sich die Begeisterung in Grenzen. Ausgerechnet Husum. Die Stadt, in der der Mörder ihrer Schwester im Gefängnis saß. Sie konnte an nichts anderes denken als an das Ergebnis des DNA-Tests, das für Montag angekündigt war. Der endgültige Beweis für seine Schuld. Nach so vielen Jahren würde der Albtraum ein Ende finden.

»Ist es okay für dich, wenn wir noch mal nach Husum fahren?«, hatte Torsten sie gefragt. Natürlich wusste er, woran sie einen Tag vor dem wichtigen Termin denken musste.

»Schon gut«, hatte sie geantwortet. Aber jetzt, da sie sich hier in der Altstadt am Hafen herumtrieben, wäre sie am liebsten direkt zur Polizei gefahren. Um mit dem Kerl zu reden. Um ihn zu fragen, warum er ihre geliebte Schwester erschlagen hatte. Torsten hatte bemerkt, wie ihr Blick beim Aussteigen aus dem Wagen in die Richtung ging, in der sich das Präsidium befand.

»Halt durch«, hatte er ihr leise zugeflüstert. »Nur noch einmal schlafen, dann weißt du Bescheid.«

Nach fast zwei Stunden hatten Milena und Ben endlich genug Schiffe gesehen. Als sie das alte Haus verließen, versteckte sich die Sonne immer noch hinter einer dicken Wolkendecke. Torsten hatte, aus Rücksicht auf Ina, angekündigt, dass sie direkt nach St. Peter-Ording zurückkehren würden. Doch nun sahen sie, dass gegenüber am Hafen ein großer Markt seine Stände aufgeschlagen hatte. Es roch nach Fischbrötchen und gebratenen Würstchen. Natürlich wollten die Kinder unbedingt bleiben.

»Aber wir können zu Hause kochen. Spaghetti mit Tomatensoße«, erklärte Torsten, als die beiden ihn mit aller Macht zum Hafen ziehen wollten.

»Schon gut«, sagte Ina und lächelte. »Lass uns hier was essen.«

»Bist du sicher?« Torsten sah sie besorgt an.

Sie nickte. »Ich habe Hunger. Ich brauche sofort ein Krabbenbrötchen.« Tatsächlich hatte sie nach der schrecklichen Nacht kaum einen Bissen herunterbekommen. Jetzt knurrte ihr Magen.

So bummelten sie über den Markt, auf dem es nicht nur Essensstände, sondern allerlei nordfriesischen Schnickschnack gab. Es war ihr vorletzter Tag an der Nordsee. Ina und Torsten spendierten Milena eine Plüschrobbe und Ben ein Plüschlämmchen. Auch für sich selbst fanden sie ein paar Kleinigkeiten: ein neues Nummernschild für ihr Haus in Köln im Stil einer alten Delfter Kachel. Einen kitschigen Kuchenteller mit Windjammermotiv und ein Kochbuch mit nordfriesischen Rezepten.

Die Maurers waren nicht die Einzigen, die das trübe Wetter nach Husum getrieben hatte. Während ein angenehm frischer Wind vom nahen Meer herüberblies, wurde die Menge, die sich an den Ständen vorbeischob, immer größer.

Als sie bei einer kleinen Bude Fischspezialitäten aßen, ertappte Ina sich dabei, dass sie fast eine halbe Stunde überhaupt nicht mehr an den Mann gedacht hatte, der nur einen Kilometer entfernt in seiner Zelle saß.

Da entdeckte sie plötzlich die Kommissarin, die sie letzte Woche kennengelernt hatte. Sie stand zusammen mit einem jungen Mann an einem Bierstand. Anders als im Präsidium trug sie jetzt eine helle Bluse und schaute fröhlich und gutgelaunt drein.

Ina stupste Torsten in die Seite. »Guck mal.«

Torsten hatte gerade ein Lachshäppchen in seinem Mund. »Schau an, die Kleine aus dem Präsidium.«

»Na, so klein ist sie nicht«, sagte Ina. Tatsächlich überragte sie die meisten anderen Marktbesucher fast um einen Kopf. Immerhin, ihr Begleiter war genauso groß – und sah blendend aus. Schwarze, glänzende Haare, breite Schultern, ein durchtrainierter Körper und vor allem ein überaus freundliches und gewinnendes Lächeln.

»Einen hübschen Burschen hat sie sich da geangelt«, stellte auch Torsten fest.

Ina nickte nur und betrachtete die beiden, wie sie lachend an dem Biertisch standen. Ob sie ein Paar waren? Zumindest die Kommissarin schien total verknallt und las ihrem Partner jedes Wort von den Lippen ab. Worüber sie redeten, konnte Ina auf die Entfernung und bei dem Lärm auf dem Markt nicht verstehen.

Torsten und die Kinder hatten aufgegessen. »Wie sieht's aus?«, fragte er die beiden. »Noch ein Eis?«

Was für eine Frage. Milena und Ben jubelten. Nur Ina schwieg, blickte immer noch zu Patrizia und ihrem Freund. Torsten strich ihr zärtlich über den Arm.

»Komm, lass die beiden in Ruhe. Heute ist Sonntag.«

Sie sah ihn verwirrt an. Er schüttelte den Kopf und schob die Kinder in Richtung einer Eisdiele.

Aber Ina blieb stehen. Das war die Chance, mehr über Nellys Mörder zu erfahren.

»Schatz?« Torsten hielt die Kinder an der Hand und schaute sie ungeduldig an.

»Geht schon mal vor, ich komme gleich nach.«

Torsten schien das überhaupt nicht zu gefallen. Aber

Ina nickte ihm zu. »Keine Sorge, ich will sie nur kurz was fragen …« Er seufzte und schüttelte wieder den Kopf. Dann zog er mit den Kindern weiter zur Eisdiele.

Ina spürte ein leichtes Rauschen im Kopf. Sie streckte sich, holte Luft und machte sich auf den Weg.

»Hallo, Frau Reichel, das ist ja eine Überraschung«, sagte sie und versuchte möglichst nett zu lächeln.

Doch bei ihrem Anblick gingen die Mundwinkel der jungen Kommissarin sofort nach unten. »Frau Maurer, was treiben Sie denn hier? Ich denke, Sie wohnen in St. Peter-Ording?«

»Wir waren mit den Kindern gerade im Museum. Und dann haben wir diesen netten Markt entdeckt.«

Die Frau nickte. Sie bemerkte, dass sowohl Ina als auch ihr Begleiter sie erwartungsvoll anschauten. Wieder verzog sie das Gesicht. »Darf ich vorstellen, Luka Babic. Und das ist Frau Maurer. Wir kennen uns …« Sie zögerte. »Von der Arbeit«, sagte sie dann.

Der junge Mann reichte ihr die Hand. »Ah, dann sind Sie auch bei der Kriminalpolizei?«, fragte er. Er hatte eine sanfte, freundliche Stimme.

»Nein, eigentlich nicht.« Ina sah herausfordernd zu der Kommissarin. Die verdrehte die Augen. Klar, sie wollte sie so schnell wie möglich loswerden. »Frau Maurer war wegen einer sehr privaten Angelegenheit bei uns im Präsidium.«

*Clever reagiert*, dachte Ina, war aber nicht bereit, jetzt einfach davonzuziehen. »Das stimmt.« Sie sah der Polizistin tief in die Augen. »Hat sich am Freitag noch etwas ergeben?«

»Was soll sich denn noch ergeben haben?«

»Na ja, haben Sie diesen Mann denn nicht verhört?«

»Schon ...«

»Und? Was hat er gesagt?«

»Welcher Mann denn?«, fragte Luka. »Etwa dieser Pastor, von dem du erzählt hast?«

»Pastor?«, echote Ina überrascht.

Die Kommissarin stöhnte leise, blickte vorwurfsvoll zu ihrem Begleiter.

»Quatsch, da bringst du was durcheinander«, sagte sie zu ihm, aber Ina fand nicht, dass sie dabei besonders glaubwürdig wirkte.

»Also, hat der Mann noch was gesagt oder nicht?«, wiederholte sie ihre Frage.

Aber die Frau hielt ihrem Blick stand. »Es tut mir leid, Frau Maurer. Das ist ein laufendes Verfahren. Ich darf mit Ihnen nicht darüber sprechen.«

»Schon klar. Ich will ja nur wissen, ob er seine Taten mittlerweile zugegeben hat.«

»Bitte, ich darf darüber nichts sagen. Und schon gar nicht zu Ihnen.«

»Was soll das denn heißen?«

»Warten Sie doch einfach bis morgen ab. Dann wissen wir alle mehr.«

»Aber der Kerl saß doch im Verhörraum. Und jetzt hockt er die ganzen Tage allein in seiner Zelle. Irgendwas wird er doch verraten haben?«

Die Kommissarin schwieg, presste die Lippen aufeinander und wich ihrem Blick aus. »Frau Maurer, bitte ...«

»Soll ich noch mal mit ihm reden? Ich bin sicher, dass er ...«

»Nein!«, unterbrach Pat Reichel sie ungeduldig. »Kommt nicht in Frage.«

Ina bemerkte, wie Torsten sie aus der Entfernung besorgt beobachtete. Aber sie hatte nach der vielen Grübelei der letzten Tage und den Alpträumen keine Kraft, um diplomatischer zu sein. Außerdem kam ihr ein unglaublicher Verdacht. Sie betrachtete die Kommissarin misstrauisch.

»Sie haben ihn gar nicht verhaftet, oder?«

Die Polizistin schwieg, was auch eine Antwort war. Ina spürte, wie ihr der Atem stockte. »Sie haben ihn freigelassen?«, stammelte sie. »Wollen Sie etwa sagen, dass diese Bestie hier irgendwo frei herumläuft?«

»Frau Maurer, können wir das Gespräch jetzt bitte beenden? Kommen Sie morgen ins Präsidium und …«

»Sind Sie verrückt geworden?«, unterbrach sie Ina jetzt so laut, dass sich die Marktbesucher, die in der Nähe standen, irritiert umdrehten. »Der Mann ist gefährlich! Ein Mörder! Was, wenn er noch jemanden umbringt?«

»Jetzt reicht es aber! Hören Sie auf, hier so herumzuschreien, sonst …« Weiter kam sie nicht. Denn Ina gab ihr mitten auf dem Markt, direkt vor ihrem Freund, eine schallende Ohrfeige.

# 30

»Oh Herr, gib mir die Kraft für die Tage, die kommen. Hilf mir gegen diesen weiblichen Dämon, der mich verfolgt. Schick ihn zurück in die Hölle, aus der er kommt. Ich bin mein ganzes Leben dein treuer Diener gewesen. Für meine Fehler habe ich gebüßt. Ich habe diese dauernden Qualen nicht verdient. Herr, bitte hilf mir, steh mir bei, damit diese Gefahr an mir vorübergeht!«

So flüsterte er leise, aber voller Inbrunst. Er wollte nicht, dass Marga ihn hörte, die nebenan in der Küche arbeitete. Das war eine Sache zwischen ihm und dem Allmächtigen, die keinen anderen etwas anging, selbst sie nicht.

Wie jeden Sonntagnachmittag legte er sich nach dem Essen für eine halbe Stunde hin, genoss die Ruhe, die Meeresluft, die in das offene Fenster strömte. Vorher hatte er ein paar Seiten aus der Heiligen Schrift gelesen. Heute erneut den Sündenfall aus dem ersten Buch Mose. Nun lag er auf dem Bett, schaute an die niedrige Zimmerdecke und ließ sich den Sinn der Worte durch den Kopf gehen.

Verfluchte Frauen. Sie allein waren verantwortlich für die Vertreibung aus dem Paradies. Ihr überhebliches Streben nach göttlicher Erkenntnis hatte die Welt ins Unglück gestürzt. Natürlich, Adam hätte sich verweigern können, nicht auf Eva hören müssen. Doch er hatte sich der weiblichen Versuchung hingegeben und wurde dafür schrecklich bestraft.

Auch er selbst hatte Fehler begangen. Die Nähe zu Frauen, sie hatte ihm nur Unglück gebracht.

Doch dann hatte er Entscheidungen getroffen, sich losgesagt von dem, was ihn zu zerstören drohte. So lange führte er nun schon ein Leben in Buße und Demut, Ihm zu Ehren. Hatte er dafür nicht Gnade, Liebe und Hilfe verdient? Wenn nicht er, wer dann?

Zufrieden über diese Erkenntnis drehte er sich zur Seite und zog die Knie an. Er blickte zum Fenster hinaus über die Marsch, betrachtete die Wolken, die sich in die Unendlichkeit des Himmels auftürmten. Wie so oft versuchte er, in ihnen Strukturen und Bilder auszumachen. Sah die eine Wolke nicht wie ein gewaltiger Hammer aus? Die andere wie ein tanzendes Pferd? Und als der Seewind eine Wolkenwand auseinanderzog, meinte er zu erkennen, wie sich eine Kreatur mit gequälter Miene in ein freundlich lächelndes Gesicht verwandelte.

Er lächelte. Ein Zeichen. Er war nicht allein.

Zum Glück. Denn seine Welt veränderte sich. Es war schwer zu greifen. Aber etwas würde passieren, schon bald.

Und das hatte natürlich mit ihr zu tun.

Heute hatte er sie wieder gesehen. Hatte sie beobachtet, wie sie nachdenklich in den Himmel geschaut hatte. Was wohl in ihrem Kopf vorging? Er konnte es sich denken. Sie wollte ihn. Sie wollte, dass er dafür bezahlte, was er getan hatte.

Er drehte sich erneut auf den Rücken, ließ die Gedanken mit der zarten Brise treiben, die ihn durch das offene Fenster erfasst hatte. Versuchte, den Geist frei zu machen, um zu verstehen.

Ein heftiger Windstoß. Wie eine kalte Hand griff er nach seinem Gesicht, blies durch das fast leere Zimmer und schleuderte eine alte Zeitung auf den Boden. Die Deckenlampe wackelte quietschend. Der Wind fuhr wieder hinaus, schlug wie ein wütender Gast das Fenster hinter sich zu.

Dann Stille.

Nur Margas Geklapper in der Küche.

Jeden anderen hätte dieser Ausbruch zu Tode erschreckt. Aber nicht ihn. Er liebte solche Umschwünge. Sie zeigten ihm, dass er trotz der Umstände lebendig war. Und wie bei allem, sah er auch darin ein himmlisches Zeichen.

Es dauerte nur einen Moment, bis er verstand.

Keine Angst haben. Selber aktiv werden. Nicht nur um Ausgleich bemüht sein. Ja, dieser plötzliche Überfall in sein Zimmer war eine Aufforderung, wenn nötig auch seine dunkle Seite zuzulassen.

Wut, wenn sie sich gegen den Richtigen, *die* Richtige wandte, musste nicht schlecht sein.

Diese Frau wollte ihn in die Ecke drängen. Sie war aus dem Nichts aufgetaucht, um ihn zu strafen. Zu vernichten. Ihn, einen Mann Gottes, einen treuen Diener des Herrn.

Das durfte nicht geschehen.

Wenn sich die Gelegenheit ergab, musste er unerbittlich zurückschlagen.

Hatte der Herr damals im Paradies Gnade mit Eva gehabt? Nein, er hatte sie gewarnt. Und trotzdem hatte sie auf die Schlange gehört und Adam bedrängt.

Dafür hatte der Herr sie betraft. Hatte Gott Mitleid mit ihr gehabt, als sie gejammert hatte, weil sie das Paradies nicht verlassen wollte? Sicherlich nicht.

Er musste zuschlagen, ohne Erbarmen. Dieses Weib mit den schwarzen Haaren sollte ihre gerechte Strafe erhalten.

Er atmete tief durch, zufrieden, dass er den göttlichen Plan verstanden hatte. Wieder einmal.

Endlich konnte er entspannen. Er drehte sich zur Seite, suchte die für ihn bequemste Stellung und glitt langsam in den Schlaf.

# 31

Sie fuhren am späten Sonntagnachmittag zurück nach Nordfriesland. Zuvor hatten sie noch eine Hafenrundfahrt unternommen, leider wieder im Nieselregen. Trotzdem ein überwältigendes Erlebnis: Als sie mit ihrer kleinen Barkasse direkt an den Außenwänden der riesigen Pötte vorbeituckerten, hatte Krumme den Eindruck, sie würden bis in den Himmel reichen.

Ihr Ausflug wäre ein noch größerer Spaß gewesen, wenn er in der Nacht auf St. Pauli nicht die Nerven verloren hätte. Zu Krummes Überraschung hatte sich herausgestellt, dass der junge Mann, der Marianne »belästigt« hatte, kein Gauner oder Junkie war, sondern Matthes Kattelsen hieß und aus Husum kam. Marianne und er kannten sich von einer Büchersammelaktion der evangelischen Kirche, in der Matthes eine Jugendgruppe leitete. Er hatte Marianne vor der Kneipe Bilder seines frisch geborenen Neffen zeigen wollen und dazu sein Handy gezückt.

Auch Matthes war für ein Wochenende in der Hansestadt. Seine Freundin Birte hatte in der Kneipe auf St. Pauli gefeiert, während Krummes Attacke zum Glück aber drinnen an der Bar gestanden.

Nun trug Matthes den rechten Arm in einer Schlinge, Krumme hatte ihn bei seiner Aktion verdreht. Noch in der Nacht hatte ein Arzt im UKE in Eppendorf festgestellt, dass keine Sehne gerissen, sondern nur gedehnt war. Und zu Krummes noch größerem Glück hatte Marianne Matthes davon überzeugen können, dass es sich nur um ein schreckliches Missverständnis gehandelt hatte. Der junge Mann hatte auf eine Anzeige gegen Krumme verzichtet. Trotzdem wollten die Hamburger Kollegen die genauen Umstände des Zwischenfalls untersuchen.

Natürlich war Krumme untröstlich gewesen, hatte sich immer wieder bei Matthes und auch bei Marianne entschuldigt. Aber die hatte nichts hören wollen. Im Krankenhaus strafte sie ihn mit eisigem Schweigen, im gemeinsamen Hotelbett zeigte sie ihm nur stumm den Rücken und war sofort eingeschlafen. Auch während der Hafenrundfahrt am Sonntag hatte sie keine Lust auf Konversation mit ihm und unterhielt sich lieber demonstrativ mit Petra.

Krumme litt wie ein Hund. Der Besuch in der Elbphilharmonie, die vertrauten Momente zwischen ihnen, all das erschien ihm jetzt nur noch wie ein schöner Traum.

Auch auf der Rückfahrt in Mannsens Audi saß sie zusammen mit Petra hinten auf der Rückbank. Krumme konnte hören, wie sie leise miteinander tuschelten. Verzweifelt suchte er im Rückspiegel den Blickkontakt mit Marianne, aber sie hatte sich extra so gesetzt, dass er sie nicht sehen konnte.

»Tut mir leid, dass ich euch das Wochenende versaut habe«, wiederholte Krumme schließlich seine Entschuldigung.

Auf der Rückbank nur Schweigen. Mannsen räusperte sich. »Ach was, das Konzert in der Elphi war doch der Hammer. Die Hafenrundfahrt auch. Und der Rest«, er zwinkerte Krumme zu, »auf jeden Fall ein großes Abenteuer! Das gehört bei einem Besuch in der Großstadt eben dazu.«

Mehr wurde während der Fahrt zu diesem Thema nicht gesagt. Nach zwei endlosen Stunden und einem Stau auf der A23 erreichten sie Husum. Als Mannsen Marianne und ihn vor dem Haus im Treibweg absetzte, war es früher Abend. Der Tag war wohl auch in Nordfriesland recht trübe gewesen. Doch jetzt klarte es auf, und die späte Sonne schob sich durch die Wolken.

»Wollt ihr den Hund wirklich heute noch holen?«, fragte Mannsen, als er ihre Koffer aus dem Wagen hievte.

»Auf jeden Fall, das hatte ich Harke versprochen«, sagte Marianne.

»Eine Nacht mehr oder weniger stört den doch nicht.«

Aber Marianne blieb dabei. Schließlich verabschiedeten sich die Mannsens und fuhren davon.

Schweigend brachten sie das Gepäck ins Haus.

»Gibst du mir den Wagenschlüssel? Ich hol' Watson ab«, sagte er, als sie in der Wohnung standen.

»Ich mache das schon«, brummte sie.

»Quatsch, lass mich das tun.«

»Damit du noch einen Strafzettel kriegst? Nein, ich fahre und hole ihn.«

»Na schön, aber ich komme trotzdem mit.«

»Dann ist aber kein Platz mehr für den Hund.«

»Der sitzt hinten, glaub mir, das geht schon.«

Marianne seufzte und gab ihren Widerstand auf. Ein paar Minuten später waren sie auf dem Weg nach Klee-büll.

»Willst du jetzt für immer böse mit mir sein?«, fragte er nach einer Weile vorsichtig.

Sie schwieg, zuckte nur mit den Schultern und blickte auf die Straße.

»Ich weiß, es ist alles ein bisschen dumm gelaufen, aber ...«

»Dumm gelaufen?«, unterbrach sie ihn. »Der arme Matthes kann seinen Arm kaum noch heben!«

»Ich weiß ja. Und es tut mir unendlich leid. Das habe ich wirklich nicht gewollt.«

»Wieso musstest du denn gleich so brutal werden? Du hättest doch was sagen können!«

»Ich hatte keine Ahnung, wer er ist. Ich sah euch beide und dachte, er will dich überfallen.«

»Er hat mir Babyfotos auf seinem Handy gezeigt!«

»Für mich sah es so aus, als hätte er eine Waffe in der Hand.«

Sie sah ihn an und schüttelte den Kopf. »Was ist nur los mit dir, Theo?«

Krumme rutschte unruhig auf dem Sitz herum. »He, ich habe das für dich getan. Ich wollte dir helfen. Ich dachte, du bist in Lebensgefahr.«

»Ich weiß, dass du das gedacht hast. Und das ist ja das Problem.«

Krumme sah sie verwirrt an.

»Wieso musst du nur immer das Schlechteste denken? Das war so ein schöner Abend. Und du siehst überall nur Verbrecher.«

»Na hör mal, wir waren auf St. Pauli, da ist das doch nicht so abwegig.«

»Quatsch, manchmal kann man sich die Gefahr auch einbilden.«

»Glaub mir, die Gegend ist gefährlich. Mit so etwas kenne ich mich nun wirklich besser aus, als du …«

»Und genau das will ich nicht hören«, unterbrach sie ihn so aufgebracht, dass sie das Lenkrad verriss und beinahe von der Straße abkam. »Ja, du bist Polizist. Und ja, du hast viel Schlimmeres gesehen als ich. Aber wenn das dazu führt, dass du nur noch das Negative siehst, dann tut es mir leid. Mein Gott, du hast Matthes für einen Mörder gehalten!«

»Ich gebe zu, da hätte ich besser hinschauen müssen«, gab er zerknirscht zu, aber Marianne ließ ihn kaum zu Wort kommen.

»Das ist so ein guter Junge. Völlig harmlos. Genau wie Pastor Hartung.«

Er seufzte. »Was leider noch nicht bewiesen ist.«

»Er-ist-kein-Mörder!«

»Das sieht die Schwester des Opfers aber anders.«

»Dann irrt sie sich.«

»Du hast das Bild des Mädchens gesehen …«

Sie verzog das Gesicht. »Das war schrecklich, erinnere mich bloß nicht daran.«

»Ja, aber ich muss mich daran erinnern. Ein sehr kranker Mann ist dafür verantwortlich. Und egal, ob diese Frau mit ihrer Vermutung recht hat oder nicht – seit fast zwanzig Jahren läuft er immer noch frei herum.«

Marianne schwieg, sah dabei finster aus dem Auto.

»Es tut mir leid«, sagte er erschöpft, »das ist die Realität. Das mag nicht so lustig wie in den Krimis aus eurem Lesekreis sein. Aber das ist nun mal mein Leben. Und mein Beruf. Du hast doch gesagt, dass du mehr darüber erfahren wolltest.«

»Ja, aber ich bin mir nicht sicher, ob das so eine gute Idee war«, sagte sie und sah ihn ernst an. Krumme lief ein unangenehmer Schauer über den Rücken. Was hatte das jetzt zu bedeuten?

Er hatte keine Zeit, lange darüber nachzudenken. Sie hatten Kleebüll erreicht. Marianne fuhr langsam durch den kleinen Ort. Nach ein paar Minuten standen sie vor Harkes schiefem Haus. Im Licht des zu Ende gehenden Tages sah es nicht mehr so unheimlich aus. Dafür konnte er jetzt das Gerümpel auf dem Grundstück noch besser erkennen. Unglaublich, was für ein Chaos, dachte Krumme. Vielleicht sollte er Harke empfehlen, zu einem Therapeuten zu gehen.

»Hast du ihm gesagt, dass wir kommen?«, fragte er, als sie aus dem Golf stiegen.

»Nicht die genaue Uhrzeit. Aber er wird schon zu Hause sein.«

Sie suchten sich den Weg durch den Vorgarten und klingelten an der Tür. Normalerweise warf sich kurz darauf Reiko laut kläffend an die Glasscheibe, aber dieses Mal blieb es ruhig. Keiner da.

»Und was jetzt?«, fragte Krumme.

»Vielleicht sind sie spazieren?«

»Wollen wir warten?«

Marianne zuckte unschlüssig mit den Schultern.

»Wir können natürlich auch selbst einen kleinen Spaziergang machen«, schlug er hoffnungsvoll vor.

Marianne betrachtete ihn. »Na schön«, sagte sie. »Ich hole mir meine Jacke aus dem Auto.«

Sie ging am verrosteten Trecker vorbei zurück zum Golf.

Krumme wartete am Weg zum Sommerdeich, sah in Richtung Westen, wo in einiger Entfernung hinter dem Michael-Hannsen-Koog die Nordsee an den Seedeich schlug. Er atmete tief durch.

Wie schön, nach ihrem chaotischen Städtetrip wieder hier zu sein. An diesem Ort hatte seine Liebesgeschichte mit Nordfriesland begonnen. In Kleebüll hatte er vor ein paar Jahren erste Freunde gefunden. Über den Deich und entlang des Koogs hatte er damals lange Spaziergänge gemacht und dabei seine Zuneigung für diese wunderbare Landschaft entdeckt.

Die Sonne ging unter. Krumme hielt sich die Hand über die Augen. Stand da jemand auf der Deichkrone? Gegen die leuchtend rote Scheibe konnte er nur flimmernde Konturen ausmachen. Er blinzelte, um besser sehen zu können. Und tatsächlich, da waren ein großer Mann und zwei Hunde, die langsam neben ihm hertrotteten. Harke, Reiko und Watson, ganz sicher.

Aber da war noch jemand.

Er sah direkt in das grelle Licht und meinte eine weitere Person auszumachen. Eine junge Frau mit langen Haaren? Krumme war unsicher, sah nur die groben Konturen.

Er strich sich wie betäubt mit der flachen Hand über das Gesicht. Dann schaute er erneut in Richtung Sommerdeich.

Die zweite Person war wieder verschwunden. Jetzt

liefen nur Harke und die Hunde über den Deich. Noch weit entfernt. Aber kein Zweifel, sie kamen von einem Spaziergang zurück. Krumme hob die Hand. Und Harke vor der rot leuchtenden Sonne erwiderte den Gruß.

Auch Watson hatte seinen Übergangsvater entdeckt. Laut bellend sprang er den Deich herunter – und rannte mit langen, ungelenken Schritten auf ihn zu.

*Oh Gott*, dachte Krumme erschrocken, als er das gewaltige Tier auf sich zulaufen sah, *ich werde sterben.*

Watson kam schnell näher, die Zunge hing ihm aus dem halboffenen Maul, die spitzen Zähne blitzten im Abendlicht. Zur Säule erstarrt stand Krumme auf dem Weg und erwartete sein Ende. Erst im allerletzten Moment, als der Hund abhob, um ihm an den Hals zu springen, zog er seinen Körper reflexartig zur Seite. Watsons Sprung ging daneben, an ihm vorbei und …

»Ja, wer ist denn da? Watson! Wie schön, dich wiederzusehen!«, hörte er Marianne, die jetzt direkt hinter ihm stand. Sie drückte den Kopf liebevoll an sich, kraulte den Hals und klopfte auf die mächtigen Schultern. Watson flippte vor Freude aus. Sein kompletter Körper war in Bewegung, der Schwanz schlug wie wild in alle Richtungen.

Krumme schaute dem Treiben beeindruckt zu. Wie souverän Marianne mit dem großen Tier umging! Wieso ließ er sich von ihr entspannt streicheln, wollte ihm aber ständig die Beine auf die Schultern legen? Trotzdem schämte Krumme sich für seine Angst. Eigentlich war Watson doch ein lieber Hund. Aber warum nur musste er so ein Koloss sein? Vorsichtig und auf Abstand bedacht klopfte auch Krumme ihm zur Begrüßung auf den Rücken. Sofort drehte sich Watson zu ihm um und versuchte voller Begeisterung, mit der handtuchgroßen Zunge über sein Gesicht zu schlabbern.

»Na, mein Freund, wie hat es dir bei Harke gefallen?«, fragte Krumme ihn, als sich auf einmal etwas Großes zwischen seine Beine schob. Natürlich, Reiko, der war ja auch noch da. Wie immer begrüßte er ihn mit der Schnauze auf seine ganz eigene Art.

»Hoppla, Reiko, alles gut bei dir?«, stammelte er und versuchte ungeschickt, sich zur Seite zu winden. Für Krummes Geschmack war das entschieden zu viel Hund.

»Da seid ihr ja wieder! Wie war's in Hamburg?« Endlich tauchte auch Harke bei ihnen auf. Neben dem riesenhaften Betriebshelfer sahen die beiden Hunde überhaupt nicht mehr so groß aus. Dagegen fühlte sich Krumme auf einmal wie ein Zwerg.

Gemeinsam kehrten sie zurück zu Harkes Haus. Marianne erzählte ihm von ihren Erlebnissen in der Hansestadt, war aber schlau genug, sich auf das für ihn Interessante zu beschränken: »Das Essen war toll, Riesenportionen, das hätte dir gefallen. Und die Schiffe im Hafen, so was hast du in Husum noch nie gesehen! So groß wie mehrere Häuser und so hoch wie der Leuchtturm in Westerhever, ach was, noch viel höher, unglaublich!«

Harke nickte beeindruckt. Er führte sie in sein kleines Heim. Dieses Mal kamen sie mit hinein. Wie Krumme erwartet hatte, herrschte dort das gleiche Chaos wie auf dem Grundstück. Überall alte Schuhe, Zeitungen, Töpfe und allerlei Werkzeug. Dazu roch es unangenehm muffig nach feuchten Socken und gammeligem Papier.

»Ein Flens?«, erkundigte sich Harke.

»Vielen Dank«, antwortete Marianne, »aber wir müssen wirklich nach Hause, das war ein anstrengendes Wochenende.«

»Gab's irgendwelche Probleme?«, erkundigte sich Krumme, doch der Knecht sah ihn nur völlig verständnislos an. »Na mit den beiden Hunden und ...« Krumme stockte, als er bemerkte, dass auch Marianne ihn überrascht ansah.

»Nein, keine Probleme. Die drei haben sich super verstanden«, sagte Harke und ließ seinen massigen Körper auf einen alten, abgenutzten Sessel fallen.

»Die ... drei?«, fragte Krumme erstaunt.

Marianne verdrehte amüsiert die Augen. »Natürlich, Reiko, Watson und Nis, wer sonst?«

Harke nickte zufrieden. Krumme verstand. Er sah sich um. Konnte er hier zum ersten Mal Spuren des Hausgeistes entdecken?

»Ich habe gehört, du hattest Besuch?«, fragte Marianne, die Hand an Watsons Hals. Der Hund stand jetzt ganz ruhig neben ihr.

»Ja, Rieke hat mal vorbeigeschaut«, sagte Harke und legte die Hände gemütlich auf den Bauch.

»Rieke? Kenn ich die?«

Harke stutzte. Die Frage schien ihn zu verwirren. »Na, eine gute Freundin. Von früher«, sagte er.

»Von früher?« Krumme fragte sich, was das bei Harke bedeuten konnte.

Der nickte freundlich, schwieg aber. Darauf herrschte

erst einmal Schweigen im Wohnzimmer. Krumme beobachtete, wie Harkes Blick hinaus aus dem Fenster entschwand, Richtung Abendsonne. Als er zu Marianne schaute, sah er, dass auch sie den Betriebshelfer betrachtete. Sie nickte zur Seite, ein Zeichen für ihn, dass sie sich auf den Weg machen sollten.

»So, wir sind dann weg«, verkündete sie.

Harke erwachte aus seiner Starre. »Vielleicht noch einen Lütten für den Weg?«, fragte er und zeigte auf eine Schnapsflasche, die mit ein paar schmutzigen Gläsern auf dem Wohnzimmertisch stand.

»Nein, vielen Dank, aber wir sind wirklich platt, oder?«, fragte sie Krumme, der sofort nickte. Sie packten Watsons Sachen ein und verabschiedeten sich dann von Harke und Reiko, der seinem neuen Kumpel mit Wehmut hinterherschaute. Dann gingen sie zurück zum Wagen. Als Marianne die Heckklappe öffnete, sprang Watson zu Krummes Überraschung sofort ins Auto.

»Wie machst du das nur?«, fragte er und erzählte ihr von seinen Problemen am Freitagabend.

»Watson ist ein Hund, er passt sich seinem Herrchen an. Wenn man ständig Angst hat, ist er auch nervös. Aber wenn man entspannt bleibt, macht er keine Probleme«, antwortete sie mit einem vieldeutigen Blick. Krumme nickte verlegen. Immerhin, als sie losfuhren, war alles beim Alten, und Watson legte den Kopf wieder auf seine Schulter.

»Siehst du, er mag dich«, stellte Marianne fest.

»Überrascht dich das?«

Sie lächelte nur und startete den Wagen.

»Wer ist denn diese Rieke?«, fragte Krumme.

Marianne lachte leise auf. »Keine Ahnung. Harke trifft sich ständig mit irgendwelchen Leuten, die außer ihm niemand kennt.«

Krumme sah sie mit großen Augen an. »Aber diese Frau war auch am Freitagabend bei ihm im Haus.«

»Dann hast du sie gesehen?«

»Nein, leider nicht. Ich stand nur an der Tür. Aber er hat behauptet, sie würde im Wohnzimmer sitzen.«

Marianne lächelte freundlich. »Tja, so ist das immer bei ihm. Aber wenn man dann nachschaut, ist keiner da.«

»Wie traurig.«

»Ach was. Ich habe ihn noch nie traurig erlebt. Der Gute ist eben ein ganz besonderer Mensch.« Sie hielt den Zeigefinger an die Schläfe und machte eine kreisende Bewegung, um zu zeigen, wie sie das meinte.

Krumme nickte langsam. Er starrte auf die leere Straße, die wie ein graues Band vor ihnen lag, und musste an die flimmernde Kontur denken, die er vorhin vor der hellen Sonne gesehen hatte.

Er rieb sich mit der Hand über die Augen. Wurde Zeit, dass sie nach diesem verwirrenden Wochenende endlich nach Hause kamen.

# 32

Als Krumme am nächsten Morgen das Präsidium betrat, kam ihm ein uniformierter Polizist entgegen. Zu seiner Überraschung grüßte er ihn und strahlte dabei über das ganze Gesicht. Krumme nickte freundlich zurück, war aber verwirrt. Normalerweise beachtete ihn der Kollege nie.

Im Treppenhaus traf er auf eine weitere Kollegin. Sie arbeitete auf der gleichen Etage wie er, hatte eine blondgefärbte Kurzhaarfrisur und trug ihre Dienstpistole auch im Präsidium immer martialisch im Schulterhalfter herum. In dem Moment, als sie ihn sah, grinste sie über das ganze Gesicht.

»Alles in Ordnung?«, fragte er misstrauisch.

»Natürlich«, prustete sie und hielt sich die Hand vor den Mund, um nicht laut loszulachen. Krumme sah ihr irritiert hinterher, als sie hastig die Treppe hinunterrannte.

Was war jetzt wieder los?, dachte er entnervt. Er hatte erneut miserabel geschlafen. Watson hatte die halbe Nacht an der Schlafzimmertür gekratzt, weil er in seinem Bett liegen wollte. Krumme war kurz davor gewesen, mit ihm zu tauschen und sich einfach auf sein Kissen zu legen, nur um endlich seine Ruhe zu haben.

Als er schließlich den Flur betrat, hörte er schon

wieder Lachen, dieses Mal aus der Küche. Neugierig quetschte er sich zu den vier Kollegen, die dort herumstanden: der lange Hauke Friedrichs, Kugelblitz Ludwig, Berners von der Sitte und eine junge Frau in Uniform, die er schon mehrmals gesehen hatte, deren Namen er aber trotzdem nicht wusste.

»So früh schon so gute Laune? Was ist denn? Ich lache gerne mit«, meldete er sich.

»Ah, unser Berliner, einen wunderschönen guten Morgen«, begrüßte ihn Friedrichs mit seiner ölig-sanften Stimme, die so überhaupt nicht zu seinem Zigaretten-Gestank passte. »Wie es aussieht, hatten Sie ja ein turbulentes Wochenende.« Er grinste breit, genau wie die anderen, die jetzt etwas zur Seite traten. Krumme konnte ein Foto sehen, das irgendjemand an die Küchenwand gehängt hatte. Es zeigte ihn in Mariannes Golf, zusammen mit Watson, der den Kopf auf seiner Schulter liegen hatte und genauso verzweifelt wie sein Herrchen aus der Frontscheibe schaute.

»Tolles Foto«, stellte Krumme mit säuerlicher Miene fest.

»Nicht wahr?«, fragte Friedrichs. »Ein Geschenk unserer Kollegen aus Bredstedt. Was sagen Sie zu dem Rahmen?«

Jemand hatte sich die Mühe gemacht, das überraschend deutliche Foto sorgfältig einzurahmen und sogar mit einem Titel zu versehen: *Sherlock und sein treuer Watson*, stand da in goldenen Buchstaben.

»Sehr hübsch«, fand Krumme, »aber das nächste Mal sollte ich zum Friseur gehen, bevor ich fotografiert werde.« Ein schwacher Witz, trotzdem taten die Kollegen so, als wenn sie darüber lachen konnten. Krumme beugte sich vor, um das Foto genauer zu betrachten. Einer der Beamten in Bredstedt musste das Foto in einem unbemerkten Moment mit einem Handy geknipst haben. Nach einem Blitzerfoto sah es jedenfalls nicht aus.

»Wir wussten gar nicht, dass du so einen süßen Hund hast«, sagte Berners. Er lächelte breit übers ganze Gesicht und zeigte dabei seine angegrauten Zähne.

»Ist nur ein Hausgast. In ein paar Tagen kommt seine Besitzerin und holt ihn wieder ab«, erwiderte Krumme.

»Wie schade«, meinte Friedrichs, »der Hund, der beste Freund des Menschen. Ich finde, jeder Mann sollte einen haben. Vor allem, wenn er bei der Polizei ist.«

»Ich werde mir's überlegen«, brummte Krumme und goss sich einen Kaffee ein.

Krüger, ihr Chef, schaute ebenfalls in die Küche herein. »Ah Krumme, da sind Sie. Können Sie bitte gleich mal zu mir kommen?«, fragte er, als auch sein Blick auf das Foto fiel. Anders als die Kollegen konnte er darüber aber nicht lachen, sondern schüttelte nur verständnislos den Kopf und ging gleich wieder. *Schlechte Laune,* dachte Krumme. Der Tag fing ja gut an.

Kurz darauf stand er bei Krüger im Büro. Er hätte sich auch setzen können, aber er ahnte schon, worum es gehen würde, und hielt stehen für angemessener.

»Ich habe gerade einen Anruf aus Hamburg bekommen. Was haben Sie denn da um Himmels willen angestellt?«, kam Krüger gleich zur Sache.

Krumme spürte, wie er sofort rote Ohren bekam, wie immer, wenn er sich aufregte oder nervös war. Mit gesenktem Blick erzählte er seinem Vorgesetzten von dem Zwischenfall auf dem Hans-Albers-Platz.

»Ich dachte, es geht um Leben oder Tod«, beendete er kleinlaut seinen Bericht.

Krüger schüttelte vorwurfsvoll den Kopf. »Mein Gott, Krumme, so unbeherrscht kenne ich Sie gar nicht. Hatten Sie was getrunken?«

»Schon. Aber damit hatte das nichts zu tun.«

Krüger musterte ihn mit klaren blauen Augen. Krumme kannte ihn als absolut integren Mann, der immer auf der Seite seiner Kollegen stand. Aber natürlich machte er es ihm mit dieser Situation nicht gerade leicht.

»Ich habe schon gehört, dass Ihr … Opfer keine Anzeige erstattet hat. Eventuell wird es trotzdem eine interne Untersuchung geben.«

Krumme nickte, senkte demütig den Blick.

»Gibt's was Neues im Fall Maurer?«, wechselte Krüger das Thema.

»Heute kommt der Befund aus Hamburg.«

Krüger lehnte sich zurück. »Da erwarte ich keine Überraschung. Für Pastor Hartung lege ich meine Hand ins Feuer.«

»Ich weiß.«

»Na schön, regeln Sie das. Und sagen Sie mir sofort Bescheid.«

Im Treppenhaus kamen Krumme wieder zwei grinsende Kollegen entgegen, die kichernd an ihm vorbeigingen. Dieses bescheuerte Foto. Wenn das so weiterging, konnte er sich aussuchen, ob er als Witzfigur oder Schläger in die Annalen der Husumer Polizei einging.

Endlich erreichte er sein Büro.

»Moin, wie …«, wollte er Pat begrüßen, als er sah, dass sie nicht allein waren. Eine Frau saß vor ihrem gemeinsamen Schreibtisch und sah ihn finster an.

»Frau Maurer? Was machen Sie denn hier?« Er sah zu Pat, die verlegen die Schultern zuckte.

»Ich will wissen, was mit dem DNA-Test ist«, erwiderte sie mit einer Verachtung, die ihn komplett verwirrte. Er stellte seine Tasse auf den Tisch und setzte sich.

»Sie hätten doch nicht extra kommen brauchen. Wir haben doch gesagt, wir melden uns, wenn wir was Neues wissen.«

»Sie haben auch gesagt, dass Sie diesen Kerl solange einsperren. Aber stattdessen läuft das Schwein das ganze Wochenende frei herum.«

»Woher wissen Sie das?«, fragte Krumme und sah überrascht zu Pat, die verlegen zur Seite schaute. »Hast du etwa …?«

Pat seufzte, verdrehte die Augen. Er schüttelte vorwurfsvoll den Kopf.

»Es war anders, als du denkst. Und ich will jetzt auch nicht darüber reden«, sagte Pat.

»Weiß Krüger, dass du …«

»Nein«, unterbrach sie ihn. Sie schaute zu Frau Maurer: »Und ich denke, er wird es auch nicht erfahren, wir haben da eine kleine Abmachung.«

Krumme verstand nur Bahnhof.

»Ich war am Wochenende in Hamburg und habe mir selbst ein Bild vom Tatort gemacht«, sagte er zu Frau Maurer, während er seinen Computer hochfuhr.

»Und? Was haben Sie herausbekommen?«

»Eine direkte Lampe gab es an der Stelle nicht. Und es war mitten in der Nacht, als Sie den Täter gesehen haben.«

»Was soll das jetzt? Das habe ich Ihren Kollegen doch alles damals schon gesagt. Ich habe den Kerl ganz deutlich im Licht eines Blitzes gesehen. Steht das nicht auch in dem Protokoll, das ich damals unterschrieben habe?«

Krumme räusperte sich. »Ein Blitz, der nur einen Augenblick gedauert hat. Und ich möchte darauf hinweisen, dass die Situation damals eine recht unübersichtliche war.«

Ina streckte den Rücken. »Ich weiß, was ich gesehen habe.«

Krumme nickte und loggte sich in seinen Rechner ein.

»Wo ist Ihre Familie?«, fragte er.

»Heute ist unser letzter Tag an der Nordsee. Mein Mann und meine Kinder wollten lieber zum Strand, als hier im Präsidium herumzusitzen.«

»Sie können gerne nach St. Peter-Ording zurückfahren. Wir rufen Sie sofort …«

»Können Sie jetzt bitte endlich nachschauen, was dieser Test ergeben hat!«, schimpfte Frau Maurer und schlug dabei dramatisch auf den Tisch.

Was für eine anstrengende Frau, dachte Krumme. Obwohl er ihre Ungeduld auch verstehen konnte. »Es ist nicht gesagt, dass die Ergebnisse gleich am …« Er sah auf den Bildschirm und stutzte.

»Was ist?«, fragte Pat.

Krumme setzte seine Lesebrille auf und beugte sich vor. »Nicht zu fassen, da ist die Mail aus Hamburg.«

# 33

Ein Rauschen.

Das war alles, was sie hörte. Für einen Moment nahm sie nichts wahr. Ihre Hände kribbelten, ein taubes Gefühl kroch wie tausend kleine Ameisen ihren Körper hinauf. Ihr Verstand begann sich zu drehen, drohte sich in dem Rauschen zu verlieren.

Das musste ein Traum sein.

Ein Albtraum.

»Der DNA-Test ist negativ«, hatte der Kommissar mit Blick auf die Mail gesagt, »es gibt keine Übereinstimmung. Der Mann, den Sie hier in Nordfriesland gesehen haben, hat nichts mit dem Mord an Ihrer Schwester zu tun.«

Das hatte er zu ihr gesagt. Aber nach dem ersten Satz hatte sich ihr Verstand bereits ausgeschaltet, nur beobachtet, wie sich der Mund des Kommissars geöffnet und geschlossen hatte. Auch seine Kollegin hatte mit ihr gesprochen, aber auch das hatte sie nicht mehr verstanden. Stattdessen konnte sie ihr Herz hören, wie es bis hinauf in den Kopf pulsierte.

Das kann nicht sein!

Langsam kehrte ihr Denkvermögen zurück, sie versuchte zu verstehen, was gerade passierte.

Das konnte einfach nicht wahr sein. Dieser Mann hatte ihre Schwester erschlagen, sie hatte ihn gesehen. Und jetzt behaupteten die beiden Polizisten, sie würde sich irren.

Obwohl es in dem kleinen Büro recht kühl war, lief ihr auf einmal der Schweiß an den Schläfen herunter. Die junge Kommissarin bemerkte das und goss ihr ein Glas Wasser ein. In ihrem Gesicht konnte Ina Mitleid sehen. Gemeinsam mit ihr lauschte sie Krumme. Er sprach am Telefon mit Kollegen in Hamburg. Er hatte sie angerufen, damit sie ihm das Ergebnis des Tests noch einmal ausführlicher erläuterten. Auf quälende Weise ließ er sie nicht am Gespräch teilhaben, sondern nickte nur nachdenklich, sagte abwechselnd »ja«, »nein«, »verstehe«, »gut« oder »schön«.

Endlich beendete Krumme das Gespräch und legte den Hörer auf. Sie schluckte, als er sich sammelte und sie mit ernster Miene anschaute.

»Der Befund ist absolut eindeutig. Nicht die geringste Übereinstimmung.«

»Das kann nicht sein«, flüsterte sie. »Ich habe gesehen, wie er neben ihr im Sand hockte.«

»Sie müssen sich irren.«

»Ich habe Nellys Blut an seinen Händen gesehen!«, stieß sie wütend heraus. Wütend auch auf sich selbst. Tränen liefen ihr über die Wangen. Sie wollte nicht, dass die Polizisten sie so sahen.

Krumme seufzte. »Die einzige Spur, die wir von diesem Mann haben, ist seine DNA auf dem Stein, mit dem Ihre Schwester ...« Er stockte, räusperte sich. »Ein großes Glück, dass da überhaupt etwas war, schließlich hat es in Strömen geregnet.«

»Hören Sie auf! Das weiß ich alles«, unterbrach sie aufgewühlt. Mit der Hand wischte sie sich die Tränen aus dem Gesicht. »Aber er muss es sein. Seine Augen, der Mund. Auch die Narbe auf der Stirn, alles stimmt. Die Leute in Hamburg müssen einen Fehler gemacht haben!«

Er schüttelte den Kopf. »Angesichts der Bedeutung dieses Tests haben die Kollegen der Gerichtsmedizin ihn drei Mal wiederholt. Immer mit dem gleichen Ergebnis. Die DNA stimmt nicht überein.«

Sie überlegte fieberhaft, suchte nach einer Erklärung für etwas, was nicht sein konnte. Sie merkte, wie die beiden Polizisten sie besorgt beobachteten.

»Ein Zwillingsbruder«, stieß sie hervor, »vielleicht ist das die Lösung. Sie haben recht. Er ist nicht der Gleiche. Er ist der Zwillingsbruder des Mörders.«

Der Kommissar sah sie voller Bedauern an. »Nein. Kein Zwilling. Das würde man in den DNA-Proben erkennen. Irgendeine Verwandtschaft ist völlig ausgeschlossen.«

Inas Kopf sackte nach vorn. Von einem Moment zum anderen verlor sie jede Körperspannung. *Denk nach! Es muss eine Lösung geben. Du weißt genau, dass er es war.*

Mit zitternder Hand griff sie nach dem Glas, trank noch etwas Wasser.

»Frau Maurer«, fing der Kommissar noch einmal an, »ich kann mir gut vorstellen, was gerade in Ihnen vorgeht ...«

»Sie haben doch keine Ahnung!«, unterbrach sie ihn, aber er blieb ruhig. »Ich wünschte wirklich, wir könnten diese schlimme Geschichte endlich aufklären. Aber die Fakten sind nun mal so: Der Mann, den Sie in St. Peter-Ording gesehen haben, ist nicht derselbe Mann, der vor zwanzig Jahren Ihre Schwester umgebracht hat.«

Die Atmosphäre in der Husumer Altstadt war eine ganz andere als am Tag zuvor. Ein normaler Werktag. Keine bunten Marktbuden mit leckeren Fischbrötchen, der Platz am Binnenhafenbecken war leer. Die Sonne war hinter der grauen Decke am Himmel nur zu erahnen. Es nieselte. Nur einige wenige Touristen in Regenjacken bummelten von einem Schaufenster zum nächsten oder hielten sich so lange wie möglich in einem der zahlreichen Souvenirläden auf.

Ina war das egal. Benommen irrte sie nach dem Termin im Präsidium durch die Stadt, starrte mit blutunterlaufenen Augen auf die Auslagen der Geschäfte, ohne sich auch nur für eine Sache zu interessieren. Sie weinte leise, einmal aber schrie sie kurz ihren Zorn und ihren Frust in den Regen. Ein Kellner, der im trockenen Eingang seines Restaurants auf Kundschaft wartete, hielt sie bestimmt für eine Verrückte. Mit argwöhnischem Blick beobachtete er sie, ging erst nach drinnen, als sie weit entfernt war.

Sie setzte sich auf eine Bank. Niedergeschlagen schaute sie in das Hafenbecken. Es war Ebbe, und die Boote, die kleinen Barkassen, aber auch das große Restaurantschiff lagen im Schlamm. Insgesamt eher ein trostloser Anblick, der aber genau zu ihrer Gemütsverfassung passte.

War's das? Wieder eine Spur, die im Nichts verlief?

Sie erinnerte sich daran, wie sie den Kerl im Polizeipräsidium zur Rede stellen wollte. Wie sie in das Verhörzimmer gestürmt war. Später hatte sie sich dafür geschämt, so die Kontrolle verloren zu haben. Nie würde sie Torstens Blick vergessen, als er sie festgehalten hatte. Aber sie hatte dem Mann unbedingt in die Augen sehen, ihn zur Rede stellen wollen.

Sie konnte sich kaum noch an Details erinnern. Alles war so schnell gegangen. Ein kurzes Gerangel, schon hatten sich die Beamten zwischen sie und den Kerl gedrängt. Hatten sie wie eine Irre behandelt. Dabei war dieser Glatzkopf doch der Psycho, nicht sie.

Sein Blick, als sie den Raum betreten hatte. Sie schloss die Augen, versuchte sich, an jedes Detail zu erinnern. Er war nicht bloß überrascht gewesen, als eine fremde Frau hereinstürmte. Je mehr sie nachdachte, desto sicherer war sie, auch bei ihm einen Moment des Wiedererkennens bemerkt zu haben.

Er hatte gewusst, wer sie war. Weil er auch sie in dieser Nacht in Hamburg gesehen hatte.

Sie hatte keine Ahnung, wie er es angestellt hatte, keine Spuren zu hinterlassen, aber er war es. Er war Nellys Mörder, egal, was dieser dämliche Test sagte. Sein Blick hatte ihn verraten.

Und noch etwas fiel ihr ein. Als sie auf ihn losgestürmt war, hatte die Polizistin sich zwischen sie gestellt, ihn mit einem Arm weggeschoben, damit die beiden sich nicht zu nahe kamen.

Und dabei seinen Namen gesagt.

»Bleiben Sie hinter dem Tisch, Herr Harting«, hatte sie gerufen. Oder war es ein anderer Name gewesen?

Dung? Hasung? Sie forschte in ihrer Erinnerung nach diesem kurzen Moment.

Hartung! Das war sein Name.

Ihr Handy schnurrte in der Tasche. Sie schaute auf das Display. Eine SMS von Torsten. »Und? Was ist das Ergebnis?«, wollte er wissen.

Für einen Moment wollte sie ihm Bescheid geben. Aber was dann? Er würde sich wieder nur um sie sorgen. Ihr empfehlen, die Angelegenheit endlich zu vergessen. Vielleicht würde er sogar in Köln einen neuen Termin bei einem Therapeuten für sie machen. Er meinte es ja gut. Aber bei dieser Sache war er ihr keine Hilfe mehr.

Wieder ließ sie ihren Blick über das leere Hafenbecken schweifen, beobachtete einen Vogel, der im grauen Schlamm mit seinen langen Beinen herumstakste und nach etwas zu essen suchte.

Sie holte tief Luft und fasste einen Entschluss.

Morgen wollten Torsten und sie mit den Kindern zurück nach Köln fahren. Aber sie konnte hier noch nicht weg.

Sie musste diesen Mistkerl finden, mit ihm reden, ihm sagen, dass egal, was er der Polizei vormachte, sie ihn durchschaut hatte. Und dass er für das, was er getan hatte, bezahlen würde. Sie musste ihn finden.

Nachdenklich schaute sie auf ihr Handy. Sie hatte schon eine Idee, wo sie mit der Suche anfangen würde.

# 34

»Sie hat dir eine gescheuert?«

Krumme hatte Pat bereits alles über seinen Ausflug mit Watson nach Kleebüll und natürlich über sein Hamburger Abenteuer erzählt. Umgekehrt hatte sie ihm verraten, woher Frau Maurer wusste, dass Hartung über das Wochenende nicht in Untersuchungshaft war. Und dass sie ihr eine Ohrfeige verpasst hatte. Kaum zu fassen. Offensichtlich war er nicht der Einzige, der sich in schwierigen Situationen nicht im Griff hatte.

»Du hättest sie anzeigen können.«

»Damit Krüger erfährt, dass ich verraten habe, dass wir Hartung nicht in Haft genommen haben?«

»Ich denke, das war dein Bekannter?«

Pat verdrehte die Augen. »Und der wusste es von mir. Nein, das sollte unter uns bleiben. Außerdem tut sie mir ja auch leid. Sie war total fertig.«

Krumme lächelte. »Vielleicht solltest du mal diesen Matthes kennenlernen. Der will mich auch nicht anzeigen und scheint ein genauso großes Herz zu haben wie du. Und Nordfriese ist er auch.«

Pat lächelte. Ihm fiel auf, dass sie eine hübsche blaue Bluse trug. Ihre Augen strahlten.

»Soll ich Pastor Hartung anrufen?«, fragte sie.

Er überlegte einen Moment. Dann schüttelte er den

Kopf. »Wie wäre es, wenn wir nach Monholm fahren und es ihm persönlich sagen?«

Kurz darauf waren sie wieder mit dem Auto unterwegs.

In Monholm wollten sie den Wagen direkt neben der Kirche parken, aber alle Stellplätze waren besetzt. Eine Beerdigung auf dem Friedhof hinter der Kapelle. Zwischen Eichen und hohen Weiden hatte sich eine Gruppe von vierzig Personen neben einem offenen Grab zusammengefunden. Ältere und jüngere Paare in schwarzer Kleidung, dazwischen auch Kinder mit verstörten Mienen. Mittendrin Pastor Hartung, der am Sarg letzte Worte an die Trauergemeinde richtete.

Pat sah Krumme unschlüssig an. »Warten wir beim Auto?«

Er schüttelte den Kopf und stellte sich in den Schatten einer alten Eiche, um sich die Zeremonie anzuschauen. Weit genug entfernt, um nicht aufzufallen und zu stören. Aber doch so nahe, dass er Hartung bei der Arbeit beobachten konnte. Pat folgte ihm und musste sich dicht an den Baum drücken, um trotz ihrer Größe unsichtbar zu bleiben.

Plötzlich ein leises Summen. Krumme schaute sich irritiert um. Ein Insekt? Dann sah er, wie Pat verlegen ihr Telefon aus der engen Hose herauszerrte. Hastig drückte sie den Alarm weg. Krumme warf ihr einen vorwurfsvollen Blick zu. Ein Glück, dass sie wenigstens auf stumm gestellt hatte. Er beobachtete, wie sie sich zur Seite drehte und eine kurze Nachricht tippte, und schüttelte den Kopf. Er konzentrierte sich lieber wieder auf die Beerdigung und auf Pastor Hartung.

Krumme war nicht unbedingt ein gläubiger Mensch. Im Gegensatz zu seiner Exfrau Maria, die als Katholikin auch in Berlin versucht hatte, regelmäßig in einen Gottesdienst zu gehen. Ab und an hatte er sie begleitet. Die Priester, die er dort kennengelernt hatte, waren in sich gekehrte Männer gewesen. Meistens ältere Herren, die mit ihren leise heruntergeleierten Predigten auch die letzten der ohnehin nur spärlich zuhörenden Gemeindemitglieder vertrieben hatten.

Pastor Hartung war da völlig anders. Er wirkte, als wäre es nicht nur sein Beruf, sondern seine Bestimmung, als Geistlicher eine Gemeinde zu führen. So wie er bei ihrem letzten Besuch in Monholm das Baby mit Herzlichkeit getauft hatte, strahlte er jetzt genau die Würde aus, um der trauernden Familie Halt und Trost zu geben. Dabei war ihm in jedem Moment anzumerken, wie viel ihm sein Glaube bedeutete und wie sehr er sein Handeln bestimmte. Ein Erleuchteter mit einer Mission. Kein Wunder, dass Marianne, aber auch Krüger sich nicht vorstellen konnten, dass er der Mörder von Nelly Maurer war. Auch Krumme fiel es schwer, etwas Böses in dem Pastor zu erkennen.

Doch auch wenn Marianne das nicht hören wollte: Seine langjährige Erfahrung als Kriminalbeamter hatte ihn gelehrt, dass sich das Böse genauso gut hinter der strahlenden Fassade des Guten verstecken konnte.

»Wir wollen Sintje Coord als liebevolle und starke Frau und Mutter in Erinnerung behalten«, hörte er Hartungs feste Stimme über den Friedhof hallen. »Deshalb und bei aller Trauer sagen wir Danke. Danke an den Gott, der ihr das Leben schenkte. Der sie uns schenkte.«

»Ach du Scheiße«, stieß Pat leise hervor. Krumme drehte sich zu seiner Partnerin um. Pat zeigte auf eine hohe Buche auf der gegenüberliegenden Seite des Friedhofs. Dort stand eine schlanke Frau mit kurzen schwarzen Haaren: Ina Maurer.

»Oh nein«, stöhnte Krumme, »wie kommt die denn hierher?« Er blickte wieder zu Pat, die auf einmal knallrot wurde. »Sag bloß, du hast ihr seine Adresse gegeben?«, zischte er.

»Nein, ich habe ihr gar nichts gesagt. Aber ...« Sie seufzte.

»Aber was?«, schimpfte er leise.

Pat presste die Lippen zusammen und schwieg.

Krumme schaute wieder zu Frau Maurer. Wenn Blicke töten könnten ... Sie starrte so hasserfüllt zu Hartung, dass es ihn nicht gewundert hätte, wenn der Pastor plötzlich ins offene Grab gefallen wäre. Doch noch hatte er sie nicht bemerkt. Mittlerweile war er ans Ende seiner Rede gelangt.

»Sollen wir sie uns schnappen?«, flüsterte Pat.

Krumme überlegte. Frau Maurer schien wie hypnotisiert von Hartungs Worten. Noch hatte sie nicht mitbekommen, dass sie ebenfalls auf dem Friedhof waren. »Nein. Kein Aufsehen. Das ist eine Beerdigung.«

»Und wenn sie plötzlich durchdreht?«

Pat hatte recht. Er nickte. »Wir können ja etwas näher zu ihr gehen.«

Die beiden verließen ihre Deckung, schlichen über den Friedhof, versuchten dabei, so unauffällig wie möglich zu sein.

Was ihnen nicht gelang.

»Wir übergeben Sintje unsere Liebe und überlassen sie der Gnade unseres Herrn im Himmel. Und ...« Hartung stockte, über die Trauergemeinde hinweg trafen sich ihre Blicke für einen kurzen Moment. Ungläubig riss er die Augen auf, verhaspelte sich in seiner Rede. Dann bemerkte er, dass er und Pat gar nicht zu ihm wollten, schaute in die Richtung, in die sie sich bewegten – und entdeckte endlich auch Frau Maurer.

»Verdammt«, fluchte Krumme leise. Wären sie doch nur beim Baum geblieben. Denn nun erkannte auch Frau Maurer, dass die Polizei auf dem Friedhof war – und beschloss, aktiv zu werden. Sie löste sich aus ihrem Versteck und ging auf den entsetzten Hartung zu.

»Das sind alles schöne Worte«, rief sie mitten in die Trauerveranstaltung. Hartung erbleichte, und auch die Angehörigen der Toten sahen verstört zu ihr. »Wir übergeben ihr unsere Liebe. Überlassen sie der Gnade des Herrn«, wiederholte sie spöttisch. »Hört sich wirklich toll an. Aber das ist doch alles nur hohles Gequatsche!«

Pures Entsetzen bei der Trauergemeinde. Schon stellten sich zwei wütende und sehr kräftige Kerle ihr in den Weg. Krumme und Pat sprangen dazwischen. »Alles in Ordnung«, rief Krumme den Männern zu, »Polizei, wir regeln das!«

Auch Pat bemühte sich, eine weitere Eskalation zu vermeiden. Sie legte die Hand auf ihren Arm, versuchte, sie mit sanftem Druck zurückzuhalten. »Frau Maurer, bitte, kommen Sie, wir unterhalten uns auf dem Parkplatz«, sagte sie so leise, dass die anderen es nicht hören konnten.

Aber die Frau nahm sie überhaupt nicht wahr. Ihre vor Wut funkelnden Augen waren nur auf Hartung gerichtet, der zur Salzsäule erstarrt inmitten der Trauergäste stand, wie ein Prediger zwischen seinen Jüngern.

»Gnade! Liebe! Waren das auch Ihre Gedanken, als Sie meiner Schwester den Kopf eingeschlagen haben?«

Eine ältere Dame schrie entsetzt auf. Ansonsten absolute Stille. Alle sahen zu der Frau mit dem von Hass erfüllten Blick. Dann drehten sich alle langsam zu Pastor Hartung.

Während Pat Frau Maurer endlich fester am Arm packte, blickten auch sie zu dem Mann mit dem kahlen Schädel. Auf einmal war von Güte und Liebe auf dem Gesicht nichts mehr zu sehen. Die Lippen zu einer Linie zusammengepresst starrte er voller Verachtung zu der Frau, die ihn vor seiner Gemeinde des Mordes anklagte.

# 35

»Frau Maurer, sind Sie völlig übergeschnappt? Was haben Sie sich nur dabei gedacht?«

Krumme war es endlich gelungen, sie vom Friedhof zu ziehen. Während die Trauergemeinde heftig diskutierend zurück zu ihren Wagen strömte, saßen die beiden abseits auf einer Bank. Aber Frau Maurer wollte nicht reden, betrachtete nur mit starrer Miene ihre Hände. Krumme sah zu den direkten Angehörigen von Sintje Coord, die zusammen mit Pat und dem Pastor am Ausgang des Friedhofs standen und wütend zu ihnen herüberblickten.

»Ich bin nicht verrückt«, sagte sie, ohne aufzuschauen.

»Aber Sie benehmen sich so.«

»Ich weiß genau, was ich gesehen habe. Dieser Mann ist der Mörder meiner Schwester.«

Krumme stöhnte. »Nur weil Sie es wiederholen, wird es nicht wahr. Der DNA-Test war eindeutig.«

Frau Maurer schwieg trotzig und konzentrierte sich weiter auf ihre Hände. Krumme betrachtete sie. Sie tat ihm leid. Eine so hübsche Frau mit zwei süßen Kindern und einem netten Mann. Und trotzdem war sie ihr Leben lang eine Getriebene. Ein gebrochener Mensch auf der Suche nach Erlösung, die sie vielleicht nie finden würde. Krumme dachte daran, wie er mehrere Jahre vergeblich alles getan hatte, um den Mann aufzuspüren, der Hannah ins Koma geprügelt hatte. Am Ende war darüber seine Familie zerbrochen.

»Ich möchte Ihnen ja helfen. Aber was soll ich tun? Sagen Sie's mir.«

»Glauben Sie mir einfach, dass ich die Wahrheit sage.«

Krumme atmete tief durch. Er blickte zum Himmel, wo graue Wolken sich zäh landeinwärts schoben. Dann sah er zum Parkplatz, der sich langsam leerte. Zwei junge Frauen stiegen in ihr Auto, schauten zu ihnen herüber und zeigten Frau Maurer den Vogel.

»Sie haben sich heute keine Freunde gemacht. Pastor Hartung ist in Nordfriesland ein hochangesehener Mann.«

Sie blickte auf den Boden und sagte nichts.

»Weiß Ihr Mann eigentlich, dass Sie hier unterwegs sind?«

Sie schüttelte den Kopf und verzog den Mund zu einem bitteren Lächeln. »Vielleicht steckt er mich ja in eine Klapse.«

»Ich habe den Eindruck, dass er ein sehr anständiger Kerl ist. Er liebt Sie und will nur, dass Sie glücklich sind.«

Sie schwieg.

»Frau Maurer, ich weiß, das wollen Sie jetzt nicht hören. Aber Sie haben eine so nette Familie. Ihr Mann, Ihre beiden kleinen Kinder. Meinen Sie nicht, dass Sie die Vergangenheit zurücklassen und nach vorn schauen sollten?«

»Das wollte ich ja. Und das habe ich auch getan. Bis ich das Schwein da in St. Peter-Ording gesehen habe.

Dann war auf einmal alles wieder da. Die Wut. Und die Angst«, fügte sie leise hinzu.

Pat kam zu ihnen. Krumme sah sie fragend an.

»Familie Coord will die Sache nicht weiterverfolgen.« Sie sah Frau Maurer an. »Vorausgesetzt Sie lassen sich hier nie wieder blicken.«

»Und dass er ein Mörder ist, interessiert die gar nicht?«

Pat seufzte. »Die Leute hier lieben ihren Pastor. Die glauben einer Fremden nicht. Außerdem habe ich ihnen vom DNA-Test erzählt«, sagte sie und sah unsicher zu Krumme.

»Und Pastor Hartung?«

»Der wartet in der Kapelle. Ich habe ihm gesagt, dass wir ihn noch mal sprechen wollen.«

Krumme nickte zufrieden, wandte sich dann wieder an Frau Maurer. »Sie reisen morgen wieder nach Hause?«

Sie zuckte mit den Schultern, was er als »ja« einordnete.

»Mit dem Zug? Der Astra da ist ein Mietwagen, oder?«

Sie nickte.

»Hören Sie zu. Sie fahren jetzt auf dem direkten Weg zu Ihrer Familie. Kann ich mich darauf verlassen, oder muss ich Sie von einem Kollegen nach St. Peter-Ording bringen lassen?«

Sie schüttelte den Kopf.

»Machen Sie sich noch einen schönen Abend mit Ihren Kindern. Und morgen fahren Sie dann zurück nach Köln und versuchen, das alles hier zu vergessen.«

Sie lachte bitter. Natürlich würde sie das nie tun.

»Und wenn in dem Fall noch was passieren sollte, können Sie uns vertrauen. Wir melden uns bei Ihnen, verstanden?«

»In Ordnung«, sagte sie leise.

Schließlich machte sie sich auf den Weg. Krumme sah ihr hinterher, als sie mit ihrem Wagen am Ende der Straße verschwand.

»War das eine gute Idee?«, fragte Pat, »sie einfach so davonfahren zu lassen?«

»Hätten wir sie verhaften sollen? Nein, glaub mir, die ist schon gestraft genug.«

»Soll ich sie morgen früh noch mal anrufen? Um sicher zu sein, dass sie auch wirklich weg ist?«

»Gute Idee«, erwiderte Krumme. Er zog sein Jackett zurecht. »Aber jetzt lass uns noch mal mit dem Pastor sprechen.«

Sie fanden ihn in der leeren Kapelle. Als sie durch die knirschende Tür eintraten, saß er zusammengesunken auf der ersten Bankreihe, den Kopf auf der Brust.

»Herr Hartung?«, fragte Krumme.

Der Geistliche richtete sich auf und drehte sich um. Als er die Irritation auf ihren Gesichtern sah, lächelte er. »Entschuldigung, ich habe gebetet. Die letzten Tage waren doch sehr anstrengend. Diese Anspannung wegen des Tests, Sie verstehen?«

Krumme musterte den Pastor. Von der Ausstrahlung draußen auf dem Friedhof oder auch bei der Taufe war jetzt nichts mehr zu spüren. Vor ihnen saß ein erschöpfter Mann mit dunklen Ringen unter den Augen.

Sie setzten sich neben ihn auf die Bank. »Ja, das kann

ich mir vorstellen«, sagte Krumme. »Obwohl: Wenn Sie gewusst haben, dass Sie nichts mit dem Mord zu tun hatten, dann wussten Sie doch auch, dass Sie sich keine Sorgen machen brauchen.«

Hartung presste die Lippen zusammen. Die Hand zitterte, als er antwortete: »Na ja, ich kenne mich in solchen Dingen nicht aus. Ich bin Pastor und kein Mediziner. Wer weiß, was da rauskommt. Außerdem hatte ich Angst, dass diese ganze Sache einen Schatten auf meine Arbeit in der Gemeinde wirft. Leider zu Recht.«

»Das tut mir sehr leid. Wir hatten keine Ahnung, dass Frau Maurer wusste, wie Sie heißen und wo Sie arbeiten.« Krumme merkte, wie Pat kurz zuckte, ließ sich aber nichts anmerken.

»Was für ein Albtraum!«, stöhnte Hartung. »Da taucht diese Frau ausgerechnet bei der Beerdigung auf.«

»Sie ist eine schwer traumatisierte Frau. Seien Sie nicht zu böse mit ihr.«

Hartung lächelte milde. »Barmherzig und gnädig ist der Herr, geduldig und von großer Güte. Da werde ausgerechnet ich dieser armen Frau bestimmt keine Vorwürfe machen.«

Krumme betrachtete den Geistlichen. Langsam schien er seine Selbstbeherrschung wiederzufinden.

»Die Damen und Herren der Trauergemeinde scheinen alle auf Ihrer Seite gewesen zu sein.«

»Das will ich hoffen. Mein ganzes Leben arbeite ich nun schon hier für die Kirche. Da sollten sie wissen, dass an diesen Vorwürfen nichts dran ist.« Er seufzte. »Aber ich denke, ich werde dieses Thema beim nächsten Gottesdienst noch einmal ganz offen ansprechen.«

»Gute Idee«, erwiderte Krumme ehrlich beeindruckt. Dann stand er auf, genau wie Pat. »Also dann, noch einmal Entschuldigung für die Umstände. Aber ich bin sicher, Frau Maurer wird Sie nicht mehr belästigen.«

Sie verabschiedeten sich und verließen die Kirche. Als sie durch das Portal wieder nach draußen traten, hatte die Sonne erste Lücken in den grauen Himmel gerissen und strahlte ihnen in die Gesichter.

»Und?«, fragte Pat.

»Was?«

»Na, ich finde schon, dass er einen glaubwürdigen Eindruck macht. Du nicht?«

»Ja, doch«, murmelte er, musste aber auch an Hartungs wütende Miene auf dem Friedhof denken. Ein Heiliger war auch der Pastor nicht. Aber das war angesichts Frau Maurers Auftritt auch nur zu verständlich.

Gemeinsam schlenderten sie über den liebevoll gepflegten Garten der Kirchengemeinde zurück zum Parkplatz.

»Wichtige Termine?«, fragte er mit sanftem Spott, als sie im Gehen schon wieder ihr Handy nach neuen Nachrichten checkte.

Pat wurde rot, steckte ihr Telefon hastig wieder in die Tasche. »Ich musste nur kurz was gucken. Wegen heute Abend«, murmelte sie hinterher und hatte im gleichen Moment wohl Sorge, dass er Fragen stellte. Was sich Krumme aber verkniff. Sie hatte ihr Privatleben und er seins.

Als sie den Garten verließen, fiel sein Blick auf eine Tafel mit Gemeindenachrichten. Darauf war auch ein Foto von Hartung zu sehen, wie er mit einer Gruppe von Honoratioren plauderte. Doch etwas anderes ließ Krumme stutzen: Eine kleine Nachricht, die in der Ecke des Schaukastens hing. Nachdenklich runzelte er die Stirn – und hatte zum ersten Mal bei diesem Fall das Gefühl, als sei ein Teil des Puzzles an die richtige Stelle gerutscht.

# 36

Nordfriesland, April 1864

Er schaute aus dem offenen Fenster hinaus in die finstere Nacht. Die Wolken hingen tief über dem Land, verdeckten auch das Licht der Sterne. Nichts, absolut nichts war zu sehen. Nur mit Mühe konnte Broder die Eiche im Garten als Kontur vor dem schwarzen Himmel ausmachen.

Umso besser. Die Dunkelheit war sein Freund. Keiner seiner Verfolger würde ihn in dieser kleinen Hütte finden.

Broder hielt für einen Moment den Atem an und lauschte hinaus in die Stille. Vernahm zuerst nur das Pochen seines Herzens. Dann hörte er den kalten Wind, der leise über die Marsch strich. Eine blökende Kuh. Eine Möwe, die spöttisch lachend über ihn hinwegflog. Und er war sicher: Weit weg, in der Ferne, rauschte die Nordsee.

Broder hatte nur eine grobe Ahnung, wo die alte windschiefe Hütte stand, in der er sich versteckte. Irgendwo in Nordfriesland. Auf Eiderstedt. Ein Name, den er nur kurz auf einer Karte gelesen hatte, der ihm ansonsten aber nichts sagte.

Broder stammte aus einem kleinen Dorf in der Nähe

von Aalborg, oben im Norden Dänemarks. Dort war er aufgewachsen, dort hatte er fast sein komplettes Leben verbracht. Und dorthin, zu Freunden und Familie, wollte er so schnell wie möglich zurück.

Eine lange und unter den aktuellen Umständen gefährliche Reise. Wehe, die Soldaten der königlich-dänischen Armee bekamen ihn in die Finger. Sie würden ihn sofort als Deserteur erschießen. Aber das Risiko musste er eingehen. Nur weg von hier und diesem elenden Krieg. Weit weg von den Preußen und Österreichern.

Dachte König Christian IX. wirklich, er hatte eine Chance gegen diese beiden gewaltigen Armeen? Sollten sie sich doch das verdammte Herzogtum Schleswig holen, ihm war das egal. Die Menschen in diesem trostlosen Land waren sowieso keine richtigen Dänen. Und nach seiner Erfahrung konnten sie auch keine Dänen ausstehen. Undankbares Pack! Dabei hatten sie so viele Jahre in Frieden zusammengelebt.

Jetzt war Krieg. Die Gründe hatte er ohnehin nie richtig verstanden. Er hatte nur sehen müssen, wie Kameraden von ihm ihr Leben verloren hatten. Wie ihre Köpfe durch die modernen, besseren Gewehre der Österreicher und Preußen zerplatzt, ihre Körper durch die viel größeren Geschütze zerfetzt worden waren. Nur durch einen hastigen Rückzug hatte sich die dänische Armee retten können. Broder hatte nicht die geringsten Zweifel – am Ende würden die Truppen des Königs den Krieg verlieren. Tausende guter Männer würden sterben. Er hatte entschieden, keiner von ihnen zu sein.

Er war einfach davongelaufen, als sechs Männer direkt neben ihm getötet wurden. Als eine österreichische Kugel seinen besten Freund Tore in die Stirn traf, da war Schluss gewesen. Auf einmal hatte er allein auf dem Feld gestanden. Hatte sich umgedreht und war davongelaufen, immer weiter, so schnell er konnte. Seine eigenen Leute verfolgten ihn. Aber wenn er nur weiter und weiter lief, dann würden sie ihn nie bekommen.

Ja, er war ein Feigling. Aber lieber ein lebender Feigling als ein toter Held. Für was sollte er hier so weit von zu Hause sein Leben geben? Für nichts.

Er wusste, der Krieg tobte vor allem an der Ostseite des Herzogtums, bei Schleswig, beim Danewerk, an der Flensburger Förde, bei Sonderburg. Wenn er also auf der Westseite blieb, sollte er sich ohne Probleme bis in den Norden nach Jütland durchschlagen können.

Für ihn war der verdammte Krieg vorüber.

Langsam wurde ihm kalt. Er schloss das Fenster und überlegte, was er als Nächstes tun sollte. Erst mal die Feuerstelle anheizen. Aber nicht zu viel Rauch, zu groß war die Gefahr, dass das Haus aus der Ferne zu erkennen war. Nur für den Fall, dass seine Leute ihn immer noch suchten.

Zwei Kerzen reichten, um genug zu sehen. Etwa den toten Mann, der auf dem nackten Steinboden lag. Als Broder in das Haus geflüchtet war, hatte sich der Bauer ihm entgegengestellt, ihn vor Angst zitternd mit einer rostigen Mistforke bedroht und aufgefordert weiterzuziehen.

Broder hatte ihn sofort erschossen. Von einem dämlichen Nordfriesen ließ er sich nicht aufhalten. Außerdem hätte er ihn verraten können.

Dann entdeckte er, weshalb der Mann vor allem wollte, dass er nicht das Haus betrat: Das kleine Mädchen, das sich erschrocken hinter dem Tisch versteckte, mit einer Puppe im Arm. Sie hatte lange schwarze Haare und war nicht älter als zehn. Die Tochter des Bauern? Broder hatte keine Ahnung, aber es interessierte ihn auch nicht. Als sie anfing zu schreien, war er kurz davor, auch sie zu erschießen. Schließlich schlug er sie mit dem Gewehrkolben bewusstlos, knebelte und fesselte sie.

Eine Nacht und einen Tag versteckte er sich jetzt bereits hier in diesem Haus. Er hatte niemanden gesehen, keiner schien ihn zu verfolgen. Die dänische Armee hatte andere Probleme, als nach einem einzelnen Deserteur zu suchen. Er beschloss, seine Sachen zu packen und sich wieder auf den Weg zu machen.

Er blickte zu dem Mädchen. Nachdem sie zu sich gekommen war, hatte sie stundenlang nur geheult. Erst als er gedroht hatte, ihr noch eins mit dem Gewehr überzuziehen, hatte sie endlich die Klappe gehalten. Seitdem hockte sie in der Ecke und glotzte ihn mit aufgerissenen Augen an.

Schade, dass die Kleine nicht ein paar Jahre älter war, dann hätten sie beide sich hier eine schöne Zeit machen können. Es gab einen Moment, als er überlegt hatte, sich trotz des Alters an der Kleinen zu vergreifen. Aber als sie anfing, wieder zu weinen und zu schreien und sich dabei an ihre vergammelte Puppe klammerte, hatte er die Lust verloren. Auch nach drei Jahren Enthaltsamkeit bei der Armee – so verzweifelt war er dann doch nicht.

Obwohl, Broder hatte noch nie eine richtige Freundin gehabt. Und das war der Grund, warum er überhaupt in der Armee gelandet war. Diese Magd in seinem Dorf, die ihn immer nur ausgelacht hatte, sich ständig über seine Unerfahrenheit lustig gemacht hatte. Er hatte sie umgebracht, als sie sich weigerte, ihm zu Willen zu sein. Hatte zu Hause für einige Unruhe gesorgt. Schließlich blieb Broder nichts übrig, als sich zum Militär zu melden und das Dorf zu verlassen. Jetzt kehrte er zurück. Er war überzeugt, dass mittlerweile genug Gras über die Geschichte gewachsen war.

Aber was sollte er jetzt mit dem Mädchen anstellen? Sie würde sofort Hilfe holen und ihn verpfeifen, wenn er sie lebend zurückließ. Er überlegte. Am besten, er erschoss auch sie.

Er griff nach seinem Gewehr und kontrollierte, ob es geladen war. Dann legte er auf sie an.

»Tut mir leid, aber dein Gejammer ging mir schon die ganze Zeit auf die Nerven.«

Die Kleine schrie erschrocken auf, schüttelte voller Panik den Kopf, drückte sich in ihrer Angst zusammen mit der Puppe noch mehr in die Ecke.

»Klappe!«, brüllte Broder. Und tatsächlich verstummte das Mädchen. Sie zitterte am ganzen Körper, in ihrem Gesicht das nackte Entsetzen.

»Mach einfach die Augen zu, dann ist es gleich vorbei …«, sagte er. Eine Möwe kreischte draußen am Himmel, als er wieder auf ihren Kopf zielte.

Plötzlich ein lautes Krachen. Die Tür wurde mit wütenden Tritten aufgebrochen. Vier Männer stürmten herein, in den Händen Äxte, Messer und Mistgabeln.

Alles ging blitzschnell. Broder drehte sich erschrocken um, schoss sofort, traf aber nur die Wand. Woher kamen die Kerle? Mit ungläubiger Miene starrte er in ihre wütenden Gesichter.

Die vier sahen die Leiche in der Ecke, das zu Tode verängstigte Mädchen in der Ecke und wussten sofort, was geschehen war. Der Kräftigste riss Broder brutal an den Haaren nach hinten, verfluchte ihn, schlug ihm ins Gesicht. Verzweifelt suchte Broder nach einem Ausweg, forderte die Männer auf, sich zu beruhigen, aber sie verstanden ihn nicht, wollten ihn auch nicht hören.

Der Kräftigste, ein Riese mit einer Narbe quer über der Wange, holte mit der Axt aus, wollte ihn auf der Stelle erschlagen. Aber ein anderer, ein Kleinerer mit kurzen roten Haaren und wachen blauen Augen stellte sich dazwischen, versuchte seinen Kumpan zu beruhigen. Ein Streit begann, offensichtlich waren sie sich nicht einig, was sie mit ihm anstellen sollten.

Schließlich schien sich der Kleine mit den roten Haaren durchzusetzen. Auf sein Kommando zogen ihn zwei Männer nach draußen. Der vierte kniete neben dem Mädchen. Sie schluchzte, als er ihr eine Decke über den halbnackten Körper legte.

Broder spürte, wie sich alles in ihm vor Panik verkrampfte. Diese Nacht würde für ihn kein gutes Ende nehmen. Verrückt, wochenlang hatte er im Krieg jeden Moment damit rechnen müssen, von einer Kugel getroffen zu werden, und war so viele Kilometer gerannt, um diesem Schicksal zu entkommen. Nur um jetzt von vier tollwütigen Nordfriesen erschlagen zu werden.

Aber Broder wollte ihnen nicht zeigen, dass er Angst hatte. Im Gegenteil, als sie ihn an den Händen fesselten und das Seil nach oben über den Ast der alten Eiche banden, starrte er die Männer voller Verachtung an, spuckte dem Kleinen mit den roten Haaren vor die Füße. Der grinste nur.

»Du Schwein, jetzt wirst du sterben«, zischte er.

Broder sah ihn erstaunt an. »Du sprichst Dänisch?«

»Nur ein bisschen. Ich bin auf einem dänischen Schoner gefahren. Ein Jahr.«

»Hör zu, ich bin Soldat der königlichen Armee. Wenn ihr mich hängt, werden meine Leute kommen und mich rächen.«

»Du bist ein Deserteur. Keiner wird kommen.«

Broder schluckte. Er hatte recht. Aber eine Frage hatte er noch. »Wie habt ihr mich gefunden?«

»Ein Mädchen hat uns hierhergeführt«, antwortete der Rothaarige.

Broder starrte ihn verwirrt an. »Wer …?«

Er verzog schmerzerfüllt das Gesicht. Der Narbenmann hatte das Seil stramm gezogen. In seinen Augen leuchtete der pure Hass. Broder stöhnte, seine Zeit lief ab.

Drei der Männer standen jetzt um ihn herum. Der vierte war mit dem Kind immer noch im Haus.

Aber wer war das? Er kniff die Augen zusammen, um besser sehen zu können. Hinten am Zaun, in der Nacht kaum zu erkennen, stand noch jemand. Ein anderes Mädchen, fast eine Frau. Auf ihrem Gesicht lag ein dunkler Schatten. Nur die langen schwarzen Haare glänzten wie Pech im Licht der Sterne.

Wieder ein heftiger Ruck. Der Kräftige zog an dem Seil. Broder spürte, wie er hochgezogen wurde. Noch berührten seine nackten Fußspitzen den schlammigen Boden, während sich seine Arme im Rücken schmerzhaft nach außen drehten. Er stöhnte, verzweifelt bemüht, seine Angst nicht zu zeigen.

Der kleine Anführer trat nach vorn, grinste wieder voller Verachtung.

»Übrigens, wir werden dich nicht hängen«, zischte er, und Broder konnte seine verfaulten Zähne sehen. »Die Gnade eines schnellen Todes werden wir dir nicht gewähren.«

Mit einem Ruck riss er Broders Hemd auseinander. Nun hing er praktisch nackt unter dem Baum. Panik schob sich wie eine Schlange durch seinen Hals nach oben.

Auf einmal hatte der Rothaarige ein Messer in der Hand. Nur ein kleines Taschenmesser. Aber es reichte aus, um ihm mit einem langen, feinen Schnitt den Bauch aufzuschneiden.

# 37

Schweigend schaute die Familie aus dem Fenster. Im strahlenden Sonnenschein glitten die letzten Ausläufer der Marsch an ihnen vorbei. Gerade verließen sie Heide, nächster Halt war Itzehoe, dann schon Hamburg.

Ihr Urlaub war zu Ende. Milena und Ben hatten sich klaglos früh am Morgen wecken lassen und dann stumm ihre Köfferchen zum Bahnhof in St. Peter-Ording gezogen. Die Fahrt mit der Regionalbahn nach Husum war noch Teil des Abenteuers gewesen. Doch nun wurde ihnen endgültig bewusst, dass ihre Ferien in Nordfriesland zu Ende waren. Torsten versuchte die Stimmung ein wenig zu heben, indem er über ihre vielen Freunde in Köln sprach, die sich über das Wiedersehen freuen würden. Aber Ben durchschaute ihn: »Papa will nur, dass wir nicht traurig sind. Aber ich will noch nicht glücklich sein, erst ab Hamburg wieder«, ergänzte er.

Ina und Torsten tauschten ein nachdenkliches Lächeln und nahmen jeweils ein Kind in den Arm. Gemeinsam beobachteten sie, wie sie den Nord-Ostseekanal überquerten und damit endgültig die Zauberwelt der Schleswig-Holsteinischen Westküste verließen.

Natürlich hatte Torsten alles über ihren Besuch im Präsidium wissen wollen. Dass der Befund des DNA-Tests negativ war, hatte er bedauert. Aber Ina war sicher, insgeheim hatte er das erwartet. Von ihrem Besuch in Monholm und dem Zwischenfall auf dem Friedhof hatte sie Torsten kein Wort erzählt.

Dass dieser Kommissar sich nicht bei Torsten gemeldet hatte, rechnete sie ihm hoch an. Es war verrückt: Ausgerechnet bei dem Ermittler mit den zerzausten Haaren hatte sie mehr Verständnis für ihre Gefühle und ihre Haltung gegenüber diesem Pastor gespürt als bei jedem anderen.

»Müde?«, erkundigte sich Torsten mit einem besorgten Lächeln.

»Ein bisschen«, gab sie zu. »Hab letzte Nacht kaum geschlafen.«

»Ich weiß.«

»Reisefieber«, behauptete sie. Torsten nickte. Sie wusste, sie konnte ihn nicht täuschen. Er kannte den wahren Grund für ihre innere Unruhe.

»Und du willst wirklich nicht mit nach Köln kommen?«, fragte er und sah ihr dabei tief in die Augen.

»Natürlich möchte ich das.« Sie drückte Ben zärtlich an sich. »Aber wenn ich schon mal hier im Norden bin, muss ich unbedingt Judith bei der Steuer helfen.«

Heute Morgen beim Frühstück hatte sie ihrer Familie mitgeteilt, dass sie noch ein, zwei Tage bei ihrer Mutter in Hamburg bleiben wollte. Seit dem Tod ihres Vaters vor drei Jahren wohnte Judith allein in dem großen Haus in Farmsen. Zu Inas Bedauern wurde sie immer gebrechlicher, wollte aber keine Hilfe von Nachbarn oder Freunden annehmen. Wenn es Probleme gab, wandte sie sich ausschließlich an ihre Tochter, auch wenn die im weit entfernten Köln lebte.

»Können wir nicht mit zu Oma kommen?«, fragte Ben.

»Er hat recht«, sagte Torsten. »Wie schade, dass dir die Idee für den Besuch erst jetzt eingefallen ist. Wir hätten einen Tag früher fahren können, um zusammen einen Zwischenstopp in Hamburg einzulegen.«

Ina zuckte verlegen mit den Schultern. Sie wusste, dass Torsten jetzt zurück zur Arbeit und die Kinder wieder in die Schule mussten.

»Nicht böse sein. Du weißt doch, wie Judith ist. Sie braucht einfach jemanden, mit dem sie in Ruhe quatschen kann. Und das tut sie nun mal am liebsten mit mir.«

»Mag sein, aber …« Torsten seufzte.

»Ein Tag nur, dann bin ich wieder zu Hause.«

Den Rest der Fahrt redeten sie nicht mehr über das Thema, sondern spielten zusammen *Uno*. Wie so oft gewann Ben die meisten Spiele.

Schließlich erreichten sie Hamburg. Als sich der lange Zug langsam vom Dammtor zum Hauptbahnhof schob, griff Torsten nach ihrer Hand.

»Willst du es dir nicht doch noch anders überlegen? Wir könnten nächstes Wochenende noch mal hochfahren, alle gemeinsam.«

Sie schüttelte den Kopf, lächelte gerührt. »Schatz, mach dir nicht so viele Gedanken.« Sie hielt ihr Handy hoch. »Wenn was ist, kannst du mich immer erreichen. Nur ein paar Tage und …«

»Vorhin hast du gesagt, ein Tag!«

»Ich komme so schnell ich kann.« Sie küsste ihn, griff nach ihrem Rucksack und verabschiedete sich von ihren

Kindern. Die beiden hatten bis zum letzten Moment nicht richtig begriffen, dass sie nicht mehr mit ihnen weiter nach Köln fahren würde. Entsprechend verstört schauten sie sie nun an.

Einige Minuten später stand Ina auf Bahnsteig 12 mitten in der gewaltigen Halle des Bahnhofs und winkte dem Zug nach, der ihre Familie zurück nach Hause brachte.

Sie beobachtete die Fahrgäste auf dem Bahnsteig. Die einen, die auf dem Weg in den Urlaub oder zu Freunden, Bekannten oder Familie waren. Andere, die gerade zurückgekehrt waren, ihre Sachen zusammensuchten und sich auf den Weg nach Hause machten. Alle hatten ein exaktes Ziel.

Das hatte sie auch. Sie schnappte sich ihren Rucksack und fuhr mit der Rolltreppe nach oben. Nicht, um die U-Bahn nach Farmsen zu ihrer Mutter zu nehmen. Sie suchte einen Fahrkartenschalter, um sich ein Ticket der Nord-Ostsee-Bahn zu kaufen und auf direktem Weg zurück an die Nordsee zu fahren.

# 38

Drei Stunden später und Ina stieg wieder in Husum aus dem Zug. Die Fahrt war ihr endlos vorgekommen. Dieses Mal hatte sie keinen Sinn für die Schönheit der Landschaft gehabt. Einfach nur dazusitzen, allein, ohne ihre Familie und zum Grübeln verdammt – noch nie hatte sie das Ende einer Fahrt so sehr herbeigesehnt. Sie wollte handeln.

Am Bahnhof mietete sie sich einen Wagen, einen Polo. Kurz darauf fuhr sie am Präsidium vorbei. Was die beiden Kommissare jetzt wohl machten? Ob sie sich freuten, dass sie diesen Fall abgeschlossen hatten? Vielleicht schüttelten sie immer noch den Kopf über die irre Kölnerin. Ina war das egal. Sie würde Antworten finden, allein. Sie war überzeugt: Danach würden sich viele Menschen bei ihr entschuldigen müssen.

Wie im Rausch verließ sie Husum Richtung Norden. Ein perfekter Sommertag, die Nordsee glitzerte in der Sonne wie ein Meer aus Diamanten. Der Himmel erstrahlte in makellosem Blau. Aber Ina blickte stur auf die Straße.

Endlich erreichte sie Monholm. Sie spürte, wie ihr

Puls beschleunigte, als sie in die Straße einbog, in der sich Hartungs Kirche und sein Pfarrhaus befanden. Während der langen Fahrt hatten sich ihre Gedanken nur um die Frage gedreht, was sie tun wollte, wenn sie vor seinem Haus stand. Sie hatte verschiedene Strategien durchdacht. Nun hockte sie hier in dem kleinen Auto, und ihr Kopf war völlig leer. Mehrmals nahm sie innerlich Anlauf, um zu seinem Haus zu gehen. Doch jedes Mal kam irgendein Passant, ein müder Rentner oder eine Mutter mit Kinderwagen vorbei und gab ihr einen Grund, doch noch nicht auszusteigen.

*Was zum Teufel soll ich machen?*

Ina nagte an ihren Fingernägeln, ließ dabei den Eingang zu Hartungs Haus nicht aus den Augen, blickte sicherheitshalber auch immer wieder zur Kirche. Bloß keine erneuten Überraschungen.

Das Haus sah wunderschön aus. Eine nordfriesische Idylle mit Reetdach, hölzernen Fensterläden, Gartenmauer und einem liebevoll gepflegten Garten mit buntblühenden Blumenbeeten.

Ob Hartung selbst auch Unkraut jätete oder den Rasen mähte? Ina erinnerte sich daran, wie er als Prediger vor seiner Gemeinde gestanden hatte. Kniend im Blumenbeet oder auf einem Mähtrecker durch den Garten knatternd – das konnte sie sich nicht vorstellen. Sie erinnerte sich an seine Frau, die sie im Präsidium kurz gesehen hatte. Ob die sich um den Garten kümmerte?

Wie lange wollte sie hier noch allein im heißen Wagen warten? Zeit, aktiv zu werden. Sie fasste gerade nach dem Türgriff, als sich das Garagentor des Pfarrhauses öffnete. Ina beugte sich nach vorn, versuchte, einen

Blick in die Garage zu erhaschen. Und tatsächlich: Da war Hartung. Mit versteinerter Miene stellte er eine Kiste auf den Rücksitz eines weißen Skoda Octavia.

*Jetzt!*, dachte Ina.

Doch kaum hatte sie die Wagentür geöffnet, hatte Hartung die Garage mit dem Wagen schon verlassen und fuhr direkt an ihrem Polo vorbei. Ina rutschte reflexartig auf ihrem Sitz nach unten, konnte aber sogar die Narbe auf seiner Stirn erkennen. Hatte umgekehrt auch er sie bemerkt?

Hektisch startete sie den Polo, wendete und nahm Hartungs Verfolgung auf. Zu ihrer Überraschung fuhr er in die Richtung, aus der sie gerade gekommen war. Er verließ Monholm und nahm die Bundesstraße nach Husum. Wollte der Pastor etwa wieder zum Bahnhof, um den Zug nach St. Peter-Ording zu nehmen?

Ina bemühte sich, auf Abstand zu bleiben, damit Hartung sie nicht bemerkte. Ständig verlor sie ihn aus den Augen und konnte sich bei den wenigen Ampeln auf der Strecke bedanken, dass sie ihn wieder einholte. Dann war sie umgekehrt so dicht an ihm dran, dass sie seinen kahlen Kopf im Sonnenlicht glänzen sah. Ina war vor Aufregung und Anspannung völlig durchgeschwitzt. Mit ihren nassen Händen konnte sie das Steuer kaum halten. Hoffentlich hatten sie ihr Ziel bald erreicht.

*Aber warum mache ich es mir so schwer?*, ging es ihr auf einmal durch den Kopf. War das nicht die perfekte Gelegenheit, ihn einfach von der Straße zu rammen? Aber nein, dachte sie, wenn es so weit kommen sollte, wollte sie, dass der Kerl wusste, von wem der Angriff kam.

Hartung blieb auf der B5 und fuhr an Husum vorbei. In der Ferne konnte sie die Speicher im Hafen sehen. Also nicht zum Bahnhof. Stattdessen bog er nach einer Weile Richtung Eiderstedt ab. Auf einem Schild sah sie den Hinweis zum Roten Haubarg. Vor einer Woche hatte sie ihn sich mit ihrer Familie angeschaut, jetzt war sie allein auf Gangsterjagd.

Hatte es auf der Bundesstraße noch viel Verkehr gegeben, hinter dem sie sich verstecken konnte, waren sie beide auf einmal ganz allein auf den langen schmalen Landstraßen unterwegs. Sie passierten Höfe und Ferienhäuser mit gepflegten Gärten, aber Menschen sah sie nicht. Nur Kühe und Pferde auf grünen Weiden und immer wieder Schafe. Doch Ina hatte keinen Sinn mehr für die Schönheiten Nordfrieslands. Sie war auf der Jagd. Heute ging es nur um Hartung, den Mann, der ihre Schwester umgebracht hatte. Sie ließ den Abstand wieder größer werden, schließlich konnte sie ihn auf dem flachen Land auch über eine größere Entfernung sehen.

Er sie umgekehrt aber auch.

*Egal,* dachte Ina, *soll er doch wissen, dass er verfolgt wird. Vielleicht hat er sogar Angst, umso besser.*

Aber wo zum Teufel wollte er hin?

Die Straßen, die er nahm, wurden immer kleiner und enger, die Häuser immer seltener. Ina hatte mit ihrer Familie einige Radtouren auf Eiderstedt unternommen. Sie meinte, auch in dieser Gegend schon mal gewesen zu sein, konnte sich aber nur erinnern, dass der nördliche Deich nicht weit entfernt war.

Dann hatte sie ihn verloren.

Von einem Augenblick zum anderen war er wie vom

Erdboden verschluckt. Ina fluchte. Das durfte nicht wahr sein! So lange war sie ihm dicht auf der Spur gewesen, und nun war alles umsonst? Sie hielt an, stieg aus, stellte sich auf die Zehenspitzen und sah sich in alle Richtungen um. Es roch nach Dung, ganz in der Nähe musste ein Bauer gerade auf seinen Feldern arbeiten. In der Ferne ein dunkler Haubarg. Im Wind rauschende Knicks. Schafe, die sie verwirrt anglotzten. Dahinter die endlos weite Marschlandschaft. Am Horizont, weit entfernt, konnte sie sogar die Spitze des Leuchtturms von Westerhever erkennen. Nur von Hartung keine Spur.

Ein Brummen in ihrer Hosentasche holte sie aus ihren Gedanken. Ihr Handy. Sie blickte auf das Display und sah ein Bild von Torsten, der sie mit freundlichem Gesicht anschaute. Sie mussten in Köln angekommen sein, wahrscheinlich wollte er sich nur nach ihr erkundigen, wissen, wie es ihr ging. Ina drückte den Anruf weg und schaltete das Handy komplett aus. Nicht jetzt. Erst musste sie ihr Problem lösen.

Auf einmal war ihr, als würde sich eine kalte Hand auf ihren Rücken legen. Eine Gänsehaut strich ihr langsam vom Nacken hinunter bis zum Po.

Ein Drachen. Ein roter rautenförmiger Drachen mit einem kleinen Schwanz aus Papierfetzen hing ein paar Kilometer entfernt am Himmel.

Genau wie in ihrem Traum.

So schwachsinnig es sich auch anhörte, Ina war überzeugt, dass ihr jemand ein Zeichen schicken, ihr zeigen wollte, wo Hartung sich versteckte. Sie stieg wieder in ihren Wagen, ließ sich vom Drachen leiten und suchte sich langsam einen Weg durch schmale Pfade, auch wenn die oft viel zu eng für ein Auto waren.

Und tatsächlich: Als sie aus einer Kurve kam, entdeckte sie direkt hinter einer Reihe Birken ein windschiefes Haus. Wie von der Zeit vergessen stand es in einem völlig verwahrlosten Garten, der von einer – allerdings prächtigen – Buche überragt wurde. Kein Wohnhaus mit Reetdach und auch kein Bauernhof, wie es sie auf Eiderstedt sonst gab. Es sah eher aus wie ein altes Industriegebäude. Oder eine Schule?

Hier also versteckte sich Hartung. Am Ende der Welt. Ina verzog den Mund. Sehr gut, dachte sie. Weit weg von seiner Gemeinde und den Menschen, die ihn achteten und beschützten. Endlich die Gelegenheit, diesen Teufel für seine Verbrechen zur Rechenschaft zu ziehen.

## 39

Es war ein ruhiger Tag im Präsidium. Krumme und Pat arbeiteten die meiste Zeit schweigend an ihren Computern. Sie hatten das Fenster geöffnet, um die angenehm frische Sommerluft in ihr Büro hereinzulassen. Krumme fiel auf, dass Pat noch mehr als sonst mit ihrem Handy beschäftigt war. Dabei lächelte sie versonnen, einmal musste sie sich sogar die Hand vor den Mund halten, um nicht laut aufzulachen. »Alles in Ordnung?«, fragte er sie. Sie nickte etwas verlegen.

Wieder summte es. Pat griff nach ihrem Smartphone, bemerkte aber, wie Krumme sie von seiner Schreibtischseite beobachtete. Sie lächelte ertappt. »Sorry, bin gleich wieder da«, sagte sie, stand auf und verließ das Büro. Krumme schaute ihr hinterher. War seine junge Kollegin etwa verliebt?

Nach einer Weile kam sie mit roten Wangen wieder zurück.

»War wichtig«, entschuldigte sie sich. Dabei wirbelte sie so ungestüm um die Ecke, dass sie Krummes halbvolle Kaffeetasse umstieß. Der gesamte Inhalt ergoss sich über seinen Schreibtisch.

»Oh nein, tut mir leid, das wollte ich nicht!« Mit knallrotem Kopf griff sie kurzerhand nach einem Schal, versuchte hastig, das Schlimmste zu verhindern. Aber

Krumme hatte schnell reagiert und den Ordner über den Maurer-Fall beiseitegeräumt.

»Schon gut, ist ja nichts passiert.«

»Wirklich nicht?«

»Nein. Aber was ist denn los mit dir?«

Pat wich seinem Blick aus und wischte den restlichen Kaffee auf. Unschlüssig überlegte sie, was sie mit dem schmutzigen Schal machen sollte, hängte ihn dann einfach über den Mülleimer. Schließlich setzte sie sich wieder an den Tisch.

»Alles in Ordnung. Was soll denn sein?«, antwortete sie und tat so, also müsste sie schnell etwas Wichtiges in den Rechner tippen.

»Ich habe dich noch nie so aufgeregt gesehen. Und das will für eine Polizistin schon was heißen.«

»Ja? Wirke ich aufgeregt?« Pat gab sich betont unschuldig. Krumme konnte sehen, wie ihre Hand unruhig über der Tastatur hin- und herschwebte. In dem Zustand war sie nicht in der Lage, auch nur ein Wort zu schreiben.

»Komm schon, raus damit. Sonst bist du immer diejenige, die mir vorwirft, dass ich die Klappe nicht aufkriege und dir nichts erzähle. Meistens zu Recht«, fügte er hinzu und sah sie auffordernd an.

Pat überlegte einen Moment. Dann gab sie ihren Widerstand mit einem tiefen Seufzer auf. »Ich bin ein bisschen nervös.«

»Warum?«

Wieder nahm sie Anlauf und holte Luft. »Weil ich heute Abend einen Wettbewerb habe.«

»Einen Wettbewerb?«, echote er überrascht.

»Im Tanzen«, sagte sie. »Standardtanzen.«

»Ah …«, machte Krumme. Endlich verstand er. Er wusste, dass Pat gerne tanzte und sogar das Goldstar-Abzeichen hatte.

»Warum hast du mir das nicht früher erzählt?«

»Ich wusste nicht, dass dich das interessiert.«

»Natürlich interessiert mich das. Ich habe doch auch mal einen Tanzkurs gemacht.« Mit Marianne. Das wusste auch Pat. Sie hatte ihn damals sogar beim Kauf der Schuhe beraten.

Wieder summte ihr Handy. Sie warf einen Blick auf das Display und lächelte.

»Luka«, sagte sie und tippte auf ihr Smartphone. »Mein Tanzpartner. Er ist noch nervöser als ich. Am liebsten würde er auch heute noch trainieren.«

»Und du?«

»Naja, schon, aber …« Sie deutete auf die Unterlagen, die vor ihr auf dem Schreibtisch lagen, um zu zeigen, dass sie noch arbeiten musste.

Er lächelte. »Luka. Der junge Mann, mit dem dich Frau Maurer erwischt hat?«

Pat senkte den Blick, lächelte verlegen. »Er ist nur ein … guter Freund. Wir tanzen zusammen, sonst nichts.«

Krumme betrachtete sie aufmerksam. *Sonst nichts?* Er hatte selbst eine Tochter. Er kannte Pats Blick und wusste, dass sie ihn anflunkerte.

»Was genau ist das denn für ein Wettbewerb?«

»Die Vorentscheidung für die Nordfriesischen Landesmeisterschaften.«

»Wow, das heißt, wenn ihr gewinnt, dann …«

»Dann fahren wir zu den Meisterschaften nach Lübeck«, fiel sie ihm ins Wort. »Aber wir gewinnen nicht.«

»Warum so pessimistisch?«

»Na ja …« Pat bewegte den Kopf langsam von rechts nach links. »Luka ist ein toller Tänzer. Aber ich … Im Vergleich zu ihm bin ich noch ein Anfänger.«

»Aber wenn ihr heute noch trainieren würdet, hättet ihr eine Chance?« Er lächelte.

Pat starrte ihn überrascht an. »Unter Umständen, eine kleine, vielleicht.«

»Na dann, ab, worauf wartest du noch?« Er grinste.

»Aber die Arbeit?«

»Manchmal muss man Prioritäten setzen. Außerdem ist es doch schon fast vier. Den Rest kannst du ja auch morgen erledigen.«

Sie sah ihn fassungslos an. Dann schob sich ein breites Lächeln auf ihr Gesicht.

»Eine Bedingung«, sagte er.

»Was?« Pats Miene fror wieder ein.

»Darf ich zugucken kommen? Mit meiner Vermieterin?«

»Aber natürlich!« Pat strahlte, schaltete ihren Rechner aus und zog ihre Tasche unter dem Tisch hervor. Dann verabschiedete sie sich aufgeregt. Für einen Moment hatte er den Eindruck, dass sie ihn vor lauter Dankbarkeit am liebsten umarmt hätte. Aber dafür war sie dann doch zu sehr Nordfriesin – und er Berliner. Dann war sie weg und er allein im Büro.

Krumme lehnte sich entspannt zurück. Das versprach ein spannender Abend zu werden. Er würde Luka kennenlernen. Pats heimlicher Schwarm, da konnte sie ihm nichts vormachen. Und umgekehrt würde Pat auf Marianne treffen. Bisher hatten sie sich nur ein paar Mal vor dem Präsidium gesehen.

Auch Marianne würde es sicher gefallen, mehr über seine Kollegin zu erfahren. Hoffentlich hatte sie Zeit.

Das Klingeln des Telefons holte ihn aus seinen Gedanken. Er schaute auf das Display. Eine Hamburger Nummer. Endlich. Er streckte sich. Nachdem ihn die kleine Ankündigung im Schaukasten vor der Monholmer Kirche auf die Spur gebracht hatte, hatte er am Vormittag bereits einige Anrufe in die Hansestadt gemacht und den ganzen Tag auf diesen Rückruf gewartet. Würde er jetzt etwas Neues zu dem Fall Maurer erfahren? Gespannt nahm er den Hörer ab.

# 40

Es gab keine Klingel. Ina musste an die Tür klopfen. Nichts passierte.

Der Wind rauschte durch die Hecke und die Blätter der Rotbuche, die wie eine einsame Königin im Garten stand. Doch aus dem Inneren des Hauses drang kein Laut nach außen.

Für einen kurzen Moment hatte sie sich gefragt, ob es eine gute Idee war, dem Mörder ihrer Schwester entgegenzutreten. Ob er seinen Fehler einsehen und mit ihr zur Polizei fahren würde? Bestimmt nicht. Was, wenn er auch sie tötete?

Doch das waren nur kurze Bedenken gewesen. Die Erfahrungen hatten gezeigt, dass sie keine Hilfe zu erwarten hatte, weder von der Polizei noch von ihren Freunden oder ihrer Familie. Alle hielten sie für verrückt. Die Erkenntnis brannte wie eine Flamme in ihrem Bewusstsein.

Und dann war da noch das Messer, das sie sich in einem Kaufhaus am Hamburger Hauptbahnhof gekauft hatte. Sie spürte den kalten Stahl an ihrem Gürtel und hatte keine Angst. Es war Zeit, diesen Albtraum endlich zu beenden.

Sie klopfte erneut, schlug mit der Faust auf die hölzerne Tür. »Los, machen Sie schon auf! Ich weiß, dass Sie da sind!«

Endlich. Ein Rascheln auf der anderen Seite. Dielenknarren und Schritte. Dann wurde die Tür geöffnet, langsam, knirschend. Abgestandene Luft strömte heraus wie aus einer Gruft.

Und da stand er vor ihr. Pastor Hartung.

»Sie?« Er starrte sie erschrocken an. »Um Himmels willen, was wollen Sie denn hier?«

»Ich will, dass Sie mir endlich die Wahrheit sagen.«

Reflexartig wollte er die Tür wieder schließen, aber Ina stellte den Fuß dazwischen. »Nicht so hastig, Herr Pastor«, spuckte sie ihm entgegen. »So schnell werden Sie mich heute nicht los.« Sie drückte die Tür wieder auf und schob sich an dem völlig überforderten Mann vorbei ins Haus.

»Bitte gehen Sie. Lassen Sie mich in Ruhe!«

Sie musterte ihn voller Verachtung. »Niemals«, sagte sie und zog das lange Küchenmesser aus ihrem Gürtel.

Sein nervöser Blick war Bestätigung genug: Er hatte sie erkannt, schon bei ihrem ersten Treffen im Präsidium. Jetzt wusste er, dass Verstecken und Lügen keine Option mehr war. Tatsächlich drückte er sich in eine Zimmerecke, wirkte wie das Kaninchen vor der Schlange.

Sie schaute sich in dem Zimmer um. So muffig wie es roch, so schäbig sah es hier auch aus. Ein abgenutztes Sofa. Ein zerkratzter Holztisch. Darauf nur eine Flasche Wasser und eine zerlesene Bibel in einem speckigen Ledereinband. Ein alter, durchgesessener Sessel. Auf den Holzdielen ein schmutziger, ausgefranster Teppich. Vor den Fenstern verrostete Gitter. Nur der Ausblick in den

Garten war spektakulär schön: Ina sah genau auf die wunderschöne Rotbuche, die ihr vorhin schon aufgefallen war.

»Hier haben Sie sich also all die Jahre versteckt?« Sie schüttelte verächtlich den Kopf.

»Bitte, gehen Sie. Ich habe Ihnen nichts getan«, stammelte Hartung, die Augen wie hypnotisiert auf Inas Messer gerichtet. Mit einem Ruck wandte sie sich wieder ihm zu.

»Nein, *mir* nicht, du mieses Schwein. Aber du hast meine Schwester umgebracht!«

Er seufzte. »Aber Sie haben doch gehört, was die Polizei ...«

»Halt die Klappe!«, unterbrach sie ihn wütend, zeigte dabei mit dem Messer auf seine Brust. »Mich interessiert nicht, was diese Idioten sagen. Wir wissen beide, dass die sich getäuscht haben. Also hör auf, mich zu verarschen!«

Zu ihrer Überraschung faltete Hartung die Hände, ein Büßer, der um Vergebung bat. »Frau Maurer, bitte, ich flehe Sie an, Sie dürfen nicht ...«

Wieder ließ Ina ihn nicht aussprechen. »Schluss jetzt, ich will die Wahrheit hören. Ich will *endlich* die verdammte Wahrheit hören.« Drohend ging sie einen Schritt auf ihn zu, das Messer nur ein paar Zentimeter von seiner Brust entfernt. »Warum, du Scheißkerl, warum ausgerechnet meine Schwester?« Ihre Stimme bebte, zitterte, genauso wie das Messer in ihrer Hand. Tränen glänzten auf ihren Wangen. »Nelly war so ein wunderbarer Mensch. Sie hatte doch keinem etwas getan. Warum nur musste sie sterben?«

Hartung wankte, starrte sie nur mit gequälter Miene an. Aber er schwieg, wollte nichts dazu sagen.

»Mach endlich die Klappe auf!«, brach es so plötzlich aus ihr heraus, dass Hartung erschrocken zurückzuckte.

»Bitte, tun Sie mir nichts«, stöhnte er und drückte sich noch enger in die Zimmerecke.

Ina sah ihn an. Kaum zu glauben. War dieses weinerliche Stück Scheiße der Mann, der sie all die Jahre bis in ihre Träume verfolgt hatte? Der Mann, der Babys taufte und jungen Frauen den Kopf zerschmetterte? Der Widerspruch machte ihn in ihren Augen zu einem noch monströseren Ungeheuer.

Aber jetzt war Schluss. Zeit, die Sache ein für alle Mal zu beenden.

»Hast du was zu schreiben?«

Hartung stutzte irritiert. »Wie bitte?«

»Ein Zettel und einen Stift, verdammt noch mal!«, stieß sie wütend hervor. Sie hob das Messer, zeigte mit der im Licht glitzernden Spitze auf seinen vor Angst tanzenden Kehlkopf. »Ich will, dass du jetzt aufschreibst, was du damals getan hast. Ein Geständnis, damit ...«

Mitten im Satz erstarrte sie.

*Nein, das kann nicht sein. Werde ich jetzt komplett verrückt?*

Ina strich sich mit der Hand über das Gesicht, benommen, als wäre sie gerade aus einem Traum erwacht.

*Aber nein, ich träume immer noch ...*

Sie ging zum Fenster und blickte nach draußen in den Garten. Dort, vor dem Haus, thronte die alte Buche. Gerade brachte das milde Licht der frühabendlichen Sonne die roten Blätter zum Leuchten.

Und da, neben dem großen Baum, stand sie. Das Mädchen mit den langen schwarzen Haaren und den großen braunen Augen. Sie schaute zu ihr. Lächelte sie? Ina war nicht sicher. Wie eine mechanische Puppe hob sie die rechte Hand, winkte dem Mädchen zu – und die winkte ihr wie in Zeitlupe wieder zurück.

Ein Traum, dachte Ina, als ein brutaler Schlag sie am Hinterkopf traf, sie von einem Augenblick zum anderen die Besinnung verlor und in ein tiefes Nichts stürzte.

# 41

»Ein Tanzwettbewerb?«, fragte Marianne überrascht.

»Ja, die Nordfriesischen Landesmeisterschaften im Standard. Und Pat, meine Kollegin, macht mit.«

Marianne überlegte, während sie ihr Brot mit Salamiwurst belegte. Zwei Scheiben gingen an Watson, der unter dem Tisch auf einen Happen lauerte. Krumme zuckte zusammen, als das große Tier nach der Wurst schnappte und im Bruchteil einer Sekunde herunterschlang. Ein Wunder, dass er nicht auch Mariannes Hand erwischte.

»Was meinst du?«, hakte er nach. »Wäre das nicht ein spannender Abend? Wo wir beide doch selbst mal getanzt haben?«

Sie sah ihm tief in die Augen. »Oh, ich erinnere mich noch gut. Am Ende hattest du ständig so viel im Büro zu tun, dass wir nicht mehr zum Kurs gehen konnten. Erst war es nur eine Stunde, dann zwei, dann ...«

»Ja, schon gut, ich bin eben kein toller Tänzer«, unterbrach er sie. »Aber zugucken macht bestimmt auch Spaß. Vor allem wenn man eine der Teilnehmerinnen kennt. Ich habe Pat versprochen, dass ich komme.«

»Ja, hast ja recht, ist eine schöne Idee. Aber nein, ich habe keine Zeit.«

Krumme sah sie enttäuscht an. »Warum nicht?«

»Weil ich mit Frau Stackmann verabredet bin.«

»Von der habe ich noch nie gehört.«

»Das ist Matthes' Mutter. Sie will unbedingt wissen, warum jemand ihrem Sohn den Arm ausgerenkt hat.«

»Oh …« Krumme schob die Unterlippe nach vorn. »Sollte ich da nicht eigentlich auch mitkommen und ihr …«

»Nein, auf keinen Fall.« Marianne schüttelte energisch den Kopf. »Sie war so aufgebracht, dass sie sofort zur Polizei gehen wollte. Es ist besser, wenn ich erst einmal allein mit ihr rede.«

Krumme nickte langsam. Wie lange ihn diese blöde Geschichte wohl noch verfolgen würde?

»Na schön«, sagte er, »gehe ich eben allein zum Wettbewerb.«

»Nein.«

»Wieso?«

Marianne biss in ihr Brot. »Weil Frau Stackmann zwei Katzen hat. Da kann ich Watson unmöglich mitnehmen. Wenn du zum Tanzen gehst, dann nur mit dem Hund.«

Krumme schaute überrascht nach unten. »Meinst du wirklich, die lassen mich da mit ihm rein?«

»Musst du probieren. Aber warum nicht?« Sie gab Watson noch eine Scheibe Salami. »Wenn es darauf ankommt, kannst du auch ganz lieb sein, oder?«

Watson bellte freundlich. Krumme überlegte. Ob das so eine gute Idee war? Dann seufzte er und klopfte auf Watsons mächtigen Rücken.

»Na schön, mein Freund. Machen wir uns einen netten Herrenabend.«

»Sie wollen das Riesenvieh mit in die Halle nehmen?«
Der Kartenverkäufer sah ihn fassungslos an.

»Er ist wirklich ganz friedlich«, erwiderte Krumme
und hoffte, dass man ihm seine ehrliche Meinung nicht
ansah.

Aber der junge Mann mit dem ausrasierten Schädel
schüttelte den Kopf. »Nee, das Monster kommt hier
nicht rein. Was, wenn er auf die Tanzfläche springt und
eine der Tänzerinnen auffrisst?«

Watson hatte sich neugierig umgeschaut und dem
fernen Klang der Musik gelauscht. Nun bemerkte er,
dass die beiden Männer über ihn sprachen. Er bellte aufgeregt und entblößte dabei seine großen Zähne. Der eigentlich kräftige Mann wich respektvoll zurück. »Es tut
mir leid, aber bitte bringen Sie das Tier weg«, sagte er
zu Krumme. Der nickte traurig. Er konnte ihn ja gut
verstehen.

»Was ist das denn für ein toller Hund, Geert?«, meldete sich auf einmal eine weibliche Stimme. Sie gehörte
einer jungen, attraktiven Frau. Eine der Teilnehmerinnen, nahm Krumme an. Sie war bereits geschminkt, und
er war sicher, dass sie unter ihrem langen Mantel schon
ihre Tanzkleidung trug. Trotzdem ging sie in die Knie
und knuddelte herzhaft mit Watsons dickem Kopf. Was
diesem sehr gefiel. Gutmütig brummend kuschelte er
sich an ihre Seite und leckte über ihre Hände. Die junge
Frau lachte. »Du bist ja ein Lieber! Willst du mich heute
auch tanzen sehen?«

Geert, der Kartenverkäufer, räusperte sich. »Ich glaube nicht, dass das geht, Meike.«

Die sah ihn entrüstet an. »Aber natürlich geht das«,

erwiderte sie. »Schau ihn dir doch mal an. Je größer, desto friedlicher.« Sie wandte sich an Krumme: »Oder beißt er?«

»Nicht, dass ich wüsste.«

Meike blickte triumphierend zu Geert: »Siehst du? Also komm, sei kein Spießer und lass die beiden rein.«

Damit machte sie sich auf den Weg Richtung Umkleide.

Geert stöhnte. »Na schön. Aber Sie gehen nach oben, weit weg von der Tanzfläche. Und wenn der Hund nur einmal bellt, fliegen Sie sofort raus.«

Krumme kletterte mit Watson hinauf auf die kleine Tribüne der Sporthalle. Die meisten Zuschauer schauten dem Hund mit ängstlichen Augen hinterher. Aber es gab keinen Grund zur Sorge. Watson legte sich friedlich zu seinen Füßen auf den Boden und machte keinen Mucks, selbst als die Musik lauter wurde und der Wettbewerb begann. Krumme konnte es kaum glauben, aber Watson war in diesem Durcheinander eingeschlafen.

Umso besser. So konnte er sich auf die Show konzentrieren. Das war Krummes erster Tanzwettbewerb, selbst im Fernsehen hatte er sich so etwas nie angesehen. Von der Tribüne sah er hinunter auf einen abgesperrten Tanzbereich, direkt daneben standen eine längere Tafel für die sieben Wertungsrichter und Tische für das Publikum. Krumme zuckte, als er zwei alte Bekannte erblickte: »Katsche« Ludwig und Hauke Friedrichs, seine Kollegen aus dem Präsidium. Beide waren mit ihren Frauen gekommen. Frau Ludwig war im Gegensatz zu ihrem kugelförmigen Mann ein zartes Püppchen. Und Frau Friedrichs, anders als ihr spitteldürrer, kettenrauchender Ehemann eher eine wohlbeleibte Dame mit rosigen Wangen. Alle hatten sich zur Feier des Abends schick angezogen und warteten nun gespannt auf den Beginn der Veranstaltung. Zu Krummes Ärger bemerkte Friedrichs ihn und stieß seinen Kumpel Ludwig in die Seite. Gemeinsam wedelten die beiden aufgeregt mit den Händen nach oben zur Tribüne. Krumme winkte unsicher zurück. Hoffentlich blieb Watson ruhig. Falls nicht, würde er sich erneut zum Gespött seiner Kollegen machen.

Ein Moderator mit perfekt sitzendem Anzug und im Scheinwerferlicht glänzender Frisur eröffnete den Abend mit einer feierlichen Ansprache. Leider war sein Mikro, das er mit spitzen Fingern festhielt, so mies eingestellt, dass es ständig Rückkopplungen gab und Krumme nur wenig von den Ansagen verstand.

Die Musik aber klang einwandfrei, und das Allerwichtigste waren schließlich die Tänzerinnen und Tänzer. Zunächst wurden die teilnehmenden Paare vorgestellt. Er beobachtete, wie galant die Männer ihre Partnerinnen auf das Parkett führten. Diese Haltung! Krumme musste an den Tanzkurs denken, wo der Tanzlehrer ihn immer wieder für seine fehlende Körperspannung gerügt hatte.

Dann betraten Pat und ihr Partner die Tanzfläche. Ein Raunen ging durch das Publikum, ein paar Idioten konnten sich ein Lachen nicht verkneifen, schließlich waren die beiden mindestens einen Kopf größer als die anderen Paare. Aber Krumme wollte seinen Augen nicht trauen. War das wirklich seine Kollegin, die sonst mit gedrungener Haltung hinter ihrem Schreibtisch hockte und eine Vorliebe für schwarze, schlabbrige T-Shirts hatte? Nun sah er eine aufrechte, in jeder Beziehung beeindruckende junge Frau, die sich mit erhobenem Kinn und würdevoller Pose dem Wettbewerb stellte. Natürlich war sie nicht so schlank wie die übrigen Damen. Aber Krumme fand, dass sie zwischen den anderen Tanzpüppchen eine tolle Figur machte.

Das lag auch an ihrem Partner Luka. Er sah blendend aus. Mit jeder Bewegung strahlte er Grandezza und Stil aus und ließ die Augen des weiblichen Publikums funkeln. Krumme bemerkte, wie Pat ihm stolze Blicke zuwarf. Kein Wunder, dass sie in den letzten Tagen in Gedanken immer wieder bei ihm war und sich kaum auf ihre Arbeit konzentrieren konnte.

Insgesamt gab es zehn Paare, die in der ersten Runde in zwei Gruppen zu je fünf Paaren gegeneinander antraten. Zuerst im langsamen Walzer, dann folgte Tango und schließlich Quickstepp.

Für Krumme sahen alle beeindruckend aus. Warum das eine Paar mehr Applaus bekam als das andere, wollte sich ihm nicht erschließen. Außer bei Meike, dem Mädchen, das geholfen hatte, Watson in die Halle zu bringen. In ihrem Kleid sah sie umwerfend aus. Wenn sie und ihr Partner über die Tanzfläche flogen, gab es für besonders schön getanzte Figuren sogar Szenenapplaus.

Und es war kaum zu glauben: Ihre einzigen wirklichen Konkurrenten waren Pat und Luka. Mit der tänzerischen Klasse von Meike und ihrem Freund konnten die beiden es nicht aufnehmen, aber das Publikum schien sie zu lieben. Aus freundlichem Spott wurde ehrliche Anerkennung. Krumme war baff: Nie hätte er gedacht, dass Pat sich mit solcher Anmut bewegen konnte. »Meine Kollegin«, sagte er stolz zu einem älteren Ehepaar, das neben ihm saß und einen Auftritt der beiden bejubelte.

Nach der ersten Runde wurden von den Wertungsrichtern insgesamt vier Paare herausgewählt. Nun folgte bereits die Finalrunde mit den restlichen Paaren. Noch einmal die gleichen Tänze. Und Pat und Luka waren dabei. Krumme hatte den Eindruck, dass die beiden immer besser wurden. Wie gut, dass auch Friedrichs und Ludwig im Publikum saßen. Vielleicht hörten sie endlich auf, über seine Kollegin zu lästern. Aber er musste sich keine Sorgen machen: Gemeinsam mit ihren Gattinnen waren sie längst Fans geworden und bejubelten jede Bewegung des jungen Paares.

Wie glücklich Pat aussah! Krumme freute sich für ihren Erfolg. Er war sicher, heute musste der schönste Tag ihres Lebens sein. Krumme applaudierte so laut, dass Watson wach wurde. Neugierig legte er den Kopf auf die Balustrade der Tribüne. Aber Tanzen schien ihn nicht zu interessieren. Er gähnte und rollte sich dann wieder auf dem Boden zusammen. Krumme atmete durch. Ein Glück. Mit seinem Bellen hätte Watson die komplette Veranstaltung gesprengt.

Die letzte Prüfung war wieder ein Quickstepp. Genau wie in den anderen Runden tanzten Meike und ihr Freund einfach perfekt, das konnte selbst ein Laie wie Krumme erkennen. Immer wieder wurden sie vom Publikum aufgerufen und bekamen tosenden Beifall.

Doch auch Pat und Luka hatten die bisherigen Runden fehlerlos getanzt. Die Sympathien des Publikums hatten sie schon erobert – würden die Außenseiter auch die Meisterschaften gewinnen? Krumme rutschte nervös auf seinem Platz herum. Die überraschenden Neuigkeiten im Maurer-Fall, die er am Nachmittag erfahren hatte, spielten keine Rolle mehr.

Getrieben von der Musik aus den Lautsprechern schwebten Pat und Luka über die Tanzfläche. Kaum zu glauben, wie geschmeidig sich die beiden bewegten, wie gut sie harmonierten. Krumme konnte sehen, wie Pats Gesicht vor Aufregung glühte. *Mein Mädchen*, dachte er und drückte Watsons Kopf vor lauter Begeisterung an sich.

Kurz vor dem Ende stolperte Pat. Beinahe wäre sie sogar gestürzt, aber Luka gelang es im letzten Moment, sie festzuhalten. Ein enttäuschtes Stöhnen ging durch die Halle. Die beiden beendeten den Rest des Tanzes, hatten aber Probleme, wieder in den richtigen Rhythmus zu finden.

Dann war Schluss. Das Publikum jubelte frenetisch. Aber allen war klar, dass die beiden keine Chance mehr auf den Sieg hatten. Immerhin: Als die Wertungsrichter ihre Noten verteilten, landeten Pat und Luka auf dem dritten Platz. Doch es wäre viel mehr drin gewesen, wenn Pat nicht gepatzt hätte. Als sie sich zum letzten Mal verbeugte, war ihr Lächeln nur eine starre Maske. Krumme konnte sehen, dass eine Träne über ihr geschminktes Gesicht lief.

Kurz darauf war alles vorbei. Die Leute zogen sich ihre Mäntel über und machten sich auf den Weg nach Hause. Krumme klopfte Watson auf die Schulter: »Komm, mein Junge. Ich glaube, da braucht jemand unsere Hilfe.«

Und tatsächlich, als sie zusammen in Richtung Garderobe gingen, fanden sie Pat auf einer Bank im Flur sitzend. Gerade war Meike bei ihr. Sie tröstete ihre Konkurrentin, ging aber, als Krumme und der Hund kamen.

»He, ist das Watson, der von dem Foto?«, fragte Pat. Überrascht zuckte sie zurück, als der große Hund seinen Kopf tröstend auf ihre Schulter legte, nur um dann gerührt ihren Tränen freien Lauf zu lassen.

»He, kein Grund, traurig zu sein«, sagte Krumme. »Das war ganz wundervoll. Ich hatte ja keine Ahnung, dass du so eine tolle Tänzerin bist.«

»Von wegen. Ich habe es verbockt. Das ganze Training, alles umsonst. So eine Blamage!«

»Quatsch. Hast du denn nicht den Applaus gehört? Die Leute haben euch geliebt!«

Watson drückte sich tröstend so heftig gegen Pat, dass sie fast von der Bank rutschte. Zum ersten Mal musste sie für einen Moment lächeln, nur um anschließend noch mehr zu weinen. »So ein Mist!«

Krumme setzte sich neben sie. Sollte er den Arm um seine Kollegin legen? Vielleicht ein bisschen unangemessen für zwei Kriminalkommissare, dachte er und entschied sich, lediglich ihre Hand mitfühlend zu drücken.

»Meine Güte, ihr seid Dritte geworden, das ist doch was«, sagte er.

Wieder seufzte Pat nur und tätschelte dabei gedankenverloren Watsons Rücken. Für einen Moment schwiegen sie.

»Wo ist denn dein Freund? Ihr wart das Paar des Abends, ich würde ihn gerne kennenlernen.«

Pat wirkte plötzlich noch trauriger. »Luka ist nicht mein Freund.«

»Nicht?« Krumme sah sie verwirrt an. »Aber ihr habt doch so perfekt harmoniert.«

»Beim Tanzen vielleicht, aber sonst …« Sie stockte, musste schlucken, um nicht erneut zu weinen. Stattdessen zeigte sie zum Ende des Flurs. Dort stand Luka zusammen mit dem Moderator der Veranstaltung. Krumme verstand sofort. Luka, der trotz der knappen Niederlage blendende Laune hatte, lachte – und streichelte dabei zärtlich die Hand seines Freundes.

»Tja, Pech gehabt«, sagte Pat. »Die richtig guten Männer sind alle vergeben.«

»Hast du keine Ahnung gehabt?«

»Schon. Aber während des Trainings sind wir uns so nahe gekommen, dass ich irgendwie die Hoffnung hatte, dass er vielleicht doch …« Sie rieb sich mit der Hand über die Schläfe. »Wie kann man nur so dumm sein?«

»Jetzt hör aber auf. Was du heute geschafft hast, war unglaublich! Hast du nicht gesehen, wie das Publikum dir zugejubelt hat?«

»Am Ende haben sie gelacht.«

»Quatsch, keiner hat gelacht. Ich habe von oben alles gesehen. Du hast den Leuten nur leidgetan.«

»Ich will aber kein Mitleid«, brummte Pat. Krumme blickte betroffen zu ihr. Jetzt saß wieder ein großes, trauriges Mädchen mit eingefallenen Schultern neben ihm.

Krumme wusste nicht, was er noch sagen sollte. Er entschied sich zu schweigen. Gemeinsam starrten sie an die gegenüberliegende Wand, während aus der Halle immer noch dumpf Musik zu hören war. Andere Tänzer und Tänzerinnen gingen mit ihren Umkleidetaschen an ihnen vorbei. Einige gratulierten Pat kurz zu ihrem tollen Auftritt. Aber Krumme hatte nicht den Eindruck, dass sich ihre Laune heute noch bessern würde.

»Willst du nicht rangehen?«, fragte sie ihn schließlich.

»Was?«

»Dein Handy. Es brummt die ganze Zeit.«

Krumme stutzte. Tatsächlich, sein Telefon. Er hatte den Ton für die Veranstaltung ausgeschaltet. Als er jetzt auf das Display sah, bemerkte er, dass ein unbekannter Anrufer schon mehrmals versucht hatte, ihn zu erreichen. Schnell hörte er die Mailbox ab, musste sich dabei das andere Ohr zuhalten, um bei dem Lärm etwas zu verstehen.

»Was ist?«, fragte Pat, als er das Smartphone mit besorgter Miene wieder wegsteckte.

»Das war Herr Maurer. Er sagt, seine Frau wollte in Hamburg bleiben, um ihre Mutter zu besuchen.«

»Und?«

»Da ist sie nie aufgetaucht. Er hat mehrmals versucht, sie zu erreichen, aber sie ist nie rangegangen.«

Pat sah ihn erschrocken an. »Heißt das, dass sie …?«

Krumme nickte: »Ja, so wie es aussieht, ist Frau Maurer wieder zurück nach Nordfriesland gefahren.«

# 42

Mit aufgerissenen Augen starrte er in das lodernde Feuer des Kamins. Er beobachtete, wie ein Holzscheit in die Flammen fiel, mit lautem Knistern auseinanderbrach und die einzelnen Teile in der Glut vergingen.

Seine Haut kribbelte. Immer wieder kratzte er sich über den Kopf, rieb sich mit den Händen über die heißen Wangen.

Was sollte er nur machen? All die Jahre hatte er sein Geheimnis für sich behalten. Hatte mit Gottes Hilfe an sich gearbeitet, alles getan, um die Dämonen in sich zu bekämpfen. Er hatte gebetet, fest in seinem Glauben gestanden und sich auch nicht von dieser schwarzhaarigen Medusa provozieren lassen, die ihn aus dem Schatten der Buche heraus verfolgte.

Auf einmal war alles anders. Sein geordnetes Leben, das ihm Halt und Kraft gegeben hatte – vorbei!

Plötzlich spürte er wieder diese flammende Gier in sich, den Wunsch, zu explodieren und allem ein schnelles Ende zu setzen. Er starrte auf seine Hand, ballte sie zu einer Faust, so heftig, dass die Fingernägel in die Haut drückten. Aber er spürte keine Schmerzen. Nur Wut auf das Schicksal, das sich ihm gegenüber so gnadenlos zeigte.

*Herr, vergib mir meinen Hass!*

Aufgewühlt vergrub er das Gesicht in den Händen.

Hatte er es sich nicht verdient, die Vergangenheit hinter sich zu lassen? Die Fehler, die er begangen hatte?

Ein Schmerz bohrte sich durch seinen Schädel. Er stöhnte, drückte die Fäuste gegen die Schläfen. Schrie.

Bilder tauchten aus der Vergangenheit auf wie Blasen im dichten Nebel, schon wieder, immer noch. Sein Fluch seit ewigen Zeiten. Sie wirbelten durch den Kopf, kratzten mit scharfen Krallen an seinem brüchigen Verstand.

Die Nacht in der großen Stadt.

Der warme Sand. Der aufkommende Wind, der ihm durch die Haare streicht. Der Himmel, schwarz und bedrohlich. Die Lichter. Fremde Gesichter. Ihr Gesicht. Das Funkeln in ihren blauen Augen. Die brennende Schande. Der Schmerz der Demütigung. Grelle Blitze. Donnerschläge, die die Erde zum Beben bringen.

Und das Blut. Immer wieder das rote, dickflüssige Blut, das über den Stein, über seine Hand tropft.

Er hielt sich die Hände vor die Augen, presste sie gegen den Kopf, als könnte er so die furchtbaren Bilder vertreiben. Wie lange noch musste er diese Qualen ertragen?

*Zerbrich dir nicht den Kopf! Du hast nur getan, was ich dir befohlen habe!*

Wieder diese Stimme. So lange hatte er sie nicht gehört. Er atmete schwer, wie ein Langstreckenläufer im Ziel. Die Vergangenheit zerrte an ihm wie der Teufel an seiner Seele.

Die Bibel auf dem Tisch. Er griff danach, legte die rechte Hand auf den Ledereinband. Der Versuch, sich zu beruhigen. Kraft zu finden. So oft hatte es schon funktioniert.

Doch jetzt war diese Frau da. Die verdammte, verfluchte Schwester.

*Wie hat sie mich nur gefunden?*

Ein leises Scheppern aus der Küche. Marga. Was, wenn das Miststück im Lagerraum ihr verriet, was er getan hatte? Marga würde ihn verstoßen, davonjagen wie einen Hund.

Nein, das durfte nicht passieren. Niemals!

Mit einem heftigen Ruck stand er auf und stapfte zum Fenster. Er starrte hinaus in den dunklen Abend. Die Buche war kaum noch zu erkennen. Nur ein schwarzes Skelett im Nichts.

*Wo bist du? Zeig dich, du Hexe!*

Er wusste, dass sie da draußen stand, ihn beobachtete, ihn bewachte. Oh, wie gerne hätte er sie sich geschnappt und ihr den schmutzigen Hals umgedreht. Der Herr im Himmel würde ihm dafür seinen Segen geben. Sie war das Böse. Ohne sie könnte er sich von allem Ballast befreien, endlich ein neuer, besserer Mensch werden.

Durch das halboffene Fenster strömte frische Luft herein. Er hielt die Hand durch die Gitterstäbe vorbei nach draußen, drehte sie im Wind, spürte die angenehme Kühle der Nacht.

Langsam beruhigte sich seine Atmung wieder. Der zentnerschwere Druck, der auf ihm lastete, nahm ab.

Gedanken umschwirrten ihn wie Gespenster. Flüsterten leise Botschaften. Er schloss die Augen, versuchte, den richtigen Weg zu finden.

*Folge mir, und du wirst gesegnet für alle Zeit!*

Jawohl! *Ihm* hatte er sein Leben gewidmet, sein treuer Diener würde er immer bleiben.

Er überlegte angestrengt, versuchte, den Sinn hinter allem zu erkennen. Was verlangte der Herr von ihm?

Eine Prüfung. Diese schreckliche Frau, die so plötzlich aufgetaucht war. Sie musste verschwinden, für immer, zusammen mit den bösen Erinnerungen, die sie mit sich trug. Erst dann war er frei.

Er nickte. Der drückende Schmerz im Kopf klang langsam ab. Für ihn ein Zeichen, dass er die richtige Entscheidung getroffen hatte.

Die Frau mit den kurzen Haaren, sie musste sterben.

Erst sie, dann der Dämon, der so lange auf ihn im Garten wartete.

Beide mussten sterben.

Ihr Tod würde seine Erlösung sein.

# 43

Dieses Mal fuhr Krumme nach Monholm. Sie nahmen Mariannes Golf, den schnellsten verfügbaren Wagen. Natürlich mussten sie auch Watson mitnehmen. Der hockte auf dem Rücksitz und hatte den Kopf auf Pats Schulter abgelegt. Etwas ungewohnt für sie. Doch sie ließ ihn gewähren und lehnte sogar ihren Kopf an seinen, während sie konzentriert Krummes Bericht folgte.

»Der Pastor war an dem Abend doch in Hamburg?«, fragte sie fassungslos.

»Das konnte ich noch nicht wirklich herauskriegen. Ist schon zu lange her. Die Dame aus der Gemeinde in Farmsen, mit der ich gesprochen habe, meinte nur, Hartung wäre damals durchaus öfter in Hamburg gewesen.«

»Weil?«, fragte Pat, während Watson versuchte, seinen gewaltigen Kopf in ihr Gesicht zu drücken.

»Wie ich gerade gesagt habe. Dieser Zettel aus dem Schaukasten hat mich auf die Idee gebracht: Die evangelische Gemeinde in Monholm und die in Farmsen sind schon seit vielen Jahren miteinander befreundet.«

»Die Gemeinde, bei deren Sommerfest Nelly Maurer vor zwanzig Jahren war?«

Krumme nickte. »Schon damals gab es einen regen

Austausch. Die Dame meinte, Hartung hätte über die Jahre sogar öfter in Hamburg gepredigt.«

»Und Nelly Maurer war auch Mitglied dieser Kirche?«

»Nein. Aber zumindest an diesem Tag, ihrem Todestag, war sie dort.«

Er sah zu seiner Kollegin hinüber, die mit starrer Miene auf die einsame Straße schaute, die an den riesigen Windrädern entlang nach Monholm führte.

»Also hat er doch etwas mit dem Mord zu tun?«, fragte sie.

»Das muss nicht sein. Aber zumindest hat er uns angelogen, als er behauptet hat, er wäre so gut wie nie in Hamburg gewesen. Außerdem gibt es über die Kirchengemeinde tatsächlich eine Verbindung zwischen ihm und Nelly Maurer.«

»Aber warum sollte er uns anlügen?«

Krumme hob die Augenbrauen. »Das wollte ich ihn eigentlich morgen früh fragen. Aber vielleicht kann er uns ja auch gleich eine gute Erklärung liefern.«

»Vorausgesetzt, Frau Maurer hat ihm nicht schon den Hals umgedreht.«

Nach etwas mehr als einer halben Stunde erreichten sie ihr Ziel. Als sie in die Straße vor der Kirche einbogen, wartete dort schon ein Streifenwagen aus Bredstedt auf sie. Er hatte Mannsen angerufen und ihn gebeten, zur Sicherheit ein paar Kollegen zu schicken, um nach Frau Maurer Ausschau zu halten.

Es waren die gleichen Beamten, die ihm vor ein paar Tagen den Strafzettel verpasst hatten. Mit verschränkten Armen an ihren Streifenwagen gelehnt beobachteten sie, wie Krumme und Watson aus dem Golf kletterten.

»Moin, Herr Kommissar. Sollen wir mal mit den Kollegen in Husum reden, damit Sie ein größeres Auto ...« Die Beamtin mit den kurzen Haaren stutzte, als auch Pat auf der anderen Seite ausstieg. Sie hatte sich in Husum hastig ein T-Shirt übergeworfen. Mit ihren frisierten Haaren und dem nach dem Wettbewerb noch nicht völlig abgeschminkten Make-up wirkte sie wie eine nordische Königin.

»Darf ich vorstellen, meine Kollegin, Kriminalkommissarin Patrizia Reichel«, sagte Krumme, während er versuchte, die Kontrolle über den aufgeregten Watson zu bekommen. »Haben Sie Frau Maurer gesehen?«

Doch die beiden Streifenpolizisten starrten Pat immer noch an. Er musste zugeben, dass sie beide zusammen mit dem riesigen Watson ein recht ungewöhnliches Trio abgaben. Trotzdem gab es jetzt Wichtigeres.

»Hallo? Haben Sie mir zugehört?«

Die Beamten rissen sich von Pats Anblick los. »Nein, nichts. Zu Hause scheint beim Pastor auch keiner zu sein.«

Krumme und Pat tauschten einen Blick. »Wir schauen noch mal.« Gemeinsam mit Watson gingen sie zum Pfarrhaus. Tatsächlich war nirgends ein Licht zu sehen. Sie klingelten, aber keiner öffnete. Krumme versuchte, einen Blick durch ein Fenster zu erhaschen, konnte aber nichts erkennen. Sie kehrten zurück zum Streifenwagen, wo die beiden Beamten auf sie warteten.

»Wie ich gesagt habe«, fing die Streifenpolizistin an, aber Krumme unterbrach sie: »Geben Sie eine Fahndung nach Frau Maurer raus. Und rufen Sie bei den Mietwagenfirmen in der Nähe an. Wenn sie wieder in

Nordfriesland unterwegs ist, wird sie bestimmt nicht trampen.«

Die beiden nickten mit genervten Mienen. Die Nachtschicht hatten sie sich ruhiger vorgestellt.

Krumme ging zu Pat, die ihr Handy in der Hand hielt. »Unter der Festnetznummer, die Hartung uns gegeben hat, meldet sich keiner«, sagte sie.

Krumme überlegte. »Lass uns schauen, ob er in der Kirche ist.«

»So spät?«

»Warum nicht? Ein guter Pastor hat nie Feierabend.«

Aber auch in der Kirche war alles dunkel und die Türen verschlossen. Sicherheitshalber marschierten sie einmal um das alte Gemäuer. Keine Spur von Hartung oder Ina Maurer.

»Und jetzt?«, fragte Pat. Krumme blickte zu ihr hoch. Der Glitzerstaub auf ihrem Gesicht leuchtete im Licht der Sterne.

»Vielleicht warten wir noch eine Weile. Ich bin sicher, dass sie kommt.«

Gemeinsam gingen sie zurück zur Straße. Nirgends ein Mensch zu sehen.

»Wollen wir bei den Nachbarn fragen?«

Krumme überlegte, ob das einen Sinn ergab, als er auf dem Bürgersteig eine gebückt gehende Frau mit zwei Einkaufstüten in der Hand sah.

»Ewa?«

Hartungs Putzfrau zuckte zusammen, erschrocken durch die Konturen der drei im Dunkel der Nacht. Erst als Krumme in den Lichtkegel einer Straßenlaterne trat, entspannten sich ihre Gesichtszüge ein wenig.

»Herr Kommissar?«, hauchte sie, immer noch beeindruckt von Watson und Pat.

»Entschuldigen Sie, dass wir Sie so spät belästigen. Aber wir suchen den Herrn Pastor. Es ist sehr dringend.«

»Wieso? Was passiert?«

Krumme war sicher, dass Ewa von Frau Maurers Auftritt auf dem Friedhof und ihren Vorwürfen gegen Hartung erfahren hatte. »Noch nichts. Aber wir könnten uns vorstellen, dass er ... vielleicht Probleme bekommen wird.«

»Ist nicht zu Hause?«

»Nein. Haben Sie eine Ahnung, wo wir ihn finden können?«

Die kleine Frau schüttelte den Kopf. »Vielleicht rufen an?«

»Haben wir versucht. Nichts. Wissen Sie, ob Herr Hartung auch ein Handy besitzt?«

Ewa betrachtete ihn nachdenklich. Dann nickte sie. »Ich habe Nummer.« Sie griff in ihre Jackentasche und holte ihr Smartphone heraus, suchte im Adressbuch nach der Telefonnummer und zeigte sie Pat, die sie in ihr Handy tippte. Fragend sah sie zu Krumme.

»Okay, gib her.« Er übernahm das Telefon. Nach dem dritten Klingeln nahm Hartung ab.

»Ja?«, fragte er mit seltsam erschrockener Stimme.

»Herr Hartung. Hier ist Kriminalhauptkommissar Krumme. Wir stehen gerade vor Ihrem Haus und ...«

»Was wollen Sie von mir?«, unterbrach ihn der Pastor hektisch.

»Wo sind Sie denn? Wir würden Sie gerne sprechen«, antwortete er.

Stille. Hartung überlegte. Krumme konnte sein schweres Atmen hören. Was war da los?

»Ich bin unterwegs. Ich habe zu tun«, sagte er schließlich.

»Alles in Ordnung, Herr Hartung?«

»Natürlich! Was soll sein?«, erwiderte der Pastor ungeduldig, fast unwirsch.

»Wir müssen Sie unbedingt sprechen. Es geht um ...«

»Nein, nicht jetzt«, fiel Hartung ihm ins Wort. »Tut mir seid leid, ich habe gerade gar keine Zeit. Lassen Sie uns morgen telefonieren.«

»Hören Sie, es ist aber wichtig, dass ...« Krumme sah überrascht auf Pats Handy.

»Was ist?«, fragte sie. Gemeinsam mit Ewa hatte sie ihm aufmerksam zugehört.

»Er hat aufgelegt. Mitten im Gespräch.« Krumme konnte es nicht fassen. Schnell wiederholte er den Anruf. Hartung ging nicht mehr dran. Stattdessen kam die mechanische Nachricht, dass der Teilnehmer nicht erreichbar war.

»Was ist nur mit ihm?«, fragte Krumme Pat. »Er klang total gehetzt.«

»Hatte er Angst?«

Er überlegte. »Keine Ahnung. Vielleicht.« Er wandte sich wieder an Ewa, die angesichts der vielen Polizisten überfordert wirkte. »Haben Sie wirklich keine Ahnung, wo der Herr Pastor stecken könnte?«

Die Polin schüttelte unsicher den Kopf.

»Hat er irgendwo gute Freunde? Familie, die er besuchen könnte?«

Krumme konnte sehen, wie sie zitterte. Sie hatte Angst.

»Bitte, denken Sie nach. Eventuell steckt der Herr Pastor in großen Schwierigkeiten.«

Ewas Blick ging zu Pat und zu Watson, der sie mit heraushängender Zunge ebenfalls neugierig anschaute. Dann gab die Polin sich einen Ruck. »Vielleicht habe Idee, wo Herr Hartung ist«, sagte sie leise.

## 44

Der Schmerz war kaum zu ertragen. Pochend. Läh-
mend. Blitze zuckten durch ihren noch betäubten Verstand. Einzelne Bilder. Das einsame Haus. Der Pastor.
Die Buche. Das glänzende Messer. Die junge Frau mit
den schwarzen Haaren.

Wo war sie? Mit zitternden Lidern öffnete sie die
Augen. War sie blind? Oder tot? Um sie herum völlige
Schwärze. Erst langsam wurden Linien und Konturen
sichtbar. Sie wollte sich aufrichten. Unmöglich. Die Beine waren über den Knöcheln mit Panzertape zusam-
mengeschnürt, die Arme auf dem Rücken. Wie ein Paket
lag sie in einer Abstellkammer auf dem kalten Boden,
einen Knebel im Mund.

Sie streckte den Hals, schaute sich mit aufgerissenen
Augen um. Hoch aufragende Regale mit Vorräten, Ge-
tränkekisten: Cola, Limonade, Wasser. Kartoffeln und
Reis. Auf dem Boden Mäusedreck und alte Zeitungen.
Es stank nach Erde und Desinfektionsmittel.

In der Ecke ein schmales Fenster, winzig nur. Kein
Licht schaffte es von draußen herein.

Wie lange lag sie nach dem Schlag schon bewusstlos in
dieser dunklen Kammer? Ein paar Minuten? Stunden?
Einen Tag? Sie wusste es nicht, hatte jedes Zeitgefühl
verloren.

Sie versuchte, die verschnürten Beine zu strecken. Aber die Klebebänder zogen sich noch enger zusammen.

Es war verrückt: Alles tat ihr weh, ihr Kopf dröhnte. Trotzdem hatte sie zum ersten Mal seit Tagen das Gefühl, wieder klar bei Verstand zu sein.

Was hatte sie nur geritten, allein in dieses Haus zu gehen? Ohne jemandem zu verraten, wo sie war. Wieso hatte sie nicht wenigstens Torsten Bescheid gesagt? Stattdessen hatte sie dem Mörder ihrer Schwester ein Messer unter die Nase gehalten. Wie konnte sie nur so dämlich sein? Ihre Wut hatte sie blind gemacht. Wenn jemand wusste, wie brutal dieser Mann war, dann sie. Ina stöhnte. Nicht wegen der Schmerzen, sondern aus Scham über ihren grenzenlosen Leichtsinn.

Hatte sie was anderes als den Tod zu erwarten? Wohl kaum. Tränen liefen ihr übers Gesicht. Sie dachte an ihre Kinder. Durch ihre Unbeherrschtheit, ihren Jähzorn, hatte sie nicht nur ihr Leben, sondern auch das ihrer kompletten Familie zerstört.

Was hatte der Kerl jetzt mit ihr vor? Ihrer Schwester hatte er aus dem Nichts den Kopf zerschmettert, mitten in einer Großstadt, an einem belebten Strand. Hier waren sie völlig allein. Auf der Fahrt hatte sie kein anderes Haus in der Nähe gesehen. Dieser Perverse konnte mit ihr machen, was er wollte, niemand würde ihre Schreie hören.

Heftige Panik überrollte sie wie eine tosende Welle, sie zitterte am ganzen Körper, krümmte sich, hatte das Gefühl, schluchzend an ihrem Knebel zu ersticken.

Es dauerte eine Ewigkeit, bis sie sich ein wenig beruhigte. Sie zwang sich, bewusst durch die Nase Luft zu holen, langsam ein- und wieder auszuatmen.

Nervös lauschte sie in die Stille. Ihre Sinne stellten sich immer mehr auf ihre neue Lage ein. Konnte es sein, dass durch das kleine Fenster das Rauschen des nahen Meeres zu hören war?

Sie stutzte. Hatte sie das alles nicht schon einmal gesehen? Gefühlt? Die Panik. Die Hoffnungslosigkeit. Die Angst vor dem Tod. Mit einem Schock wurde ihr bewusst, dass der Albtraum, der sie in den letzten Tagen gequält hatte, wahr geworden war. Die Erkenntnis, was gleich passieren würde, trieb ihr den Schweiß auf die Stirn.

Und tatsächlich, sie vernahm Schritte. Ein leises Knirschen. Ein Schlüssel drehte sich im alten Schloss. Ein Lichtschein fiel auf sie herab. Mühsam warf sie sich herum, sah die dunklen Konturen in der geöffneten Tür. Seine Augen blitzten, als er auf sie herabblickte. Sie ächzte, wollte schreien, doch durch den Knebel in ihrem Mund war nur ein verzweifeltes Piepsen zu hören.

Genau wie in ihrem Traum. Die Zeit stand still.

Langsam trat er auf sie zu. Und jetzt sah sie es, das lange Messer, das er in der Hand hielt. *Ihr* Messer, das sie heute, oder gestern, in einem anderen Leben gekauft hatte. Es funkelte, schien selbst Licht auszustrahlen.

War das ihr Ende? Nicht so. Mit aller Kraft stemmte sie sich gegen ihre Fesseln, spürte, wie sie sich unerbittlich immer tiefer in ihre Arme und Beine schnitten. Schmerzen überall. Ihre Lunge, die keine Luft mehr bekam, ihr dröhnender Kopf.

Ein Riese stand vor ihr, sein kahler Schädel glänzte,

als er in die Knie ging und die glänzende Klinge auf sie richtete. Die Hand griff nach ihrem Gesicht, legte sich auf ihren Mund.

»Ruhig«, flüsterte er.

Aber sie zuckte, wollte sich wehren, nicht einfach ein Opfer sein.

»Haben Sie nicht gehört? Ganz ruhig. Ich kann Ihnen nicht helfen, wenn Sie mir nicht vertrauen.«

Sie hielt mitten in der Bewegung inne. Ihre aufgerissenen Augen fixierten sein Gesicht.

Er nickte zufrieden. »So ist es gut«, sagte er mit seiner sanften Pastorenstimme. »Ich werde Ihnen jetzt den Knebel abnehmen. Aber Sie müssen mir versprechen, keinen Laut von sich zu geben. Haben Sie verstanden? Kein Pieps, Ihr Leben hängt davon ab.«

## 45

*Pass auf!*

Es war das Quietschen der Tür gewesen, das ihn alarmiert hatte. Dieses Haus war in all den Jahren zu einem Teil von ihm geworden. Er kannte jedes Klappern, Rascheln, Wackeln des alten Gemäuers wie seinen eigenen Körper.

Und dieses Quietschen bedeutete, dass Jonas die Tür zum Lagerraum geöffnet hatte. Dem Raum, in dem diese Hure lag, die hier mit einem Messer aufgetaucht war und sie bedroht hatte.

Mit ein paar Schritten war er im Flur vor der Vorratskammer. Da hörte er ein leises Murmeln. Irritiert blieb er stehen und lauschte. Was um Himmels willen hatte Jonas dieser Frau zu sagen?

»Ich verstehe nicht. Was …?«, hörte er sie stammeln.

»Pst, leise. Mein Bruder darf Sie nicht hören!«, zischte Jonas.

»Ihr … Bruder? Aber …«

»Er will Sie umbringen!«, unterbrach er sie. »Er ist verrückt! Total durchgeknallt!«

Eine heiße Flamme schoss durch seinen Körper. Ein Schlag ins Gesicht hätte nicht schmerzhafter sein können. Was sagte Jonas da? Schnell tat er den letzten Schritt und betrat die kleine Kammer.

»Was soll das hier werden?«

Die Frau schrie auf. Sie lag immer noch gefesselt auf dem Boden. Jonas hatte ihr lediglich den Knebel abgenommen. Er hielt das Messer an das Panzertape, hatte es aber noch nicht durchschnitten.

»Lukas?«, stammelte er ertappt. Zusammen mit der Frau starrte er erschrocken zu ihm auf.

*Er hat dich beleidigt. Dein eigener Bruder!*

»Was hast du gerade gesagt?«, fragte Lukas voller Verachtung. »Ich bin nicht verrückt, hast du gehört?« Er atmete schwer. Jedes Wort kostete ihn Kraft. Sein Blick fiel auf den nackten braungebrannten Bauch der Frau. Ihr T-Shirt war beim Hin- und Herrutschen auf dem Boden nach oben gerutscht. Schon war der Ansatz ihres BHs zu erkennen. Er schluckte.

*Diese kleine Schlampe.*

Jonas beobachtete ihn. Ächzend richtete er sich auf und stellte sich zwischen ihn und die Frau.

»Lukas, bitte, entspann dich, alles ist in Ordnung«, sagte er, drückte dabei mit der Hand sanft seinen Oberarm. Aber Lukas riss sich los. »Fass mich nicht an!«, fauchte er seinen Bruder an.

Jonas war fast einen Kopf größer als er. Er streckte den Rücken, räusperte sich. »Komm, lass uns mal in Ruhe unterhalten«, sagte er. Seine Stimme klang, als würde ein Vater mit einem kleinen Kind reden. Er schob ihn aus der Vorratskammer hinaus, schloss die schwere Metalltür hinter sich und die Frau damit wieder in der Dunkelheit ein.

Lukas zitterte, glühte vor Wut. Er konnte es immer noch nicht fassen: Jonas hatte ihn gegenüber der Frau beleidigt. Nach allem, was er getan hatte. Nach allem, was er durchlitten hatte!

*Herr, gib mir die Kraft ...*

Er ließ sich von ihm ins Wohnzimmer führen. Stumm, den Blick starr nach vorn gerichtet, die Fäuste geballt. Was passierte hier? Er verstand es nicht. Die Gedanken schossen in seinem Kopf wie Pistolenkugeln hin und her.

»Lukas, wir müssen diese Frau freilassen«, sagte Jonas schließlich.

»Nein, niemals!«, rief er aus. Seine Stimme bebte. »Diese Frau, sie ist ... eine große Gefahr. Für mich. Für dich! Sie hat dich mit dem Messer bedroht. Wenn ich dir nicht geholfen hätte, dann ... « Er hob beschwörend die Hände, doch Jonas drückte sie nach unten.

»Ich weiß, du hast mir geholfen«, unterbrach er ihn.

»Ich habe dir das Leben gerettet. Und was ist der Dank? Du beschimpfst mich, beleidigst mich sogar.« Er stieß ihn wütend mit beiden Händen von sich. Blinzelte mit den Augen, wie immer, wenn er nervös war.

»Lukas, bitte ...«

»Diese Frau ...« Lukas ließ ihn nicht zu Wort kommen. Mit zitterndem Finger zeigte er Richtung Kammer. »Sie ist das Böse. Wir müssen ihr den Kopf abschlagen und ...«

»Nein«, unterbrach ihn Jonas streng. »Schluss mit diesem Irrsinn! Mein Gott, hast du denn gar nichts gelernt in all der Zeit?«

Er taumelte zurück. Wie sprach sein Bruder auf einmal mit ihm?

»So höre, denn dies sind die Tage der Rache, wenn

sich alles erfüllt, was …«, flüsterte er mit leiser, heiserer Stimme.

»Hör auf!«, rief Jonas dazwischen. »Das ist alles Schwachsinn. Wach endlich auf und komm zur Vernunft!« Er fasste ihn an beiden Schultern und schüttelte ihn. »Diese Frau will nur Gerechtigkeit. Gerechtigkeit für ihre Schwester, die du erschlagen hast!«

Lukas riss sich los. »Lass mich! Lass mich endlich in Ruhe!« Er hielt sich die Ohren zu, aber die Worte seines Bruders brannten wie Feuer. Er stürzte in einen Strudel aus Erinnerungen. Das blutige, zerstörte Gesicht des Mädchens im Sand, die toten Augen immer noch vorwurfsvoll auf ihn gerichtet. Blitze über dem Fluss, die Welt zerrissen. Die Flucht durch den strömenden Regen. »Nein, es war nicht meine Schuld!«, rief er und warf den Kopf hin und her. »Sie war eine Hure! ER hat mir gesagt, dass sie sterben muss.«

Jonas fasste sein Gesicht mit beiden Händen. »Lukas, keiner hat dir was gesagt. Das warst du! Du musst endlich …«

*Hör nicht auf ihn! Er ist nicht bei Sinnen!*

»Nein«, rief Lukas dazwischen und trommelte mit beiden Fäusten auf seine Brust. »Sie war selbst schuld! Sie hat mich beleidigt! Die Schlampe hat es nicht anders verdient. Und ihre Schwester …«

Weiter kam er nicht. Jonas gab ihm eine schallende Ohrfeige. Auf einmal stand die Welt still. Nur der Wind, der um das Haus blies, und das Feuer, das im Kamin leise knisterte. Lukas hielt sich die Wange. Der Schmerz war ihm egal. Aber noch nie in all den Jahren hatte sein Bruder ihn geschlagen. Nun stand er schwer atmend vor ihm, der kahle Kopf mit Schweiß bedeckt. Er hob beide Hände. Er bedauerte, was er getan hatte, aber jetzt war es zu spät.

»Tut mir leid, Lukas. Aber ich kann nicht zulassen, dass du dieser Frau etwas antust.«

Ein Ruck ging durch Lukas. Wutschnaubend versuchte er, sich an Jonas vorbei Richtung Flur zu schieben. Doch der stellte sich ihm in den Weg. »Hörst du mir überhaupt zu?«

»Lass mich!«, schrie Lukas. Er griff den Feuerhaken, der im offenen Kamin lag, zog ihn heraus, verstreute dabei glühende Holzscheite über den Boden.

Jonas sah ihn entgeistert an. Lukas holte aus, wollte ihn niederschlagen. Aber im letzten Moment gelang es seinem Bruder, den Feuerhaken mit der Hand aufzufangen. Er schrie auf, als der glühende Stahl seine Haut verbrannte. Lukas sah die schmerzverzerrte Miene, zuckte für eine Sekunde erschrocken zurück. Sofort versuchte Jonas, ihn umzustoßen, warf seinen Körper gegen ihn. Mit lautem Krachen fielen die beiden über den Tisch, schlugen hart auf dem Boden auf.

Stöhnend wälzten sie sich über den Teppich, stießen mit den Füßen das brennende Holz quer durch das Zimmer. Der Sessel, auf dem er so oft gesessen und hinaus in den Garten geschaut hatte, fing sofort Feuer.

»Gib endlich auf, du Idiot!«, brüllte Jonas. Mit aller Macht drückte er ihm den Arm auf den Hals.

Lukas stöhnte, bekam kaum noch Luft. Ihre Blicke trafen sich. Ungläubig starrte er seinen Bruder an. Wollte er ihn wirklich umbringen? Das würde niemals geschehen. Gott war mit ihm. Er ließ ihn niemals im

Stich. Und tatsächlich: Auf einmal spürte Lukas eine neue Kraft. Wie eine heiße Welle schoss sie durch seinen Körper.

Mit einem Schrei befreite er sich aus der Umklammerung, stieß seinen Bruder brutal zurück. Jonas war kein Kämpfer. Er stolperte nach hinten, fiel hinein in die sich ausbreitenden Flammen. Schon begann sein Hemd zu brennen. Entsetzt riss er sich den Stoff vom Körper, warf es laut schreiend zur Seite.

Das war seine Chance. Lukas holte aus und schlug ihm das schwere Eisen auf den Rücken, einmal, zweimal. Sein Bruder drehte sich, hob die Arme, wollte sich schützen. Doch er hatte keine Chance. Ein weiterer Schlag traf ihn am Kopf. Ächzend taumelte Jonas, stolperte über den umgekippten Tisch, fiel zu Boden und blieb dort regungslos liegen. Lukas brüllte auf, hob den Feuerhaken, bereit, noch mal zuzuschlagen. Aber Jonas rührte sich nicht mehr. Lukas blickte auf ihn herab, taumelte, sah, wie Blut aus der Wunde am Kopf strömte.

*Er hat es nicht anders gewollt! Er wollte dich töten, du hast dich nur gewehrt.*

Endlich riss er sich los, sprang über den Körper und rannte in den Flur zur Vorratskammer. Zeit, alles zu Ende zu bringen! Aber die Tür war verschlossen. Wütend rüttelte er an dem Riegel. Er hörte, wie die Frau auf der anderen Seite mit schriller, angsterfüllter Stimme um Hilfe bettelte. Aber er hörte nicht zu, überlegte nur, wie er die Tür öffnen konnte.

Jonas. Er musste den Schlüssel noch in seiner Tasche haben. Schnell hastete er zurück ins Wohnzimmer und blieb erschrocken in der Tür stehen.

Die glühende Kohle hatte den Teppich entzündet und der wiederum die Gardinen. Das Zimmer stand in Flammen.

Lukas hielt sich die Hand schützend vor das Gesicht. Er hustete.

*In Gottes Namen! Raus hier!*

Er sah zum bewusstlosen Jonas, der mit blutendem Kopf in der Ecke lag.

*Er ist tot! Vergiss ihn!*

Hustend sprang er zu ihm, suchte in seinen Taschen nach dem Schlüssel. Endlich fand er ihn. Er jaulte auf, als Funken aus dem Kamin ihn an der Hand trafen, die Haut verbrannten. Das Feuer breitete sich aus.

*Oh Gott, Marga,* schoss es ihm durch den Kopf.

Er sprang auf, rannte durch den Durchgang in die Küche. Auch hier begannen sich die Flammen bereits auszubreiten. Aber von seiner Mutter keine Spur. Weiter ins Schlafzimmer. Immer wieder schrie er ihren Namen. Aber er hörte keine Antwort.

Tränen liefen ihm über die Wangen, die Augen brannten, er konnte kaum noch etwas sehen. Endlich rannte er wieder zurück durch den Flur, zur Haustür. Für die Abstellkammer war jetzt keine Zeit mehr. Er musste hier raus, sofort. Es verstrichen wertvolle Sekunden, bis es ihm gelang, den richtigen Schlüssel zu finden und die Tür zu öffnen. Hustend fiel er hinaus in die Nacht.

Auf allen vieren kroch er über den sandigen Boden. Mit vom Rauch verklebten Augen blickte er zurück zum Haus, sah das flackernde Licht in den Fenstern.

Langsam richtete er sich auf, versuchte zu erfassen, was hier passierte. Er schwankte. Das lärmende Feuer. Die schreiende Frau in der Abstellkammer. Marga! Der Kampf mit Jonas vor dem brennenden Kamin – erst jetzt wurde ihm bewusst, dass er seinen Bruder erschlagen hatte.

Zu viele Emotionen. Lukas schrie auf, ging in die Knie und vergrub sein Gesicht in den Händen. Tränen flossen über die Finger.

Jonas tot. Seine Mutter verschwunden. Das Haus verloren.

Das hatte er nicht gewollt. Wie war es nur dazu gekommen? Wer in Gottes Namen war verantwortlich für all das?

Jonas! Warum hatte er sich ihm in den Weg gestellt? Ihn beleidigt und geschlagen? All die Jahre hatte er immer zu ihm gehalten, war sein treuester Freund gewesen, hatte ihm geholfen und gemeinsam mit ihm die Heilige Schrift gelesen. Doch heute hatte Jonas ihn bei seinem wichtigsten Kampf im Stich gelassen.

Was war nur in ihn gefahren?

Natürlich! Die Erkenntnis traf ihn wie ein Schlag: Ein Dämon. Ja, das alles war das Werk einer bösen Kraft, gesandt, um ihn und sein Leben zu zerstören. Immer noch benommen richtete er sich auf, schaute sich um, blickte zum brennenden Haus, über den Hof. Schließlich in den Garten zur Buche.

Und tatsächlich, dort stand sie, die Hexe mit den schwarzen Haaren. Der halbvolle Mond war aufgegangen. In seinem Licht trafen sich ihre Blicke. Und Lukas wusste sofort, was er zu tun hatte.

# 46

»Verdammt, das muss hier doch irgendwo sein?«

Krumme kniff die Augen zusammen und schaute hinaus auf das nächtliche Eiderstedt. Das Einzige, was er sah, war die schmale Straße, die immer geradeaus und schließlich zum nördlichen Deich führte. Links daneben gab es einen langen Knick, nur ab und zu unterbrochen von kleinen Landwirtschaftswegen. An ihrem Ende mochte es Häuser und Höfe geben, aber Krumme konnte keine Lichter ausmachen. Dazwischen überall Schafe, Pferde und Kühe, die im Licht des Halbmondes scheinbar regungslos auf den weiten Feldern standen.

Pat schob einmal mehr Watsons schweren Kopf zur Seite, um einen Blick auf den Zettel zu werfen, auf dem Ewa ihnen ihr Ziel aufgemalt hatte. Sie schaltete die Taschenlampenfunktion des Handys ein. »Irgendwo hier ist es. Ein kleiner versteckter Weg, der zwischen zwei alten Eichen beginnt.«

Krumme fluchte leise. Er konnte keine Eichen oder andere Bäume erkennen.

»Vielleicht hätten wir Frau Nowak doch mitnehmen sollen«, meinte Pat.

»Ich dachte nicht, dass es so schwierig wird.«

»Vielleicht hat sie sich ja auch geirrt. Schließlich war sie nur einmal hier.«

Krumme nickte. Das war möglich. Sie hatte ihnen verraten, dass der Pastor noch ein anderes Haus im nördlichen Eiderstedt besaß. Eine genaue Adresse hatte sie nicht. Ein altes Gemeindehaus in Deichnähe. Sie war einmal mit Hartungs Frau dorthin gefahren, um in dem Haus sauberzumachen. Außer seiner Gattin hatte die Putzfrau dort keinen Menschen gesehen, aber sie wusste, dass der Pastor mindestens einmal in der Woche dorthin fuhr.

»Und du glaubst, dass Hartung dort ist? Frau Maurer vielleicht auch?«

»Keine Ahnung. Aber es ist möglich. Und dass beide zur gleichen Zeit verschwunden sind, gefällt mir gar nicht.« Krumme seufzte. »Vielleicht sollten wir doch versuchen, über das Handy rauszufinden, wo ...«

»Da!« Pat zeigte so aufgeregt mit dem Zeigefinger in die Nacht, dass Watson erschrocken zusammenzuckte. »Siehst du das Licht dahinten?«

Tatsächlich war in einiger Entfernung, hinter einem Wäldchen und weit abseits der Straße, ein flackerndes Leuchten zu erkennen.

»Oh mein Gott, da brennt es!«

Pat tippte die Notrufnummer in ihr Handy, um Hilfe zu rufen. Krumme gab Gas. Je näher sie kamen, desto deutlicher konnten sie den Rauch sehen, der sich in den sternklaren Nachthimmel erhob.

»Da, die zwei Eichen!«, rief Pat. Krumme war auf der schmalen Landstraße schon vorbeigefahren. Er bremste, legte den Rückwärtsgang ein und setzte mit aufjaulendem Motor zurück, bog dann in den engen, von Bäumen versteckten Weg ab. Nach mehreren Kurven hatten sie das Haus endlich erreicht. Umgeben von einem Wäldchen lag es gut verborgen in der Einsamkeit der Marsch. Ein windschiefes Gemäuer. Ein ehemaliges Gemeindehaus, hatte Frau Nowak gesagt.

Für einen Moment meinte Krumme, einen Schatten zu sehen, der über ein Feld davonlief. Er blinzelte, schüttelte den Kopf, wahrscheinlich nur ein Schaf in der dunklen Nacht.

Vor der Tür ein weißer Skoda Kombi. Hartungs Wagen. Daneben der Polo einer Mietwagenfirma.

Und hinter den Fenstern flackerten Flammen. Dunkler Rauch stieg aus dem Schornstein empor.

Die beiden sprangen aus dem Golf und rannten zum Haus. Watson jaulte erbärmlich, musste aber im Auto bleiben.

Krumme versuchte, etwas im Inneren des Gebäudes zu erkennen, sah durch die vergitterten Fenster aber nur brennende Gardinen. Rauch verdeckte die Sicht.

Die Tür stand offen. Sie konnten in den Hausflur sehen. Das Feuer hatte sich bis hier noch nicht ausgebreitet, aber beißender Rauch quoll aus den anliegenden Räumen. Krumme schaute sich um, suchte vergeblich nach einem Gartenschlauch oder etwas Wasser. Wieso gab es hier nicht wenigstens eine Regentonne?

Ein Schrei, gedämpft aus dem Hausinneren. Krumme und Pat tauschten einen Blick. Keine Zeit, um auf die Feuerwehr zu warten! Mit gebeugtem Rücken, um unter dem Rauch zu bleiben, wagten sie sich in den Flur.

»Frau Maurer? Sind Sie das?«, rief Krumme in das Haus.

»Herr Kommissar? Gott sei Dank!« Ein schwaches Husten.

»Wo sind Sie?«

»Im Lagerraum! Holen Sie mich hier raus, schnell!«

Die beiden Kommissare hatten die richtige Tür gefunden. Krumme zog an der Klinke. Verschlossen.

»Frau Maurer! Wissen Sie, wo der Schlüssel ist?«

Von der anderen Seite war nur Husten zu hören, schwach und quälend, während um sie herum das Haus ächzte. Nicht mehr lange, und alles brach zusammen. Sie hatten keine Zeit.

Er sah zu Pat. »Wir brauchen etwas, um das Schloss aufzustemmen.« Pat nickte, rannte aus dem Haus. Er blieb im Flur, hielt den Kopf gegen die heiße Metalltür. »Frau Maurer, wo ist Pastor Hartung?«

»Weiß ich nicht. Da war dieser andere Mann ...« Wieder ging ihre Stimme in einer Hustenattacke unter. Krumme fluchte. Sie mussten sich beeilen. Flammen schossen aus dem Wohnzimmer. Der Qualm wurde immer dichter.

»Frau Maurer? Können Sie uns von Ihrer Seite helfen?« Krumme musste schreien, konnte seine Stimme in dem Inferno selbst kaum verstehen.

Keine Antwort. Verdammt, wo blieb Pat?

Eine heftige Explosion. Das Haus wackelte, nur mit Mühe konnte er sich auf den Beinen halten. Eine Gasflasche in der Küche?

»Hier, das ist alles, was ich gefunden habe!« Pat war zurück, hielt ihm eine Axt hin.

»Sehr gut. Das wird gehen!« Krumme nahm sie in beide Hände, schlug mehrmals auf die Scharniere, dann auf das Schloss. Außer ein paar Kratzern auf dem Metall nichts.

»Soll ich?«, fragte Pat. Er schüttelte den Kopf, obwohl er kaum noch Luft bekam. Schnaufend drosch er auf den Türrahmen ein. Der war nur aus Holz. Und tatsächlich, nach ein paar Schlägen gab er knirschend nach. Krumme drückte die Axt in einen Spalt. Gemeinsam mit Pat gelang es ihm, endlich die Tür auszuhebeln. Mit einem letzten Ächzen gab sie den Weg in den Lagerraum frei.

Frau Maurer lag auf dem Boden, rührte sich nicht. Sie war gefesselt, mit dickem Klebeband an Armen und Beinen.

Keine Zeit, um etwas zum Aufschneiden zu suchen.

»Nimm du die Arme«, rief er Pat zu. Gemeinsam wuchteten sie die Frau aus dem Raum. Krumme schwindelte, es gab kaum noch Luft zum Atmen. Ächzend zogen sie sie durch den Flur. So viel Qualm, sie konnten das Ende nicht sehen. Flammen schossen fauchend aus den anderen Zimmern. Wenn sie nicht aufpassten, würden sie bei lebendigem Leib geröstet.

Dann sah er Beine. Zwischen den Flammen im Wohnzimmer lag jemand. Hartung. Oder der andere Mann, von dem Frau Maurer gesprochen hatte?

»Was ist?«, rief Pat gegen den Lärm des brennenden Hauses.

Krumme überlegte nicht lange. Pat war kräftig genug, um die Frau allein hinauszuziehen. Er ließ Frau Maurers Beine los.

»Bring sie raus! Ich komme sofort.«

»Bist du verrückt? Hier bricht gleich alles zusammen!«

»Mach schon!«, rief Krumme. Keine Zeit zum Diskutieren. Er hielt sich den Arm vor die Augen und sprang in das brennende Wohnzimmer. Hartung lag neben einem umgestürzten Tisch. Die Platte hatte ihn vor den Flammen geschützt. Trotzdem schien sein Gesicht in der Hitze zu glühen. Auf dem kahlen Kopf eine hässliche Wunde. Blut auf dem Boden. Lebte er noch? Krumme konnte in der Hektik keinen Puls fühlen. Benommen wischte er sich den Schweiß von der Stirn, schüttelte den Kopf, um wieder klarer denken zu können.

Während um ihn herum die Flammen loderten, packte Krumme Hartung unter den Armen, hob ihn an. Aber der Pastor wog weit mehr als Frau Maurer, und selbst die hatte er unter den Umständen kaum allein tragen können.

Hartung fühlte sich mindestens doppelt so schwer an. Krumme fluchte und schimpfte, aber er bekam den großen Mann kaum von der Stelle. Schnaufend ging er in die Knie. Sein Herz pochte. Niemals würde er es schaffen, den Mann nach draußen zu ziehen.

»Bist du jetzt total durchgeknallt?«, schimpfte auf einmal eine Frauenstimme. Pat war zurückgekehrt. Das Gesicht mit Asche verschmiert, aber für Krumme war sie ein Engel direkt aus dem Himmel.

Kurzerhand schnappte Pat den Pastor an den Armen und zog ihn an den Flammen vorbei aus dem Zimmer.

Krumme wollte ihr folgen, als direkt neben ihm ein Deckenbalken nach unten krachte und ihn mit sich riss.

»Alles gut«, stammelte Krumme erschrocken und auf dem Boden liegend. Dann sah er Pats entsetzte Miene und bemerkte erst jetzt, dass der Balken über seinen Beinen lag. Während das Feuer um ihn herum immer heftiger in die Höhe schoss und das Laminat sich in der Hitze bog, versuchte er, sich zu befreien. Aber sosehr er sich auch bemühte, ihm fehlte die Kraft.

»Warte, ich helfe dir«, rief Pat über einen brennenden Holzhaufen hinweg. Schon wollte sie Hartung ablegen.

»Nein!«, rief Krumme. »Ich komme klar, bring zuerst ihn raus!«

Er sah, wie Pat zögerte. Sollte sie ihn wirklich zurücklassen?

In diesem Augenblick kam Bewegung in den Raum. Etwas Gewaltiges tauchte auf, sprang wie der Leibhaftige durch die Flammen.

Watson!

Krumme rieb sich mit der Hand über die verklebten Augen. Was passierte hier? Hatte er den Hund nicht im Wagen zurückgelassen?

Watson begriff sofort, wo das Problem war. Er sprang zu Krumme, zerrte an seiner Jacke, versuchte, ihn unter dem Balken wegzuziehen. Ohne Erfolg, er klemmte fest, und die Bohle war zu schwer. Aber Watson gab nicht auf. Er drückte seinen großen Körper direkt neben ihn, stupste ihn an, bellte ihm auffordernd zu.

Krumme verstand. Mit beiden Armen umfasste er den mächtigen Leib, hielt sich mit letzter Kraft an dem Hund fest. Darauf begann Watson sich mit aller Macht in die entgegengesetzte Richtung zu stemmen. Mit einem Ruck schaffte er es, ihn endlich unter dem Balken freizubekommen. Trotzdem ließ Krumme nicht los, ließ sich von seinem Freund durch die Flammen in den Flur führen, weiter hinaus aus dem Haus, die Augen immer geschlossen, bloß weg aus dieser Hölle!

Endlich an der frischen Luft sackte Krumme auf den Boden, sah, dass auch Pat mit dem immer noch regungslosen Hartung den Weg auf den sicheren Hof geschafft hatte. Selbst Frau Maurer entdeckte er. Sie war wieder bei Bewusstsein. Benommen lehnte sie an ihrem Wagen. Als sie sich zu Watson drehte, der neben ihm stand und mit seiner Zunge über sein von Asche und Rauch verschmiertes Gesicht leckte, riss sie entsetzt die Augen auf.

»Oh Gott«, murmelte sie.

Und jetzt sah er es auch.

Watson brannte, sein Rücken stand in Flammen!

Mit einem Schrei sprang Krumme auf, versuchte, das Feuer mit bloßen Händen zu ersticken. Pat kam ihm zu Hilfe, riss Krumme das Jackett vom Körper und warf es über den Hund. Ein paar entsetzliche Sekunden vergingen, dann hatten sie es geschafft. Watson war gerettet. Ohne zu wissen, was gerade passierte, lag der Hund mit ausgestreckten Beinen auf dem Boden und schaute sich verwirrt hechelnd um.

Krumme sackte auf die Erde und lehnte sich erschöpft an ihn an. Auch Pat ging schnaufend in die Knie und tätschelte seinen Rücken. Zum Glück waren nur die Spitzen des buschigen Fells versengt.

Krumme blickte zum Haus, das jetzt endgültig in Flammen aufging. Einen Moment länger, und sie wären alle gestorben.

»Wie kann das sein?«, stammelte er. »Wie ist Watson aus dem Auto herausgekommen?«

Pat zuckte mit den Schultern. »Ich hatte das Fenster ein bisschen aufgelassen. Aber eigentlich nur einen schmalen Spalt, damit er Luft bekommt. Keine Ahnung, wie er das geschafft hat.«

Krumme sah zu Watson und klopfte ihm anerkennend auf den Rücken. »Danke, mein Freund.«

Er und Pat tauschten ein erleichtertes Lächeln. Und während die kühle Luft in ihre Lungen strömte, hörten sie aus der Ferne die Feuerwehr.

# 47

Lukas stand mitten auf dem Feld und schaute sich um. Am klaren Himmel leuchtete ein Sternenband. Der frische Wind fuhr durch seine verschwitzten Haare, es roch nach feuchtem Gras, Schafen und Salz. Und nach Rauch.

In ihm tobte ein Orkan. Sein Brustkorb hob und senkte sich. Er war völlig außer Atem, zitterte vor Wut. Sein Verstand wollte explodieren, er schaffte kaum, einen klaren Gedanken zu fassen. Alles in ihm schrie nach Rache und Vergeltung.

*Sie ist schuld! Ihr böser Geist ist in Jonas gefahren!*

All die Jahre hatte sie ihn verfolgt. Sie hatte darauf gewartet, ihn für etwas zu strafen, für das er bereits lange gebüßt hatte.

Heute hatte sie es geschafft. Er wusste nicht, wie. Aber sie war in seine Welt eingedrungen und hatte Tod und Verderben gebracht. Ihre Flucht war für ihn das Eingeständnis ihrer Schuld. Doch wo steckte sie?

Eben hatte er sie noch hinter den Birken gesehen, die schlanke Gestalt vor dem dunklen Horizont. Doch von einer Sekunde zur anderen war sie verschwunden.

Sein Kopf ruckte nach rechts, nach links. Er versuchte, sich in einer Landschaft zu orientieren, die ihm vertraut und fremd zugleich war. Er strich sich mit der

Hand über die Augen, aber das nervöse Blinzeln wollte einfach nicht aufhören.

Endlich entdeckte er sie. Da stand sie, kerzengerade, mit hoch erhobenem Kopf vor dem Deich. Die langen schwarzen Haare trieben träge im Wind. Sie schaute zu ihm, seltsam starr. Trotzdem meinte er, Spott und Verachtung in ihrem Blick zu erkennen.

Er rannte los. So schnell er konnte, überquerte er das Feld, stolperte über Maulwurfshügel, fiel fast, hielt sich erst im letzten Moment noch auf den Beinen.

*Herr, gib mir die Kraft, mich von diesem Dämon zu befreien!*

Auch das Mädchen bewegte sich wieder. Ohne Hast und Eile schwebte sie fast den Deich hinauf. Es war zum Verrücktwerden. Obwohl er so schnell lief wie noch nie in seinem Leben, hatte er nicht das Gefühl, dass der Abstand zwischen ihnen kleiner wurde.

Er sprang über einen Priel, rutschte an der Graskante ab und stand auf einmal mit den Füßen im eiskalten Wasser. Er schrie in die Nacht, fluchte heftig.

*Ruhig, Lukas! Sei stark und versündige dich nicht wider den Herrn!*

Jonas' warme, sanfte Stimme. Ein Glockenspiel in seinem Kopf. Wie oft hatte er ihn ermahnt, die bösen Gefühle zu kontrollieren? Sich zurückzunehmen, sich zu entspannen und nicht auf die finsteren Mächte zu hören, die ihn sein Leben lang vor sich hergetrieben hatten.

*Blödsinn.* Lukas schüttelte den Kopf. Er hatte immer auf seinen Bruder gehört, doch was hatte es ihm gebracht? Jonas war tot, Marga verschwunden. Jetzt stand er hier allein unter den Sternen, ohne Hilfe, ohne Freunde und Familie.

*Aber nein. Du bist nicht allein, niemals!*

Wieder spürte er die dunkle Kraft, die er so lange bekämpft hatte. Ihre Energie schoss durch Lukas' Körper, durch die Brust, den Hals hinauf bis in die Haarspitzen.

Er war gesegnet, das spürte er. Diese Energie war kein Fluch, wie Jonas ihm immer hatte weismachen wollen. Sie war ein Geschenk. Sie würde ihm helfen, die Hexe zu besiegen.

Wieder nahm er die Verfolgung auf. Lief über das Feld, kletterte über den Zaun, riss sich dabei die Hose am Stacheldraht auf. Spitze Dornen bohrten sich in die Beine. Aber er spürte keinen Schmerz, dachte nur an sein Ziel. Das Mädchen mit den schwarzen Haaren, das jetzt nicht weit von ihm auf dem Deich stand, stumm und fest wie eine Statue.

Eine Möwe flog höhnisch lachend durch die Nacht, gab ihr eine Stimme. Lukas verzog den Mund. Sollte sich doch die Welt gegen ihn stellen, jetzt konnte ihn nichts mehr aufhalten. Mit ein paar langen Schritten sprang er hinauf auf die Deichkrone, vorbei an verdutzt glotzenden Schafen, die sich in ihrer Ruhe gestört fühlten.

Endlich hatte er es geschafft, jetzt würde er diesem Teufel in Engelsgestalt …

Wo war sie? Eben hatte er sie nur ein paar Meter über sich gesehen, doch nun stand er allein auf dem Deich. Das konnte nicht sein.

Er schaute sich um, überwältigt von dem einmaligen Ausblick. Er sah zurück in die Marsch. Die endlosen Felder, die Höfe und Dörfer, die dunklen Kirchtürme in der Ferne – nirgends war ein Mensch oder das Licht eines Autos zu sehen. Eiderstedt schlief. Er versuchte, sein Haus zu entdecken. Versteckt hinter dem Wäldchen erahnte er einen hellen Schimmer. Ein blaues Leuchten. Die Feuerwehr? Wo kam die jetzt her? Egal, sie war zu spät, viel zu spät.

Auf der anderen Seite schlugen normalerweise die Wellen an den Deich. Doch gerade herrschte Ebbe. Im schwachen Licht des Halbmonds breitete sich vor ihm bis zum Horizont das feucht glänzende Watt aus, eine endlos ebene Fläche, nur unterbrochen von einzelnen funkelnden Prielen.

Das Meer hatte sich fast komplett zurückgezogen. In der Ferne erkannte er den Heverstrom, der an Eiderstedt vorbei von der Nordsee nach Husum führte. Dahinter am Horizont eine schmale Küstenlinie, in der Nacht nur zu erahnen. Pellworm, Nordstrand und davor die Hallig Süderoog.

Er war schon öfter hier gewesen, hatte lange Spaziergänge auf dem Deich gemacht, immer in Begleitung seines Bruders. Und nur am Tag. Jetzt, mitten in der Nacht, entfaltete diese einmalige Landschaft einen unwirklichen Zauber.

Das schwarzhaarige Mädchen stand im Watt, mit dem Rücken zu ihm, die Füße im rücklaufenden Wasser. Er hatte keine Ahnung, wie sie es so schnell dorthin geschafft hatte. Aber jetzt konnte sie ihm jedenfalls nicht mehr davonlaufen und sich hinter Bäumen oder Büschen verstecken.

*Schnapp sie dir! Sie kann dir nicht entkommen!*

Lukas' Puls schnellte nach oben. Endlich würde die

Geschichte enden. Die Augen nur auf die dunkle Hexe gerichtet rannte er die Außenböschung hinunter bis zur Uferkante. Weg mit den Schuhen, die störten im Watt nur.

Als er die nackten Füße zum ersten Mal in den grauen Schlick setzte, zuckte er zusammen. In seiner Erinnerung hatte sich das Watt nach einem sonnigen Tag immer angenehm warm angefühlt. Doch jetzt war es so frostig, dass die Füße sofort taub wurden. Aber selbst wenn die Hölle gefror, ihn konnte nichts mehr aufhalten.

»Bleib stehen, du Schlampe! Du kannst mir nicht entkommen!«, brüllte er in die Nacht. Seltsam, wie gedämpft seine Stimme hier auf dem nackten Grund des Meeres klang. Überhaupt die Stille. Nur das leise Gurgeln der Priele und das Platschen seiner Schritte im Watt. Einmal mehr hatte er den Eindruck, dass er sich in einem Traum befand. Wachte er gleich wieder auf und war zu Hause? Wo seine Mutter und Jonas auf ihn warteten?

Der Schmerz, als er auf eine Muschel trat, bewies ihm, dass er sehr wohl wach war. Nein, das war kein Traum. Aber die Chance, den Albtraum, zu dem sich sein Leben entwickelt hatte, ein für alle Mal zu beenden.

*Konzentrier dich. Sie darf dir nicht entkommen!*

Die Stimme seiner Mutter. Wie gut, sie in diesem Moment an seiner Seite zu wissen.

Tatsächlich hatte sich der Abstand zwischen dem schwarzhaarigen Mädchen und ihm wieder vergrößert. Während er mühsam durch den Schlick und gegen das langsam einlaufende Wasser der Flut stapfte, lief das Mädchen so leichtfüßig über das Watt, dass sie kaum eine Spur hinterließ.

Weiter ging es durch den grauen Schlamm, vorbei an Muschelbänken und Schlieren aus feuchtem Seetang. Manchmal sackte er knöcheltief im Morast ein, dann wieder schmerzten die Sohlen auf betonharten Wellen im nackten Watt.

Jetzt hatte er sie bald erreicht. Nur noch ein paar Meter, und er hatte den Dämon eingeholt, der ihn so viele Jahre bedroht und verfolgt hatte.

Er rannte durch einen flachen Priel, spürte das eiskalte Wasser an den Füßen, scharfe Steine und glitschige Algen, als er plötzlich bis zu den Knien im Schlick versank. Er blickte verwirrt nach unten, ruckte mit dem Körper, um sich aus der feuchten Umklammerung zu befreien. Umsonst. Seine Beine waren ab den Knien wie in Zement gegossen. Keine Chance, sie auch nur einen Millimeter zu bewegen.

Er steckte in einem Schlickloch fest, und die Flut lief bereits langsam zurück. Nackte Panik erfasste ihn. Wenn ihn nicht jemand herauszog, würde das Meer steigen und er in ein paar Stunden elendig ertrinken.

Er war in eine Falle gelaufen.

Tatsächlich war das Mädchen stehen geblieben und hatte sich zu ihm umgedreht. Sie starrte ihn an. Jetzt meinte Lukas, in ihren großen schwarzen Augen Trauer und Mitgefühl zu erkennen. Sie legte den Kopf zur Seite und betrachtete seine verzweifelten Versuche, sich aus der Umklammerung des Watts zu befreien.

Dann ging sie langsam auf ihn zu.

Lukas zuckte zurück. Was hatte sie jetzt wieder vor? Schlagartig wurde ihm bewusst, dass er völlig wehrlos war.

»He, du Schlampe, komm schon! Ich habe keine Angst vor dir!«, rief er und merkte aber im gleichen Augenblick, wie jämmerlich und gebrochen seine Stimme klang.

*Gleich! Nur noch ein bisschen, und du kannst sie dir schnappen und ihr den Hals umdrehen!*

Er hörte die geifernde, schnarrende Stimme in seinem Kopf. Wer sprach da zu ihm? Gott bestimmt nicht. War es einer seiner gefallenen Engel? Satan selbst? Er spannte den Körper an, bereit zu tun, was von ihm verlangt wurde. Dann würde er wieder ein freier Mann sein. Frei in jeder Beziehung.

Mit kleinen Schritten bewegte das Mädchen sich auf ihn zu, trat immer näher. Dann blieb sie stehen. So nahe hatte er sie in all den Jahren nie gesehen. Sie stand da, die Füße im Wasser, und rührte sich nicht. Ob sie auch im Schlick feststeckte? Nein, soweit er das beurteilen konnte, blieben ihre Füße über dem Sand. Sie verharrte einfach im langsam steigenden Wasser und betrachtete ihn mit ihren dunkelbraunen, fast schwarzen Augen. Eine Statue mitten im Meer.

»Was jetzt?«, rief er. »Willst du mir nach all den Jahren etwas erzählen?«

Nichts. Kein Wort kam über ihre dünnen Lippen.

»Sag bloß, du kannst nicht reden? Verstehst du wenigstens, was ich dir sage?«

Ebenso gut konnte er mit einer Wand reden. Aber ihr Schweigen und ihr durchdringender Blick fingen langsam an, ihn nervös zu machen. Er betrachtete sie genauer. Die hohen Wangenknochen, die Haut wie Elfenbein. Sie war ausgesprochen hübsch. Noch sehr jung, aber unter dem Kleid zeichnete sich bereits deutlich ihr weiblicher Körper ab. Bestimmt würde sie eine schöne Frau werden.

*Aber sie ist kein Mensch! Sondern eine Hexe, die dich in eine tödliche Falle gelockt hat.*

Die Kälte ließ ihn erzittern. »Du denkst, ich habe Angst vor dir. Aber da täuschst du dich.«

Er steckte nur im Sand fest. Es musste doch verdammt noch mal möglich sein, wenigstens ein Bein herauszuziehen! Lukas holte tief Luft, sammelte alle Kräfte. Dann zog er am rechten Bein, nahm die Arme zu Hilfe. Er kämpfte, blies die Backen auf, bis der Kopf knallrot wurde. Stöhnte vor Anstrengung, versuchte das Gleiche mit dem linken Bein.

Nichts, das graue Watt gab ihn nicht frei. Er saß fest. Und das Meer kam langsam, aber stetig zurück. Schon schwappte das Wasser bis zu den Hüften. Eisige Wellen, die mit ihren frostigen Fingern nach dem Leben griffen.

Schwer atmend blickte er zu dem Mädchen, das seinen Kampf mit regungsloser Miene verfolgt hatte. Nur den Kopf hatte sie ein wenig zur Seite gelegt. Wie eine Forscherin, die neugierig ihr Experiment betrachtet.

»Ist es das, was du die ganze Zeit gewollt hast? Zuschauen, wie ich verrecke?«

Er schaute sich um, ächzte, als er sich den Hals verdrehte, um auf dem Deich einen Menschen zu entdecken. Aber noch nicht einmal Schafe waren jetzt dort zu sehen. Kein Schiff fuhr über den Heverstrom hinaus auf die Nordsee oder kam von dort zurück in den Hafen nach Husum. Er war allein auf der Welt. Nur er und dieses unheimliche Mädchen.

Eine Wolke schob sich am Nachthimmel zur Seite. Neben dem kalten Licht der Sterne leuchtete der Mond über das langsam zulaufende Watt und ließ es wie einen Silberteppich funkeln.

*Herr im Himmel! Ist das das Ende, das du für mich vorbestimmt hast?*

Aber Gott sprach nicht zu ihm. Schlimmer noch, während er im Haus immer seine Gegenwart gespürt hatte, fühlte er sich hier auf dem nackten Grund des Meeres verlassen und verloren wie noch nie in seinem Leben.

Tränen liefen ihm über das Gesicht, als er in den Sternen Trost suchte und nicht fand. Schließlich wandte er sich wieder dem Mädchen zu. Ihre Haare und ihr Kleid bewegten sich im Takt der Wellen. Als sei sie schon Teil der See geworden.

Er streckte zitternd seine vor Kälte fast taube Hand aus, hielt sie ihr hin.

»Bitte, hilf mir«, flüsterte er mit bebender Stimme.

Aber das tat sie nicht. Sie blieb einfach stehen, rührte sich nicht und sah zu, wie es mit ihm zu Ende ging.

Das Wasser stieg immer höher. Ganz langsam, unerbittlich, mit leisem Plätschern. Schon hatten die eisigen Fluten seinen Bauch erreicht. Er schnappte nach Luft, stöhnte, die lähmende Kälte nahm ihm den Atem.

»He, du hast gewonnen«, ächzte er kaum hörbar mit tauben Lippen. »Warum gehst du nicht einfach? Hau ab, solange du noch kannst.«

Keine Reaktion. Nur derselbe aufmerksame Blick aus den dunklen Augen. Ohne Angst, ohne Gnade.

Und die Flut stieg weiter. Bald schwappten ihm einzelne Wellen bis in den Mund. Er hustete, spuckte, versuchte sich zu strecken, um ein paar Zentimeter zu gewinnen. Aber er hatte keine Chance. Hatte die Kälte ihm zuerst noch schmerzhaft in die Haut geschnitten, war sein Körper mittlerweile ohne jedes Gefühl, ein tauber Klumpen, der nicht mehr zu ihm gehörte.

Auch seiner unheimlichen Begleiterin reichte das Wasser mittlerweile bis über den Mund, dann über die Nase. Schließlich waren nur noch ihre Augen über dem Wasser zu sehen, während ihre Haare wie Seetang in den Wellen trieben. Trotzdem rührte sie sich nicht.

Sein Geist begann sich von seinem leblosen Körper zu lösen. Bilder aus der Vergangenheit schoben sich in sein taubes Bewusstsein. Allein auf dem Deich. Lodernde Flammen, die an ihm zerrten. Die Buche im Garten. Die Bibel auf dem Tisch, zerlesen, abgenutzt. Blitze am Himmel. Das zerschlagene, blutige Gesicht.

Scham und Schuld rissen ihn zurück in die Gegenwart. Panik flutete seinen Geist. Zitternd begann er das Vaterunser aufzusagen, als die Wellen schließlich auch seinen Kopf überspülten. Ein letzter Schrei, als die kalte See in seinen Körper strömte, ein letztes, schmerzerfülltes Zucken, als er eins mit dem Meer wurde. Noch einmal riss er die Augen auf. Im grauen Wasser sah er ihr Gesicht, das schwache Licht der Nacht brach durch die Oberfläche und tanzte auf ihrer Stirn.

Aber es war nicht mehr nur ihr Gesicht. Im Rhythmus der trüben Wellen sahen ihn immer wieder andere Frauen an, blonde, schwarzhaarige, junge und ältere. Fremde Gesichter. Alle starrten ihn regungslos an und beobachteten sein Sterben. Auf einmal auch das Mädchen vom Strand. Ihre blauen Augen leuchteten kalt in der Finsternis der See und verblassten erst, als sein Verstand im dunklen Nichts verschwand.

## 48

Am nächsten Morgen begrüßten Nordfriesland strahlender Sonnenschein und angenehme Temperaturen.

Ina Maurer ging es bereits viel besser. Die Untersuchung im Husumer Nordsee Klinikum ergab eine schwere Prellung am Kopf und eine Rauchvergiftung. Zur Sicherheit sollte sie noch zwei Tage im Krankenhaus bleiben. Ihr Mann war schon auf dem Weg nach Husum.

Noch in der Nacht hatte Krumme von Frau Maurer eine – wenn auch etwas ungenaue – Beschreibung des zweiten Mannes bekommen, den sie im Haus gesehen hatte. Nachdem die Feuerwehr keine Spuren einer Leiche hatte entdecken können, gab Krumme eine Fahndung heraus. Kollegen aus ganz Nordfriesland suchten Eiderstedt ab, ohne Erfolg. Er erinnerte sich an den Schatten, den er in der Nacht gesehen hatte, und forderte Suchhunde an. Aber auch die konnten keine heiße Spur finden.

Am liebsten hätte er ja den treuen Watson auf die Fährte angesetzt. Aber Pat überzeugte ihn, dass der nach den nächtlichen Abenteuern dringend eine Pause brauchte. Ein Tierarzt stellte fest, dass der Hund nur leichte Verbrennungen erlitten hatte. Ein paar Wochen und von dem verbrannten Fell wäre nichts mehr zu sehen.

Eine weitere gute Nachricht war, dass Pastor Hartung die Nacht in Eiderstedt überlebt hatte. Auch er hatte eine Rauchvergiftung, leichte und mittelschwere Verbrennungen. Und natürlich die Kopfwunde. Aber er würde wieder komplett gesund werden.

Schon am Nachmittag gaben die Ärzte Krumme und Pat die Erlaubnis, mit ihm zu sprechen. Als sie das Krankenzimmer betraten, saß seine Frau am Bett und hielt ihm mit rotgeweinten Augen die Hand. Sie sprang sofort auf und fiel ihnen um den Hals.

»Danke, vielen Dank!«, schluchzte sie.

»Na ja, wir haben nur getan, was wir tun mussten. Und jetzt müssten wir eigentlich allein mit Ihrem Gatten reden.«

»Selbstverständlich.« Frau Hartung schnappte sich ihre Jacke. Bevor sie ging, warf sie ihrem Mann noch einen strengen Blick zu. »Schluss mit den Geheimnissen, Jonas. Sag ihnen alles. Vor allem das mit deinem Bruder.« Damit verließ sie das Zimmer.

Krumme und Pat schnappten sich Stühle und setzten sich neben Hartung ans Bett. Er wirkte noch ein wenig benommen und starrte niedergeschlagen an die Decke.

»Ihr Bruder?«, fragte Krumme. »Der unbekannte Mann im Haus war Ihr Bruder?«

Der Pastor schwieg.

»Herr Hartung? Ihre Frau hat recht. Sie sollten uns jetzt endlich die Wahrheit sagen. Sie haben auch so schon genug Schwierigkeiten.«

Hartung seufzte schwer. Er wandte den Kopf ab, sah nach draußen in das strahlende Grün des Krankenhausgartens.

»Lukas ist nicht mein echter Bruder«, begann er mit gebrochener Stimme. »Seine Mutter ist nicht meine Mutter. Sie hat mich in ihre Familie aufgenommen, als ich zwei Jahre alt war.«

Krumme und Pat sahen sich überrascht an. »Und Ihre Eltern, was ist mit denen?«, fragte Pat.

»Keine Ahnung. Marga, meine … Adoptivmutter hat immer behauptet, die beiden wären bei einem tragischen Autounfall verunglückt. Ich habe später, als Erwachsener, selbst nachgeforscht. Es war wohl eher ein Junkie-Pärchen, das mich als Baby einfach loswerden wollte. Aber Genaueres weiß ich nicht.«

Er seufzte. Mit der Hand strich er über seinen Kopfverband und verzog das Gesicht. Offensichtlich hatte er immer noch Schmerzen.

»Das tut mir leid. Aber wie schön, dass Sie neue Eltern gefunden haben.«

Hartung schüttelte den Kopf. »Nein, keine neuen Eltern. Eine neue Mutter. Lothar, mein Stiefvater, war ein Teufel. Ein Verrückter, der ständig Stimmen hörte. Ein Choleriker und schwerer Alkoholiker. Er hat mir immer gezeigt, dass er dagegen war, mich aufzunehmen. Er hat mich gehasst. Er hat *alle* Menschen gehasst. Das Leben mit ihm war die Hölle. Er hat mich und Lukas ständig verdroschen. Wir haben beide überall Narben von seinen Schlägen.« Er zeigte auf seine Stirn. »Zum Glück war er Seemann und nur selten zu Hause. Als er schließlich bei einer Messerstecherei irgendwo in Bali getötet wurde, habe ich dem lieben Gott gedankt.«

»Aber Ihre Adoptivmutter ist anders?«

»Auch sie ist schon lange tot. Ich glaube, es sind jetzt

fast 25 Jahre.« Hartung lächelte traurig. »Und ja, Marga war ein wunderbarer Mensch. Sie war sehr fromm. Sie hat uns beide im Glauben an Gott erzogen, jeden Tag hat sie uns aus der Bibel vorgelesen. Ohne sie hätte ich nie Theologie studiert und wäre Pastor geworden.«

»Erzählen Sie uns mehr über Ihren Bruder Lukas. Wir haben ihn immer noch nicht gefunden, obwohl wir wirklich ganz Nordfriesland auf den Kopf stellen. Mittlerweile ist die Fahndung auf Dänemark und Norddeutschland ausgeweitet worden.«

Hartung betrachtete Krumme einen langen Moment. Dann starrte er wieder an die Decke und schien zu überlegen, wie er anfangen sollte.

»Lukas ist wie mein leiblicher Bruder. Er und ich, wir haben immer alles zusammen gemacht. Lothars Prügel haben uns für alle Zeiten zusammengeschweißt.«

»Letzte Nacht hat er Sie niedergeschlagen und in einem brennenden Haus zurückgelassen«, warf Pat ein, die sich Notizen machte.

Hartung atmete laut aus. »Ja, Lukas ist ein … ganz besonderer Mensch. In sehr vielem ist er wie sein Vater. Dieser plötzliche Jähzorn, die Wut, das ist eine Seite von ihm. Er hat immer dagegen angekämpft, Gott um Gnade angefleht. Und er kann auch ein sehr freundlicher, herzlicher Mensch sein.«

»Hört er manchmal auch Stimmen?«, fragte Krumme.

Hartung nickte langsam. »Ja, er ist krank, genau wie sein Vater. Aber er ist auch mein Bruder. Außerdem …« Er stockte. Es war ihm anzumerken, dass es ihm fast körperliche Schmerzen bereitete, über dieses Thema zu sprechen. »Ich habe es Marga versprochen. Am Sterbebett hat sie meine Hand genommen. ›Er ist wie sein Vater‹, hat sie gesagt. ›Aber er ist nicht wirklich schlecht, das weißt du genau. Hab ein Auge auf ihn! Bitte, bitte, sorg mit Gottes Hilfe dafür, dass er sich selbst und anderen nichts antut.‹« Hartung schnaufte und drückte die Hände vors Gesicht.

»Sie sollten auf ihn aufpassen. Aber vor zwanzig Jahren, in Hamburg, da hat das nicht geklappt, oder?«

Hartung wich seinem Blick aus, presste die Lippen zusammen und schwieg.

»Sie haben uns angelogen. Sie waren sehr wohl öfter in Hamburg. Sie waren auf einem Kirchenfest in Farmsen, zusammen mit Ihrem Bruder. Und dann haben Sie ihn aus den Augen verloren. So war es doch, oder?«

Der Geistliche sah ihn an. Sein Gesicht zeigte keine Regung, aber an der zitternden Hand konnte Krumme erkennen, dass er richtiglag.

»Herr Hartung, was ist damals in dieser Nacht passiert?«

Wieder dauerte es, bis der Pastor weitersprach. »Es stimmt. Ich war mit Lukas in Hamburg. Schon damals habe ich immer ein bisschen auf ihn aufgepasst, wenn wir zusammen ausgegangen sind. Dann war da diese Party. So viele junge Leute, Lukas war völlig aufgedreht. Schließlich hat er sich in dieses Mädchen verguckt. Schon auf dem Fest hat er sie nicht aus den Augen gelassen. Ich habe ihm gesagt, er soll sie vergessen, dass wir wieder nach Hause fahren müssen. Aber als sie mit ihrer Schwester gegangen ist, ist er ihr heimlich gefolgt.«

»Und Sie haben nichts bemerkt?«

»Ich war auf Toilette. Nur einmal. Aber als ich wiederkam, war er weg. Es dauerte ein bisschen, bis ich herausbekommen hatte, was passiert war. Aber dann bin ich sofort hinterher. Nach Övelgönne, an die Elbe.«

»Aber Sie kamen zu spät.« Eine Feststellung, keine Frage.

Hartung liefen Tränen über das Gesicht. »Nur ein paar Augenblicke. Er hatte das arme Ding erschlagen. Mit einem Stein, nur ein Schlag und …« Er stockte, bevor er weitersprechen konnte. »Lukas war völlig fertig, er weinte wie verrückt. Meinte, sie hätte ihn gedemütigt, ausgelacht, als er ihr seine Gefühle gebeichtet hatte. Stammelte, dass der Herr selbst ihn aufgefordert hatte, sie zu bestrafen.« Hartung hielt sich die Hände vors Gesicht, stöhnte, als ihn seine Erinnerung übermannte.

»Dann haben Sie ihn weggeschickt. Und sind selbst dageblieben, um die Spuren zu verwischen.«

Hartung drehte den Kopf unruhig hin und her. »Es ging alles so schnell. Und plötzlich fing es an zu regnen, und ihre Schwester stand vor mir. Natürlich bin ich auch davongelaufen.« Er sah Krumme und Pat an, schien auf Mitgefühl zu hoffen. Aber die beiden verzogen keine Miene.

»Und dann?«, frage Krumme.

»Noch in derselben Nacht sind wir zurück nach Nordfriesland gefahren. Lukas war untröstlich, immer wieder hat er behauptet, er habe dem Mädchen nichts tun wollen.«

»Er hat ihr mit einem Stein den Kopf zerschmettert«, stellte Pat fest.

»Ja. Weil sein Temperament mit ihm durchgegangen

war. Lukas wusste selbst, dass das ein schlimmes Verbrechen war. Deshalb hat er ja auch zugestimmt, dass es besser ist, wenn er sich in Zukunft von den Menschen fernhält.«

Er schwieg, griff nach einem Glas Wasser und trank vorsichtig einen Schluck. Krumme sah hinaus in den Krankenhauspark, wo ein Pärchen Hand in Hand über den Rasen bummelte. Er erinnerte sich, dass die Fenster in dem Haus auf Eiderstedt Gitter hatten.

»Sie haben ihn in diesem Haus eingesperrt?«

»Ja, das habe ich. Aber Lukas hatte nichts dagegen. Er weiß ja selbst, dass er in bestimmten Momenten eine Gefahr für seine Mitmenschen ist.«

»Zwanzig Jahre?« Krumme konnte es kaum glauben.

»Es hat ihm doch an nichts gefehlt. Ich habe ihn regelmäßig besucht, ihm alles gebracht, was er zum Leben braucht. Wir haben lange Spaziergänge gemacht, uns unterhalten, gelacht, gemeinsam in der Bibel gelesen.«

Auch Pat zog die Augenbrauen zusammen. »Ein halbes Leben eingesperrt in diesem komischen Haus.«

»Das Haus gehört der Kirche. Früher haben wir es für Seminare benutzt. Dann stand es lange völlig leer. In einem Gefängnis wäre es viel, viel schlimmer für Lukas gewesen.« Wieder liefen dem Pastor Tränen über das Gesicht. Aus Reue? Oder Scham über das, was er getan hatte?

»Aber die allermeiste Zeit war er völlig allein.« Pat konnte es immer noch nicht fassen.

Hartung stöhnte. »Er war nicht allein. Nicht wirklich.«

»Wer hat dort denn noch gewohnt?«

Der Pastor rang nach Worten. »Lukas hatte Gott, mit ihm hat er ständig geredet. Er hat ihm geholfen, seine Dämonen in Schach zu halten. Und dann war da noch ... Marga. All die Jahre war er der festen Überzeugung, dass seine Mutter noch bei ihm ist. Ihn beschützt und auf ihn aufpasst. Und ich habe ihn in seinem Glauben gelassen. Warum auch nicht?«

Eine halbe Stunde später standen Pat und Krumme zusammen am Ausgang des Krankenhauses. Sie hatten sich zwei Becher Kaffee organisiert und schauten schweigend in den Garten.

»Was für eine verrückte Geschichte.« Pat schüttelte den Kopf.

Krumme nickte. »Es wird noch eine Weile dauern, bis wir alles aufgeklärt haben. Dabei würde es helfen, diesen Irren so schnell wie möglich zu finden. Nicht, dass noch ein Unglück geschieht.« Selbst Jonas Hartung hatte sie noch einmal eindringlich vor der Gefährlichkeit seines Bruders gewarnt. Seine Frau hatte ihnen ein Foto von Lukas gegeben. Die beiden Brüder zusammen auf dem Deich. Nicht besonders deutlich, aber für ein Fahndungsfoto würde es reichen.

»Warum hast du mir eigentlich nicht verraten, dass dein Kontakt aus Hamburg Hartung zusammen mit seinem Bruder auf dem Kirchenfest gesehen hat?«

»Mein Kontakt war eine alte Dame, die sich kaum erinnern konnte. Sie meinte nur, sie hätte eventuell noch jemanden in Hartungs Nähe gesehen. Dass es der Bruder war, hat sie auch nicht geahnt.«

Pat sah ihn vorwurfsvoll an. »Trotzdem, das hättest

du mir sagen müssen. Ein zweiter Verdächtiger, das hätte ich gerne gewusst, als wir in das brennende Haus gestürmt sind.«

Sie hatte recht. Krumme schaute sie zerknirscht an. »Tut mir leid, ich muss unbedingt an meiner Kommunikation arbeiten. Ich bessere mich, versprochen.«

Er knöpfte seine Jacke zu und betrachtete die Schäfchenwolken am blauen Himmel. Das schöne Wetter passte überhaupt nicht zu der düsteren Geschichte, die sie eben gehört hatten. Er versuchte sich vorzustellen, wie die beiden Hartung-Brüder bei ähnlichem Sonnenschein entspannt über den Deich gebummelt waren und dabei über den lieben Gott und Lukas' schreckliche Verbrechen geplaudert hatten.

»Ich brauche jetzt unbedingt was zu essen. Wie sieht's aus? Unten am Hafen hat ein neues Café aufgemacht.«

Pat wurde rot. »Ich bin eigentlich schon verabredet ...«

»Komm schon, der Erdbeerkuchen soll ein Traum sein ...«

»Ah, hier steckst du, Pat«, wurde er von einer tiefen Männerstimme unterbrochen.

Krumme drehte sich überrascht um. Vor ihm stand ein Riese in einem schwarzen Hoodie mit St.Pauli-Logo. Der junge Mann schaute ein wenig linkisch drein und hatte die Hände tief in die Taschen einer ausgeleierten Jeans gesteckt.

»He, Sie sind doch der Rettungssanitäter, der mich letzte Nacht untersucht hat«, sagte Krumme. »Wie war noch mal Ihr Name?«

»Mike«, half Pat.

Der junge Mann nickte verlegen. »Ist alles gut, Herr Kommissar? Haben Sie noch Beschwerden?«

»Nein, nein. Alles halb so wild. Ich dachte zuerst, dass das Bein mehr abbekommen hätte, aber …« Er stockte, als er merkte, dass Mike nur Augen für Pat hatte und gar nicht mit ihm plaudern wollte. »Aber ich will nicht jammern. Ich wünsche euch noch einen schönen Abend.«

Pat nickte ihm freundlich zu und wollte sich mit Mike auf den Weg machen, als Krumme sich noch einmal vertraulich zu ihr beugte.

»Ich hatte ja keine Ahnung«, flüsterte er.

»Wir haben uns ja auch erst letzte Nacht kennengelernt.«

»Du hättest mir doch was sagen können.«

Pat grinste. »Tut mir leid. Ich werde an meiner Kommunikation arbeiten, versprochen.«

## 49

Eigentlich wollte Krumme Marianne am Abend zum Essen einladen, als Wiedergutmachung für den Zwischenfall in Hamburg. Doch nach den Ereignissen der letzten Nacht hatten sie beschlossen, bei Watson zu bleiben. Den Hund schien das Abenteuer im brennenden Haus doch etwas mitgenommen zu haben. Erschöpft lag er auf dem Kissen im Flur und wollte nur seine Ruhe haben.

Krumme hatte angeboten zu kochen. Aber Marianne wusste, dass er außer Toast Hawaii, Spaghetti Bolognese und Wiener Schnitzel kaum ein Gericht zubereiten konnte. Also übernahm sie die künstlerische Leitung. Und gemeinsam kochen war sowieso netter.

Marianne konnte kaum glauben, was für eine Geschichte er ihr von letzter Nacht erzählte. »Und ich dachte, du gehst mit Watson nur zu einem Tanzwettbewerb. Jetzt kommt ihr beide halbverkohlt zurück und wärt fast dabei verbrannt!«

Dass der von ihr geschätzte Pastor aus Monholm so ein dunkles Geheimnis hatte, machte sie sehr betroffen. »Ich hatte ja keine Ahnung, dass er einen kranken Bruder hat.«

»Was weißt du denn über Hartungs Vergangenheit?« Marianne schaute nachdenklich aus dem Fenster in die Dunkelheit. »Na ja, was alle wissen. Dass er südlich der Eider in Dithmarschen aufgewachsen ist. Mehr eigentlich nicht.«

»Hartung hatte Angst, dass er den Posten als Pastor nicht bekommen würde, wenn seine neue Gemeinde von seinen schwierigen Familienverhältnissen gewusst hätte. Und als er nach seinem Vikariat nach Monholm gegangen ist, zwei Jahre nach dem Mord, hat er natürlich erst recht keinem von seinem Bruder erzählt.«

»Er hat alle angelogen.«

»Nein, er hat nur nicht die ganze Wahrheit gesagt.«

Marianne schüttelte den Kopf und wischte sich eine Träne weg.

»Das ist alles schon recht verstörend, nicht wahr?«, bemerkte Krumme. »Immerhin hattest du recht damit, dass er kein Mörder ist.«

Marianne zuckte mit den Schultern und rührte mit nachdenklicher Miene die Salatsoße an.

Krumme beobachtete sie. »Und schon wieder habe ich mit Geschichten von meiner Arbeit die nette Stimmung versaut.«

»Quatsch, ich will doch, dass du mir alles erzählst.« Sie schenkte ihm ein freundliches Lächeln. Krumme spürte, wie ihm ein wohliger Schauer über den Rücken kroch.

Schließlich saßen sie am mit Kerzen festlich gedeckten Tisch. Es gab Flammkuchen mit Lachs und Rucola-Salat. Dazu hatte Krumme eine Flasche Riesling geöffnet. Sie stießen mit Mariannes besten Kristallgläsern an.

In dem Moment klingelte sein Handy. Auf dem Display sah Krumme das feiste Foto seines Kollegen Friedrichs. Er nahm sofort ab und bemerkte zu spät Mariannes enttäuschtes Gesicht. Hätte er das Telefon zum Essen nicht ausschalten können?

Es war nur ein kurzes Gespräch. Schon nach ein paar Minuten legte er wieder auf. »Entschuldigung, war wichtig«, erklärte er.

»Was gibt's denn?«, fragte Marianne, die höflich erst jetzt mit dem Essen begann.

»Sie haben Lukas Hartung gefunden«, sagte Krumme. »Ein Fischer hat seine Leiche im Watt entdeckt.«

»Wie bitte?«

»Nur ein paar Kilometer weit von seinem Haus entfernt. Er steckte bis zu den Knien in einem Schlickloch fest und ist ertrunken.« Krumme schüttelte verwirrt den Kopf.

Marianne legte die Gabel wieder hin. »In einem Schlickloch?«

»Ja, komisch. Im Watt ist es doch überall matschig. Natürlich kann man da mal steckenbleiben, aber da kommt man doch immer wieder raus.«

Marianne schüttelte den Kopf. »Nicht aus einem Schlickloch. Da gibt es einige vor Eiderstedt. Wenn du dort reingerätst, steckst du fest wie in Beton. Ohne Hilfe der Feuerwehr kannst du dich nicht mehr befreien. Deshalb sollte man auch nie ohne Wattführer hinausgehen.«

Krumme hörte beeindruckt zu. Mit Grauen dachte er an seine Wattwanderung vor zwei Jahren, bei der er vor der Hallig Hooge fast gestorben wäre.

»Der arme Mann«, fand Marianne.

Krumme zuckte mit den Schultern und nippte an dem

Riesling. »Wie es aussieht, hat sein Gott ihn am Ende gerichtet. Schließlich hat er ein junges Mädchen brutal getötet.«

»Schon. Aber dafür hat er dann sein halbes Leben eingesperrt in diesem Haus gelebt. Und kein Mensch hat verdient, so jämmerlich zu sterben.«

Krumme überlegte, ob sie recht hatte. Immerhin, für Frau Maurer war die Geschichte damit beendet. Endlich konnte sie mit ihrer Familie in Ruhe und Frieden leben.

Beide hingen wieder ihren Gedanken nach. Schon wieder hatte seine Arbeit die Stimmung zwischen ihnen getrübt. Krumme verfluchte Friedrichs. Hätte ein Anruf am nächsten Morgen nicht auch gereicht?

Schließlich beschlossen sie, ins Bett zu gehen. Sie verabschiedeten sich freundlich, aber doch seltsam distanziert. Marianne verschwand auf ihr Zimmer, um sich für die Nacht umzuziehen, während Krumme ins Bad ging. Als er nach dem Zähneputzen in den dunklen Flur zurückkehrte, war von Marianne nichts mehr zu hören. Er schlich in sein Zimmer, schaltete das Licht auf dem Nachttisch an – und musste lachen: Sein Bett war schon besetzt.

»Watson, was treibst du denn wieder hier?«

»Was ist passiert?«, fragte Marianne, die im Bademantel dazukam. Ein Blick und sie verstand.

»Das nimmst du ihm doch hoffentlich nicht übel. Er hat dir das Leben gerettet.« Sie grinste.

Krumme nickte und betrachtete den riesigen Fellhaufen auf seinem Bett. »Ich hätte nie gedacht, dass ich das sagen würde, aber ich werde den Burschen vermissen, wenn seine Besitzerin zurückkommt und ihn wiederhaben will.«

Marianne schmunzelte. »Sie wohnt ja direkt nebenan. Du kannst ihn besuchen, sooft du willst.«

Krumme seufzte. »Hast du eine Decke? Ich muss diese Nacht wohl wieder aufs Sofa.«

Er spürte, wie sich eine warme Hand in seine schob. »Nein, musst du nicht«, sagte Marianne. Er drehte sich überrascht zu ihr. Im Schein der Nachttischlampe leuchteten ihre Augen. Und ihre Hand fühlte sich so wundervoll an, dass er sie nie wieder loslassen wollte.

»Bist du sicher?«, fragte er und ärgerte sich im gleichen Moment über die dämliche Frage.

»Eigentlich schon. Aber wenn du meine Hand weiter so fest drückst, überlege ich es mir vielleicht noch mal.«

Krumme sah sie verlegen lächelnd an. »Und jetzt?«

Marianne antwortete nicht, sondern schaltete das Licht aus und zog ihn hinüber in ihr Zimmer.

# 50

Die Möwe flog in einem eleganten Bogen über den blauen Himmel, drehte zwei Kreise und landete direkt neben dem auf Grund liegenden Plattbodenschiff. Ein kurzes Schütteln, dann begann der Vogel über den grauen Schlick des Husumer Hafenbeckens zu wandern.

Ina saß allein auf einer Bank und sah zu, wie die Möwe schließlich mit einem kleinen Wurm im Schnabel wieder davonflog.

Sie lächelte. Beobachtungen wie diese halfen ihr, wieder zurück ins Hier und Jetzt zu finden. Es fiel ihr schwer, die vielen Bilder und Eindrücke der letzten Tage zu sortieren. Gerade waren sie und Torsten noch einmal im Polizeipräsidium gewesen. Dort hatte sie Lukas Hartung als den Mann identifiziert, der sie vor ein paar Tagen fast umgebracht hatte. Die Leiche auf dem Foto, ein weiteres Bild, das sie so bald sicherlich nicht vergessen würde. Die Beamten hatten eine DNA-Probe von ihm nach Hamburg zu einer abschließenden Untersuchung geschickt. Doch nach der Aussage seines Bruders war selbst die Polizei sicher, dass sie endlich den Mörder ihrer Schwester gefunden hatten.

War damit alles vorbei? Gleich würden sie und Torsten zurück nach Köln fahren. Würde sie nun endlich ihren Frieden finden? Ein normales Leben mit ihrer

Familie leben können? Ina gelang es nicht, daran zu glauben. Zu viel war passiert. Die dunkle Speisekammer. Das Gefühl, gefesselt und wehrlos auf dem Boden zu liegen. Das Feuer, der Rauch. Sobald sie die Augen schloss, war sie sofort wieder in dem einsamen Haus hinter dem Deich.

Sie verstand noch immer nicht, weshalb sie so verrückt gewesen war, allein mit einem Messer in der Hand in dieses Haus zu gehen. Die Polizei hatte ihr, genau wie Torsten, heftige Vorwürfe für diesen Leichtsinn gemacht – zu Recht. Was für ein Glück, dass am Ende alles gut ausgegangen war. Das hatte sie auch Jonas Hartung zu verdanken. Noch hatte sie sich nicht entschieden, wie sie seine Beteiligung an dieser Geschichte beurteilen wollte. Aber fest stand, dass der Pastor ihr am Ende das Leben gerettet hatte.

Sie streckte den Rücken und schaute sich auf der fast leeren Hafenpromenade nach Torsten um, der für sie beide ein Fischbrötchen kaufen wollte. Ein letzter Imbiss vor ihrer Abreise.

Die junge Frau stand direkt neben ihrer Bank. Ina hatte ihre Ankunft nicht bemerkt. Auf einmal war sie da, das Mädchen, das sie in der letzten Woche immer wieder gesehen hatte, dem sie über den Deich gefolgt war und das sie doch nie gesprochen hatte.

Ina spürte ein Prickeln auf ihrem Rücken. Kein panisches Gefühl, sondern eher ein wohliger Schauer. Vor diesem Mädchen musste sie keine Angst haben. Ina schätzte sie auf kaum älter als sechzehn Jahre. Wie bei ihren anderen Treffen trug sie nur ihr einfaches Leinenkleid. Die langen schwarzen Haare waren nach hinten zu einem Zopf zusammengebunden. Und dieses Mal lächelte sie. Kein entrücktes, melancholisches Lächeln wie an den anderen Tagen. Nein, in ihrem Blick war so viel Wärme und Herzlichkeit, dass Ina sie am liebsten sofort in den Arm genommen hätte. Doch das tat sie nicht. Stattdessen starrte sie sie wie hypnotisiert an, unfähig, auch nur einen Finger zu rühren.

»Hallo ...«, stammelte sie leise.

Die Kleine nickte ihr freundlich zu und setzte sich zu ihrer Überraschung neben sie auf die Bank, strich sorgfältig ihr Kleid glatt und schaute interessiert auf den Hafen.

Ina atmete tief durch. Was passierte hier? Keiner beachtete sie. Die Geräusche auf der Promenade, die Passanten, die Wagen der Zulieferer, die spielenden Kinder, alles schien auf einmal weit entfernt, gedämpft, als würde sie auf der anderen Seite einer dicken Scheibe sitzen.

Sie schaute sich nach Torsten um. Wo steckte er nur? Wieso war er jetzt nicht bei ihr, um Zeuge dieses Wunders zu werden? Erst jetzt bemerkte Ina, dass das Mädchen keine Schuhe trug. Sie konnte ihre zarten, aber verschmutzten Füße sehen. Ina räusperte sich, wollte etwas sagen, aber kein Wort kam über ihre Lippen.

Das Mädchen drehte seinen Kopf wieder zu ihr und schaute sie nun mit seinen braunen warmen Augen direkt an. Lächelte wieder. Dann legte sie ihre Hand auf die von Ina. Ganz vorsichtig. Es fühlte sich an, als würde sie mit einer Feder über ihre Finger streichen.

Ina spürte, wie sich eine Wärme über ihren Körper ausbreitete wie eine flauschige Decke. Eine Vertrautheit, eine Zuneigung, wie sie sie bisher nur einmal in ihrem

Leben gespürt hatte – in Gegenwart von Nelly, ihrer Schwester. Auf einmal schien die Zeit stillzustehen. Alles um sie herum verschwand, es gab nur noch sie und dieses rätselhafte Mädchen. Ina zitterte, überwältigt von den Gefühlen, die als rauschende Welle über sie hinwegströmten, Hoffnung, Zuversicht, Freude, Gelassenheit und Liebe. Tränen liefen ihr über das Gesicht, als sie endlich verstand. Das Leben, Zukunft, Vergangenheit und Tod, Gutes und Böses, alles gehörte zusammen.

Auch die Augen des Mädchens schimmerten. Ina meinte Erleichterung in ihrem Blick zu erkennen. Es ist vollbracht, schien sie ihr sagen zu wollen. Das Ende ihres Weges war erreicht.

»Schatz?«

Torsten. Er war zurück, hielt zwei Brötchen in der Hand. »Alles in Ordnung? Du weinst ja«, sagte er besorgt.

Ina sah ihn überrascht an, dann blickte sie wieder zur Seite. Das Mädchen war verschwunden.

»Was ist denn nur los mit dir?«, fragte Torsten und setzte sich neben sie auf die Bank.

Ina schnappte sich lächelnd eines der Brötchen. »Alles gut, mach dir keine Sorgen, ich war nur in Gedanken.«

»Was für Gedanken?«

Sie überlegte einen kurzen Moment, zuckte dann mit den Schultern und drückte ihm einen Kuss auf die Wange. »Bei den Kindern. Lass uns schnell aufessen. Ich kann es kaum erwarten, zusammen mit dir nach Hause zu fahren.«

# 51

Eiderstedt, Dezember 1634

Rieke lief und lief, stolperte über die nassen Felder, fiel
auf den schlammigen Boden, rappelte sich stöhnend
wieder auf. Immer weiter, nur weg von diesem fürch-
terlichen Ort, weg von diesen brutalen Männern. Ihre
Lunge schmerzte, ihre geschundenen Beine und nackten Füße wollten sie kaum noch tragen. Aber sie durfte
nicht aufgeben. Sie wusste, dass einer der Männer sie
verfolgte. Der Schlimmste von allen. Sie hatte gesehen,
wie er einen Bauern erschlagen und eine Magd geschän-
det hatte. Er kannte keine Gnade. Schon gar nicht mit
jungen Frauen wie ihr.

Schließlich war sie am Ende ihrer Kräfte. Ächzend
sank sie auf die Knie, völlig außer Atem stützte sie sich
mit den Händen auf der schwarzen Erde ab.

Alles drehte sich. Grauenvolle Bilder wirbelten durch
ihren Kopf. Die Welt, wie sie sie kannte, gab es nicht
mehr. Die Mandränke hatte das Land auseinandergerissen, Menschen und Tiere unter ihren gewaltigen Wellen
begraben. Hatte zahllose Häuser, Kirchen und Höfe auf
den Meeresgrund gezogen. Wo sich früher noch saftige
Felder bis zum Horizont erstreckt hatten, ragten nun
oft nur noch brüchige Fetzen nackter Erde über das

dunkle Wasser. Neue Inseln waren entstanden, andere für immer im Meer verschwunden. Die Schreie der vielen Opfer, die in den schäumenden Fluten ertrunken waren, würden sie bis an ihr Lebensende verfolgen.

Das Ende der Welt, die Nacht des Jüngsten Gerichts. Alle hatten gedacht, schlimmer könne es nicht mehr kommen. Ein Irrtum, wie sich schon bald herausstellte.

Mit der Flut hatte der Herr viele tausende Menschen zu sich geholt. Nun ließ er zu, dass Dämonen Besitz von den Überlebenden ergriffen. Brave Bauern und Fischer, ihrer Felder, Schiffe und Familien beraubt, verwandelten sich in Tiere und Bestien, die keinen Respekt vor dem Leben hatten. In wilden Horden zogen sie raubend und mordend über das zerstörte Land.

Auch Riekes Familie hatten sie umgebracht. Mit letzter Kraft war es ihnen noch gelungen, vor den heranstürmenden Fluten zu fliehen. Der Beginn einer Odyssee durch ein zerstörtes Land, die heute vor diesem Hof nördlich von Tarding ihr schreckliches Ende gefunden hatte. Ihre Mutter und ihr Vater, erschlagen von einer Bande marodierender Knechte. Ihr Bruder, erstochen bei dem Versuch, ihr Leben zu beschützen. Immer wieder sah sie seine ungläubigen Augen, als ihm das Schwert von hinten durch die Brust gestoßen wurde.

Schluchzend vergrub sie ihr geschwollenes Gesicht in den Händen. Warum nur ließ der Herr das alles zu? Warum strafte er die Menschen mit einer so furchtbaren Katastrophe? Was hatten ihre armen Eltern und ihr Bruder getan, dass sie so furchtbar sterben mussten? Hatten sie nicht immer ein gottgefälliges Leben voller Anstand und Liebe geführt?

Die Männer hatten auch sie geschlagen. Und ganz sicher hätten sie sie anschließend vergewaltigt und dann umgebracht, wenn ihr nicht die Flucht gelungen wäre.

Wo sollte sie jetzt hin? Mit rotgeweinten Augen schaute sie sich um. Nirgends konnte sie Hilfe erwarten. Alle Menschen, die sie gekannt und geliebt hatte, waren tot, ermordet oder in der großen Flut ertrunken.

Ein Rascheln. Ganz in der Nähe. Mit einem leisen Wimmern riss sie den Kopf hoch und schaute sich um. Sie fror erbärmlich, der Regen hatte sich wie eine frostige Haut über ihren Körper gelegt. Ihr nasses Leinenkleid hing wie ein Sack auf ihren schmalen Schultern. Und sie trug immer noch keine Schuhe.

Wieder ein Knacken. Und tatsächlich, auf einmal trat ein Mann neben den Büschen hervor. Es war der Kerl mit dem vernarbten Gesicht. Der Mörder ihres Bruders.

»Hier hast du dich also versteckt«, sagte er mit heiserer Stimme. Er grinste. Die Haare hingen ihm über das bärtige Gesicht, tropften im stärker werdenden Regen. »Wieso kommst du nicht zurück? Wir können noch viel Spaß zusammen haben.«

Langsam ging er auf sie zu, hielt ihr seine riesigen Hände auffordernd entgegen.

Wie erstarrt stand Rieke auf dem Feld, die Augen weit aufgerissen, unfähig, sich zu rühren. Ihr Herzschlag dröhnte bis in ihren Kopf.

Endlich konnte sie sich von seinem Anblick lösen. Mit einem Ruck drehte sie sich um, rannte davon, sprang über die breiten Ackerfurchen, lief immer weiter Richtung Meer, während sie hinter sich sein höhnisches Lachen hörte.

Verflucht sollte er sein! Sie drehte sich nicht um, wusste, dass er dicht hinter ihr war.

Aber wohin sollte sie fliehen? Rechts und links von ihr befanden sich tiefe Priele. Viel zu tief, um sie zu Fuß zu durchqueren. Und vor ihr befand sich nur der Deich. Mit Riesenschritten hastete sie die Anhöhe hinauf, rutschte in den Schlamm, stand wieder auf und rannte mit verschmiertem Gesicht weiter, bis auf die Deichkrone.

Vor ihr lag das endlose graue Watt. Doch in den Prielen lief die Flut bereits ein. Sie blickte zur Seite, wo im Deich noch die Spuren der Flut zu sehen waren. Ein Durchbruch, dahinter hatte das Meer mehrere Wiesen überspült. Auf der anderen Seite versperrte ihr ein hölzernes Schleusentor den Weg.

Sie blickte zurück, sah in der Ferne unter den tiefhängenden Regenwolken den Rauch über dem brennenden Haubarg, konnte bis hierher die Schreie der Opfer hören, das höhnische Lachen ihrer Peiniger.

Ein Blick in die Hölle. Und mittendrin ihr einsamer Verfolger. Er machte sich nicht die Mühe, ihr hinterherzulaufen. Er wusste, dass sie ihm nicht entkommen konnte. Mit langsamem, stetem Schritt folgte er ihr, stapfte den Deich hinauf.

Sie saß in der Falle.

Nur noch einen Augenblick, und er würde sie packen. Sie schlagen, ihr das Kleid vom Körper reißen, wie er es bei den anderen Frauen gemacht hatte. Er würde sie quälen und am Ende töten. Vielleicht würde er sie auch wieder zurück zu seinen Kumpanen auf dem Hof zerren, um sein widerliches Spiel mit ihnen zu teilen.

Auf einmal sah sie ganz klar. Hier endete ihr Weg. Sie hatte nur eine Möglichkeit, dieser Bestie zu entkommen. Den endlosen Qualen zu entgehen.

Sie presste die Lippen aufeinander, streckte sich. Dann rannte sie hinunter in das Watt, das schwarz im Regen glänzte. Sie kniff kurz die Augen zusammen, als ihre nackten Füße in den eiskalten Schlamm traten und schon nach wenigen Schritten von der einlaufenden Flut erfasst wurden. Trotzdem hielt sie nicht inne, lief weiter hinaus Richtung Meer.

Ein kurzer Blick zurück. Der Mann war auf dem Deich stehen geblieben. Erstaunt sah er ihr hinterher, nicht mehr bereit, ihr weiter zu folgen.

Sie lachte auf. Sie hatte es geschafft. Dieser Mistkerl würde sie nicht bekommen. Seine wulstigen Finger würden ihren Körper nicht berühren, niemals.

Schon stand ihr das Wasser bis zu den Knien. Die Kälte schnitt ihr wie ein Messer in die Haut. Aber das war ihr egal. Noch einmal verfluchte sie den Mann und seine Freunde. Dann wandte sie sich wieder dem offenen Meer zu, kämpfte sich Schritt für Schritt weiter hinaus.

Dort draußen wartete ihr Schicksal. Aber Rieke hatte keine Angst mehr. Was auch passieren würde, sie war bereit.

# Vielen Dank

an alle Leserinnen und Leser, die Kommissar Krumme jetzt schon in seinem vierten Fall begleiten. Ihre zahlreichen Kommentare und Rückmeldungen sind für mich Ansporn, immer wieder in die bunte Welt der nordfriesischen Küste abzutauchen. Ein herzliches Dankeschön natürlich auch an alle, die mich bei der Arbeit an diesem Buch unterstützt haben. An Emily Modick, meine wunderbare Lektorin vom Goldmann Verlag. An Hedda, die mich als Psychiaterin beraten und mir dabei menschliche Abgründe aufgezeigt hat, die selbst ich mir nicht hätte vorstellen können. An Vesna, die mich als hochprämierte Tänzerin in die für mich fremde Welt von Tanzturnieren eingeführt hat. An meine Lieblingsnordfriesen Inga und Frank, deren wunderschöner Haubarg auf Eiderstedt für mich schon ein Stück Heimat geworden ist. An meinen treuen Freund und lebensweisen Autorenkollegen Janne Mommsen. An meinen Agenten Dr. Harry Olechnowitz. An Angelika Huber, den kreativen Geist hinter meinen Buchtrailern. An Andreas Falkenhagen in St. Peter-Ording, »Bubu« Jürgen Huß und Kiki in Wyk auf Föhr. An das Ehepaar Ruland von der Buchhandlung Olitzky in Köln. Und vielen Dank natürlich an meine liebe Familie für ihre Geduld. Anke, Malte und Nils, ihr müsst mir glauben, auch wenn ich stumm aus dem Fenster schaue, bin ich doch immer mitten bei der Arbeit!